이준혁 은호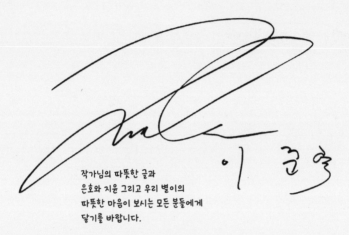

이 준혁

작가님의 따뜻한 글과
은호와 지윤 그리고 우리 별이의
따뜻한 마음이 보시는 모든 분들에게
닿기를 바랍니다.

한지민 지윤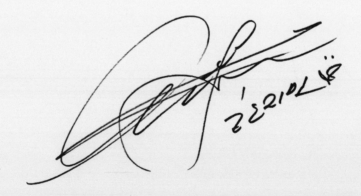

한지민

김도훈 정훈 🌼

To. 나의 완벽한 독자 여러분

(signature)

"Ciao, Hi, Aloha"

From. 우정훈

김윤혜 수현 🌼

(signature) 김윤혜

나의 완벽한 비서를 사랑해주셔서 감사합니다.
드라마의 따뜻함이 여러분의 마음에 오래도록 남아 있기를 바랍니다.

나의
완벽한비서

나의 완벽한 비서

지은 대본집

나의 완벽한 비서 ①

1판 1쇄 인쇄 2025. 2. 14.
1판 1쇄 발행 2025. 2. 26.

지은이 지은

발행인 박강휘
편집 김민경 디자인 유상현 마케팅 김새로미 홍보 박상연, 이수빈
발행처 김영사
등록 1979년 5월 17일(제406-2003-036호)
주소 경기도 파주시 문발로 197(문발동) 우편번호 10881
전화 마케팅부 031)955-3100, 편집부 031)955-3200 | 팩스 031)955-3111

값은 뒤표지에 있습니다.
ISBN 979-11-7332-061-3 04810
        979-11-7332-063-7 (세트)

홈페이지 www.gimmyoung.com   블로그 blog.naver.com/gybook
인스타그램 instagram.com/gimmyoung   이메일 bestbook@gimmyoung.com

좋은 독자가 좋은 책을 만듭니다.
김영사는 독자 여러분의 의견에 항상 귀 기울이고 있습니다.

나의
완벽한 비서

지은 대본집

1

김영사

인물관계도

정수현 가족

이정순
수현의 엄마

정수현
그림책 작가

커리어웨이

김혜진
커리어웨이 CEO

우정훈 가족

우정훈
피플즈 CTO

우철용
정훈의 아버지

박성경
하늘 유치원 원장
정훈의 형수

정서준
수현의 아들

짝사랑

증오

짝사랑

유은호
이준혁
지윤의 비서

강지윤
한지민
피플즈 CEO

선 긋는 대표
선 넘는 비서

유별
은호의 딸

부녀

친구

이강석
헌책방 주인

피플즈

서미애
피플즈 CFO

김영수
컨설턴트 1팀 과장

나규희
컨설턴트 1팀 대리

오경화
컨설턴트 1팀 사원

이광희
컨설턴트 1팀 사원

저는 촌스러운 사람입니다.
그래서 아직 세상이 따뜻하다고 믿고,
다정함이 가장 강력한 무기라 믿고,
사람이 사람을 살린다고 믿습니다.

그래서 선의를 부정했지만,
사실은 누군가의 돌봄이 그리웠던 지윤이가,
누군가의 선의로 살아남아
누군가를 돌볼 수 있게 된 단단한 은호가,
자발적 싱글맘이 되어
기꺼이 세상과 맞서는 당찬 수현이가,
사람들과 부대끼며 형과는 다른
자신만의 방법을 찾아가는 정훈이가,
그리고 객관적인 수치로 사람을 평가하는 게
당연한 서치펌에서 결국 사람이 답이라는 것을
알려줄 피플즈 가족들이 필요했습니다.

이들이라면 제 촌스러운 믿음이
맞다는 것을 보여줄 수 있을 것 같았습니다.
아니, 이들을 통해 제 촌스러운 믿음이
맞다는 것을 확인받고 싶었습니다.
그리고 감사하게도 〈나의 완벽한 비서〉 작업은

그 믿음을 확인받는 과정이었습니다.

최고의 제작진, 스태프분들과 배우분들 덕분에
제가 오랜 시간 머릿속으로만 그렸던 것들이
멋지게 구현되었습니다.

특히 이제는 전우가 되어버린 오은영 대표님, 드라마의 방향
을 잡아준 함준호 감독님, SOS에 기꺼이 응답해주고 믿어준 이
옥규 CP님께 감사를 전합니다. 그리고 흔들리는 멘탈을 단단히
부여잡아준 고경연 PD님, 우주최강 뽀작 이수진, 이은경 보조
작가님 정말 고맙습니다. 여러분 덕분에 제가 그렸던 것보다 훨
씬 아름다운 세계가 탄생했습니다.

이 이야기는,
제작진,
스태프분들,
배우분들,
그리고 드라마를 사랑해주신 시청자분들이 있어서
완성되었습니다. 감사합니다.
제가 평생 잊지 못할 아주 큰 선물을 받았습니다.

〈나의 완벽한 비서〉가 여러분의 삶에 작은 위로가
되었다면 더 바랄 게 없습니다.
드라마를 애정해주셨던 분들에게
이 책이 기분 좋은 선물이 되었으면 좋겠습니다.

은호가 지윤이에게,
지윤이가 은호에게 그랬던 것처럼,
서로의 구원이 되어주세요.
서로가 서로의 위로가 되어주세요.
서로를 다정한 시선으로 돌봐주세요.
우리는 귀한 사람이니까요.
감사합니다.

작가 지은 드림.

좋은 아침입니다.

지은.

제목	나의 완벽한 비서
형식	미니시리즈 (60분 * 12부작)
장르	밀착 케어 로맨스
컨셉	유아독존 CEO '그녀'와 육아독존 비서 '그'의 밀착 케어 로맨스
로그 라인	잘나가는 헤드헌팅회사 CEO 강지윤, 그런데 사실 그녀는 일 말고는 혼자 할 수 있는 게 아무것도 없다. 흡사 미친 일곱 살과 같은 그녀에게 완벽함으로 무장한 케어의 달인이 나타났다. 실제 일곱 살 딸을 키우고 있는 싱글대디 비서는 과연 그녀를 케어할 수 있을 것인가! 일 외에는 아무것도 신경 쓰기 싫은 그녀와, 모든 것을 신경 써야 하는 그의 본격 케어 힐링 로맨스!

"좋은 아침이다!"
매일 아침 일곱 살 꼬맹이는 제게 인사를 건넵니다. 그런데 그 별것 아닌 인사에 마음이 무거워집니다. 좋은 아침이라는 인사가 무색한 날들이 이어지고 있는 게 현실이니까요.

참담한 현실 앞에서 매번 갈등합니다.
아이에게 희망은 있다고 가르쳐야 할지,
없다고 가르쳐야 할지,
바르게 살라고 가르쳐야 할지,
그러지 말라고 가르쳐야 할지.

그래서 촌스럽지만
결국 '사람' 이야기입니다.

사람이 희망인 이야기.
서로가 서로를 성장시키는 이야기.
책임질 줄 아는 어른의 이야기.

일 외에는 모든 것의 스위치를 끄고 살던 여자 CEO에게, 그녀의 스위치를 다시 켜려는 남자 비서가 나타납니다. 요즘 같은 시대에 돈보다 중요한 가치에 대해 말하고, 자신의 아이에게 더 나은 세상을 물려주고 싶다고 이야기하는, 이 대책 없는 남자가 여자를 변화시킵니다.

연봉으로 사람의 가치를 평가하고, 돈값을 못 하면 가차 없이 버려지는 게 당연한 세계에 살던 여자가, 이 남자의 보살핌을 받으며 변하기 시작합니다. 그리고 이 여자의 변화는 피플즈에 모인 다른 사람들까지 성장시킵니다.

참담한 세상에서,
그럼에도 불구하고 살아가는 이유는,
사람에 대한 믿음 때문입니다.
보통의 작은 선의들이 모여 만들어내는 거대한 기적을 믿습니다.

이 이야기는 그 믿음에 대한 지지입니다.

그래서 전 오늘도,
아이와 눈을 맞추며 인사했습니다.
좋은 아침이라고.

여러분,
좋은 아침입니다.

1. 합법적 스펙 경쟁의 장, 헤드헌팅 회사!

스펙으로 모든 걸 판단하는 시대. 합법적, 불법적 스펙 경쟁의 장, 헤드헌팅 회사다. 보다 좋은 스펙의 후보자를 찾기 위해, 보다 업그레이드된 조건의 회사를 찾기 위해, 최대한 많은 커미션을 가져가기 위해, 고객사, 후보자, 헤드헌터 사이의 치열한 머리싸움이 펼쳐진다. 이름보다는 연봉과 직급으로 불리는 것이 당연한 세계. 능력이 있으면 전용기를 띄워서라도 인재를 모셔 오는 세계. 쓸모없어지면 하루아침에 찬밥처럼 버려지는 세계. 매일 자신의 몸값을 증명하기 위해 불법도 불사해야 하는 세계. 실업자 수 80만! 최악의 경기침체와 취업난을 겪고 있는 지금, 전쟁터의 한복판인 서치펌 회사를 배경으로, 적나라한 취업 세계를 보여준다.

2. 까칠한 여대표와 다정한 남비서의 본격 케어 로맨스

외계인, 천사, 도깨비의 뒤를 이을, 현실 밀착형 판타지남이 여기 있다. 그는 순간이동도, 독심술도, 하늘을 날지도 못한다. 아, 물론 시간을 멈추게 할 수도 없다. 그러나 그는, 배가 고프면 따뜻한 밥상을 뚝딱 차려내고, 귀찮게 꼬여버린 일정을 단번에 정리하고, 몸이 좀 으슬으슬하다 싶으면 특제 차까지 끓여낸다. 가끔 위로받고 싶을 때 빌려주는 넓은 등은 보너스. 하나부터 열까지, 몸부터 마음까지 내 모든 걸 케어하고 챙겨주는 이 남자. 나만을 위한 비서가 여기 있다.

생존하는 것에 급급해.. 하루하루 살아내는 것에 급급해.. 모든 것의 스위치를 끄고 살았던 까칠한 여자의 차가웠던 마음이,

이 남자의 특급 케어와 보살핌을 받으며 점차 녹아내린다. 이 남자 덕에 그동안 애써 외면하고 살았던 소중한 것들이.. 중요한 가치들이.. 비로소 보이기 시작한다.

　이 남자가 그녀를 변화시켰던 것처럼, 현실 밀착형 판타지남의 따뜻한 보살핌이 당신의 언 마음까지도 녹여주기를. 상처받은 마음까지도 어루만져주기를.

3. 보살핌이 필요한 덜 자란 어른들의 이야기

　각박한 현실이라지만. 나 하나 돌보기도 힘든 세상이라지만.. 그래도 서로가 서로에게 조금은 관대해지면 좋겠다. 서로가 서로를 선의로 돌봐주면 좋겠다. 조금 느리더라도, 기다려주면 좋겠다. 이 드라마 속에 나온 덜 자란 어른들이 누군가의 보살핌 속에서, 조금씩 제대로 된 어른으로 성장해가고, 그 성장이 또 다른 변화를 일으키는 것처럼. 그래서 더 이상 연봉이나 직급이 아닌, 서로가 서로의 이름을 불러주게 되는 것처럼. 이 드라마를 보는 동안, 서로가 서로에게 조금은 너그러워지길. 그래서 보살핌이 필요한 당신에게 위로가 되길. 어른도 보살핌은 필요하니깐....

피플즈

5년 전 지윤이 창업한 서치펌으로, 리서치팀(컨설턴트와 협업하여 후보자를 서칭하는 팀), 컨설턴트팀(고객사 관리부터 후보자 매칭까지 우리가 흔히 아는 헤드헌팅을 주도하는 팀), 경영지원팀으로 이루어진 15~20명 정도 규모의 중소기업. 대형 서치펌에 비해 규모는 작지만, 굵직한 헤드헌팅을 성공시키며 주목받기 시작하더니, 창업 5년 만에 업계 1위를 위협하는, 2위 서치펌으로 성장했다. 출퇴근 자유, 복장 자유, 회식, 워크숍 등 쓸데없는 행사 없고, 최고 컨디션의 사무실 제공, 기본급 보장, 프로젝트 성공 시 인센티브 지급(업계 최고 수수료 분배율 보장), 목표실적 초과 달성 시 입 떡 벌어지는 보너스 제공까지, 직원들에게 업계 최고 수준의 대우를 보장하는 만큼, 확실한 실력과 실적을 요구한다.

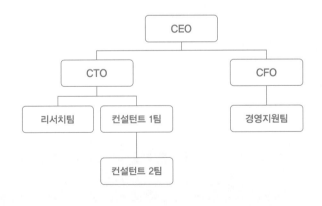

강지윤
(여·36세)

후보자	강지윤
포지션	피플즈 CEO
기본인적사항	36세. 가족이라곤 혈혈단신 오직 자신뿐.
핵심역량	뼈 때리는 말발과 현실감각. 화려한 외모, 독기, 오기, 똘기로 뭉친 생존력!
주요성과	창업 5년 만에 피플즈를 업계 2위로 성장시킴. 현재 가장 주목받는 여성 CEO.
평판	지랄 맞은 일곱 살. 개싸가지.
기타희망처우	유비서, 자꾸 선 넘지 마!

능력과 미모는 기본! 옷발 살리는 몸매와 딱 부러지는 성격, 똑 부러지는 말투는 옵션! 창업 5년 만에 피플즈를 업계 2위로 만들며 이십 대 여대생들의 워너비로 떠오른, 요즘 가장 핫한 CEO. 이쁘다는 말은 뭐 견적만 봐도 딱 아는 거니깐 감흥 없고, 멋지다는 말을 좋아한다. 자기가 얼마나 잘났는지 알기에 겸손할 생각은 전혀 없다. 언제 어디서나 꿀리는 거 없이 당당하고, 할 말 다 하는 사이다 같은 태도는 그녀의 화려한 외모, 뛰어난 실력과 함께 지윤을 스타 CEO로 올려놓았지만, 그만큼 적도 많이 만들었다. 뭐, 그러든지 말든지.

대학 졸업 후 헤드헌팅 회사에 입사해, 리서처[1]로 컨설턴트[2]로 차근차근 단계를 밟아 지금의 피플즈를 창업했다. 헤드헌터로

---

1 보통 프로젝트는 리서처와 컨설턴트가 함께 진행하는데, 그중 리서처는 후보자를 물색하고 적정한 후보자를 선택하는 역할을 한다.

2 고객을 개발하고 관리하는 일을 주로 하며, 후보자의 면접 등을 진행해 고객에게 보고할 최종후보자를 선정하는 역할을 한다. 우리가 흔히 알고 있는 헤드헌터를 일컫는다.

일하면서 그녀에게는 모든 사람이 얼마짜리 연봉으로 보인다. 자연스레 그 사람이 돈값을 하느냐 못 하느냐가 사람을 판단하는 기준이 됐다. 돈값 못 하는 사람? 아무짝에 쓸모없다. 그게 피플즈를 운영하는 단 하나의 기준이다. 돈값한 놈만 데리고 간다. 출퇴근 자유, 복장 자유, 회식, 워크숍 등 쓸데없는 행사 없음, 최고 컨디션의 사무실 제공, 기본급 보장, 프로젝트 성공 시 인센티브 지급(업계 최고 수수료 분배율 보장), 목표실적 초과 달성 시 입 떡 벌어지는 보너스 제공.

직원들이 최고 실적을 낼 수 있도록 지원을 아끼지 않는다. 물론, 이건 실적을 내는 직원들만 누릴 수 있다. 실적이 부진한 직원? 가차 없이 잘리거나, 자기가 못 견뎌 스스로 나가거나 둘 중 하나다. 평가 기준을 스스로에게도 엄격히 적용해, 최고의 실력으로 언제나 자신의 가치를 증명한다. 사실, 그녀의 실력에는 비밀이 있으니 자신의 모든 에너지를 일에만 집중한다는 것. 다시 말해 일 말고는 완전 젬병이다. 그래서 혼자서는 할 줄 아는 게 아무것도 없다. 아니 아예 할 생각이 없다. 빨래, 청소, 요리를 못 하는 것은 물론이거니와, 밥 먹는 것도, 자는 것도 옆에서 누가 챙겨주지 않으면 건너뛰기 일쑤다. 그 머리 좋은 사람이 열 번 갔던 장소도 혼자서는 절대 못 찾아가고, 몇 년 동안 같이 일한 직원들 이름도 못 외우니 뭐 말 다 했다. 정말 일 외에는 단 0.000001%의 뇌도 사용하지 않기에 생긴 일이다. 그래서 중소기업 대표 주제에 비서까지 붙여줬더니, 자기 차도 뭔지 몰라 종종 남의 차에 올라탄다. 아이고, 머리야. 이것만이랴. 일정을 중복으로 잡는 건 예사고, 툭하면 물건 잃어버리고, 어지르고, 넘어지고, 흘리고, 이건 뭐 어린애나 다름없다. 그래서 그녀에게는 24시간 붙어 다니며 수발을 들어줄 비서가 꼭 필요하다. 뭐 사실은 엄마가 필요한 건지도.

그럼에도 그녀는 당당하다. 왜?

그런 거 안 하는 대신 일을 끝내주게 잘하니깐!

배려, 희생, 더불어 사는 삶. 이딴 거? 지윤의 사전에는 없는 단어다. 남의 사정 따위 관심 없고, 아무리 직원이라도 일 외적인 것으로 얽히는 것 딱 질색이다. 좋은 사람 소리 듣는 거? 관심 없다. 인생 어차피 혼자 사는 거다. 쓸데없이 오지랖 부리고, 지 앞가림도 못 하면서 남의 일에 발 벗고 나서는 사람, 괜한 사명감에 휩싸여 정의로운 척하는 사람 정말 꼴같잖다. 자기 아빠가 딱 그렇게 살다가 죽었으니깐. 열두 살 때 화재 사고가 있었다. 그때 아빠는 살 수 있었다. 그런데 아빠는 생판 처음 본 아이를 자기 대신 내보내고.. 자기는 건물과 함께 사라졌다. 더불어 살아야 한다는 빌어먹을 그 신념대로. 아빠는 그런 사람이었다. 지윤에게 늘 남을 위해 살아야 한다고 말했고, 올바르게 사는 게 무엇인지 가르쳤다. 모두가 지윤의 아빠를 영웅이라 칭찬했고, 아빠의 죽음을 정의로운 죽음이라 말했다. 그럼 나는? 고작 열두 살에 가족도 한 명 없이 혼자 남은 나는? 그래서 지윤은 절대 아빠를 용서할 수도, 이해할 수도 없다. 남을 위한다고 자기 자식을 불행하게 만드는 사람이 세상에 어디 있단 말인가! 그게 어떻게 정의란 말인가!

사고가 나기 전까지 아빠는 지윤의 전부였다. 그녀의 기억 속에 엄마는 언제나 병원에만 누워 있었고, 자신을 도맡아 키운 건 아빠였다. 병원에 있는 엄마를 대신해 그녀와 제일 처음 눈을 맞춘 사람도 아빠였고, 그녀에게 우는 법을 가르쳐준 것도, 그녀에게 걷는 법을 가르쳐준 것도, 그녀에게 세상 사는 법을 가르쳐준 것도 아빠였다. 그래서 다섯 살 때 엄마가 먼저 하늘나라로 갔을 때도 슬펐지만 세상이 무너질 정도는 아니었다. 그녀에게는 평생 자신의 옆에 있겠다고 말해주는 든든한 아빠가 있었으니까.

그런데 그런 아빠가 하루아침에 사라졌다. 천애고아가 된 지윤을 사람들은 이름 한 번 들어본 적 없는 친척을 찾아 맡겼고, 그 친척은 또 다른 친척에게, 또 그 친척은 또 다른 친척에게 지윤을 넘겼다. 짐짝처럼 여러 번 옮겨 다니는 동안 다른 사람을 위한 배려? 남을 위한 삶? 그딴 건 지윤에게 사치였다. 지윤은 언제 쫓겨날지 몰라 하루하루 불안했고, 빽 없고, 돈 없고, 부모 없는 지윤이 택할 수 있는 건 스스로를 몰아붙이는 것뿐이었다. 그렇게 스스로 독하게 몰아붙여 공부에 매진했고, 그 결과 전액장학금으로 대학을 다녔고, 졸업도 하기 전에 서치펌 회사에 취업했다. 헤드헌팅 세계는 지윤과 잘 맞았다. 구구절절한 사연이나 과정보단 오로지 스펙과 성과로 평가받는 이 세계가 지윤은 마음에 들었다. 한 만큼 대우받고, 잘한 놈이 더 많이 받는 세계! 이 얼마나 심플하고 합리적인가! 사람을 쓸모로만 판단하는 이 세계를 그래서 누군가는 잔인하다고 했지만, 지윤에겐 이 세계만큼 공정한 세계가 없었다. 자신의 쓸모를 증명하는 일에는 빽도, 돈도, 부모도 필요 없었으니까. 그래서 내세울 게 강지윤 하나밖에 없는 지윤은 모든 걸 걸어 자신의 쓸모를 증명했고, 그결과 업계 최연소 CEO까지 됐다.

어린 나이에 번듯한 회사를 창업한 덕에 금수저라 종종 오해받지만, 일찍이 지윤의 가치를 알아본 투자자가 있어 가능했다. 대학교 멘토 프로그램에서 인연을 맺은 정훈의 아빠, 우회장. 우회장은 지윤의 능력을 알아봤고, 지윤의 첫 번째 후원자이자 투자자가 흔쾌히 되어주었다. 뛰어난 사업능력과 수완으로 존경받는 기업인인 우회장은, 지윤에게 경제적으로도 사업적으로도 많은 비즈니스 노하우를 알려주는 든든한 멘토다. 우회장의 든든한 후원은 강지윤이 우회장네 예비 며느리라더라! 강지윤도 우회장 집안 못지않게 대단한 집안 딸이라더라! 등 수많은 카더라를 만들어냈지만, 지윤은 굳이 바로잡지 않았다. 그 소문들이 사업가로서 자신의 가치를 높인다는 걸 아니깐. 우회장의 투자 조건은 단 하나, 정훈이었다. 자신의 철부지 막내아들 정훈을 사람 구실 하게 만들라는 것! 팽팽 노는 정훈을 보면 당장이라도 물리고 싶지만 지윤은 우회장이 준 돈을 떠올리며 꾹 참고 있다. 투자금을 반환하는 그날, 우정훈도 돌려보내리! 그래도 그만둔다는 소리 안 하고 5년을 버티고 있는 게 나름 기특하다.

지윤에게 우회장은 좋은 멘토이자 든든한 후원자지만, 지윤은 알고 있다. 자신을 향한 우회장의 신뢰와 애정은 지윤이 지금 돈값을 하고 있기 때문이라는 걸. 돈값을 하는 사람에게는 아낌없이 투자하지만, 그렇지 않을 경우 가차 없이 버리는 것. 그 원칙을 지윤에게 가르쳐준 사람이 바로 우회장이니까. 그래서 지윤은 오늘도 전투적으로 일에 매진한다. 자신의 가치를 증명하기 위해, 그리고 더 이상 증명하지 않아도 되는 위치에 오르기 위해. 그래서 아빠에게 보여주고 싶다. 당신의 신념과 정반대로 살아온 내가 옳았다고. 사람들이 이렇게 나를 우러러본다고. 아빠가 원망스러울수록 지윤은 더 집착한다. 세상의 인정과 성공과 부에. 그런데 그런 지윤 앞에, 딱 아빠 같은 사람이 나타났다. 유은호, 아니 유비서! 지윤이 공들이던 후보자의 이직을 막으며, 지윤의 타도 대상으로 떠오르더니, 하루아침에 백수가 되어 지윤의 비서를 하겠다고 나타난 은호. 그런데 이 남자 하는 꼴을 보고 있자니 정말 가관이다. 쓸데없이 오지랖 부리며, 여기저기 모든 사람들 일에 다 참견하고 있지를 않나, 돈보다 더 가치 있는 것을 위해 살고 싶다지를 않나, 딸을 위해서라도 더 좋은 세상을 만들고 싶다지를 않나. 어쩜 이렇게 행동 하나하나, 말 하나하나까지! 아빠랑 똑같을까... 그래서 자꾸 은호에게 화가 난다. 별거 아닌 일도 은호에게는 자꾸 날이 선다.

그런데 아빠랑 똑같은 이 남자가, 불쑥불쑥 멋대로 지윤의 인생에 끼어들고, 지윤에게 제발 좀 제대로 살라고 말한다. 더 이상 지윤이 불행하게 사는 걸 두고 볼 수 없다고 말한다. 자신이 지켜주겠다 말한다. 그런데 어이없게도 지윤의 마음이 은호 앞에서 녹기 시작한다. 지켜주겠다는 은호의 말을 믿고 싶어진다. 지윤이 애써 지워버렸던 가치들이, 돈보다 다른 중요한 것들이 보이기 시작한다. 은호를 믿기 시작한 지윤이, 이제 직원들을 믿기 시작한다. 직원의 실수를 품고, 직원의 사정을 알려고 노력하고, 직원이 성장하는 걸 기다려주기 시작한다. 그렇게 지윤은 조금씩 변해간다. 사람을 키우는 진짜 CEO가 되어보려고 한다. 그런데... 그 믿음이 배신이 되어 돌아올 줄이야.. 자신의 모든 것이었던 피플즈가 무너질 줄이야..

유은호
(남·34세)

후보자	유은호
포지션	한수전자 인사팀 과장 → 피플즈 강지윤 대표 비서
기본인적사항	34세. 일곱 살 딸을 키우는 싱글대디.
핵심역량	육아와 실림 만렙. 건강한 육체 건강한 정신.
주요성과	한수전자 인사팀의 에이스이자 전설. 최연소 과장 승진. 한수전자 최초 남자 육아휴직자로 젊은 아빠의 새로운 패러다임 창조 중. 강지윤을 물먹이고 후보자 이직을 막은 강지윤의 원수.
평판	1가구 1은호 보급 요망! 딸이랑 연애 중.
기타희망처우	일정은 지키라고 있는 겁니다. 대.표.님.

단단함과 부드러움의 공존. 은호를 표현하는 가장 적절한 말일 것이다. 훈내 진동하는 마스크에, 학창 시절부터 연마한 각종 생활체육과 심폐소생술 자격증, 응급처치 자격증, 수상 인명구조 자격증 등을 따느라 단련한 근육이, 그에게 탄탄한 바디를 선물로 주었다. 청바지에 흰 티만으로도 멋이 나지만 슈트를 입으면 더 그럴듯한 남자. 그 환상적인 슈트핏에 어울리는 능력까지 갖춘 남자. 그에 비해 성격은 한없이 다정하다. 세상에 이런 남자가 있을까 싶을 만큼 매너와 배려, 따뜻함이 기본으로 장착되어 있다. 긴장된 순간 농담으로 분위기를 바꿀 줄 아는 센스와 여유로움은 덤, 유머 감각은 보너스.

은호를 이렇게 완벽한 남자로 만든 일등 공신은 하나밖에 없는 은호의 딸, 별이다! 사실 은호는 7년 차 싱글대디, 육아와 살림의 달인이다. 정리 정돈, 빨래, 요리는 기본. 종이접기, 인형 놀이, 소꿉놀이, 숨바꼭질, 매니큐어 칠하기 등 각종 기술을 완벽 마스터했다. 특히 머리 땋는 솜씨가 일품. 물론, 섬세하고 예민한 일곱 살 따님의 컨디션과 마음 관리도 놓치지 않고 살뜰하게 살핀다. 은호의 매직쇼는 다운된 별이 기분을 단박에 올려주는 비장의 무기! 그야말로 은호는 별이에게 완벽한 아빠다. 그 어딘가에 전설처럼 존재한다는 능력 있고 젊고 잘생긴, 다정한 친구 같은 아빠. 그런데 이 모습만 보고 은호를 마냥 다정하고 말랑한 사람으로 생각하면 큰 착각이다. 은호의 다정함 속에는 누구보다 강한 단단함이, 굳은 신념이, 정의로움이 자리 잡고 있다. 자신이 옳다고 믿는 것을 지키기 위해 기꺼이 희생을 감수하고, 어떤 상황에도 흔들리지 않고 자신의 신념과 가치대로 행동하고, 일할 때만큼은 냉철하고 완벽한 완벽주의자. 그게 은호다. 한마디로 은호는 밸런스가 좋은 사람이다. 단단하지만 부드럽고, 다정하지만 단호하고, 냉철하지만 따뜻한 사람. 그래서 함께 있으면 편안하고, 자기도 모르게 의지가 되는 사람.

　그런 은호를 보며 사람들은 절로 궁금해한다. 대체 어떻게 키우면 은호 같은 사람이 되는지, 은호의 부모님은 어떤 사람들인지. 그런데.. 사람들이 모르는 게 있다. 사실 이 모든 건 은호 스스로 부단히 애쓰고 노력해 만든 결과라는 것. 은호에게 부모라는 존재는... 은호의 어린 시절은 참담했다. 제대로 된 보살핌이라는 걸 받아본 적이 없는 아이, 그게 은호였다. 은호의 부모는 본인들의 인생을 살피는 것도 역부족인 덜 자란 사람들이었고, 그들에게 은호는 돌봄의 대상이 아니라 버거운 짐 덩어리, 혹일 뿐이었다. 언제부터인지 모르겠지만, 은호가 기억하는 순간부터 은호는 늘 혼자였고, 뭐든지 혼자 알아서 하는 게 익숙했다. 아빠에 대한 기억은 없다. 아빠라는 존재를 본 게 언제가 마지막이었는지 모르겠다. 엄마는 아주 가끔 한 번씩 할머니 집에 왔다 갔다. 그마저도 자신을 보기 위해 온 게 아니었음을 은호는 어린 나이에도 알았다. 가끔 오는 엄마는 은호에게 다정했지만, 그건 동네 꼬맹이에게 어른이 베푸는 친절. 딱 그 이상도, 이하도 아니었으니깐.

그날도 그저 그런 날이었다. 하교 후, 아무도 반겨주지 않는 차가운 방에서 홀로 무료하게 시간을 보내던 열 살 겨울. 몇 년 만에 찾아온 한파라던가. 유난히 추웠던 그날, 이상하게도 집이 따뜻했다. 어제까지만 해도 얼음장처럼 차갑던 바닥이 따뜻했다. 오랜만에 느낀 온기에 은호는 그대로 정신없이 잠에 빠져들었는데, 그 뒤로는 은호도 잘 기억나지 않는다. 정신을 차리고 보니, 거대한 불길 속에 갇혀 있었다. 나중에 알았다. 그 열기가 아래층에서 시작된 화재 때문이었다는 걸. 부모도 보살피지 않는 은호를 구하러 올 사람은 아무도 없었다. 도망갈 생각도 들지 않았다. 살아도 나을 게 없는 인생이었으니깐. 그냥 이대로 죽으면.. 적어도 더 이상 춥지는 않겠다고 생각했던 것 같다. 그런데 그때, 스스로도 포기하려고 했던 은호의 목숨을 살린 사람이 있었다. 일면식도 없는 아저씨가 은호를 살리고 대신 목숨을 잃었다. 한 치의 망설임도 없이 자신을 살린 아저씨의 단호한 눈빛. 마치 은호에게 살아야 한다고. 포기하지 말고 꼭 살라고 말하는 것 같았다. 그날 은호는.. 살아야 하는 이유를 찾았다. 어쩌면.. 자기도 가치 있는 인생일지도 모른다고. 처음으로 생각했다. 부모에게서도 찾지 못한 삶의 의미를 발견했다. 그렇게.. 한 아저씨의 선의가... 은호를 구원했다.

그날 이후 은호의 삶은 완전히 달라졌다. 자신의 불행을 끊어내기 위해, 악착같이 이를 악물었고, 불우한 배경이 자신의 인생을 좀먹지 않도록 스스로를 돌보고 양육했다. 태어난 건 선택이 아니었지만 어떻게 사는지는 자신의 선택이니까. 그렇게 은호는 스스로의 힘으로 살아남았고, 아저씨의 선의가 어린 날의 자신을 구원했던 것처럼, 자신의 선의도 누군가의 구원이 되기를 바라는 어른으로 성장했다. 대학교 구조 활동 동아리에서 만난 별이 엄마는 은호와 똑같은 체온의 피를 가진 사람이었다. 둘은 서로를 단박에 알아봤고 불처럼 활활 타올랐다. 그 불길은 결혼까지 이어졌고, 졸업하자마자 가정을 꾸리고 취업을 했다. 은호에겐 행복한 가정에 대한 갈증이 있었다. 이 사람과 함께라면 꿈에 그리던 완전한 가정을 꾸릴 수 있을 거라고 생각했는데... 별이의 탄생과 함께 별이 엄마의 불은 차갑게 식었다. 별이 엄마는 은호와 별이 아닌 다른 무언가로 다시 뜨거워지길 원했고, 그래서 은호는 그녀를 놔줬다. 그녀는 뜨겁지 않으면 행복하지 못할 여자였으니...

  온전한 가정은 역시.. 행복한 삶은 역시.. 자신에게 허락되지 않는 걸까.. 불안감이 스멀스멀 다시 고개를 들고 있었다.. 불행이 또다시 은호의 삶을 잠식하려던 그때.. 그런 은호를 잡아준 게 별이었다. 아직 돌도 되지 않은 아이가 저만 보고 있었다. 온전히 자신만을 의지하는 존재가 있다는 것이 주는 묵직한 책임감. 그 책임감은 때론 버거웠지만, 그 책임감이 또 은호를 살게 했다. 자기와 눈을 맞추고 웃는 아이를 보며.. 태어나 처음 느껴보는 충만함과 벅참. 은호는 별이가 엄마의 부재를 느끼지 못하도록, 자신이 받은 상처와 외로움이 대물림되지 않도록 최선을 다했다. 은호는 별이와 함께 다시 행복을 꿈꿨다. 별이가 좋은 것, 아름다운 것만 보고 자라게 해주고 싶었다. 별이가 사는 세상이 지금보다 더 나아지기를 꿈꿨다. 그래서 은호는 별이를 위해 더 열심히 살았는데.. 그게 별이를 외롭게 하고 있는 줄 몰랐다. 은호가 한참 일에 매진하며 최연소 과장으로 승진을 하고,

성과를 내는 몇 년 동안, 은호와 함께하는 시간이 줄어든 별이는 점점 말수를 잃었고, 급기야 웃음을 잃었다. 소아우울증 초기 진단을 받고 은호는 망설임 없이 육아휴직을 선택했다. 회사의 전폭적인 지원 아래, 임원으로 가는 직행열차에 막 탑승하려던 참이었다. 이 선택이 은호의 커리어에 어떤 오점으로 남을지는 중요하지 않았다. 은호에게 무엇보다 소중한 건 별이었으니까. 그리고 자신 있었다. 언제든 다시 복귀하면, 실력으로 금방 제자리를 찾을 수 있을 거라 믿었다. 실력에서 나오는 자기 확신.

그런데 1년 만에 육아휴직을 마치고 복직하자 모든 게 달라졌다. 은호는 그대로인데, 회사는 은호를 다른 사람으로 대했다. 의도적인 업무 배제와 괴롭히기. 알아서 나가라는 무언의 압박이었다. 여자도 육아휴직을 잘 내지 못하는 보수적인 회사에서 남성 최초 육아휴직자였던 은호가 감당해야 할 무게는 생각보다 무거웠다. 그럴수록 은호는 더 열심히 했다. 따가운 눈총 속에서도 기꺼이 버티기를 선택했다. 꾹 참고 열심히 하면, 존재감을 부지런히 드러내다 보면, 회사도 다시 자신을 인정해줄 거라고 믿었다. 그런데 회사를 믿고 열심히 한 결과 은호에게 돌아온 건, 기술 유출에 가담했다는 억울한 누명과 징계해고. 눈엣가시였던 은호를 합법적으로 자를 수 있는 핑계가 생긴 회사는 한 치의 망설임도 없이 은호를 해고했다. 그렇게 하루아침 회사에 배신당한 은호를 원하는 곳은 아무 데도 없었다. 피플즈 말고는. 그래서 은호는 지윤의 6개월짜리 조건부 비서가 된다.

강지윤.
양팀장 이직 건으로 부딪쳤을 때부터 알아봤어야 했는데... 지윤과 은호는 하나부터 열까지 맞는 게 하나도 없다. 자신의 비서로 은호는 절대 싫다고 거부하던 지윤의 마음을 간신히 얻기는 했는데, 어째 하루하루가 녹록지 않다. 은호에게 중요한 게 지윤에겐 하찮고, 지윤에게 중요한 게 은호에겐 가치가 없다. 하루도 버티기 힘든데 이렇게 6개월을 버텨야 한다니 벌써부터 눈앞이 캄캄한데. 그런데 싫든 좋든 지윤의 비서로 호흡을 맞추다 보니.. 조금씩 다른 지윤의 모습이 보이기 시작한다. 가시 돋친 말속에 숨긴 지윤의 상처가 보이기 시작한다. 어떻게든 살아남기 위해 절박하게 버텨온 지윤의 삶이 보이기 시작한다. 은호는 이제 조금 지윤을 알 것 같다. 어쩌면 지윤과 은호는.. 사실 지독히도 닮았는지도 모르겠다. 그러다 보니 은호는 조금씩 헷갈리기 시작한다. 지금 자신이 하는 행동이, 대표를 향한 비서의 마음에서 나오는 것인지, 한 여자를 향한 남자의 마음에서 나오는 것인지...

   그런데 그녀가.. 내가 찾던 사람일지도 모른단다. 그렇게 애타게 찾던 그 아저씨의 가족. 불 속에서 날 살리고 죽은 그 아저씨의 하나밖에 없는 딸.... 내가 지윤에게서 그녀의 전부였던 아버지를 빼앗았단다. 나는 그 아저씨 때문에 새 삶을 얻었는데, 지윤은 나 때문에 지독한 불행을 겪었단다. 젠장. 역시 우린 애초부터 얽히지 말았어야 했다. 각자의 세상 속에 그냥 살던 대로 살았어야 했다..

우정훈
(남 · 30세)

후보자	우정훈
포지션	피플즈 CTO
기본인적사항	30세. 재벌가 자제님.
핵심역량	금수저 인맥. 내추럴 본 금수저의 찐 여유.
주요성과	자신의 자유와 맞바꾼 아버지의 투자금! 필요할 때 요긴하게 쓰이는 아버지의 인맥!
평판	팔자 좋은 재벌가 도련님. 철부지 한량.
기타희망처우	강대표님, 나 귀하게 자란 사람이야, 귀하게 대접해줘~

　세상엔 재밌는 것도, 볼 것도, 살 것도 많고, 그걸 살 돈도, 여유도, 시간도 있다. 그래서 정훈은 사는 게 좀 재미있다. 담배를 끊은 후 입에 달고 사는 막대사탕처럼 꽤 달콤하기까지 하다. 급할 것도, 간절할 것도 없이 대충 적당히 하고 싶은 것 하며 설렁설렁 사는 인생인데 안 재밌다고 하면 벌 받지. 극장 수준의 최고급 음향시스템을 갖춘 집에서 밤새 좋아하는 영화를 감상하고, 게임을 하고 즐기다가, 아끼는 전동 자전거를 타고 혼잡한 출근 시간대를 살짝 지나 느긋하게 출근하는 삶, 나쁘지 않다. 부잣집 아들이라는 상팔자를 타고난 덕에, 큰 어려움 없이 자란 정훈은, 타고난 상팔자를 아주 야무지게 즐겼다. 일찍이 아버지가 후계자로 점찍은 훌륭한 형 덕분에 대를 이어야 한다는 압박도 없었다. 아무 생각 없는 철부지 부잣집 막내아들. 그게 정훈의 포지션이었고, 정훈은 자기 포지션에 딱 걸맞은 삶을 살았다. 애초에 재산이니, 회사 경영이니 이런 쪽엔 관심도 없었다. 그저 아버지의 기대를 충족시켜주는 형의 존재가 든든하고 고마웠을 뿐.

　그런데 그 형이 6년 전, 세상을 떠났다. 야근하던 중에 아무도 없는 빈 사무실 책상에서 혼자 쓸쓸하게 생을 마감했다. 미련하게 착하고, 성실했던 형다운 죽음이었다.. 그런데.. 그런데.. 이게 맞아...? 정훈이 마음껏 인생을 즐기는 동안, 형은 혼자 많은 걸 감당하고 있었다는 걸. 자신과 달리 반항이라고는 모르는 착한 형이 아버지의 과한 욕심에 부응하느라 힘겨워하고 있었다는 걸.. 정훈을 몰랐다. 아니 외면하고 있었다. 형수를 볼 낯이 없었다. 나이 차이 많이 나는 정훈을, 자기 남편한테 모든 걸 떠맡기고 놀러 다니는 정훈을, 엄마처럼, 친누나처럼 아껴주던 형수. 모든 것을 아버지의 뜻대로 하던 형이 딱 하나 본인 의지대로 한 결혼. 그 형이 선택한 딱 형처럼 바른 여자. 형의 죽음 이후 형수는 정훈의 집안과 모든 연을 끊고 나가, 유치원을 개원했다. 자신도 보고 싶어 하지 않는 것을 알지만, 그래도 이런저런 핑계를 대며 형수의 유치원을 종종 찾는다. 형이 보고 싶을 때마다, 우회장을 견디기 힘들 때마다, 그리고 형수한테 미안할 때마다..

　형이 죽고 1년쯤 지났을까... 죄책감이 너무 무거워 매일같이 술에 절어 사고 치고 돌아다니는 정훈을 보다 못한 우회장이 최후통첩을 해왔다. 강지윤의 회사에 들어가라고! 지윤은 우회장이 싹수 좀 보인다는 대학생들을 후원하는 모임에서 처음 봤다. 아버지는 후원자들과의 정기적인 만남에 고등학생인 정훈을 꼭 참석시켰고, 지윤도 우회장에게 잘 보이려고 하는 그저 그런 사람들 중 하나일 거라고 생각했다. 그런데 지윤은 달랐다. 지윤은 그 후원이 자신의 능력으로 받아낸 것이라는 걸 정확히 자각하고 있었다. 아버지의 지원을 당연하게 생각하지도 않지만, 쓸데없이 비굴하지도 않은 지윤의 태도가 재미있었고, 지윤이 안정이 보장된 아버지의 회사가 아닌 서치펌 입사를 선택했을 때 지윤에게 흥미가 생겼다. 피플즈를 창업한다고 했을 때는 응원도 했다. 그래서... 그런 강지윤이라서 정훈은 우회장의 제안을 받아

들였다. 사실 선택권이라는 게 없긴 했지만. 강지윤이 투자금을 조건으로 자기를 받았다는 것을 알고 조금 존심도 상했지만. 그래도 벌써 5년째, 지윤의 구박을 받으며 피플즈에 출근 중이다. 이름도 거창한 CTO라는 직함을 달고, 금수저의 타고난 인맥을 활용해 딱 잘리지 않을 정도로만 일하고 있다.

정훈은 아버지가 왜 지윤에게 자신을 보냈는지 안다. 형의 일이 그 천하의 우회장에게도 충격이었던지, 자기 스타일대로 했다가 정훈이 더 엇나갈까 봐 지윤에게 잠시 정훈을 맡긴 우회장이 내심 정훈이 강지윤 옆에서 일을 좀 배워 정신 차리고 돌아오길 기대하고 있다는 것도. 똑똑한 강지윤을 은근히 며느리로 탐내고 있다는 것도. 그러나 그 기대를 충족시킬 마음이 전혀 없는 정훈은 아버지의 마음을 역으로 이용, 지윤을 방패 삼아 자유로운 삶을 여전히 즐기고 있다. 강지윤은 아버지 돈 투자 받아서 좋고, 정훈은 아버지 감시를 피해 자유롭게 놀 수 있으니 더 좋고. 그렇게 적당히 지윤을 방패 삼아 지윤 옆에 붙어 있은 지 5년. 출퇴근은 여전히 귀찮고 끊임없는 지윤의 잔소리는 너무 지겹지만, 종종거리며 열심히 회사를 키워가는 지윤을 지켜보는 게 사실은 꽤나 즐겁다. 그런 지윤에게 시달리다 보면, 형의 죽음 이후 마음에 불던 폭풍이 가라앉는 느낌이랄까. 적당히 설렁설렁하려던 일에 자기도 모르게 조금씩 진심이 되어간다. 일이 재미있다기보다는 열심히 사는 강지윤한테 조금이라도 도움이 되고 싶다. 강지윤이 혼자 무리하다가 혹시라도 형처럼 될까봐.. 은근히 지윤의 옆에서 지윤의 무리한 일정에 제동을 건다. 또다시 누군가를 잃고 싶지 않다는 마음이.. 점차 지윤을 잃고 싶지 않다는 마음으로 변해간다는 걸.. 정훈은 최근에 깨달았다.

그렇다고 지윤을 대하는 태도나 지윤과의 관계가 변한 건 없다. 지윤의 마음은 자신과 아직 같지 않다는 걸 안다. 그래서 이번에는 아버지를 핑계 삼아 지윤 옆에 머물며 장난인 듯, 진심인 듯 자신의 마음을 부담스럽지 않게 내비치는 중인데... 그런데.. 그 사이를 비집고 다른 남자가 끼어들었다. 정훈보다 빠른 시간에, 정훈보다 더 가까운 거리로. 자신이 아닌 은호에게 흔들리는 지윤을 보면서, 정훈은 욕심이라는 걸 내보고 싶어졌다. 처음부터 모든 걸 가지고 태어나 무언가를 간절하게 갖고 싶었던 적이 없던 정훈이, 지윤 때문에 처음으로 갖고 싶은 게 생겼다. 지윤의 앞에 제대로 된 어른으로 서고 싶어졌다. 그래서 정훈은 처음으로 무언가를 제대로 해보려고 한다. 승부욕 같은 거 없는 사람인 줄 알았는데 아니었나 보다. 나도 어쩔 수 없는 아버지의 아들이었나 보다...

정수현
(여 · 31세)

후보자	정수현
포지션	그림책 작가
기본인적사항	31세. 일곱 살 서준이를 키우는 자발적 싱글맘.
핵심역량	친구 같은 엄마. 아이와 같은 눈높이로 세상을 보는 시선.
주요성과	엉덩이로 낳은 그림책 다섯 권. 마음으로 낳은 아들 서준이.
평판	베스트셀러를 꿈꾸는 그림책 작가, 은호의 든든한 육아 동지, 당당한 싱글맘.
기타희망처우	서준이에게 은호 같은 아빠가 있으면 어떨까...?

털털하고 씩씩하고 무던하다. 단순하고, 뒤끝 없고 하루의 고민을 그다음 날로 넘기지 않는다. 자고 일어나면 새롭게 리셋.

새로운 날은 새롭게 시작한다. 감정의 동요도 크지 않아, 크게 놀라울 것도, 크게 서러울 것도, 크게 절망할 것도 없다. 무심하리만큼 평온한 그녀의 태도 덕에 주변 사람들도 큰일이, 큰일이 아닌 것처럼 슬픈 일도 슬픈 일이 아닌 것처럼 넘길 수 있다. 몇년 전 그날도 그랬다. 일을 마치고 함께 귀가하던 언니와 형부가 교통사고로 세상을 떠났다. 친정에 맡겨놓은 네 살배기 아들, 서준이를 찾으러 오는 길이었다. 갑자기 딸과 사위를 잃고 망연자실한 부모님을 대신해, 언니와 형부의 장례 절차를 밟고, 손님을 치르고, 하루아침에 부모를 잃은 네 살짜리 조카 서준의 곁을 지켰다. 자신의 부모가 죽은지도 모르고 해맑게 장례식장을 돌아다니는 서준을 보는 사람들의 시선을 고스란히 느끼며 결심했다. 서준이를 향한 사람들의 시선이 저런 것이라면, 내가 기꺼이 막아주겠다고. 내가 이 아이의 엄마가 되어주겠다고.

시집도 안 간 딸이 조카를 키우며 살겠다는 결정을 수현母는 이해하지 못했지만, 수현의 고집을 꺾을 수 없다는 것도 알았다. 어려서부터 그랬다. 수현이는 제 언니와 달리, 손이 안 가는 무난한 아이였지만 자신이 한번 꽂힌 것, 하겠다고 결심한 것, 마음먹은 것은 그게 어떤 것이든 해냈다. 평온함 속에 바위 같은 단단함과 누구도 꺾을 수 없는 고집이 있었다. 그렇게 수현은 자발적 싱글맘이 되었다. 그런데 세상의 편견은 예상보다 강했다. 싱글맘이라는 이유로 수현을 보는 사람들의 시선이 하루아침에 달라졌다. 그래도 씩씩한 수현답게 숨지 않았다. 그럴수록 더 당당히 앞에 나섰다. 서준이를 지키기로 결심했으니까. 이건 누구의 잘못도 아니니까. 이건 틀린 일도 이상한 일도 아니니까.

그래서 더 열심히 일했다. 서준이 사람들에게 무시받지 않게 하기 위해, 상처받지 않게 하기 위해, 서준을 전폭적으로 지원해줄 수 있게. 그림책 삽화나 일러스트 작업만 하던 수현이 글을 직접 쓰기 시작한 것도 서준이 덕분이었다. 그놈의 동화들은 왜 다 하나같이 아빠, 엄마가 모두 있는 가족만 나오는지. 그래서 직접 쓰기 시작했다. 서준이에게, 사람들에게, 아이들에게 다양한 가족이 있다는 걸, 엄마만 있는 가족도, 꼭 직접 낳지 않은 가족도 있다는 걸 알려주고 싶었다. 그렇게 서준이를 위해 쓰기 시작한 글이 책이 됐고, 작가가 됐다. 비록 잘나가는 베스트셀러 작가는 아니지만, 서준이가 어딜 가도 수현을 자랑스러워한다. 무시받지 않고 당당하게 서준이를 지킬 수 있는 엄마가 된 것 같아 뿌듯하다. 그래서 유치원의 모든 행사에는 웬만하면, 아니 웬만하지 않아도 다 참석한다. 우리 아들 기죽이지 않기 위해! 서준이가 친엄마, 친아빠를 기억할까. 자신이 이모였던 시절을 기억할까. 글쎄. 물어보지 않았다. 서준이도 매번 언니와 형부의 기일을 챙길 때에도 묻지 않는다. 서준이가 어떻게 생각하든지 상관없다. 서준이는 누가 뭐래도 내 아들이니까.

서준이에게 엄마보다는 친한 친구가 되려고 노력해왔는데, 서준이가 점점 커가면서 남자의 부재를 느끼는 순간들이 생겼다. 슬슬 목욕도 혼자 하고 싶어 하고, 함께 수영장이나 목욕탕을 가도 탈의실에 데리고 들어갈 수가 없어서 아쉽던 차에, 유대디를 만났다. 부쩍 말이 없어진 별이를 제일 먼저 알아본 게 수현이었다. 같은 유치원 학부모로 적당히 인사만 하고 지내던 사이였는데, 어느 순간 놀이터에서도, 유치원에서도 표정 없이 혼자 앉아 있는 별이를 자주 목격했고, 그런 별이가 꼭 몇 년 전, 자신이 처음 데리고 왔을 때 서준이 같아서 마음이 쓰였다. 그래서 은호에게 알리고, 별이를 같이 케어해준 인연이 지금까지 이어졌다. 처음 별이 상태를 은호에게 알릴 때, 혹시 오지랖은 아닐까, 기분 나빠하는 것은 아닐까 망설였는데, 알려줘서 고맙다며, 딸의 치료를 위해 육아휴직까지 하는 은호를 보고 감동받았다. 세상에 이런 아빠도 있구나 싶었다. 그래서 수현과 서준이도 별이의 우울증이 빨리 나을 수 있도록 도왔고, 그렇게 자연스럽게 상부상조 육아가 시작됐다.

　요리 똥손에 살림 능력 영 제로인 수현에게 요리와 살림 능력 짱인 은호는 그야말로 구원자였다. 그렇게 서로의 아이들에게 부족한 부분을 같이 채워가며 좋은 관계를 유지하다 보니, 어느새 점점 수현도 스며들었다. 자상한 남자 유은호에게. 꼭 은호와의 연애나 결혼을 생각한 건 아니었다. 그냥 이렇게 넷이 지금처럼, 마치 한 가족처럼, 서로의 부족한 부분을 채워주며 함께 지내는 게 좋았다. 그냥 이렇게 자연스럽게 친구처럼, 혹은 가족처럼 지내면 좋겠다 생각했다. 그래서 친정엄마의 부채질에도 지금이 좋다고, 우린 그냥 육아 동지라고 웃어넘겼는데, 그랬는데... 은호가 자꾸 다른 여자를 눈에 담는다. 수현은, 그제야 은호를 향한 자신의 마음을 자각한다. 한번 은호를 향한 마음을 자각하기 시작하니깐 걷잡을 수 없이 커진다. 누가 봐도 우리 넷.. 잘 어울리는 완벽한 가족이다. 그리고 서준이도 원한다, 은호 같은 아빠를! 별이도 원한다, 나 같은 엄마를! 처음으로 자고 일어나도 리셋되지 않는 문제가 생겼다. 이렇게 치사해질지 몰랐지만.. 이 남자의 약점을 건드려볼까 한다. 은호를 쉽게 포기하고 싶지 않다. 또.. 그 고집이 발동하려 한다.

김혜진
(여 · 42세)

후보자	김혜진
포지션	커리어웨이 CEO
기본인적사항	42세. 나는 빛이 나는 솔로!
핵심역량	뻔뻔함과 치밀함. 빼돌리기. 부풀리기. 흠집 내기. 석세스를 위해서라면 불법도 불사하는 막무가내.
주요성과	서치펌 업계 1위 회사 대표의 위엄!
평판	나쁜X, 쌍X.
기타희망처우	강지윤 망해라! 망해라! 망해라!

전통의 업계 1위 커리어웨이 대표이자 예전 지윤의 사수. 프로젝트의 성공을 위해서 물불을 가리지 않는 추진력으로 사원 때부터 남다른 욕망을 보이더니, 결국에는 사원으로 입사한 커리어웨이의 대표까지 됐다. 프로젝트를 성사시키기 위해 모든 방법을 다 동원하는 걸로 유명하다. 후보자와 고객사에게 물량 공세는 취미, 타 업체 후보자 & 고객사 빼돌리기는 특기다. 대표를 맡고 승승장구하다가, 피플즈의 등장 이후 조금씩 밀리기 시작하더니, 이제는 1위 자리까지 뺏길 위기다. 옛날 옛적 아무것도 모르던 초짜배기를 열심히 키워놨더니 강지윤이 발목을 잡을 줄이야. 혜진과 지윤이 함께 커리어웨이에서 일하던 시절, 혜진이 추진하던 프로젝트가 있었다. 회사 하나를 급하게 꾸려달라는 제안. 혜진은 후보자들을 급하게 모아 회사를 꾸렸는데, 알고 보니 그 회사는 투자사기를 위한 유령회사였고 개업 두 달 만에 폐업 처리됐다. 커리어웨이를 믿고 이직한 후보자들은 졸지에 실업자가 됐고, 그중 한 후보자가 자신의 처지를 비관하며 자살 기도를 했다. 다행히 목숨은 잃지 않았지만 그 책임과 의혹은 커리어웨이에게 쏟아졌다. 커리어웨이는 자신들도 피해자라고 공식 입장을 밝히지만, 지윤은 내부 직원이 투자에 참여한 정황을 포착했다. 그래

서 혜진의 만류에도 지윤은 사실을 밝혔고, 얼마 뒤, 모든 책임을 지고 사퇴했던 커리어웨이 대표의 자살 소식이 전해졌다. 대표가 자신의 죽음으로 모든 것을 덮고자 했던 것.

그래서 사람들은 지윤의 무리한 폭로가 대표를 자살로 몰고 간 것으로 알고 있지만, 사실 혜진이 폭로를 만류했던 건.... 그 투자에 참여했던 내부 직원이 자신이었기 때문이다. 자신을 아껴주던 대표의 죽음까지는 바라지 않았다. 지윤만 조용히 입 다물고 있었으면... 선배도 죽지 않았을 거고, 평생 자기가 이렇게 죄책감에 괴로워할 일도 없었을 텐데... 사실 선배를 죽인 건 혜진 자신이라는 걸 혜진도 안다. 그러나 인정하기 싫을 뿐.. 혜진에게 선배를 자살로 몰고 간 사람은 지윤이어야 한다.. 그래서 혜진은 지윤에게 배신자 프레임을 씌워 회사에서 쫓아냈고, 뒤숭숭한 회사 분위기를 수습하며 커리어웨이의 새로운 대표로 취임했다. 그래서 혜진은 강지윤이 싫다. 강지윤을 보고 있으면 애써 묻어두었던 자신의 치부가 드러나는 것 같다. 그리고 강지윤이 그때 어디까지 알아냈는지.. 신경 쓰인다. 자기를 한 수 아래로 보는 듯한 강지윤의 태도를 볼 때면, 강지윤이 진실을 다 알고 있는 것 같아 거슬린다. 그래서 혹시라도 강지윤이 알고 있는 자신의 약점이 독이 되어 돌아오기 전에 먼저 선수 치려고 호시탐탐 지윤을 괴롭히는 중이다. 2등인 주제에 1등인 나를 무시하는 것도, 한 번도 나를 인정한 적이 없다는 것도 자존심 상한다. 니가 언제까지 그렇게 고고한 척 불법 편법, 안 쓰고 이 세계에서 버틸 수 있는지 보자.

혜진은 최근 밤마다 기도를 시작했다. 제발 강지윤 망하게 해달라고. 그래서 요즘 건강관리도 특별히 신경 쓰고 있다. 하나님이 내 기도 들어주셨는데, 그거 못 보고 죽으면 억울하니까. 그리고 얼마 전, 우회장에게 은밀한 투자 제안이 왔다. 우회장이라면 피플즈의 투자자라는 거 모르는 사람이 없는데! 지윤을 며느릿감으로 점찍었다는 거 모르는 사람이 없는데, 왜? 투자를 할 때는 언제든 버릴 준비도 한다더니 강지윤도 예외 없는 모양이다. 능구렁이 같은 노친네. 역시 소문대로다. 나야, 뭐 땡큐지. 강지윤 망하게 하는 게 어차피 내 기도 제목인데. 어머, 대박! 나 기도 응답받았나 봐.

유별
(여 · 7세)
은호의 사랑스런 딸

동글동글 귀엽고 작은 얼굴에 아빠의 유전자를 받아 또래 중에서도 신장이 크다. 겁도 별로 없고 씩씩하다. 세상에서 비겁한 겁쟁이를 제일 싫어하는 정의의 사도! 책 읽는 것을 좋아해 말발 또한 끝내준다. 은호도 별이의 말발에 밀릴 때가 많다. 싱글대디인 아빠를 도와줘야 한다는 생각에 정리 정돈도 혼자 착착 잘하고, 의젓하다. 뭐 사실 이건 다 은호의 희생과 노력 덕분이다. 사실 여섯 살 무렵, 별이에게는 심각한 질풍노도의 시절이 찾아왔더랬다. 별이가 기억하는 모든 순간에 엄마라는 존재는 없었기에, 별이는 아빠와 둘만 있는 가정의 이상함을 인식하지 못했었다. 그런데 여섯 살이 되면서 처음으로 별이는 엄마의 부재를 인식하기 시작했다. 왜 모두에게 있는 엄마가 나에게만 없는지.. 궁금하기 시작했을 때, 별이는 유치원 엄마들이 자신을 두고 수군거리는 소리를 들었다. 처음부터 엄마가 없었던 게 아니라니..! 엄마가 나와 아빠를 버렸다니..! 엄마가 자신을 떠났다는 걸 받아들이기에 여섯 살은 너무 어렸다. 그날 이후, 점차 웃음을 잃어가던 별이는.. 결국 입을 아예 닫아버렸다.

그때, 그런 별이의 마음을 제일 먼저 알아봐준 게 수현이모였다. 수현이모 덕에 아빠도 곧 별이 상태를 알게 됐고, 별이 상태를 알게 된 아빠는 그 순간 바로, 모든 것을 멈추고 별이 옆에 있어주었다. 아직 아빠에게 입을 닫았던 진짜 이유를 말하지도 엄마에 대해 묻지도 못했지만.. 아빠가 모든 걸 뒤로하고 자신과 함께 있어준 것만으로도 별이는 위로받았다. 아빠와 함께한 시간 동안 뻥 뚫린 것 같던 마음 한구석이 채워지는 걸 느꼈다. 은호의 노력에 어느새 별이 특유의 웃음과 수다도 돌아왔고. 이제 쿨하게 아빠의 복직을 허락해줄 만큼 다시 마음이 건강해졌다. 이제 별이는 의젓해졌고, 귀여운 남자친구 서준이도 생겼으니.. 아빠에게도 어서 멋진 여자가 나타났으면 좋겠다. 수현이모 같은!

정서준
(남 · 7세)
수현이 마음으로 낳은 아들

순하고 착하다. 가끔 용기가 쬐금 부족해 별이한테 면이 안 설 때가 있지만... 그래도 별이가 하자는 대로 다 맞춰주는 신사. 지금의 엄마가 진짜 엄마가 아니라는 거 어렴풋이 안다. 할머니가 엄마한테 하는 소리를 들었다. 어른들 얘기는 복잡해서 잘 모르겠지만 엄마가 날 사랑해서, 나를 위해서 내 엄마가 되기로 결정했다는 건 안다. 그런 엄마를 세상에서 젤 사랑한다. 그런 엄마를 절대 울리지 않겠다고 다짐한다. 엄마가 날 위해 엄마가 되기로 결정한 것처럼, 나도 내가 커서 엄마를 지켜줄 수 있는 멋진 남자가 될 거다.

피플즈 직원들

서미애
(여 · 38세)
피플즈 CFO & 지윤의 유일한 친구이자 언니

운동으로 다져진 딴딴한 몸매와 적당히 태운 피부가 활동적인 미애의 성격을 대변해준다. 서글서글하고 시원한 이목구비와 특유의 건강한 에너지는 함께 있는 사람까지도 힐링시킨다. 사람 만나는 거 좋아하고, 스포츠도 좋아해 모든 종목을 망라하고, 국가대표 경기가 있는 날은 새벽에 반드시 알람 맞추고 일어나 응원한다. 성격도 시원시원해 호불호가 정확하고, 직언도 서슴지 않는다. 대체적으로 예민 떨지 않고 무난한 편이지만 돈을 만질 때는 눈빛이 달라진다. 한없이 예민하고 오차 없이 정확하다. 기본적으로 높은 도덕적 소양과 성실함을 가지고 있어 10원 하나 허투루 쓰이거나, 어긋나는 걸 본인이 못 참는 성격. 지윤을 진심으로 아끼고 좋아한다. 지윤이 처음 자신의 아빠 책방에 왔을 때를 아직도 기억한다. 조용히 구석에 앉아 몇 시간이고 책을 읽고 가던 지윤을 보며 평생 친구가 될 거라는 어떤 운명을 감지했다. 지윤이 고등학교 1학년일 때 처음 봤으니 그 세월이 벌써 20년이다. 지윤의 속을 제 속 들여다보듯이 다 알기에 지윤을 매일 구박하지만 그게 미애가 지윤을 챙기는 방식이다. 지윤이 피플즈 창립 멤버가 되어달라고 했을 때, 7년 다닌 회사를 단번에 때려치우고 나온 것도 지윤을 믿기 때문이었다.

피플즈 창업 전 인생 최초로 한 달의 휴가가 생겨 떠난 트래킹에서 운명처럼 만난 강석과 2개월 만에 결혼에 골인했다. 자유로운 여행가던 강석은 미애를 만나 정착했고, 미애는 강석을 만나 숨통이 트였다. 완벽한 커플의 단 하나의 흠이라면 강석이 아이를 원하지 않는다는 것. 아이를 낳아 키울 만한 세상이 아니라는 이유인데.. 미애는 강석이 별이와 함께 시간을 보내면서 조금씩 마음을 열어가기를 기대하는 중이다.

김영수

(남 · 44세)
피플즈 과장 & 컨설턴트(IT/바이오/스타트업 담당)

전형적인 만년 과장이다. 더 많은 돈을 벌어야겠다는 생각도, 꼭 승진해야겠다는 생각도 별로 없다. 그저 지금처럼만 쭈욱 - 안 잘리고 길게 가면 된다. 어디선가 '소확횡'이란 단어 주워듣더니 회사에 있는 커피믹스며, 볼펜이며, 휴지며 꼭 뭉탱이씩 주머니에 쑤셔 넣고 집으로 챙겨 가기 바쁘다. 벌써 컨설턴트 경력 10년이 넘은 베테랑. 피플즈가 세 번째 직장이다. 컨설턴트로 일한 지도 꽤 됐고, 인맥도 있으니 본인이 욕심만 부리면 큰 건수들도 맡고, 수수료도 꽤 챙길 수 있을 텐데 기본적으로 열심히 일하는 것 자체가 너무 귀찮다. 힘들이지 않고 성사될 만한 건수들만 골라 맡아, 가진 인맥들 안에서 후보자들을 선별해서 추천한다. 다른 컨설턴트가 다 성사시켜 놓은 일에 숟가락 얹는 데는 도가 텄다. 어쩔 수 없이 까다로운 건을 맡았을 때는 리서처들에게 모든 역할을 위임하기 바쁘다. 그래 놓고 성사되면 이 핑계 저 핑계 대면서 리서처들과 수수료 분배를 제대로 하지 않아 매번 욕을 먹는다.

그래도 나름 이 바닥에서 버텨온 자신의 노하우와 촌스러운 영업방식으로 한번 맺은 인맥은 형님, 아우 하며 놓치지 않고 유지해, 대박 건수는 아니더라도 고정 건수는 꾸준히 따온다. 그게 그 까다롭다는 강지윤의 회사에서 잘리지 않고 버틸 수 있는 이유. 나름 젊은 감각과 유머 센스를 겸비하고 있다고 착각하며, 한참 어린 팀원들과 친해지고 싶어 틈만 나면 아재개그 던지는 진정한 아재. 예의상 웃어주는 팀원들의 표정에 영혼이 없다는 사실은 미처 발견하지 못하고, 뿌듯한 표정으로 아재개그를 적어놓은 수첩을 꺼내 볼펜으로 방금 써먹은 개그에 밑줄 좍— 긋는 게 영수의 '소확행'이다. 이 남자, 가만 보면 회사에 일하러 나오는 게 아니라 개그 치려고 나오는 게 아닐까 싶다.

오경화

(여 · 28세)
피플즈 컨설턴트(유통/무역 담당)

"너 T야?"라는 질문을 절대 들을 리 없는 극 F의 소유자. 공감과 위로, 성실과 진심이 그녀의 가장 큰 무기이자 약점. 경화의 진심 어린 눈빛과 후보자의 A to Z까지 철저하게 조사하는 준비성 앞에서는, 그 아무리 까칠한 사람일지라도 마음을 열 수밖에 없지만 그것이 종종 후보자에 대한 과몰입으로 이어져 컨설턴트로서 냉정한 판단을 내리지 못하게 한다. 피플즈 초기 멤버로 리서처로 시작해 컨설턴트로 발탁됐다. 리서처일 때 몇 시간이고 컴퓨터 앞에 앉아 괜찮은 후보자를 찾아낼 때까지 단 한 번도 의자에서 일어나지 않는 놀라운 집중력으로 꽤 좋은 리서칭 실적을 냈고, 그 실적을 인정받아 컨설턴트가 되었다. 지윤을 존경하고, 롤모델로 생각한다. 그래서 컨설턴트가 됐을 때 지윤이 인정해준 거라 기뻤고, 그 기대에 부응하고 싶었다. 물론 지윤은 아직도 자신의 이름을 외우지도 못하지만. 무례한 후보자와 갑질하는 고객사 때문에 가끔... 아니, 자주 눈물이 차오른다. 그래도 울지는 않는다. 애써 삼킨다. 힘들 때 우는 건 삼류니까. 대신 힐링 에세이와 각종 명언집을 수집하며 울적한 감정을 다스린다. 아기자기하게 꾸민 책상 한편에 표지가 닳고 닳은 《미움받을 용기》와 《죽고 싶지만 떡볶이는 먹고 싶어》가 경화의 최애 책이다. 매일매일이 전쟁 같은 서치펌에서, 유일하게 따뜻함으로 무장한 사람. 오늘도 잘해내기 위해, 포스트잇에 꾹꾹 눌러 적은 명언을 보며 경화는 또 하루를 시작한다.

나규림
(여 · 29세)
피플즈 대리 & 컨설턴트(호텔, 외식업/이커머스, 온라인 쇼핑, 홈쇼핑 담당)

목소리에 음계를 매긴다면 단연코 도(Do)로 모든 걸 전달하는 그녀. 사회성이 패치된 목소리라면 못해도 레.. 미.. 파.. 까지는 올라갈 법도 한데 강약 없이 한결같은 이 시크함에 과장 영수마저 그 옆에선 슬금슬금 눈치를 본다. 그런가 하면 일 처리는 또 군더더기 없이 깔끔해서, 규림에게 서치를 맡겼다 하면 후보자의 전 남자친구의 사촌의 초등 동창까지도.. 알아낸다는 소문이 자자하다. 그 서치의 원천은 화장실 갈 때도, 밥을 먹을 때도 손에서 놓지 않는 스마트폰. 토독토독 손가락질 몇 번으로 필요한 정보를 쏙쏙 빠르게 캐치한다. 고객사나 후보자와의 미팅 때도 이 기술로 모르는 정보가 나오면 재빨리 서치해 대화를 막힘없이 유연하게 잘 이끌어간다. 경화와 달리, 크게 감정 기복이 없는 그녀의 태도가 컨설턴트로서는 큰 장점이다. 후보자와 적당한 거리감을 잘 유지한다. 일은 일일 뿐. 후보자의 인생을 바꾸겠다거나, 후보자의 삶을 책임지겠다는 거창한 포부는 없다. 그래서 후보자에게 매달리는 법이 없다. 후보자에게 좋은 조건을 제안하고, 거절하면 쿨하게 포기한다. 오히려 그런 그녀의 태도가 후보자를 안달 나게 해서 실적이 좋은 편. 이것도 그녀의 영업비결이라면 비결이다. MZ답게 정시 땡 하면 퇴근하고, 월화수목금 요일별로 정해진 출근룩 착장을 고수하고, 남의 일에는 큰 관심 없다. 그러나 그녀도 벌써 6년 차 직장인. 영수의 재미없는 유머에 그래도 반응해주고(가끔 칭찬도 해준다), 살짝 눈치없고 느린 경화를 매번 구해주고, 광희에게 때론 뼈 때리는 말도할 줄 아는 K-직장인의 향기가 풍긴다. 사실 1팀을 돌아가게 하는 숨은 윤활유. 물론 본인은 절대 인정 안 하겠지만.

이광희
(남 · 32세)
피플즈 신입직원 & 컨설턴트(패션/코스메틱, 뷰티/명품 담당)

입사 1년 차 새내기 컨설턴트. 모든 에너지가 자기 자신에게 집중되어 있다. 스스로가 너무 소중하고 귀하다. 몸에 나쁜 커피나 라면, 인스턴트 음식은 입에도 안 대고, 정각 열두 시가 되면 점심을 먹으러 나가고, 정각 여섯 시면 아무도 퇴근 안 해도 혼자 퇴근

한다. 나의 여가 시간은 소중하니깐. 당연히 연애도 안 한다. 못 하
는 게 아니라 안 하는 게 맞다. 여자보단 한정판 신상품에 더 관심
이 많다. 내 인생 설계하고, 내 인생 살기도 벅찬데 여자한테까지
눈 돌릴 새가 없다. 시계며 구두며 알고 보면 안경테 하나까지. 무
엇 하나 이름 모를 브랜드가 없다. 명품이란 사치 아닌 그 가치를
입는 것이다, 나를 위한 투자가 곧 내 미래를 위한 투자다, 말발 하
난 또 기가 막혀서 가만히 듣고 있으면 저도 모르게 고개를 끄덕
이게 된다. 트렌디한 외모에 수려한 언변, 적당히 피우는 요령과
타고난 감 그리고 영어 유치원 출신의 조기교육이 빛나는 유창한
영어 실력까지. 빼어나진 않지만 그래도 자신의 주력 분야에서는
자신의 장점을 잘 살려 제 몫은 한다. 뭐든 열심히만, 성실히만 하
는 경화가 아주 답답해 못 살겠다. 저 미련곰탱이.. 속으로 혀를 차
다가도 에라이 일어나서는 돕고 마는 이 마음.. 그린라이트일까?
이기적이고 밉상처럼 보이기도 하지만 은근히 한 번 정을 준 사람
은 잘 따르는 귀여운 면도 있다. 피플즈에서는 그게 은호다. 사석
에서는 은호를 형님이라고 칭하며 제법 잘 따른다. 은호를 만나며
부족한 사회성을 조금씩 배워가는 중이다.

그 외

이강석
(남 · 40세)
헌책방 주인 & 미애 남편 & 은호 동아리 선배

여행 좋아하고, 스포츠 좋아하는 상남자지만 책과 에스프레소
를 사랑하는 섬세함을 겸비한 남자! 세상에서 제일 혐오하는 건

남자네, 의리네 하며 되지도 않는 허세 부리는 마초. 세 살 때 부모한테 버림받고 거칠게 자랐다. 그렇게 한평생 거처 없이 정착하지 못하고 떠돌아다닐 줄로만 알았는데 미애를 만나 1초의 망설임도 없이 그녀의 곁에 정착하기로 결심했다. 그리고 그의 선택은 옳았다. 미애만큼 자신에게 애정을 주던 장인어른이 돌아가시고 그가 50년 동안이나 지켜오던 헌책방을 물려받았다. 미애와 장인어른의 추억이 담긴 곳을 지켜내고 싶었다. 그리고 이 책방은 지윤이 울적할 때마다 찾는 지윤의 아지트이기도 하다. 미애가 아이를 원한다는 걸 알고 있다. 그러나 자신이 살아온 험난한 세월 때문일까. 강석은 이 세상에 자신의 아이를 낳고 싶지는 않다. 그런데 요즘 은호의 딸, 별이를 보면서 조금씩 마음이 열리는 것도 같다. 늦게 입학한 대학교 동아리에서 만난 은호는 세상에 저런 사람이 있을까 싶을 만큼 순수한 열정을 가진 녀석이었다. 그래서 은호와 희수의 사랑도 지지하고 응원했는데 이혼했다는 소리를 끝으로 연락이 끊겼었다. 그런데 은호를 이렇게 다시 만날 줄이야. 이렇게 예쁜 딸과 함께. 은호가 늦을 때마다 책방에서 별을 봐주는 것은 물론, 은호의 멘토로 든든하게 은호를 지지한다. 은호가 지윤에게 흔들리는 것을 제일 먼저 눈치채고 응원해준다.

박성경
(여 · 40세)
하늘 유치원 원장 & 정훈의 형수

6년 전, 남편이 회사에서 야근하던 중에 쓰러졌다는 소식을 듣고 처음 든 생각이 이제 좀 쉬겠네였다. 그만큼 남편이 무리하고 있다는 걸 알았다. 재벌가 며느리 같은 거 꿈에도 생각해본 적 없는데 남편을 너무 사랑해서 남편만 믿고 우회장 집으로 들어갔다. 남편은 우회장의 친아들이 맞나 싶을 만큼 따뜻하고 바른 사람이었다. 그래서 성경은 우회장을 버틸 수 있었는데, 그래서 남편은 우회장을 버티지 못했다. 마지막까지 우회장의 기대를 충족시키려고 애쓰다 죽은 남편을 떠나보내고, 미련 없이 그 집을 나와서 연을 끊었다. 먹고살아야 하기에 유치원 하나 차릴 만큼의 돈만 딱 받아서 나왔다. 딸린 핏줄이 없으니 우회장과의 연도 쉽게 끊겼다. 두 사람 다 아이를 원했는데 아이가 안 생기더라니 이러려고 그랬나 보다. 내 아이에게 줄 사랑, 유치원 아이들에게 마음껏 주면서 아이들을 통해 자신의 상처도 치유받으며 살고 있다.

아이들보다 더 아이들 같은 취향으로, 때론 더 유치한 취향으로 원생들과 같이 뛰어놀고, 같이 장난치고, 같이 느낀다. 자신의 과거를 모르는 유치원 아이들과 부모들과 있는 게 즐겁다. 그래서 성경은 이제 진짜 괜찮다. 많이 치유됐는데.. 마음에 걸리는 건 딱 하나, 정훈이다. 유독 자기를 잘 따르던 정훈을 성경도 이뻐했다. 남편의 죽음 이후 정훈이 잠깐 원망스럽기도 했지만 그때뿐.. 정훈이 죄책감에서 그만 벗어났으면 좋겠는데 정훈은 아직인가 보다. 그래서 최근 성경은 방향을 바꿨다. 정훈을 밀어내지 않고 일부러 더 유치원에 불러들이기로. 유치원 행사에도 참여시키고, 잔소리도 하고, 밥도 챙겨 먹인다. 자기가 아이들과 지내며 위로받았던 것처럼 정훈도 조금이나마 위로받길 바라며..

이정순

(여 · 59세)

수현母

    딸을 위해 희생하고, 딸에게 좋은 것만 주고 싶은 전형적인 엄마. 큰딸과 사위를 한 번에 잃은 충격으로, 네 살배기 손주를 제대로 챙기지 못했다. 그때 내가 정신 차리고 서준이를 챙겼으면 수현이가 다른 결정을 했으려나.. 수현이가 죽은 언니를 대신해 서준이의 엄마가 되어주겠다고 결심한 것도 그저 다 자기 탓인 것만 같다. 그저 수현의 곁에 든든한 남자 하나만 나타나면 소원이 없겠다. 그래서 별이의 시터를 자청했고, 오늘도 은호네 집에 보낼 반찬을 만든다. 이렇게라도 딸을 밀어주고 싶은 엄마의 마음이다.

우철용

(남 · 69세)

정훈 父 & 우명인베스트 회장

    뛰어난 사업수완과 인재를 알아보는 노하우로 업계에서도 존경받고 인정받는 사업가. 재능이 있는 대학생들을 발굴해 오랫동안 후원해오고 있다. 지윤과도 그렇게 연을 맺었다. 후원해주는 학생들 중에서도 지윤이 눈에 띄었고, 성공의 욕망을 숨기지 않는 지윤이 마음에 들었다. 대학 졸업 후 자신의 회사로 들어오지 않는다고 했을 때도 괘씸하기보단 지윤의 행보가, 지윤이 보여줄 가능성이 궁금했다. 그래서 지윤이 피플즈를 창업한다고 했을 때 흔쾌히 투자했다. 투자 조건은 단 하나, 정훈을 합류시킬 것. 그렇게 수많은 학생들을 후원해온 철용이 유일하게 후원에 실패한 인물이 바로 자기 자식들이다. 어쩐 일인지 자기

자식들은 맘대로 되지 않았다. 믿었던 큰아들은 몇 년 전 업무량을 이기지 못하고 사무실에서 과로사했다. 철용도 그건 좀 충격이었다.. 묵묵히 자기 성질을 다 받아내던 놈이었다. 어려서부터 유약한 성정이 마음에 걸리더니 속으로 곪아가는지 몰랐다. 미련한 녀석...

　자식이라고는 이제 정훈 하나 남았는데, 첫째가 어려서부터 감싸고 돌아서 영 망가졌다. 첫째 죽고 나서는 하는 꼴이 더 가관이라 마음 같아서는 자기식대로 밀어붙이고 싶은데 하나 남은 놈마저 보낼까 싶어.. 봐주고 있는 중이다. 그래서 고심 끝에 믿음직한 지윤에게 배팅을 걸어보기로 했다. 역시나 이번 투자도 성공이다. 피플즈가 자리를 잡은 것은 물론, 정훈이 녀석까지 철용이 기대했던 것 이상으로 오래 그곳에 붙어 있다. 이제 슬슬 투자의 결실을 맺으려 한다. 번듯하게 잘 큰 회사와 일찌감치 며느리로 점찍은 지윤이를 정훈과 함께 자기 밑으로 불러들이려고 하는데.. 지윤의 변화가 감지된다.. 자신의 계획들이 어긋나기 시작한다. 이런 때를 대비해 혜진의 회사에도 은밀히 투자를 진행하고 있었던 철용은, 조용히 회수 준비를 시작한다. 때가 되면 언제든 단번에 끊어낼 수 있도록.

S# ― 씬(Scene)

장면을 의미하는 것으로, 번호를 매겨 장면의 순서를 표기한다.

INS. ― 인서트(Insert)

화면의 특정 동작이나 상황을 강조하기 위해 삽입한 화면으로
이 화면을 삽입함으로써 상황이 명확해지고 스토리가 강조되는
효과가 있다.

(E) ― 이펙트(Effect)

효과음을 뜻하며, 보통 등장인물은 보이지 않고 소리만 나는 경
우에 사용한다.

몽타주 ― Montage

따로따로 편집된 장면들을 짧게 끊어서 연결해 하나의 긴밀하고
도 새로운 내용으로 만드는 편집.

CUT TO ― 컷투

장면과 장면 사이를 시간의 경과나 과정 관계 없이 넘어가는 전
환 효과를 뜻한다.

O.L ― 오버랩(Overlap)

한 장면의 끝과 다음 장면의 처음을 부드럽게 포개는 기법을 뜻
한다.

＊ 이 책은 지은 작가의 드라마 대본 집필 형식을 최대한 따랐습
니다.

＊ 드라마 대사는 글말이 아닌 입말임을 감안하며, 한글맞춤법
과 다른 부분이라 해도 그 표현을 살렸습니다.

＊ 쉼표, 느낌표, 마침표 등과 같은 구두점도 대사 시 호흡의 양
을 다양하게 표현하고자 한 작가의 의도를 따랐습니다.

＊ 이 책은 작가의 최종 대본으로 방송되지 않은 부분이 포함되
어 있습니다.

지윤과 은호, 두 사람의 시간과 관계 변화가 보이는 대사 중심으로 선정했습니다. "좋은 아침입니다."라고 어색하고 대답 없는 인사를 건넨 은호에서, 이제 웃으며 "좋은 아침."이라고 화답할 수 있게 된 지윤까지.

1부
"좋은 아침입니다. 대표님!"

2부
"좋으면 티내도 돼요."*

"아이가 원했어요. 필요할 때 옆에 있어주겠다고 약속했고, 그래서 그 약속을 지킨 겁니다. 아이한텐 내가 전부니까."

3부
"그래서 내가 어떤 사람인데요?"

"멋있어요."

• 표시한 부분은 실제 방송에 포함되지 않은 대사입니다.

4부

"그렇게 이기는 게 좋으세요?"

"네. 나는 지는 거 싫어요. 뭐든지 다 이기고 싶어요. 다."

"알겠습니다. 그럼 앞으로 대표님께는 져드리겠습니다."

"진짜죠?"

"네."

"무조건?"

"무조건."

"나한테는."

"대표님한테는."

"좋네."

5부

"어디까지 기억해요?"

"어디까지 기억했으면 좋겠어요?"

"참 잘했어요."

6부

"주무세요. 나쁜 꿈은 꾸지 말고."

1부

S#1.   서킷, D

서킷을 시원하게 질주하는 레이싱카 보이고. 서킷을 향해 걸어가는 누군가 보인다. 요란한 레이싱카의 굉음과 또각또각 발자국 소리 교차로 보이고. 서킷에 차 멈추면, 대기하고 있던 메카닉들 달려와서 레이서 상태와 차 상태 살피는데, 메카닉들 뒤쪽에 서서 들고 있는 태블릿에서 정보 확인하며 차 상태 확인하고 있는 피터 권(40대 후반, 한국 남자). 그런 피터 권에게 다가오는 발자국 소리의 주인. 화면 점차 올라가면 피터 권 앞에 선 지윤의 모습 드러나는데,

피터 권   (보면)

지윤   안녕하세요, 피플즈 강지윤입니다.

S#2.   서킷 관중석, D

지윤   제가 드린 제안 검토해보셨습니까?

피터 권   여기까지 찾아오시고... 끈질기시네요. (텅 빈 트랙 보며) 다시

한번 말씀드리지만 전 이직 생각 없습니다.

지윤   거절하시는 이유는요?

피터 권   (지윤 보며) 정말 이 제안이 나한테 맞다고 생각해요? 나에 대해서 잘 모르시는 것 같은데..

지윤   항상 승리를 가져다주시는 분이죠.

피터 권   ?

지윤   99년 영국왕립예술대학원 유일한 한국인 입학생, 전무후무한 아시아계 최초의 F1팀 디자인 책임자, 3시즌 연속 우승까지. 마지막 우승은 통쾌한 역전극이라 더 짜릿했죠.

피터 권   0.02초 차이. 그걸로 승자와 패자가 갈렸죠. 내가 레이싱을 좋아하는 이유고.

지윤   승부사다운 답이네요. 근데, 완벽한 팀 없이는 승리도 없죠. 최근 팀 재정문제가 좋지 않다고 들었습니다.

피터 권   (지윤 보면)

지윤   없는 살림이니 디자인에 대한 경영진의 간섭도 만만치 않을 거구요. 요즘 회사 측과 갈등이 많으시다고 들었는데.

피터 권   (조금 흥분하여) 당신이 뭘 안다고... (가라앉히며) 내부 사정입니다.

지윤   제누스자동차가 레이싱팀 사업을 대폭 축소한다는 소문을 들었습니다. 비공식적으로 사임 압박도 받고 계시다고 알고 있구요.

피터 권   지금 뭐 하자는 겁니까? 그러니까 뭐요, 쫓겨나기 전에 제 발로 나와라! 내가 있을 곳은 여깁니다. 은퇴를 해도 이 서킷에서 합니다.

지윤   (그런 피터 권 보고) 혹시 디자이너 피터 권의 첫 출발이 뭐였는지 기억하십니까?

피터 권   (보면)

지윤   (일어서며) 내 아이의 생애 첫 차, 경험이 아닌 추억을 선사하는 모두의 차.

지윤, 피터 권이 디자인했던 패밀리카 스케치가 담긴 공모전 포트폴리오 건넨다. 피터 권, 자신이 디자인하고 피칭했던 자료 받아보며...

피터 권   (?! 기억나는 듯) 이거...?

지윤   (끄덕이고) 22년 전 아우토디자인 출품작 슬로건입니다. 공기역학적 디자인을 통해 패밀리카도 달리는 재미를 줄 수 있다는 새로운 컨셉을 선보였죠. 이 디자인으로 디렉터님이 최연소 대상, 받으셨구요.

피터 권   (본인의 스케치 보며) 너무 오래전 일입니다. 지금은 모든 게 변했어요.

지윤   그 오래전 아이디어가 최근 전기차 디자인의 새로운 흐름이 되고 있습니다.

피터 권   (보면)

지윤   (고객사의 제안이 정리된 서류 내밀며) 고객사는 전기차 라인의 새로운 모델을 준비하고 있어요. 그저 그런 평범한 차가 아니라 브랜드 전체에 혁신을 가져올 차. 그들은 이 프로젝트에 전권을 가지고 책임질 사람을 찾고 있습니다. 고객사 오너가 원하는 것은 단 하나. 1등이 되는 겁니다.

피터 권   그게... 20년 동안 레이싱카만 그려본 나다?

지윤   (자리에서 일어서며) 제가 디렉터님이 그 자리에 적합하다고 생각한 건, 어떤 경쟁에서도 승리를 가져다줄 사람이기 때문입니다. 물론 충분한 권한과 지원이 있어야겠지요.

피터 권   (트랙 내려다보며) 새로운 걸 시작하기에 나는 이미 반대 방향으로 너무 멀리 왔어요.

지윤   (선 채로 트랙 바라보며) 그럼 이제 다시 원점이네요. 트랙은 원형이니까.

피터 권   ...

피터 권, 서킷을 바라보면 출발을 기다리는 머신의 열기가 가득 찬 F1대회 출발지의 모습. 머신들 굉음을 내며 출발하면 수많은 관객의 함성이 나오는데, 다시 적막하게 비어 있는 서킷과 관객석의 모습. 생각에 잠기는 피터 권.

지윤   변화는 언제나 두렵죠. 하지만 도전을 두려워하는 순간 도태된다는 사실 또한 잘 아실 거라 생각합니다. 디렉터님의 능력은 더 이상 이곳에 어울리지 않습니다.

피터 권   (보면)

지윤   연락 기다리겠습니다.

일어나 인사하고 멀어지는 지윤의 모습 보이고. 혼자 남겨진 적막한 서킷에 생각에 잠긴 피터 권의 뒷모습에서.

S#3.   신차 발표회장, 다른 날 N

바로 수많은 플래시 라이트를 받는 피터 권의 뒷모습으로 연결되고.

아나운서   도심 드라이빙의 혁신! 운전자와 교감하는 공간! 파미르30의
          총괄 디렉터 피터 권을 소개합니다!

성공적인 이직을 알리듯, 사람들의 환호 피터 권을 향해 쏟아지는데, 그런 피
터 권을 뿌듯하게 보는 지윤의 모습에서. 떠오르는 타이틀.

S#4.   도로, 다른 날 D

서울 전경 보이고. 도로를 달리는 지윤의 차, 컨퍼런스장으로 향하는데 도로에
보이는 전광판에 뜨는 단신 뉴스. 한국자동차의 신차 발표 소식이다.

앵커(E)   한국자동차의 신차가 공개됐습니다. 얼마 전 파격 행보로 관
          심을 모은 디자인 총괄 디렉터 피터 권이 이직 후 처음 선보
          인 신차로 사람들의 관심이 집중됐습니다. 이번에 공개된 '파
          미르30'은 한국자동차의 새로운 전기차 시리즈로, 레이싱카
          디자이너였던 피터 권의 역동적인 디자인과 한국자동차가 보
          유한 기술력이 만나 새로운 패밀리카를 선보였다는 평가가
          지배적입니다. 이로써 한국자동차의 피터 권 영입은 성공적
          이었던 것으로 보이며, 앞으로 피터 권과 한국자동차가 보여
          줄 시너지에 대한 기대감은 더욱 커졌습니다.

도로 빠져나가는 자동차 뒤로 보이는 전광판 화면에 빠르게 파바박 뜨는 기사들 보이고. "한국자동차 디자인 총괄 디렉터 피터 권, 공개된 신차로 이직 행보 청신호!" "AI 인재 영입 전쟁 본격화. 가이믹 먼저 웃다, 클런스 수석 개발자 영입 성공!" "나라전자, 베리폰 수석 디자이너 영입. 스마트폰 시장에 지각변동 몰고 오나." "레아느 사장단에 외부 인사 임명. 파격 행보로 눈길." "지적 공사 헤드헌팅으로 파격 인사 단행. 새로운 사장 그는 누구인가."

사회자(E) 바로 이 기사의 숨은 주인공이죠?

S#5. 컨퍼런스장, D

기사 몽타주 화면, 컨퍼런스장에 있는 스크린 속 화면으로 바뀌면. 무대 위 대담 형식처럼 나란히 앉아 있는 사회자와 지윤 보인다. 그리고 무대를 보며 객석에 앉아 있는 관객들 보이고.

사회자 피플즈의 강지윤 대표님 모시고 함께 이야기 나누고 있습니다. 말씀을 나눠볼수록 점점 강지윤 대표님과 헤드헌터 세계가 궁금해지는데요.

지윤 (사회자 보면)

사회자 (모니터 보며) 실시간으로 강연 들으면서 정말 많은 분들이 질문을 남겨주고 계세요. 몇 개만 더 질문하고 가겠습니다. 이건 개인적으로 정말 저도 궁금한 질문이네요. 대표님만의 인재 추천 기준이 있으실까요?

지윤 제가 인재를 추천하는 기준은 딱 하나예요.

객석	(궁금하다는 듯 눈 반짝이고 보면)
지윤	돈값! 돈값을 하는 사람! 스스로 값을 한번 매겨보세요. 나는 얼마짜리 인간인지. 돈값을 하고 있는지.
객석	(순간 당황해서 정적 흐르고)
사회자	하하.. 역시 소문대로.. 굉장히 솔직하시네요.. (하는데)
객석	너무 천박한 거 아닙니까. 사람의 가치가 정말 돈으로 매겨질 수 있다고 생각하세요?

객석에서 갑자기 끼어든 사람 때문에 사회자 당황하는데,

지윤, 괜찮다고 손짓하고.

지윤	자본주의 사회에서 돈값을 하는 게 천박한 거라면, 돈값을 못 하는 건 뭘까요? (객석 보고 뜸 들였다가) 쉽니다.
사회자	(보면)
지윤	(여유 있게 보며) 전 범죄자가 되느니 천박한 쪽을 택하겠어요.

지윤의 말에 객석 분위기 다시 얼어붙는데,

지윤	자본주의 사회에선 모든 것이 숫자로 판단될 수밖에 없어요. 사람이라고 예외일 수 없습니다. 고용주는 임금을 지불하고, 피고용인은 그에 상응하는 값어치를 제공하죠.
객석	(지윤 보면)
지윤	돈값 하는 사람을 찾아, 제값을 지불하는 회사에 취업시켜 서로의 시너지를 극대화 시키는 것. 인재가 최적의 곳에서, 최

상의 대우를 받으며, 최고의 역량을 발휘할 수 있도록 하는 것 그게 제가 하는 일입니다.

S#6.   컨퍼런스장 앞, D

사람들 인사받으며, 컨퍼런스장 빠져나오는 지윤. 주차된 검은색 차 확인하고 걸어간다.

S#7.   누군가의 검은색 차 안, D

사람들 의식하며 끝까지 멋지게 차에 타는 지윤. 지윤, 자리에 앉자마자 자연스럽게 구두를 휙― 벗더니 아빠다리 한다.

지윤   (다리 주무르면서) 잘나가는 CEO로 사는 게 쉬운 게 아니야. (자연스럽게 눈감고 고개 뒤로 젖히며 / 당연히 미애인 줄 알고) 회사로 가자.

하는데, 출발도 하지 않고 조용하다. 지윤, 뭐지? 싶어서 고개 들고 앞을 보면 황당한 얼굴로 지윤 보고 있는 운전자.

남자   누구세요?

S#8.　피플즈 1층 로비 + 엘리베이터, D

피플즈 건물 1층 로비부터, 엘리베이터 그리고 사무실까지 자연스럽게 이동하면서 이야기하는 지윤과 미애.

지윤　어우, 쪽팔려 진짜. 내가 빨리 비서 구하라고 했지?

미애　아니 매일 타는 차를 왜 기억을 못 하세요. 후보자들은 잘 기억하시면서.

지윤　(엘리베이터 타며) 후보자들은 내 고객이고, 차는 내가 고객이고. 근데 왜 내가 애를 써서 구분해야 돼! 그래서 새 비서는 언제부터 출근 가능한 겁니까? 서이사님!

미애　저도 빨리 구하고 싶죠. 근데 지원자가 아주 씨가 말랐어요. 올해만 벌써 몇 명이 그만둔 줄 알아??

지윤　두 명?

미애　(황당하게 보면)

지윤　(미애 눈치 보며) 세 명? (하는데)

미애　(찌릿— 지윤 쩨리며) 손가락이 모자란다 모자라! (하는데)

지윤　아무리 그래도 사람 못 구한다는 게 말이 돼? 서치펌에서?!

(E) 띵. 엘리베이터 문 열리면.

S#9.　피플즈 사무실, D

지윤과 미애, 사무실로 들어가면, 보이는 피플즈 사무실. 팀별로 배치된 각자의 자리에서 바쁘게 일하는 15~20명 정도의 직원들 보인다. 잡사이트들, 기사들, 논문들 뒤져 후보자 찾는 리서처[1]들, 후보자, 고객사와 전화로, 화상으로 통화하고, 회의실에서 직접 만나 면담하는 컨설턴트[2]들 보인다.

컨설턴트 1 (후보자와 통화하며) 네, 대리님 보내드린 JD 확인하셨어요? 네, 관련 업무 경력 최소 3년이요. /

컨설턴트 2 (고객사와 통화하며) 이수정 후보자요? 제가 추천할 때 그 팀에 딱이라고 말씀드렸었죠? /

컨설턴트 3 (화상으로 후보자와 이야기 중이다 / 화면 속 후보자 보며) 2차 면접까지는 화상으로 진행하기로 고객사랑 얘기됐습니다. 그런데 임원면접 때는 한국에 한 번 나오시긴 해야 돼요.

컨설턴트 4 (후보자와 통화하며) 생각하고 계신 연봉은 있으세요? 업계마다 다른데, 이쪽은 15에서 20프로 정도 인상이면 무난하죠. 연봉을 무리하게 올리는 것보단 문화비나 의료비 같은 복지 혜택을 조건으로 거시는 걸 추천해요.

여기저기 울리는 전화벨 소리, 바쁘게 자판치는 소리, 통화하는 소리로 정신없는데,

영수 (서류 들고 대표실로 걸어가는 지윤에게 오며) 뉴크랙 AI 개발자 포지션 재오픈 됐습니다. 이거 어떻게 할까요?

---

1 리서처: 보통 프로젝트는 리서처와 컨설턴트가 함께 진행하는데, 그중 리서처는 후보자를 물색하고 적정한 후보자를 선택하는 역할을 한다.

2 컨설턴트: 고객을 개발하고 관리하는 일을 주로 하며, 후보자의 면접 등을 진행해 고객에게 보고할 최종후보자를 선정하는 역할을 한다. 우리가 흔히 알고 있는 헤드헌터를 일컫는다.

미애	여기 저번에도 엄청 애먹인 고객사 아니야?
지윤	(끄덕이고) 한 달로는 택도 없어요. 제대로 된 후보자 찾고 싶으면 기간 연장하고, 우리 단독으로 가자고 해요.
경화	(지윤에게 태블릿에 있는 리스트 보이며) 대표님, 어제 세양제약 후보자 롱리스트[3] 업데이트한 거, (하는데)
지윤	오면서 확인했어요. (탁탁탁 태블릿에서 후보자 세 명 찍고) 이렇게 추려서 고객사에 최종 후보자리스트 공유해요.
규림	(탕비실에서 커피 들고 통화하면서 나오는 / 폰부스로 가며 지윤, 미애에게 꾸벅 인사하고) 네, 강부장님께 말씀 많이 들었습니다. 소셜커머스 마케팅에 관심 있으시다고.. 최근에 그쪽에 좋은 포지션이 하나 오픈돼서요. 네. 네.

지윤, 미애, 그런 규림 지나 각자 대표실과 이사실로 들어가는데, 그 뒤로 보이는 광희.

| 광희 | (전화 끊고 벌떡 자리에서 일어나며) 예쓰!! 스프링어패럴 다니엘 MD 채용 확정됐습니다!! |

S#10. 피플즈 대표실, D

지윤, 대표실 들어오며 가방 아무 데나 휙 던지고. 책상으로 간다. 책상에 펼쳐진 파일, 프로젝트 완료 의미로 탁 경쾌하게 덮고, 미련 없이 휙 날리면, 사무

---

3 롱리스트(Long list): 채용 대상자로 선정된 후보자 중에서 1차로 검토할 후보자리스트.

실 한쪽 서류 무덤으로 날아가 안착하는 프로젝트 완료 파일. 곧 쓰러질 듯 위태한 서류 무덤 보이고. 지윤, 새로운 프로젝트 파일 집어 들어, 프로젝트 시작 알리듯 파일 펼치면, '한수전자 양호진 팀장' 이력서 보인다.

S#11. 피플즈 회의실, D

양팀장 관련 자료, 회의실 스크린에 떠 있고. 회의실 테이블 아래에는, 양팀장에 관한 각종 자료들(경력기술서, 기사, 인터뷰, 논문, 사진 자료들 등) 펼쳐져 있다. 슬라이드 하나씩 넘기며, 양팀장에 대한 브리핑하는 1팀 직원들.

지윤　　(패드 보면서 다급하게 회의실 들어오며) 회의 30분 안에 끝냅시다. 다음 미팅이 1시간 후예요. 바로 후보자 보고 시작하죠.

영수　　무선사업팀 양호진 팀장.

(INS.)

반도체공장, D

반도체공장 살펴보며 공장직원과 이야기 나누는 양팀장.

양팀장　　솔더볼 간격을 이번에 몇 프로 좁혔다고 했죠?

공장직원　　기존 대비 35프로요. 기판 크기 최소화하고, 신호손실, 신호왜곡 최소화하는 칩 분석 기술도 적용했습니다.

양팀장　　(끄덕이며) 패키징이 젤 중요해요. 어떻게 패키징 하느냐에 따라 전력 소모, 데이터 처리 속도, 크기가 다 달라지니까.

영수   스마트폰 하드웨어 개발자로 한수전자 스마트폰과 함께 성장
          해온 상징적인 직원입니다. 3세대 이동통신부터 5세대 이동
          통신까지 아홉 개의 시리즈 개발에 참여한 인재로, 핵심인재
          관리 대상입니다.

지윤   주변 평판은 어때요? 동료들하고 관계는?

(INS.)

전자상가 일각, D

구형 폴더폰 메인보드 보면서 후배들과 이야기 나누는 양팀장.

후배1   이야 이거 몇 년도 출시 제품이에요?

양팀장   2005년.

후배1   (메인보드 살피며) 이거 칩셋은 뭐야, 지콤 OSB 5000⁴이네.

양팀장   이때 칩셋은 사실 지콤 독점이었지 뭐. 5000은 저성능 CPU
            라 구현 속도 쥐약이었고. 그나마 속도 좀 볼만해진 게 6200
            넘어가면서지. 1,000메가헤르츠(MHz)가 넘었으니깐, 그때만
            해도 파격적이었어.

후배들   (끄덕이고)

규림   기계밖에 모르는 전형적인 개발자라는 평입니다. 사내 정치
          나 승진에도 큰 관심 없고, 꾸준히 새로운 기술 개발도 시도
          하고, 후배들도 잘 이끌어준답니다. 사내 동아리 활동도 열심

---

4   실제 칩셋 이름은 퀄컴 MSM 5500 / 퀄컴 MSM 6100입니다.

히 참여하고. 업무나, 업무 외적인 부분 모두 흠잡을 데 없습
니다.

경화　고객사에서 파격적인 금액의 사이닝 보너스[5]를 제시한 이유
　　　가 있네요.

지윤　그만큼 우리한테도 반드시 성공시켜야 하는 중요한 프로젝트
　　　라는 얘기고. 어때요? 이직 제안에는 관심 보여요?

S#12.　한수전자 전경, 다른 날 D

S#13.　한수전자 옥상, D

생각 많은 얼굴로 핸드폰 보고 있는 양팀장. 보면, 피플즈에서 온 이직 제안 메
일이다.. 생각이 많은 듯.. 메일 보던 양팀장 조심스럽게 답신한다. "직접 뵙고
말씀 나누면 좋겠습니다." 전송 버튼 누르고. 메일 보내고도.. 고민 많아 보이
는 얼굴의 양팀장인데..

S#14.　한수전자 이사실, D

김이사　양호진 팀장 벌써 넘어간 거 아닙니까? 어디서 접촉 중인지

5　사이닝 보너스(Signing bonus): 기업이 인재를 채용할 때, 기본 연봉 외에 추가로 지급하는 보
　너스.

는 알아냈어요?

송부장   아직 알아보는 중입니다.

김이사   아직이면 어떡합니까. 핵심인재 지금 몇 번째 이탈인 줄 알아
요? 양팀장 무슨 수를 써서라도 잡아요. 책임지고 양팀장 이
탈 막을 사람 없어요? (하는데)

송부장   (잠시 생각하다가) 유과장한테 맡기시죠.

김이사   유은호 과장?

S#15.   한수전자 회사 로비 + 사내 카페, 다른 날 D

바쁘게 출근하는 사람들 사이, 세련된 슈트 차림의 누군가, 경쾌한 발걸음으로
로비 들어선다. 발걸음 따라 카메라 위로 올라가면 드러나는 얼굴, 은호다! 출
근하는 다른 직원들, 은호 지나가면 자기들도 모르게 절로 시선 뺏기고. 은호,
자연스럽게 사내 카페로 가서 커피 두 잔 받아 들고 돌아서는데, 카페로 들어
오던 동기랑 딱 마주친다.

동기   (커피 하나 자연스럽게 넘겨받으려고 하며) 내가 카페인 땡기는
줄 어떻게 알고, 땡큐. (하는데)

은호   (커피 안 주며) 니 거 아냐. 사 먹어.

동기   그럼?

은호   양팀장님 뵙고 가려고.

동기   뭐야, 진짜 니가 양팀장님 담당하기로 한 거야? 송부장이 하
래? 야, 임마 그거 (하는데)

은호   간다! (먼저 카페 나가고)

S#16. 한수전자 무선사업팀, D

은호, 커피 들고 들어오는데 양팀장 자리 비어 있다.

은호   (옆 직원에게) 팀장님 아직 출근 안 하셨어요? (하는데)
직원   팀장님, 오늘 월차 내셨어요.
은호   월차요?

은호, 빠르게 양팀장 자리 스캔하면 자리에 놓인 달력 보이는데, 다른 날은 미팅
이며, 회의며 일정들 적혀 있는데. 오늘 날짜에만 아무런 일정 없이, 아주 작게
별표 하나만 그려져 있다. 은호, 양팀장에게 전화 거는데, 전화 연결되지 않고.

S#17. 한수전자 인사팀 사무실, D

은호, 무언가 짚이는 게 있는 듯 양팀장 관련 자료들 빠르게 넘기며 뒤지다가
무언가 찾은 듯, 급하게 가방 챙겨서 나가면.

동기   어디가?
은호   부장님한테 양팀장님 만나러 갔다고 말해줘.
동기   연락 안 된다며, 어디 계신 줄 알고 가.
은호   (자료 들어 보이며) 짐작 가는 데가 있어서 그래.
동기   허탕 치지 말고 그냥 있어. 월차까지 내고 헤드헌터 만나러
        간 거면 맘 뜬 거야. 송부장, 어차피 니가 못 잡을 거 알고 너
        시킨 거야. 그냥 송부장이 너 엿 먹으라고. (하는데)
은호   그러니깐 더 잡아야지.

동기   그래서 어디로 가는데? (하는데)

S#18. 사찰, D

탁— 탁— 탁— 목탁 두드리는 소리 평화롭게 들리는 사찰이다.

양팀장과 지윤, 천천히 사찰 안 걸으며 이야기 중이다.

양팀장   여기까지 불러서 미안해요.

지윤   조용하고 좋은데요. 팀장님 덕분에 저도 간만에 머리 좀 식히
          네요. 고민 많으시죠? 뭐가 제일 걱정이세요?

양팀장   나 이 회사에만 22년이에요. 이 나이에 새로운 곳에서 도전하
          는 거 쉽지 않습니다.

지윤   압니다. 이직 쉽지 않죠. 팀장님처럼 한 직장에서 오래 있으
          신 분들은 더요. 근데 평생직장은 없어요. 어떻게 상황이 변
          할지 아무도 모릅니다.

양팀장   (보면)

지윤   이번 승진 인사 보시면 아시겠지만 한수전자는 예전만큼 하
          드웨어 쪽에는 투자하지 않을 겁니다. 고객사는 최근 팀장님
          이 관심 보이고 계시는 반도체 패키징 기술[6]의 중요성을 인지
          하고 있습니다.

---

6 반도체 패키징 기술(PLP): FOPLP(Fan-Out Panel Level Packaging)의 줄임말로, 반도체 칩이 제
   역할을 할 수 있도록 외부와 전기적으로 연결하고, 외부 환경으로부터 보호하는 기술로 스마
   트폰에 사용된다.

양팀장   결국 AP[7]를 지배하는 자가 모바일 시장을 지배할 겁니다. 패
         키징 기술에 대한 지속적인 연구만이 답이에요.

지윤   (끄덕이고) 고객사는 팀장님의 연구를 지지하고, 기술적으로
         지원할 준비가 되어 있습니다. 자신의 가치와 신념을 지지해
         주는 곳에서 마음껏 연구할 수 있는 기회는 흔치 않아요.

양팀장   (보는데)

지윤   (서류 내밀며) 고객사가 제시한 조건입니다. 업계 최고 수준
         의 대우라고 감히 말씀드릴 수 있어요. 이제 팀장님만 결심하
         시면 됩니다. 전 팀장님이 충분히 용기 내실 만한 도전이라고
         믿어요.

지윤, 계약서가 담긴 서류봉투 내밀고.

흔들리던 양팀장, 지윤이 건넨 서류를 받으려는데,

은호(E)   도전은... 어디서가 아니라 누구와 하느냐가 더 중요하죠.

갑작스런 소리에 양팀장과 지윤 돌아보면, 은호다.

양팀장   (은호 알아보고) 유.. 과장?

은호   (꾸벅 정중하게 인사하고) 대화 나누시는데 끼어들어서 죄송합
         니다.

---

7   AP: Application Processor의 약자로, 스마트폰과 같은 모바일 기기의 중앙처리 장치를 말
    한다. CPU, GPU, 모뎀 등 주요 부품들의 집약체로, SOC(System on Chip)라고 부르기도 한다.

양팀장	자네가 어떻게 여길.. (지윤과 은호 번갈아 보며 당황하면)
은호	머리 복잡할 때 여기 자주 찾으신다고 들어서요.
지윤	(은호 보면)
은호	(지윤에게 명함 건네며 / 일부러 회사 이름에 힘주어) 한수전자 유은홉니다. 방해했다면 죄송합니다. (지윤 경계하며 일부러) 양호진 팀장님은 워낙 저희 회사에서 각별하게 생각하는 직원이라서요.
양팀장	(큼.. 이 상황이 그저 불편하기만 한데)
은호	기다리겠습니다. 편하게 말씀 나누시고, 이야기 다 끝나면 저한테도 시간 주시죠.

은호, 깔끔하게 인사하고 두 사람 편하게 이야기 나눌 수 있게 한쪽으로 물러서서 기다리는데, 그런 은호가 신경 쓰이는 양팀장.

지윤	(어떻게든 대화 이어가 보려고) 팀장님~ (하는데)
양팀장	(아무래도 은호가 계속 신경 쓰여서 안 되겠다) 강대표, 오늘은 아무래도 안 되겠어요. 나중에.. 나중에 다시 이야기합시다.
지윤	(낭패지만 어쩔 수 없고) 그럼 이거라도.. (서류 내미는데)

양팀장, 서류도 안 받고 도망치듯 가고.

은호	(양팀장 보고 다가가면)
양팀장	유과장, 우린 회사에서 따로 이야기합시다. 내가 연락할게.

양팀장, 도망치듯 아예 절을 벗어나고.

지윤   (원망스럽게 은호 보며) 그쪽이 여기서 기다리고 있는데 잘도 얘기가 되겠어요. 방해 작전 제대로 성공했네요. (명함 보면서) 유은호 과장님.

은호   양팀장님 회사에 애정 가지고 오랜 시간 함께하신 분입니다. 그만 흔드시죠.

지윤   잡고 싶으면 그에 따른 대가를 지불하면 돼요. 자신의 가치를 알아주고, 커리어를 확장시킬 수 있는 곳으로 이동하는 거, 그게 당연한 시장의 논리예요.

은호   시장 논리만으로 설명이 안 되는 가치도 있죠. 남의 회사 핵심인재 빼가서 회사에 분란 일으키는 분은 모르시겠지만.

지윤   (뭐야 얘, 싶어서 은호 보면)

은호   선배님이 오랜 세월 돈 때문에만 회사에 있었던 건 아니라고 생각합니다. 지금 당장의 이익이나 개인의 성공보다 더 중요한 조직의 가치나 의리도 있는 겁니다.

지윤   허, 아직도 이렇게 촌스러운 사람이 있네.

은호   (지윤 보면)

지윤   곧 그 생각이 깨지는 때가 올 거예요. 회사는 절대 개인을 책임지지 않아요. (은호 보는데)

은호   그만 내려가죠. 벌써 어두워지네요.

지윤   안 그래도 내려갈 겁니다.

지윤, 은호보다 먼저 계단 내려가는데, 금세 어두워지고. 계단에 조명도 따로 없는 조용한 사찰 안. 지윤, 갑자기 어두워져서 주춤하는데, 발아래 쪽으로 비치는 조명. 보면, 은호가 켠 휴대폰 손전등이다. 은호, 휴대폰 아래로 내려 빛 비추며 유유히 지윤 앞서 계단 내려가면 다시 어두워지고. 지윤, 자기도 휴대폰 찾아서 손전등 켜는데 휴대폰 배터리가 부족해 손전등 켜지지 않는다. 이런.. 씨.. 지윤, 난감한데.. 지윤 앞으로 다시 비치는 빛.

보면, 은호다. 지윤이 내려올 수 있게 멈춰 서서 핸드폰으로 손전등 비춰주고 있는 은호. 언뜻 보이는 핸드폰에 붙어 있는 귀염뽀짝 야광 스티커도 보이고. 지윤, 그런 은호 좀 보다가 빛 따라서 계단 내려가면, 기다리고 있던 은호, 자연스럽게 지윤이 앞서 걷도록 비켜준다. 지윤, 다시 앞서 계단 내려가고, 은호, 뒤에서 손전등 비추며 뒤따른다. 그렇게 두 사람.. 은호 핸드폰 손전등에 의지해 말없이 거리 유지하며 계단 내려가고.

S#19.   사찰 입구, N

계단 다 내려오면, 주변 불빛에 밝아지는 시야.
은호와 지윤, 괜히 어색한데.

은호   (핸드폰 손전등 끄며) 그럼. (인사하고 가려는데)

지윤   우리 두 번은 보지 맙시다.

은호   (짧게 묵례만 하고 가면)

지윤   대답을 안 하네. (아까 받은 명함 꺼내 본다) 한수전자 유은호...
         (이름 되새겨보는데)

S#20. 양팀장 쟁탈 몽타주

/-1. 전자상가, D
흥미로운 얼굴로 상가에 진열된 구형 핸드폰들, 구형 전자기기들 구경하고 있는 양팀장. 기계들 구경하며 코너 돌면 마주치는 지윤. 양팀장, 살짝 지윤 경계하며 핸드폰들 구경하는데. 양팀장 옆에 같이 다니며 자기도 구경하는 지윤.

지윤   (흥미 보이는 양팀장 보며 슬쩍) 지겹지도 않으세요? 쉬는 날인데 또 이렇게 핸드폰만 보러 오시고.

양팀장   나는 이게 쉬는 거예요. 예전 제품들 보다 보면 새로운 영감이 떠오르기도 하고. 스마트폰 시대에 폴더블 폰이 다시 유행할 줄 누가 알았겠어요.

지윤, 끄덕이며 자기도 양팀장 따라 구형 핸드폰들 구경하는데, 신기한지 어느새 자기도 흥미 보이며 이것저것 구형 제품들 만져보고, 살펴보며 양팀장한테 이 제품은 뭐냐고 묻기도 하는 지윤. 양팀장, 그런 지윤의 모습 좀 새롭게 보고. 양팀장과 지윤, 에스컬레이터 타고 아래층으로 이동하는데, 시선 느껴져서 보면 반대쪽 에스컬레이터에서 올라오고 있는 은호! 딱 보인다. 양팀장은 은호 발견 못 하고, 지윤만 은호 발견했다. 지윤, 양팀장이 은호 못 보게 양팀장 몸으로 가리고, 은호에게 다 자기가 지켜보고 있다고 사인 보내면, 은호, 무슨 꿍꿍이인지 그런 지윤 여유롭게 지켜보며 에스컬레이터 타고 올라가고. 그렇게 아래로, 위로 올라가며 멀어지는 지윤과 은호. 지윤은 끝까지 은호 눈으로 좇고.

양팀장   (에스컬레이터 내려와서) 오늘 즐거웠어요. 강대표 덕분에 유익한 시간 보냈어요.

지윤   괜찮으시면 저녁 함께하면서 얘기 더 나누시죠. (하는데)

양팀장   미안해요. 내가 오늘 저녁은 선약이 있어서.

/-2. 연탄 고깃집, N

양팀장, 고깃집 안으로 들어오면 기다리고 있던 양팀장의 동기들 보인다.

양팀장   (오랜만에 보는 얼굴들에 놀라서) 뭐야.. 어떻게 이렇게 다 모인 거야? (하는데)

은호   (테이블로 맥주 들고 오며) 여기 맥주 더 있습니다!

양팀장   (상황 알겠다는 듯 그런 은호 보면)

은호   오늘은 일단 기분 좋게 즐기시죠. 오랜만에 전설의 개발자들이 다 모였는데!

"그래.. 그래.. 빨리 한잔 받아..!" 양팀장. 어느새 분위기에 풀어져 동료들과 어울리고. 은호, 그런 양팀장과 동료들 뿌듯하게 보고.

/-3. 연탄 고깃집 앞, N

양팀장, 기분 좋은 얼굴로 가게 앞 의자에 앉아 있는데. 옆으로 다가와 앉는 은호.

양팀장   유과장 진짜 못 말리겠네. 준비한 말 있으면 빨리해. (하면)

은호   (웃고 / 준비했던 구형 핸드폰 꺼내 보이며) 선배님, 이거 기억하세요?

양팀장   (구형 핸드폰 받아 들고는) 아.. 이걸 어떻게 잊어. 여기서 내가
처음 만든 건데..

은호   버전 6 때였나? 막판에 오류 발견돼서 개발팀 진짜, 맨날 밤
새고,

양팀장   하.. 말도 마.. 내가 진짜 그때.. 얘 출시 못 하고 거기서 끝나는
줄 알았다.

은호   근데 얘가 벌써 초등학교 2학년이에요. 중학교, 고등학교도
선배님이 보내셔야죠~

양팀장   (자신이 개발한 핸드폰 보는데)

은호   회사는 아직 선배님과 함께 쓰고 싶은 이야기가 많습니다. 새
로운 시리즈의 하드웨어, 선배님이 완성하시죠. 아직 마음 정
한 게 아니면 검토해주세요. (준비한 서류 내밀고) 물론 협상테
이블도 언제든 열려 있습니다.

/-4. 한수전자 앞, D

회사에서 헐레벌떡 달려오는 양팀장. 기다리고 있던 지윤, 양팀장 보고 차에
서 내리면.

양팀장   미안해요, 강대표. 내가 오늘 중요한 일정 있는 걸 깜빡했어.
(하는데 울리는 핸드폰 받으며) 어, 그럼. 아빠가 당연히 가야지.
우리 어진이 첫 시합인데. 어어. 다 왔어. 금방 가.

지윤   (그런 양팀장 보는데 상황 알겠고) 모셔다드릴게요. 이동하면서
이야기 나누시죠.

/-5. 지윤 차 안, D

양팀장, 지윤의 차 타고 함께 이동하고.

양팀장 약속도 못 지키고 신세만 지네. 근데 내가 아들 녀석한테 더
점수를 잃으면 안 돼서.

지윤 괜찮습니다. 대신 가시는 동안 살펴보세요. (서류 내밀며) 새
제안서입니다.

양팀장. 제안서 살펴보려는데. (E) 울리는 핸드폰. 아들(중1 정도)한테 온 동영
상. 동영상 플레이하면 아들과 아들 친구들이 축구장에서 같이 찍은 동영상인
데 은호도 함께다! 아이들 손에 하나씩 들린 음료수. "오늘 아빠 회사에서 음료
수랑 간식 보내준 거 애들이 엄청 좋아했어! 아빠 회사 짱이다! 덕분에 오늘 우
리가 이겼어! 아빠 고마워!" 동영상에 아이들과 보란 듯이 함께 있는 은호. 양
팀장 흐뭇한 표정으로 동영상 보는데. 그 모습을 불안한 시선으로 운전하며 흘
끔흘끔거리는 지윤.

/-6. 양팀장 아들 학교 운동장 앞, D

운동장 앞에 서는 지윤 차. 양팀장 내려 운동장으로 달려가고. 운전석에서 보
는 지윤의 시선으로 양팀장 아들과 함께 좋아하고 옆에 서 있는 은호 발견.

/-7. 지윤 차 안, D

분노에 휩싸여 홀로 운전하고 있는 지윤. 보조석에는 열어보지도 않은 제안서.
그 위로.

양팀장(E) 강대표. 이직은 없던 일로 합시다.

지윤, 분해서 입술 잘근 씹는데!

S#21. 호프집 안, 다른 날 N

"브라보!!" 요란하게 축배 들고 있는 은호와 동기 그리고 한수전자 인사팀 직원1, 2, 3.. 짠. 짠. 흥겹게 맥주잔 부딪치는 소리 들리고..

직원1 과장님, 고생하셨어요! 축하드려요!!

직원2 과장님 덕분에 간만에 인사팀 면 좀 섰습니다!! 어떻게 양팀장님 마음을 돌렸어요?

동기 간절함은 통하는 거거든. 이번에 한 건 제대로 했다. 이제 유은호 시련의 역사 끝나는 건가요? 야, 나 유과장이 양팀장님 동기들 다 소집할 때 진짜 눈물 났다.

은호 오바는.

하면서도 은호도 기분 좋게 짠 맥주잔 부딪치는데..

송부장 (들어오며) 호들갑들 떨기는. 그게 유은호가 잡은 거야? 양팀장 그거 챙길 거 다 챙겼어. 회사가 카운터오퍼[8]를 얼마나 후

---

8 카운터오퍼(Counter offer): 이직 의사를 표현한 직원에게 기존보다 더 좋은 보상, 직책, 직급을 부여하여 이직을 막으려고 제안하는 보상안.

하게 제안했는데!

일동   (순간 분위기 얼음 되는데)

송부장   실컷 쉬다 왔으면 몸으로라도 때워야지. 유과장 쉬는 동안 지들이 공백 메우느라 개고생한 생각들은 안 하지. 하여튼 고생하면서 일하는 놈 따로고, 회사 단물 빨아먹는 놈 따로지.

분위기 순간 싸해지는데..

송부장   잔들 들어.

송부장, 한 명씩 차례대로 직원들 술 따라주는데 일부러 은호 잔만 안 채우고 술 내려놓는다. 순간 직원들 표정 굳어 은호 눈치 보는데,

은호   (잠깐 굳었던 표정 관리하고) 부장님, 제가 한 잔 따라드리겠습니다.

은호, 송부장이 내려놓은 술 들어 부장의 잔 채우는데, 보란 듯이 은호가 채운 잔 내려놓고, 새로운 잔 들어 새로 술 받는 송부장.

송부장   (새로 받은 술잔 들며) 자.. 다 채웠으면 건배하자고 건배!

직원들 어색하게 "거.. 건배.." 하는데. 은호도 자신의 잔 채워 적당히 분위기 맞추며 뒤늦은 건배한다. 은호, 쓰게 맥주 들이켜고.

S#22. 도로, N

동기   (송부장 부축해 택시에 태우면)

은호   (꾸벅 / 그리고 크게) 부장님, 들어가십시오. (하면)

들어가다 말고 송부장.. 그런 은호 본다.

송부장   억울하냐? 다시 돌아올 때 이 정도 각오는 하고 왔잖아. 대충 어떻게 어물쩍 넘어갈 거라고 생각하지 마. 아직 시작도 안 했으니까. 새끼.

송부장, 은호 노려보다가 차에 타고. 차 출발하면. 부장이 탄 차 없어질 때까지 허리 숙이고 있는 은호와 동기.

동기   (먼저 일어나며) 갔어, 일어나.

은호   (조금 더 숙이고 있다가 일어나 후우— 한숨 쉬는데)

동기   더 마시다 갈래? (하다가 시계 보고) 그래, 오늘은 오래 있었다.

은호   (끄덕이고) 나 이제 간다. (서둘러 가면)

동기   그래, 가라. 임마. 맨날 봐도 그렇게 좋냐? (하는데)

S#23. 수현 집 수현 방, N

그림책 삽화 그리고 있는 수현. 집중해서 그림 그리던 수현, "딩동" 벨소리에 반갑게 일어나고.

S#24. 수현 집 현관, N

수현, 현관문 열면 환하게 웃고 있는 은호 보이는데. "아빠!" 그런 수현 지나쳐 은호한테 다다다 달려오는 별! 눈 마주친 두 사람, 둘만의 귀여운 시그니처 인사하고, 폴짝 은호 품에 안기는 별!

정순   요란도 하다. 애 봐준 공은 없다더니 누가 보면 하루 종일 구박한 줄 알겠어.

별   (그제야 떨어지며) 에이, 할머니~ (하는데)

은호   공이 왜 없어요. 요렇게.. 제가 아는데.. (하면서 달달한 간식 내밀고) 오늘도 감사했습니다! (따로 젤리 주며) 이건 서준이 거! 엄마 주지 말고 서준이만 먹어! (찡끗 윙크하면)

서준   (자기도 찡끗 윙크하고)

정순   역시 별이 아빠밖에 없다. 피곤할 텐데 얼른 올라가. (반찬 챙겨주며) 이거 챙겨 가고.

은호   별이만 봐주셔도 감사한데 매번 반찬까지.

정순   돈 주잖아. 돈 받는 만큼만 하는 거야.

은호   호호. 네. 그럼, (별과 은호 딱 맞춰서 90도 숙이고) 들어가 보겠습니다.

수현, 서준   (답례하듯 똑같이 90도 숙이며) 네, 들어가 보세요.

은호   (수현에게 인사하며) 갈게. 쉬어. (하고 올라가면)

정순   (그 모습 흐뭇하게 보며) 사람 참 다정해.

수현   응. 좋은 아빠야.

정순   좋은 아빠가 좋은 남편도 된다?

수현   어우, 엄만 또 쓸데없는 소리. (안으로 들어가며) 서준아~ 치카

치카 하자. (하는데)

정순 쓸데없긴. 혼자 사는 사람들끼리 의지하면 딱이겠구만. 저렇게 맨날 회식 중간에 빠져서 회사에서 미움 안 받나 몰라. (하는데)

S#25. 호프집(21씬의), N

직원1 근데 송부장님은 유과장님 왜 그렇게 미워하시는 거예요? 인사팀에 저런 에이스가 어디 있다고. 최연소 과장 타이틀은 아무나 다나.

직원2 진짜로 육아휴직한 것 때문에 그래요? 아니 지금 시대가 어느 시댄데.

동기 육아휴직은 핑계고.. 복수하는 거지, 뭐. 유과장 휴직 전에 부장님이랑 같이 인사관리 시스템 개편 준비했었거든. 회장님 직접 지시라 부장님이 엄청 공들였어. 그거 잘해서 김이사님 제치고, 회장님 눈에 한번 들어보나 했는데.. 유과장이 휴직계 내버려서 다 망했지, 뭐.

(INS.)
- 한수전자 인사팀 사무실(과거), D

송부장 (상기돼서 사무실 들어오며) 유과장, 됐다! 인사관리 시스템 우리가 준비한 걸로 결정 났어!

은호   (좋아하며) 부장님!!

송부장   그래, 인마.. 이제 우리 라인 제대로 타는 거야!!

좋아하는 두 사람 뒤로, 이번 경쟁에서 밀린 김부장(현재 김이사)의 씁쓸한 표정 보이는데. 은호의 뒷주머니에서 아까부터 계속 울리는 핸드폰. 은호, 살짝 빠져나와 전화받는다.

은호   (전화받으며) 네, 원장님.. 무슨 일이세요? 네? (그대로 표정 굳고)

- 하늘 유치원 원장실(과거), D

온통 새까맣게 색칠된 스케치북 보고 있는 은호.. 몇 장을 넘기고... 넘겨봐도... 온통 까만색투성이인 그림들뿐이고..

성경   오늘 서준이 엄마가 오셔서 아이들이랑 미술 활동을 했거든
         요. 그런데 별이 그림이... 저기 아버님.. 별이가. 얼마 전부터
         말을 거의 안 해요.. 알고 계셨어요..?

은호   (!!놀라서 원장 보는데)

- 하늘 유치원 교실(과거), D

교실에 앉아 있는 별. "별아~" 은호 조심스럽게 다가가는데.. 은호 보는 별의 얼굴.. 무표정이다.. 은호, 울컥. 울음 나올 것 같은 거 참고, 별이 끌어안는데..

은호   아빠가.. 미안해.. 아빠가.. 별이...

눈물이 나올 것 같아 더는 말 못 하고.. 은호, 그저 별이만 더 꽉 끌어안고 숨죽여 우는데... 은호 품에 안긴 별의 표정..... 여전히 무표정이고..

- 병원(소아정신과) 복도(과거), D
여전히 표정 없는 얼굴로 진료실 앞 복도에 앉아 있는 별. 진료실에서 나온 은호. 무거운 얼굴로 그런 별 보는데, 그 위로,

의사(E)   소아우울증입니다. 답답하겠지만 아이가 스스로 마음의 문을 열고 나올 때까지 옆에서 기다려주세요.

은호, 표정 관리하고 별 앞에 쪼그려 앉는다. 애써 밝게 웃으며 다정하게 별이랑 눈 마주치는 은호.

은호   별아, 가자.

은호, 손 내밀어 별이의 작은 손 다정하게 꽉 잡아주고.

- 한수전자 인사팀 사무실(과거), 다른 날 D

송부장   너 지금 제정신이야? 이거 회장님이 직접 지시하신 거야. 김부장 거 제치고 우리 거! (하는데)
은호   죄송합니다. 인수인계는 완벽하게 해놓고.
송부장   야 이거 내가 너 믿고 지른 (하다가.. 후.. 다시 가라앉히고) 유은호.. 잘 판단해. 너 지금 니가 니 손으로 무슨 기회를 차버리는

건지! 이것만 잘 마무리되면 인마 너랑 나랑 꽃길이.. 후우.. 육아휴직은 나중에 해도 되잖아.

은호 아이가.. 아픕니다.

송부장 이 새끼 진짜, 유난은. 애는 뭐 너 혼자 키워? 애 아픈 게 대수 야? 니 새끼만 특별해?

은호 (송부장 매서운 눈으로 보다가 후우.. 그대로 나가버린다)

송부장 너 이 새끼. 지금 나가면.. 다시는 돌아올 생각하지 마!! 너 내 가 있는 동안은 회사 못 다닐 줄 알아!!!

다시 현재.

직원3 유과장님만 믿고 묻어가려다가 실력 다 뽀록나서 결국 김이 사님한테 총책임 넘어가고, 승진도 밀리고.. 아주.. 난리였다.

직원2 유과장님한테 복수할 날만 기다리고 사셨겠네..

동기 유은호 인생도 참.. 다이내믹해. (하는데)

직원1 (술 취해 엎드려 있다가 벌떡 일어나며) 유과장님은 왜 이렇게 결혼을 빨리했대요? 왜 그 얼굴로 애가 벌써 일곱 살인 거예 요?? 말도 안 돼.. 완전 내 이상형인데..!!

동기 쯧쯧.. 또 시작이네. 이런 애가 어떻게 매 신입마다 하나씩 나 오냐.. 어유.. 유은호. 죄가 많다.

S#26. 은호 집 별이 방, N

침대에 나란히 누운 은호와 별. 은호, 별이 옆에서 동화책 읽어주는데. 어느새 잠든 듯 동화책 들고 있던 손에 스르륵 힘 빠지는 별. 은호, 별이 잠든 거 확인하고, 조용히 이불 덮어주고 나온다.

S#27. 은호 집 거실, N
간단한 정리 마친 은호, 식탁에 앉아 노트북 켠다. 별이가 남긴 과자 주워 먹으며 다시 일 시작하는 은호. 어느새 일에만 집중하고. 조용한 거실, 늦은 시간까지 일하고 있는 은호 보인다.

S#28. 은호 아파트 전경, D

S#29. 은호와 별 아침 루틴 몽타주, D

/-1. 은호 집 화장실 + 거실.
깔끔하게 정리 정돈된 은호의 집을 배경으로 착착 ― 계획된 동선에 맞춰 물 흐르듯 자연스럽게 움직이며 아침을 준비하는 은호와 별. 화장실. 홈웨어 차림의 은호와 별, 나란히 거울 보며 치카치카한다. 퉤― 별, 마지막 양칫물 뱉어내면 소금물 건네는 은호. 가르르― 함께 소금물 가글하고. 거실. 은호, 사과 하나 입에 물고, 능숙하게 별이가 먹을 주먹밥 만들고, 사과, 바나나, 당근 등 넣고 믹서기에 갈아 건강 주스까지 만든다. 영양과 맛까지 신경 쓴 메뉴인 게 보이고.
은호, 식탁에 주먹밥과 주스 놓고 안방으로 들어가면, 원피스 입고 자기 방에서 나와 주먹밥과 주스 먹는 별. 퐁당― 빈 접시를 개수대에 떨어뜨리고, 유치원 가방 정리하는데, 양복으로 갈아입은 은호가 나와, 자연스럽게 별의 열려 있는 원피스 지퍼 쭈욱― 올려준다. 별, 거울이랑 빗, 고무줄 들고나와 식탁에 자리 잡고 앉으면, 능숙하게 난이도 높은 기술로 별이 머리 땋아주는 은호. 머리 완성하고 거울 속 별이 보면, 거울에 비친 머리 보고 만족스럽게 고개 끄덕이는 별.

은호　　오케이. 출발!

은호와 별, 각자 출근 가방과 유치원 가방 들고 밖으로 나가고.

/-2. 엘리베이터 안.

엘리베이터 타고 내려가는 은호와 별. 6층에서 엘리베이터 멈추고 문 열리면, 기다리고 있는 수현과 서준. "좋은 아침!" 인사하면, 서준만 엘리베이터 쏠랑 타고. 문 닫힐 때까지 손 흔들어주는 수현.

/-3. 유치원 앞.

엄마와 아이들로 소란한 등원길. 양손에 별이와 서준이 손잡고 걸어오는 은호. 엄마들, 은호의 등장에 벌써 술렁거리는데, 은호, 자연스럽게 걸어가며 잠이 덜 깨서 눈 못 뜨고 있는 아이 입에 사탕 까서 물려주면, 아이 눈 번쩍 뜨고! 킥보드 타고 위험하게 달려오는 아이, 달랑 들어 한 손에 안고. 한 손으로 킥보드 멈추고! 등원하기 싫어 울고 있는 아이에게 간단한 장미 접어 건네면, 눈물 뚝 그치는 아이! 은호의 멋진 노룩 등원길에 엄마들 눈 하트로 뿅! 변하는데, 뒤에서 그런 은호 보며 익숙하다는 듯 심드렁한 별과 서준.

별   저 오지랖 어떡하니.. (절레절레)

은호 지나쳐 쏠랑 유치원으로 들어가버리는 별과 서준 보이고.

S#30.   피플즈 전경, D

S#31.   피플즈 주차장, D

회사 주차장으로 들어오는 최신형 고급 전동자전거. 고급 양복에 컬러풀한 헬멧에 막대사탕 문 정훈이다. 여유 있게 자전거 타고 와 주차장 한 자리 턱 하니 차지해 주차하고.

S#32.   피플즈 사무실, D

정훈   다들 안녕~ 차오 하이 알로하~

막대사탕 물고 해맑게 인사하며 들어오는데. 회사 분위기가 심상치 않다.

정훈   뭐야~ 분위기 왜 이래. 아침부터 분위기 왜 얼음장이지~?

하면서 보면. 대표실 기웃거리고 있는 1팀원(영수, 경화, 규림, 광희)들 보인다.

정훈   (자기도 옆으로 쏙 가서) 왜 그래? 무슨 일이야??

경화   정남 씨가 후보자 이력을 속여서 추천했대요.

정훈   아이고.. 저런.. 어쩌다... 오늘 또 큰소리 나겠구만.. (대표실 보

        는데)

S#33. 피플즈 대표실, D

살벌한 분위기로 정남 보고 있는 지윤.

정남   억울합니다. 저 진짜 몰랐(습니다.)

지윤   (O.L) 후보자 이력이 가짠지도 몰랐으면 무능한 거고, 알았는

        데도 진행한 거면 헤드헌터 자격이 없는 거고. 어느 쪽?

정남   ......

지윤   이봐요, 고.. (하다 이름 생각 안 나 멈칫하면)

정남   고정남입니다. 솔직히 우리 쪽에서 먼저 말 안 했으면 한국그

        룹도 몰랐을 겁니다. 완전 허위로 작성한 것도 아니고, 그냥

        조금씩 부풀린 건데.

지윤   자격 없는 쪽이네.

정남   (여전히 억울해서 왁!) 실적 올리라면서요! 하도 실적실적 쪼아

        대니까!

미애   (흥분한 정남 말리며) 정남 씨! (하는데)

지윤   단독 실적 2개월 전 꼴랑 1건. 이직한 지 6개월 지났는데 아

        직도 적응 중인가?

정남   ...

지윤　헤드헌터 경력 5년. 물류유통 전문. 실적 연평균 15건. 고객사 관리 탁월. 내가 뽑은 이 사람 어디 있어요? 이것도 후보자랑 같은 방식으로 만든 스펙인가? (정남 보며) 고남정 씨! (하는데)

미애　(헉! 옆에서 복화술 하듯 작게 중얼거리며) 고정남. 고정남...

지윤　(전혀 모르고) 어? 뭐라고? (하는데)

정남　(끝까지 이름을 잘못 불러?) 고정남입니다! 고.정.남! 한 번을 제대로 안 불러준 제 이름!

지윤　나, 자격 없는 사람이랑은 같이 일 안 해요. 이제 그만 봅시다. 회사에서도 다른 서치펌에서도.

정남　(모욕감으로 부들거리는데)

지윤　퇴사 처리는 서이사가 알아서 마무리해요. (나가고)

S#34.　피플즈 사무실, D

지윤, 문 벌컥 열고 나오면, 1팀 그대로 굳는데. 재빨리 슉─ 하고 고개 숙여서 숨는 정훈.

지윤　(1팀에게) 책임지고 새로운 후보자 찾아내요! JD[9] 정확히 파악하고 롱리스트부터 다시 만들어요! 전 팀원이 싼 똥 당신들이 치워요!

9　JD(Job Description): 직무기술서. 채용하려는 포지션에 필요한 직무정보를 상세하게 기재한 자료.

지윤, 돌아서면, 후우.. 안 걸렸다 싶은 정훈, 슬쩍 다시 사무실 밖으로 나가려는데.

지윤   우이사는 나 좀 잠깐 봅시다..

정훈   (일어나며 해맑게) 어, 봤구나.. 대표님, 안녕!

S#35. 피플즈 정훈 사무실, D

지윤   한국그룹에 들어간 후보자리스트 확인은 하셨습니까. 우이사님 담당인 걸로 알고 있는데?

정훈   자율에 맡기는 편이야. 애들도 아니고 스스로 해야지. 자기들 일은.

지윤   아. 그래서 후보자 이력을 부풀렸구나. 자율적으로 일을 처리하느라..

정훈   불쌍해라. 얼마나 프로젝트 성공시키고 싶었으면..

지윤   한국그룹 주요 고객인 거 몰라?? 신뢰 잃어서 한국그룹 잃으면 책임질래? 벌써 다른 서치펌에 포지션 오픈한다잖아! 우리 단독이었는데!! 이번 달 목표매출 달성 못 하면 (하는데)

정훈   이번 달 목표매출 달성 실패는 한수전자 양팀장을 놓친 게 가장 클 거 같은데.. 다 잡은 물고기 누가 놓쳤더라.. (씨익 약 올리듯이 웃으면)

지윤. 가지고 있던 서류로 쿵― 책상 내려친다.

정훈	아, 깜짝이야! 나 귀하게 커서 이런 거에 놀라는 거 알면서. 귀하게 대접해줘.
지윤	내가 우이사를 왜 받았을까.. 돈이 웬수지, 돈이 웬수야..
정훈	그 덕에 강대표는 투자금을 받았고, 난 자유를 얻었지. 안 그래, 누나?

지윤, 고개 절레절레 흔들며 정훈의 사무실 나가면,

정훈, 그대로 옆에 있는 소파로 슉— 점프해 뛰어가 눕고.

S#36. 피플즈 사무실, D

지윤, 정훈의 방에서 나오는데 들고 있던 서류 넘겨보다가 손 베인다.

지윤	(아, 손 살피고)
미애	(지나가다가 보고) 왜? 베었어? 조심 좀 하지. 후보자 뺏기고, 매출 잃고, 종이에 손 베고, 되는 게 없긴 하다, 야. (하고 가면)
지윤	(부글부글) 뭐야, 둘이 짰어?
미애	(가다가 돌아보며) 아, 펑크 난 매출은 강대표가 책임질 거지?

S#37. 피플즈 대표실, D

으.. 진짜... 지윤, 퍽퍽 들어와 소파에 앉는데 아무렇게나 던져놨던 은호의 명함 보인다.

지윤, 명함 들어서 보고.

지윤   아오.. 진짜.. 이게 계속 여기 있으니깐 내가 재수가 없지.

지윤, 명함 획― 아무렇게나 던져버리고.

S#38. 한수전자 전경, D

S#39. 한수전자 인사팀 사무실, D

송부장   4시에 전체 회의 아냐? 회의 준비 슬슬 시작하지. (하면서 직
         원1 보면)

직원1   ..네. (송부장 눈치 보고 회의자료 들고 일어나는데)

은호   (마지막까지 모니터에 시선 고정하며 회의자료 준비하며) 어, 우
         혁 씨 방금 메일 하나 보냈어요. 이것도 부탁해요. (하는데)

직원1   아.. 저기.. 과장님.. (머뭇거리면)

은호   어, 왜요?

직원1   그게.. 부장님이 회의 준비.. 유과장님이 하시라고...

은호   ..아... (송부장 자리 한 번 보고)

직원1   (이러지도 저러지도 못하고 자료 들고 쭈뼛거리고 있으면)

은호   (회의자료 자기가 넘겨받으며) 어.. 줘요. 내가 할게. 내가 또 신
         입 때 복사의 신이었어.. (괜찮다고 직원에게 찡긋해주고 복사기
         로 가며) 간만에 실력 발휘 좀 해볼까.

송부장   (모니터 보는 척하며 그런 은호 주시하고)

S#40.   한수전자 회의실, D

은호, 자리마다 복사된 회의자료랑 음료수 하나씩 세팅하고 있다. 어느새 세팅 다 끝나고 직원들도 하나, 둘 들어와 자리 채운다. 자리 거의 다 채워지고. 은호도 자리에 앉으려는데,

송부장   (들어오며) 유과장은 나가봐. 참석 안 해도 돼!

은호   !...

직원들. 자기들이 민망해서 시선 돌리고, 동기도 은호 보는데.

송부장   어차피 알지도 못하잖아. 뭐 놀다 와서 파악이나 제대로 됐겠어?

은호   (송부장 보는데)

송부장   (그 시선 무시하며) TF팀 구성은 어떻게 됐어? (동기에게) 김과장, 외부전문가 좀 알아봤어? (하는데)

동기   (은호가 준비했던 부분이라 당황하고) 어.. 그게.. (자료 뒤적이는데)

은호   (더는 참지 못하고) 성급하게 외부전문가를 영입하면 브랜드 색깔마저 완전히 잃어버릴 수 있습니다. 지금은 역량 있는 내부 인재들을 모아 팀을 꾸리는 게 훨씬 효과적입니다. 제품개발 2팀 안현수 선임, 지나치게 혁신적이라 안정적인 장기프로젝트에는 어울리지 않지만, 발상의 전환이 필요한 이번 프로젝트에는 (하는데)

송부장   지금 뭐 하는 거야? 내가 자네 의견이 궁금한 거 같아?

은호, 말없이 송부장을 보고. 송부장도 은호를 본다. 팽팽한 긴장감.
일동, 가시방석이다. 살얼음판에 자기들도 죽겠는데.

은호   (꾹 눌러 참고) ..능력을 발휘할 거랍니다, 김과장이.

동기   (?? 해서 보면)

은호   (동기 어깨 잡고) 김과장이 이어서 발표할 겁니다.

은호, 동기에게 자기가 준비한 자료 다 넘기고 회의실 나간다. 송부장, 그런 은
호 보고. 남은 사람들, 그제야 작게 긴장 풀려 숨들 쉬고.

S#41.   한수전자 복도, D

잔뜩 굳은 얼굴로 회의실 나온 은호. 화난 마음 주체할 수 없어 거칠게 넥타이
풀며 어딘가로 걸어가는데.

S#42.   한수전자 사내 카페, D

은호   (후― 화 삭이며 하는 주문) 크림 잔뜩이요!

(CUT TO)

크림 한가득 올라가 있는 음료, 빨대로 쭉 들이키는 은호.

동기   (앞에 앉아 초콜릿 까먹으며) 애냐? 뭔 크림을?

은호	지는?
동기	담배 끊었어. 나도 결혼해야지.
은호	철들었네. (빨대 쪽)
동기	넌 이십 대에 결혼, 출산. 이혼 다 끝냈는데.. 나도 그중에 하나는 해봐야지. 근데 너 괜찮냐? (하는데)
은호	(빨대 푸— 뺄고) 하. 야. 나 진짜 안 되겠다. 더는 못 하겠다. (일어나 비장하게 걸어가며 / 가슴에 고이 품고 있는 그 무언가를 보며) 후.. 나 오늘 진짜 이거 낸다.
동기	(팔짱 끼고 안 봐도 비디오라는 듯 심드렁하게 앉아 있으면)
은호	(비장한 걸음 그대로 다시 돌아와) 이젠 잡지도 않냐? (자리에 앉으며) 빨리 읊어.
동기	별이 학비, 생활비, 대출금, 시터님 용돈, 노후자금, 적금... 더 해?
은호	그래, 지금 그만두면 내가 미친놈이지.
동기	그럼, 미친놈이지. (은호 보다가) 가만 보면 넌 참 처음을 좋아해.
은호	(뭔 소리냐는 듯 보면)
동기	니가 동기 중에 다 처음이야. 첫 결혼. 첫 출산, 첫 이혼, 첫 승진, 첫 육아휴직. 대단해~ 첫 해고까진 가지 말자.
은호	...후우... (쓰게 웃고) 잘못한 것도 없는데 왜 이렇게 잘못한 거 같냐.

S#43. 한수전자 로비, D

은호, 로비 쪽으로 걸어가는데, 통화하면서 걸어가는 양팀장 보인다.

은호	선배님~ (하고 인사하려는데)
양팀장	(통화하느라 은호 못 보고) 강대표.. 지난번에 제안했던 회사.. (하다가 은호 발견하고 급하게 통화 마무리한다) 다시 전화할게요. (끊고) 어, 유과장. 요새 잘 지내지? (어색하게 인사하면)
은호	네.. (인사하면서도 강대표? 통화내용에 갸웃하는데)

S#44. 한수전자 정문 + 거리, D

누군가와 통화하며 회사에서 빠르게 나오는 양팀장. 주변 눈치 살피며 어딘가로 걸어가는데.

S#45. 한식당, D

개별 프라이빗 룸이 있는 방으로 안내되는 양팀장. 룸 앞에 이미 와 있는 듯 여자 구두(보라색 명품 구두) 놓여 있고. 문 열리면, 그 안으로 들어가는 양팀장. 안에 이미 와서 양팀장을 기다리고 있는 사람의 모습은 보이지 않는데...

S#46. 피플즈 전경, 다른 날 N

S#47. 피플즈 대표실, N

대표실에서 자료 검토하며 일하고 있는 지윤. 책상에 놓인 여러 잔의 커피잔들 보이고. 바닥에 놓인 벗어놓은 지윤의 구두, 45씬의 구두와 같은 구두다!

(E) 똑똑. 지윤, 고개 들어보면 미애다.

미애　　(들어오며) 여러 번 말했지. 늦게까지 남아 있는 대표 매력 없다고. 가자. 배고파.

지윤　　생각 없어. (하면서 커피 마시는데)

미애　　(커피잔 획 뺏으며) 이게 밥이야? 너 오늘 커피만 몇 잔 쨌 줄 알아?

지윤　　어우. 왜 이렇게 잔소리야. (다시 커피잔 뺏어가는데)

미애　　너 혹시 객사하는 게 꿈이야?

지윤　　언니!

S#48.　백반집, N

백반 한 상 차려진 테이블. 지윤, 미애 눈치 보며 밥 억지로 먹고.

지윤　　왜 이렇게 내 밥에 관심이 많아. 이게 뭐라구.

미애　　밥을 제때 챙겨 먹어야 건강하고, 건강해야 대표님이 일을 오래오래 많~이 할 수 있겠죠? 그래야 내가 돈을 벌구. 나 아직 대출금 갚을람 멀었거든. 대출금 다 갚을 때까진 아프지도 죽지도 말자.

지윤　　(이띠! 쩌리고 밥 퍽퍽 먹고)

미애　　정남 씨 퇴사 처리 완료됐어.

지윤　　정남? 그게 누구.. (하다가 기억난 듯 아~ 하면)

미애	직원들한테 적당히 좀 해. 이름도 좀 제대로 부르고! 후보자
	들은 이력서 한 번만 쓱 봐도 이름에 경력까지 줄줄 외우면서
	왜 직원들 이름은 못 외워? 혹시 일부러 그래?
지윤	거기까지 신경 쓸 에너지 없어. 안 그래도 신경 쓸 데 많은데.
미애	직원들한테 관심과 애정이 있어야 회사도 잘 돌아가는 거야.
	다 쫓아내고 혼자 일할래? 어떻게 다 너 같아. 실수해도 좀 믿
	어주고, 기다려도 주면 (하는데)
지윤	믿어주고 기다려주면 뒤처지는 거야. 나 몰래 어린이집 운영
	했어? 이사가 이렇게 물러터지니 직원들이 그 모양이지. 언니
	부터 잘라야겠다.
미애	야, 강지윤!
지윤	사람 키우려고 회사 만든 거 아니야. 심플하게 일만 합시다,
	우리. 대출금 갚아야 된다며.
미애	너 그러다 진짜 옆에 한 명도 안 남아.
지윤	돈이 남지.
미애	돈 벌어서 다 뭐 할 건데?
지윤	(잠시 멈칫했다가) 꼭 뭘 해야 돼? 돈, 많으면 좋잖아.

S#49. 지윤 오피스텔, N

캄캄한 집에 문 열리는 소리 들리고. 지윤, 들어오며 불 켜면 온기 없이 휑한 집 보인다. 가족사진도 그 흔한 액자도 하나 없는, 생활감이라고는 전혀 없는 집. 지윤, 그대로 쓰러지듯 소파에 눕는데.. 피곤한 몸과 달리 말똥한 눈. 지윤, 익숙한 듯 보지도 않고 테이블 위에 있는 수면제와 물통 집는다. 수면제 삼키고 옆으로 돌아눕는 지윤.. 조금씩 약기운이 퍼지는지 눈 가물가물해지는데..
허상인 듯 실재인 듯.. 지윤의 의식 속에 보이는 지윤父의 얼굴.
"지윤아~ 강지윤~" 다정하게 지윤을 부르는 아빠의 목소리 들리다가 점점 감
기는 지윤의 눈과 함께 흐릿해지며 사라지는 얼굴. 화면 빠지면, 지나치게 큰
집에 소파 하나 차지하고 잠든 지윤의 모습 보인다.

S#50.   한수전자 전경, D

S#51.   한수전자 복도, D
잔뜩 화난 걸음으로 복도를 지나 인사팀으로 걸어가는 송부장.

S#52.   한수전자 인사팀 사무실, D
송부장, 들고 있던 서류 쾅― 책상에 내려놓으면, 직원들, 다들 긴장해서 보는데,

송부장   유은호 너 진짜 몰랐어?

은호   네?? 무슨 말씀이신지.. (하면)

송부장   양팀장, 뒤통수 제대로 쳤어! 사표 내고 중국회사로 날랐다
고!!

일동   !!!

송부장   신규 프로젝트에, 보너스에, 카운터오퍼 다 챙겨 받을 땐 언
제고! (하다가) 이거.. 일부러 잡힌 척 시간 끌면서 신규 프로

젝트 정보 빼돌린 거 아냐???

은호   (! 보면)

송부장   (직원한테) 양팀장 이직한다는 회사 어딘지 알아봐.

직원들   (이게 무슨 일이야, 분주하게 움직이는데)

송부장   어쩐지. 너무 쉽게 잡힌다 했어. (하다가 은호 보고) 유은호, 너
         진짜 아는 거 없어?

은호   네? 그게 무슨?

송부장   양팀장이랑 짜고 일부러 정보 빼돌릴 시간 벌어준 거 아니냐
         고! 진짜 정보 빼돌린 거면 너도 책임에서 벗어날 수 없을 줄
         알아!

은호   !!

S#53. 한수전자 인사팀 복도, D

빠르게 밖으로 나오는 은호. 동기, 그 뒤를 따라 나와 잡으며,

동기   야, 유은호, 뭐 어쩌게.

은호   선배님부터 만나봐야지.

동기   하.. 연락이 되겠냐.. 어디 있는 줄 알고 만나.. 야.. 야..

하는데. 이미 은호, 전화 걸면서 뛰어나가고.

동기   (그런 은호 불안하게 보며) 아, 진짜 미치겠네.. 이거 이러다 은
         호가 완전 덤탱이 쓰는 거 아냐?

S#54. 은호 차 안, D

은호, 운전하면서 양팀장에게 계속 전화하는데, 전화 연결 안 되고.

은호   (전화 메시지 남기고) 선배님, 유은홉니다. 연락주세요. 기다릴

게요.

하아.. 은호. 어찌해야 하나 답답해 미치겠는데.

(INS.)

S#43. 한수전자 로비.

양팀장   (통화하느라 은호 못 보고) 강대표.. 지난번에 제안했던 회사..

(하다가 은호 발견하고 급하게 통화 마무리한다) 다시 전화할게요.

로비에서 어색하게 마주쳤던 양팀장 떠오르고. 은호, 급하게 도로 한쪽으로 가

차 세운다.

은호   (동기에게 전화해서 / 다급하게) 어, 동기야. 부장님 스카웃하려

고 했던 서치펌, 거기 회사가 어디였지? 주소 좀.

S#55. 피플즈 앞 거리, D

피플즈 건물 보이고. 건물 앞에 들어와 서는 차.

S#56. 은호 차 안, D

은호, 건물 올려다보고 잠시 망설이는데. 갑자기 열리는 자동차 뒷문. 은호, 뭐지? 싶어서 돌아보는데, 막 차에 타려던 지윤과 딱 눈 마주친다. !!, 지윤도 은호도 놀라는데, 웁스! 상황 파악된 지윤, 그대로 조용히 차 문 닫고 뒷걸음질친다. 황당해서 잠시 멈칫했다가, 정신 차리고 바로 지윤 따라 내리는 은호!

S#57. 피플즈 앞 거리, D

지윤   또 헷갈렸어. 또.. (창피해서 종종걸음으로 빠르게 가다가 멈칫하
       고) 근데 왜 저 사람이 여기에 있어?? (하는데)

은호   대표님!! 강대표님!!

지윤   (못 들은 척 더 빨리 가는데)

은호   (빠르게 따라와 지윤의 앞을 앞서 막으며) 대표님이 그런 겁니까?

지윤   (?! 뭔 소리야 하고 보면)

은호   양팀장님 중국으로 이직.. 후.. 선배님, 지금 어디 있습니까?

지윤   (앤 진짜 나를 대체 어떻게 생각하는 거야? 기분 확 상해서) 그러
       니까 지금 양팀장님을 중국으로 빼돌린 게 나다?

은호   후보자 커리어, 평판 이런 건 안중에도 없습니까? 아무 데나
       이직시키고 수수료만 벌면 되는 겁니까? 대체 수수료가 얼마
       길래?

지윤   (엇나가서 일부러 더) 한두 푼이겠어요. 후보자 인생 걸고 받는
       돈인데.

은호   대표님!

지윤   (보면)

은호   양팀장님 이대로 중국 가면 커리어 망가지고, 한국에선 다신 일 못 합니다. 원래 헤드헌터들은 이딴 식으로 일합니까? 최소한의 양심도 없어요?

지윤   이봐요, 유은호 씨! 함부로 말하지 마시죠. (하는데)

(E) 그때 은호에게 오는 문자. 양팀장이다!

양팀장(E)   나 지금 출국해. 유과장, 자네한텐 미안해.

!! 은호, 문자 확인하자마자 그대로 차로 뛰어가면,

지윤   이봐요. 어디.. 어디 가. 나 아직 말 다 안 끝.. 유은호 씨. 유은호 과장.. 야!!

지윤, 소리치는데.. 이미 은호의 차 떠난 뒤고. 지윤, 황당하게 보다가 어떤 기억에 입술 질끈 깨무는데,

(INS.)

피플즈 대표실. (43씬 전화씬 연결)

지윤   (통화하며) 아니요. 팀장님. 저는 추천 안 해요. 지금까지 쌓아온 커리어는 지키셔야죠. 지금 중국으로 이직하시면 괜한 의심 살 수 있어요. 개발자로서 부끄러운 선택은 하지 마세요.

양팀장(E)	허허. 그때 강대표 말 들을 거 그랬어.
지윤	힘드셔도 버티세요. 그래야 다시 기회가 생겨요.
양팀장(E)	강대표.. 지난번에 제안했던 회사... (급하게 전화 마무리하며) 다시 전화할게요.
지윤	(끊긴 핸드폰 한번 보는데)

다시 현재.

지윤	(생각에서 깨며) 사람을 또 얼마나 들쑤신 거야. 누가 자꾸 헤드헌터 망신을 시키네.

S#58. 커리어웨이 대표실, D

커다란 대표실 책상. 그리고 뒤로 돌아간 의자에서 통화 소리만 들린다.

혜진(E)	돈 많이 준다는데 싫다는 사람 봤어요? 기회가 있는데 안 잡으면 바보지.

카메라 다가가면, 의자에 앉아 있는 사람이 신고 있는 구두 보이는데, 45씬 보라색 구두다!

혜진	이직하는 이유야 만들기 나름 아니겠어요? 쥐도 궁지에 몰리면 고양이 물어요. 퇴로가 없는데 어쩌겠어요. 살고 봐야지. (호탕하게 웃고 천천히 의자 돌아가면) 헤드헌터라고 다 같은 헤

드헌턴가.

완전히 앞으로 돌아온 의자. 드러나는 혜진의 얼굴. 혜진 앞으로 책상 위에 크게 놓인 명패 보인다. "커리어웨이 대표이사 김혜진."

S#59.　공항 게이트, D

뛰어 들어온 은호, 여기저기 두리번거리며 양팀장 찾는데, 안쪽에 출국하기 위해 줄 서 있는 양팀장 보인다.

은호　　(뛰어가며) 선배님!!

은호, 양팀장 부르며 달려가는데.. 혼잡한 공항 소음에 은호 소리 묻히고.. 어느새 양팀장 사람들 틈으로 사라진다. 아무리 둘러봐도 보이지 않는 양팀장.. 미치겠네.. 은호, 허리 숙이고 후― 숨 몰아쉬는데...

양팀장　　(화장실에서 나오며 은호 발견하고) 유과장?

S#60.　공항 일각, D

의자에 앉아 이야기 나누는 은호와 양팀장.

양팀장　　기술 유출? 뭐 구경이라도 했어야 유출을 하지. 프로젝트에서　　　　　　　바로 제외됐어.

은호   (의아해서 보면)

양팀장   내가 필요해서 잡은 줄 알았는데.. 그냥 난 경쟁사로 이직하

          려고 했던 배신자더라고.

은호   (!)

양팀장   다른 데로 보내는 것보단 데리고 있는 게 이득이었겠지. 하는

          거 없이 놀리더라도.

은호   (!!)

양팀장   일하고 싶어서 가는 거야. 눈칫밥 먹으면서 공짜 월급 받는

          거? 그거 아들 녀석 보기 쪽팔려서 못 하겠더라.. 아빠가 회사

          에서 대단한 일 하는 줄 알 텐데.. 오해? 받으면 받지 뭐. 어차

          피 다시 한국에서 일할 생각 없어.

은호   ... 죄송합니다.. 제가 괜히...

양팀장   유과장이라고 뭐 알고 잡았겠어. 시키니깐 한 거지. 괜히 나

          때문에 유과장한테 불똥 튈까 봐 걱정이네.

S#61. 공항 밖, D

공항 밖으로 나온 은호. 허탈한 얼굴로 막 하늘로 뜬 비행기 본다.

양팀장(E)   유과장도 너무 애쓰지 마. 회사한테 우리는 그냥 부품이더라

          고. 쓸모가 다했으면 버려지는 거지. 새로운 부품은 널렸잖아.

은호, 천천히 걸음 옮기는데... (E) 울리는 핸드폰.

은호   (전화받으면)

동기(E)   임마. 너 지금 어디야?

S#62.   한수전자 인사팀 사무실, D

은호, 책상과 서랍에 있는 컴퓨터며, 서류며 다 들고 가는 감사팀. 인사팀 내,
외부 직원들 모두 웅성거리며 무슨 일인지 구경하고 있고..

동기   (통화하며) 지금 감사팀에서 조사한다고 니 컴퓨터랑 책상 다
          털어가고 난리 났어! 어떻게 된 거야? 양팀장님 만나봤어?

은호랑 통화하는 동기의 시선에, 감사팀장에게 뭐라고 언질하고 있는 송부장
보인다. 털리는 은호의 자리 보며 비릿한 미소 짓는 송부장의 얼굴 보이고.

동기   (그 모습 보며) 은호야, 너 송부장한테 제대로 당한 거 같다. 송
          부장 저거.. 처음부터 꼬투리 잡아서 너 날릴 생각이었어...

S#63.   공항 밖, D

하― 결국 이거였구나.. 싶은 은호.. 휴대폰 들고 있던 손에서 천천히 힘 빠진다..

동기(E)   야, 은호야!! 유은호!! 내 말 듣고 있어?? 유은호!!

동기의 목소리 휴대폰에서 시끄럽게 들리는데.. 그대로 힘 빠져 바닥에 주저앉

아 얼굴 묻는 은호..

S#64. 한수전자 인사팀 사무실, 다른 날 D

바쁘게 일하고 있는 직원들 사이, 비어 있는 은호 자리 보인다. 카메라 은호 자리로 점점 가까이 다가가면, 모니터 화면에 떠 있는 인트라넷 공지 사항.

　　"해직 공고_ 인사팀 유은호 과장

　　징계 해고_ 내부정보 유출"

S#65. 피플즈 전경, 다른 날 D

S#66. 피플즈 사무실, D

- 미애 사무실. 서류 검토하고 있는 미애. 위로,

지윤(E)　　서이사~

- 회의실. 직원들(1팀 아닌 경영지원팀 직원 한두 명 정도)과 회의하고 있는 미애,

미애　　이거 우리 서치펌 단독 오퍼 아닌가? 근데 수수료가 왜 이렇지? 이거 담당자한테 다시 확인해봐요. (하는데)

지윤(E)   서이사!

- 화장실. 미애, 안에서 일 보고 있는데, (E) 똑똑. 화장실 문 노크하는 소리 들리는, 미애 안에서 문 두들겨 사람 있음을 알리는데, 다시 들려오는 노크 소리.

미애   사람 있어요

지윤(E)   서이사? 지난달 IT 고객사 리스트 정리한 거 어디 됐지?

미애   .....

지윤(E)   서이사? 안에 있잖아. 나 이번 달 매출 분석표도 다시 좀 뽑아 줬음 하는데. 서미애 씨!

미애, 애써서 모른 척하는데. (E) 똑똑. 똑똑. 똑똑. 노크 소리 공포처럼 점점 더 빨라지고!

- 탕비실. 아예 헤드폰 끼고 귀 막아버린 미애. 여유 있게 커피 타서 마시는데,

지윤   (헤드폰 벗기며) 언니!!

S#67.   피플즈 대표실, D

엉망이 된 대표실로 먼저 들어오는 지윤. 그런 지윤 눈으로 욕하며 따라 들어오는 미애.

미애   그만 좀 부르세요. 아주 그냥 제가 대표님 때문에 일도 하나

도 못 하고 죽겠어요! 이번엔 왜 또, (하는데)

지윤   내 전화기 어딨어?

미애   그걸 내가 어떻게 알아? 전화해봐.

지윤   내 번호가 뭐였지?

하아.. 미애, 지윤의 번호 찍어서 전화 거는데, 대표실 쓰레기통에서 울리는 (E) 벨소리. 지윤, 쓰레기통 휙― 뒤집으면 거기서 핸드폰 나오고.

미애   그게 대체 왜 거기 있는데?

지윤, 으쓱하고 핸드폰 확인하는데. 갑자기 눈빛 변하더니, 파바박 짐 챙겨 나갈 준비한다.

미애   왜? 뭔데?

지윤   SP투자증권 대표이사 해임 결정됐대. 공모로 가기 전에 우리가 먼저 치고 들어가야 돼. 김전무님한테 연락해서 지금 당장 만나자고 해줘!

지윤, 급하게 나가다가 아! 책상 모서리에 무릎 찍고.

미애   어우, 조심 좀! 맨날 부딪치고 넘어지고. (하는데)

무릎 문지르고 가방 낚아채 나간다. 그 곁에 책상에 있던 책과 서류들 후두두 바닥으로 떨어지고.

미애   (떨어진 책더미들 보면서) 일만 못 했어도 넌.. 죽었어.. (했다가) 근데 이럼 오늘 강지윤 일정은 다 꼬였네.. (거의 실성한 듯 웃으며) 흐으으웅. 아이 신난다. 아이 즐거워.. (대표실에서 나오며 직원들에게) 지금 남는 시간 있는 사람~

S#68.   피플즈 사무실, D

하면서 고개 슉ー 돌리면 절반 이상의 자리는 비어 있고. 남아 있는 직원들도 각자 전화 통화하고 미팅하느라 바쁘다. 미애의 시선이 1팀으로 향하는데, 순식간에 몸 낮추며 미애 시야에서 사라지는 영수, 광희, 규림 그리고 한발 늦게 규림 손에 머리 숙여지는 경화.

미애   (사람)이.. 없구나.. 아하하하.. 그럼 난 또 야근 확정이네.. 아.. 진짜.. 강지윤 (꼭 욕하듯이 이 부득 갈며) 사랑스럽다. 사랑스러워!!

미애, 퍽퍽거리며 방으로 들어가면,
그때, 숨어 있던 1팀 직원들 쏙쏙ー 어느새 책상 위로 올라와 모습을 드러낸다. 영수를 선두로 광희, 규림, 경화까지 쓰으윽ー 하나씩 그림자처럼 밖으로 나가는데, 규림은 경화의 목덜미를 잡고 끌다시피 해서 경화를 데리고 나간다.

S#69. 피플즈 복도, D

영수 휴우.. 위험했어. 다들 아주 잘했어. 퇴근들 하자구.

경화 근데 정말 이사님 괜찮으실까요?

규림 그럼 들어가서 도와드리고, 비서 구할 때까지 대표님 스케줄
관리 도맡아 하시던가요. 자기 대표님 좋아하니깐 딱이네.

경화 아.. 그건...

영수 우리 일도 많은데 괜히 끼어들어서 피곤해지지 말자구. 이렇
게 다 같이 퇴근하는 것도 오랜만인데 간만에 맥주 한잔? (하
는데)

규림, 광희 수고하셨습니다. / 가보겠습니다.

마침 열리는 엘리베이터 문. 규림과 광희 탄다. 경화, 어쩌지 쭈뼛거리고 있는
데 규림이 딱 낚아채 엘리베이터에 태우고. 광희, 냉정하게 닫힘 버튼 누른다.
영수 바로 앞에서 닫히는 엘리베이터 문. 영수, 룰루~ 휘파람 불며 주머니에
가득한 사탕 하나 꺼내 녹여 먹는다.

S#70. 피플즈 전경, N

S#71. 피플즈 대표실, N

모두가 퇴근한 사무실. 미애, 드디어 정리 끝낸 일정표 지윤의 책상에 올려놓
는다.

미애   강대표야. 제발.. 이 일정은 또 바꾸지 말자.

미애, 주문을 걸듯 일정표 툭툭 두드리고 대표실 나가려는데, 지친 얼굴로 들어오는 지윤.

미애   뭐야? 왜 다시 들어와?
지윤   자료 볼 거 남았어.
미애   너 지금 좀비 같아. 집에 좀 가. 가서 맛있는 것도 먹고, 잠도 좀 자고, 보통 사람들이 하는 거. 남들이 하는 거 그런 것 좀 해.
지윤   (대답하기도 귀찮다는 듯이 손 휘적휘적하고) 같이 자료 볼 거 아니면 (하는데)
미애   대표님. 그럼 수고하십시오!

미애, 재빠르게 인사하고 대표실 벗어나는데, 그 뒤로 힘없이 걸어가 자리에 앉으려던 지윤. 쿵― 쓰러진다. 미애, 뭐야? 소리에 놀라 뒤돌아보고.

미애   (달려가 지윤 흔들어 깨우며) 지윤아, 강지윤!!!

S#72.   병원 진료실 복도, N

놀란 얼굴로 다급하게 뛰어들어오는 정훈. 응급실 복도로 뛰어가는데.. 생각보다 평온해보이는 미애 보이고.

정훈   뭐야, 어떻게 된 거야? (하는데)

지윤	(링거 끌고 나오면서) 오바하지마. 나 괜찮아.
정훈	(지윤 보고 안도하는 / 여기저기 살펴보며) 쓰러졌다며. 멀쩡한데? (하는데)
간호사(E)	강지윤 환자분, 진료 보실게요!

S#73. 병원 진료실, N

지윤, 의자에 앉아 있고, 그 뒤에 보호자로 서서 같이 듣고 있는 정훈과 미애.

미애	(황당한 얼굴로) 과부하요?? 뇌가요??
의사	쉽게 말하면.. 얘가 너무 많이 써서.. 주인한테 그만 좀 쓰라고 시위하는 겁니다.
지윤	시위? 뭐가 그렇게 약해요? 뇌가 그렇게 약해도 돼요?
의사	약한 게 아니라, 과하게 많이 쓰셨어요, 환자분이. 스트레스로 뇌가 과부하 됐고, 그래서 자율신경계가 이상을 보인 겁니다. 요즘 이름을 헷갈린다던가 / 자꾸 뭘 깜빡한다던가 / 생각과 다르게 말이 나간다던가 / 뭐 그런 증상은 없었어요?
셋	(의사가 증상 말할 때마다, 지윤이 보였던 증상과 다 맞아서 고개 끄덕인다)
의사	불면증도 심했을 거 같은데..
미애	대박! 그럼 너 진짜 아파서 그랬던 거야??
의사	이 상태로 스트레스 상황이 계속 지속되면 이명, 난독, 호흡곤란, 공황장애. 심하면 직접적인 뇌 손상까지 올 수 있습니다.
지윤	그래서요. 치료 방법은요..?

의사	컴퓨터 과부하 걸려서 작동 안 될 때 어떻게 합니까.
지윤	전원을 _끄죠_.
의사	마찬가집니다. 더 과열돼서 뇌에 불나기 전에 꺼야죠. 스트레스받지 말고. 일 줄이세요!
지윤	(황당하게 의사 보는데)
미애	저는요? 전 과부하 아닌가요? 스트레스는 얘가 아니라 제가 더 받고 있는데 지금!

S#74. 강석의 책방 전경, 다른 날 D

S#75. 강석의 책방 안, D

따뜻하고 아늑한 분위기의 책방. 가득 쌓인 오래된 책들에서 세월의 흔적 느껴진다. 한쪽에 기대앉아 옆에 잔뜩 책 쌓아두고, 책 읽고 있는 지윤 보인다.

강석	(한쪽에서 그런 지윤 보며) 오늘은 한 번을 안 움직이네, 벌써 세 시간짼데..
미애	뭐. 고등학생 때부터 저게 스트레스 푸는 유일한 방법이잖아. 저렇게라도 풀어야지.
강석	강대표 몸은? 괜찮은 거야?
미애	탈 날 때 됐지, 뭐. 비서 없이 그 업무를 혼자 다 하는데, 강철 체력도 아니고. 지가 버텨?
강석	아직 비서 못 구했지?

미애	(고개 크게 끄덕이고) 믿고 맡길 사람이 없어.. 누가 좀 까다로 워야 말이지. (하는데)
지윤	(보고 있던 책 탁 덮으며) 흉은 당사자 없는 데서 보지.
미애	거기까지 들렸어?
지윤	(책 정리하고 일어나며) 갈 거니깐 이제부터 실컷 흉봐.
강석	가게? 같이 저녁 먹자.
지윤	부부가 데이트하는데 내가 왜?
강석	데이트 아냐. 후배 집 초대받았는데 음식 끝장나게 잘해. 같 이 가자.
미애	그래, 같이 가서 먹자.
지윤	그런 데 취미 없는 거 알면서. 갑니다!

지윤, 쿨하게 인사하고 나가면, 미애, 그런 지윤 한 번 보고.

S#76. 은호 집 주방, N

현란한 솜씨로, 능숙하게 요리하고 있는 남자의 뒷모습 보인다. 한 손으로 웍 질하고, 한 손으로 착착 재료 넣고, 다지고, 다듬고, 손대중과 눈대중으로 착착 요리 완성하는데, 때마침 (E) 딩동― 울리는 벨소리. 남자, 벨소리에 고개 돌리 면, 은호다!

S#77. 은호 집 현관 + 밖, N

"어서 오세요~" 은호랑 별, 반갑게 문 열면, 벨 누르고 기다리고 있던 강석과 미애 보이고.

S#78. 피플즈 전경, D

S#79. 피플즈 1층 로비 + 엘리베이터 안, D

태블릿 보면서 출근하는 지윤. 엘리베이터로 향하는데 사람 무리 엘리베이터
에 올라타고, 엘리베이터 문 닫히려 하자, "잠시만요" 하면서 다급히 엘리베이
터에 올라타 문 쪽으로 시선 돌리는 지윤. ? 뭔가 어색한 인물을 본 거 같은 느
낌. 지윤 고개 돌려 돌아보면 사람들 틈 뒤로 구석에 어색하게 서 있는 은호.
은호, 시선 어디 둘지 몰라 방황하다 지윤과 눈 마주치고, 아하하.. 어색하게
목인사 하는데..

지윤   (!! 시선 다시 문 쪽으로 돌아오고 중얼거리며) 뭐야.. 저 사람이
        왜 여기 있어.

슬쩍슬쩍 은호 쪽으로 돌아보는 지윤. 행여나 눈 마주칠까 조심하고, 역시나
슬쩍 지윤의 뒷모습을 보는 은호의 시선.

엘리베이터 올라가며 층마다 사람들 내리며 조금씩 비는데, 여전히 은호는 내
리지 않는다. 지윤.. 뭐.. 지... 싶어서 눈 돌아가는데.. 어느새 지윤과 은호 다른
사람 셋 정도만 남은 엘리베이터. 띵― 열리는 엘리베이터.

S#80.   피플즈 복도 + 사무실, D

지윤, 갸웃하면서도 먼저 내려 사무실로 앞서 걸어가고. 은호, 뒤늦게 그런 지윤 따라서 걸어가는데.

미애   (사무실 안쪽에서 나오며 두 사람 보고) 어, 두 사람 같이 왔네.

지윤 ?? 해서 뒤돌아보는데,

미애   인사해요. 이쪽은 우리 피플즈 대표 강지윤!
은호   안녕하세요, 유은호입니다.
지윤   (이게 대체 뭔 상황이야 싶은데)
미애   인사해. 여긴 앞으로 강대표 비서로 일하게 된 유은호 씨!
지윤   비.. 비서...? (놀라서 은호 보는데)
은호   좋은 아침입니다. 대표님!
지윤   !!!!
은호   (하하.. 어색하게 지윤 보며 웃어 보이는데)

이미 결심하고 온 듯, 어색하게 인사하는 은호와 그런 은호 황당하게 보는 지윤에서.. STOP!

1부 끝.

나의 완벽한 비서

2부

S#1.　실내 클라이밍장, D

볼드를 잡고 신중히 클라이밍 벽 오르는 은호 보인다. 복잡한 생각을 정리하듯, 볼드에만 집중하는데.. 은호 위로, 컷컷 빠르게 지나가는 장면들.

- 난감한 표정으로 안 되겠다고 거절하는 선배.

"미안하다. 기술 유출 건으로 엮인 거라 쉽지 않네.

소문 좀 가라앉을 때까지 기다려봐. 뭐 한 1년이면 되지 않겠냐."

- 이력서 돌려주는 채용담당자.

"죄송합니다. 경력은 탐이 나는데 레퍼런스 평가가 너무 안 좋아서."

- 면접 중에 둘이 귓속말하며 고개 젓는 면접관들.

"누구한테 단단히 미움 샀나 봐요. 알잖아요.

평판에 예민한 직군인 거. 힘들겠어요."

부스스한 머리와 체크 남방, 며칠은 밤샌 듯한 몰골의

딱 개발자 출신 벤처 회사 대표.

"아이가 있으면 야근은 힘드시죠? 저흰 아직 초기 단계라..."

하는 대표 뒤로 보이는 간이침대와 한쪽에 쌓여 있는 컵라면과 커피들.

거절당할 때마다, 은호의 플래너 속 적어놓은 회사 이름들 죽죽 줄 그어진다. 거절의 메시지 반복되면서 볼드에 매달려 있던 손에 힘도 점점 빠지는데.. 마치 여기서마저 떨어지면 더는 떨어질 곳이 없다는 듯, 은호, 필사적으로 버티고, "죄송합니다." / "안타깝네요" / "미안하게 됐어" 등등.. 반복되는 거절의 말들과 함께 플래너에 죽죽 그어지는 선들이 점점 빠르게 늘어나다가.. 플래너에 적어놓은 모든 회사에 밑줄이 완전히 다 그어진 순간. 클라이밍 벽에 위태롭게 매달려 있던 은호, 툭— 볼드 놓치고 그대로 아래로 떨어지는데..

S#2. 은호 집 거실, D

"아빠!" 하는 소리에 은호, 놀라서 눈 뜨면, 식탁 의자다. 식탁 위에 놓인, 모든 회사에 줄 그어진 플래너 보이고. 안전하게 땅 위에 발붙이고 있는 자신의 두 발부터 보는 은호. 그리고 어떤 느낌에 자신의 손을 보는데.. 별이 두 손에 꽉 잡힌 은호의 손. 별, 두 손으로 은호 붙잡고, 손등에 꾹 하고 무언가 찍는다.

별   아빠, 고생이 많아.

은호, 손등 보며 피식 웃는데.. 보면 손등에 찍힌 도장 "참 잘했어요."

S#3. 정신과 병원 상담실, 다른 날 D

도장에 있던 캐릭터 그대로 병원 벽지로 연결되면, 소아병동 어린이 정신과답게 아기자기하고 따뜻한 분위기의 상담실. 은호와 별, 긴장해서 의사(여, 40대) 보고 있으면.

의사	우리 별이, 이제 그만 와도 되겠다. 더 안 와도 돼.
별	진짜요?
의사	그럼! 별이 진짜 고생 많았어! 아주 장해! 나가서 선생님이랑 놀고 있을래?

별이랑 옆에 서 있던 간호사, 먼저 나가면.

은호	(의자 빠짝 당겨 앉고) 선생님, 진짜 괜찮은 거죠?
의사	(끄덕이고) 네엡~. 물론 완치라는 건 없지만 지금 별이 마음 상태는 아주 건강해요. 이제 상담은 그만해도 될 것 같아요.
은호	(그제야 안심하는데)
의사	(웃고) 그래도 너무 마음 놓지는 말고, 지금처럼 계속 옆에서 잘 살펴줘요. 갑자기 또 말을 안 하게 돼도 당황하지 말고. 그 것도 또 자라는 과정이니까.
은호	(끄덕이며) 네.. 그럴게요.
의사	부모가 할 수 있는 일은 생각보다 많지 않아요. 아이가 손 뻗으면 닿을 거리, 딱 그 정도 거리에서 기다려주면 돼요. 언제든 닿을 수 있게.
은호	...
의사	(그림 파일 건네며) 자, 이건 선물! 1년 동안 별이한테만 집중 해줘서 고마워요.

은호, 의사가 준 파일 펼쳐보면, 처음 상담 시작했을 때부터 오늘까지 별이가 그린 그림들이다. 처음 온통 검은색뿐인 그림에서 점차 밝아지고, 다양해진 별

이의 그림들 주루룩 보이고, 마지막으로 별이가 오늘 그린, 은호와 별이가 함께 웃고 있는 그림까지. 은호, 그 그림 보는데 지난 1년이 생각나 괜히 콧등 시큰하고..

S#4. 강석의 책방 앞 거리, D

별 (책방으로 먼저 뛰어가며) 아빠, 빨리!!

은호 천천히 가, 넘어져! (하는데)

S#5. 강석의 책방, D

"아저씨~" 부르며 별, 책방으로 들어서면,

강석 별이 오랜만이네. 오늘 진료 있었어?

별 나 이제 병원 안 와도 된대요!

강석 진짜? (은호 보면)

은호 (끄덕이면)

강석 아저씨가 가만히 있을 수 없지. 읽고 싶은 책 다 골라! 아저씨 선물이다.

별 진짜죠? (신나서 안쪽으로 들어가면)

강석 애썼다. 고생 많았네. 이제 너 회사만 해결되면 되는데... 어떻게 좀 알아보고 있어?

하는데, 우당탕 소리 들린다. 보면, 책 머리끝까지 쌓아서 들고 나오다가 와르르 무너뜨리는 별.

은호 (아이고 머리 짚는데)

강석 (웃으며) 우리 별이 누구 닮아서 이렇게 욕심이 많아~ 그래, 이거 다 가져가라!

별 (한껏 신나서) 아저씨 별이 집에서 축하 파티해요!

S#6. 강석의 책방 앞 거리, 다른 날 N (1부 75씬 연결)

거리 걸어가면서 이야기하는 강석과 미애. 강석의 손에 들린 집들이 선물세트.

미애 아이 돌도 안 돼서 이혼했다고? 그럼 계속 혼자 키운 거야?

강석 (끄덕이고) 고생 많이 했어, 은호. 능력도 있고, 열심히 사는 애야. 그래서 내가 아까 강대표한테 같이 가자고 한 건데, 은호 소개도 할 겸.

미애 치, 다 생각이 있었구만. 근데 초대까지 해줬는데 좋은 소식 못 가져가서 어째?

강석 왜, 자리가 없어? 안 되겠어?

미애 응. 지금 인사 쪽은 티오도 없고, 하필 징계 해고라.. 부장인가 뭔가 하는 사람이 작정하고 레퍼런스 체크[1] 망치고 다니더라고.

---

[1] 레퍼런스 체크(Reference Check): 후보자의 직장 동료나 상사를 통해서 후보자의 평판을 확인하는 것으로 최근에는 채용에 결정적 영향을 미치곤 한다.

강석   그게 영향이 그렇게 커?

미애   같이 일해본 사람 평가만큼 확실한 게 어딨겠어. 상사가 작정하고 안 좋게 말하면 뽑기 망설여지지.

강석   그 사람은 뭘 또 그렇게까지 해. 이 바닥 살벌하네. 그래서 당신이 그렇게 사납..

미애   (쏩— 째리고)

강석   (눈치 보고 말 돌리며) 은호 진짜 괜찮아. 그러니깐 당신이 힘 좀 써봐. 보증은 내가 할게.

미애   하여튼 후배 얘기만 나오면. 대학교 후배랬지? 그럼 은호 씨도 구조동아리였어?

강석   (끄덕이고) 아— 그때 우리 진짜.. 대단했다. 엄청났지. (하면서 그 시절 생각나듯 팔뚝 좀 만져주는데)

S#7.   은호 집 거실 + 주방, N (1부 76씬 연결)

그 대단한 팔뚝으로 현란한 솜씨 뽐내며, 능숙하게 요리하고 있는 은호 보인다. 착착착 깔끔하게 당근 채 썰어 한쪽으로 두고, 옆으로 손 뻗으면. 작은 스툴의자 위에 올라가 은호 리듬에 맞춰 음식 재료 하나씩 건네고 있는 별. 파프리카, 양파, 부추, 어묵, 버섯 등 건네지는 재료 정갈하게 채 썰고, 볶고, 데치며 잡채 만드는 은호. 한쪽에서는 보글보글 된장찌개도 맛있게 끓고 있다. 요리하면서도 청소에, 별이까지 야무지게 챙기는 멀티플레이어 은호.

은호   유랑아~ 청소해줘!

"유랑이"라고 쓰여진 네임스티커 붙은 로봇청소기, 집 유랑하듯 돌아다니며 청소하고.

은호   (시계 한 번 보고) 별아~ 이제 옷 갈아입자.

별   응. (별이 방으로 들어가면)

은호   (계란말이 만들 계란물 파바박 빠르게 저으며) 분홍색 바지는 두 번째 서랍 오른쪽 끝!

은호ㅡ 마지막으로 계란물 촤라락 프라이팬에 붓는데,

(E) 딩동ㅡ 울리는 벨소리.

S#8.   은호 집 현관 + 밖, N (1부 77씬 연결)

"어서 오세요~" 은호랑 별, 반갑게 문 열면, 벨 누르고 기다리고 있던 강석과 미애 보이고. 강석과 미애, 두 사람 따라 안으로 들어가면,

S#9.   은호 집 거실 + 주방, N

은호   (미애에게) 뵙고 싶었습니다, 형수님!

미애   저두요~ 워낙 강석 씨가 칭찬을 많이 해서 궁금했어요. (집 둘러보며) 와. 근데 집 너무 깔끔하고 이쁘다~

강석   (역시 집 둘러보며) 뭐야, 가볍게 오라더니 뭘 이렇게 거하게 준비했어.

은호   에이, 아니에요. 뭐 그냥 평소에 먹던 거~

하는데, 정갈하게 차려진 집밥 한 상 보인다. 오와 열을 완벽하게 맞춰 세팅된 식탁. 된장찌개에 잡채, 불고기, 각종 나물 등 진짜 집밥 요리 고수가 차린 음식들이 한 치의 오차와 빈틈도 없이 정확한 자리에 놓여 있다! 미애와 강석, 완벽한 정렬에 놀라고! 은호, 마지막으로 비워둔 자리에 포슬포슬하게 잘 말린 계란말이 딱 열 맞춰 올려놓는다. 헐. 대박. 미애. 진심으로 감탄하는데. (E) 핸드폰 울리고.

미애   잠시만요. (한쪽으로 가 전화받으며) 어, 그래, 나 좀 살려줘. 팬찮은 비서 어디 없어? 우리 쪽 업무 이해도 높은 사람으로. 인사쪽 경험 있으면 베스트지! 어, 정리 정돈 잘하고, 깔끔한 사람.

하면서 고개 돌리는데. 눈에 들어오는 깔끔하게 정리된 거실 한쪽 선반에 놓인 화분들. 같은 방향을 보고 놓인 화분들에 같은 높이로 이름표(식물 종과 물주는 주기가 적힌)와 영양제들 꽂혀 있다. 미애 통화하면서 눈 동그래지고.

미애   (계속 통화 중) 일정 관리 중요하고.

하는데, 냉장고에 붙어 있는 일과표에 깔끔하게 정리되어 있는 별의 일정들. 알림장 메모들. 준비물들. 식단표들. 이것 역시 자로 잰 듯 반듯한 글자와 간격이다! 눈 더 커지고!

미애   (계속 통화 중) 기억력에 센스까지 타고 난 사람이면 퍼펙트!

(하다가) 아. 맞다 그리고 젤 중요한 거, 손 많이 가는 우리 강
대표 사고 치는 거 케어할 사람,

하면서 고개 돌리는데, 주스 담긴 컵 들고 가던 별, 발 꼬여 넘어지려고 한다.
어어~ 그대로 넘어지며 주스 바닥에 쏟고, 식탁 모서리에 제대로 이마 찧을 판
인데, 손으로 식탁 모서리 막으며, 별이 뒤로 당겨 세운 은호. 주방에 걸려 있
던 타올 착― 뽑아 바닥에 떨어진 주스 싹― 한 번에 흔적도 없이 깔끔하게 닦
는다. 반짝 빛나는 바닥. 그런 은호 보는 미애 눈도 놀라서 번쩍이는데!

은호　　밥 먹자.

늘상 있는 일이라는 듯, 자연스럽게 식탁으로 가는 은호와 별. 그 모습까지 완
벽하다!

미애　　(그 모습 홀린 듯이 보며 통화 중) 그런 사람이.. 인사 전문가인
　　　　경우는 드물겠지..?? 어.. 일단 끊어봐!!

눈 번쩍 떠진 미애, 급하게 가방 뒤져 은호 이력서 꺼내 확인한다.

미애　　(미애 눈 반짝이며) 찾았다.

S#10. 피플즈 전경, 다른 날 D (1부 78씬)

S#11. 피플즈 1층 로비 + 엘리베이터 안, D (1부 79씬)

태블릿 보면서 출근하는 지윤. 엘리베이터로 향하는데 사람 무리 엘리베이터에 올라타고, 엘리베이터 문 닫히려 하자, "잠시만요" 하면서 다급히 엘리베이터에 올라타 문 쪽으로 시선 돌리는 지윤. ? 뭔가 어색한 인물을 본 거 같은 느낌. 지윤 고개 돌려 돌아보면 사람들 틈 뒤로 구석에 어색하게 서 있는 은호. 은호, 시선 어디 둘지 몰라 방황하다 지윤과 눈 마주치고, 아하하.. 어색하게 목인사 하는데..

지윤   (!! 시선 다시 문 쪽으로 돌아오고 중얼거리며) 뭐야.. 저 사람이 왜 여기 있어.

슬쩍슬쩍 은호 쪽으로 돌아보는 지윤. 행여나 눈 마주칠까 조심하고, 역시나 슬쩍 지윤의 뒷모습을 보는 은호의 시선.

엘리베이터 올라가며 층마다 사람들 내리며 조금씩 비는데, 여전히 은호는 내리지 않는다. 지윤.. 뭐..지... 싶어서 눈 돌아가는데.. 어느새 지윤과 은호 다른 사람 셋 정도만 남은 엘리베이터. 띵— 열리는 엘리베이터.

S#12. 피플즈 복도 + 사무실, D (1부 80씬)

지윤, 갸웃하면서도 먼저 내려 사무실로 앞서 걸어가고. 은호, 뒤늦게 그런 지윤 따라서 걸어가는데.

미애   (사무실 안쪽에서 나오며 두 사람 보고) 어, 두 사람 같이 왔네.

지윤 ?? 해서 뒤돌아보는데,

미애   인사해요. 이쪽은 우리 피플즈 대표 강지윤!

은호   안녕하세요, 유은홉니다.

지윤   (이게 대체 뭔 상황이야 싶은데)

미애   인사해. 여긴 앞으로 강대표 비서로 일하게 된 유은호 씨!

지윤   비.. 비서...? (놀라서 은호 보는데)

은호   좋은 아침입니다. 대표님!

지윤   !!!!

은호   (하하.. 어색하게 지윤 보며 웃어 보이는데)

S#13. 피플즈 미애 사무실, D

지윤   뭐야? 어떻게 된 거야? 왜 저 사람이 여기에 있어?

미애   말했잖아. 새로운 비서라고.

지윤   그러니까 왜! 저 사람이 어떻게! 비서냐고!

미애   우리가 찾던 딱 그 스펙이니까?

지윤   저 사람이 누군지 알고.

미애   한수전자 인사팀 전 과장. 인사지식 탑재, 정리 정돈 능력 탁월.

사고뭉치 특별케어 능력 보유. 인성은 강석 씨가 보장! 우리
가 원하던 두 가지의 스펙을 모두 보유한 능.력.자! 뭐 더 알
고 싶은 거 있어?

지윤 지금 제품 소개해?

미애 그만큼 강지윤 비서로 딱이라는 거야. 아니, 과분하지.

지윤 왜 이렇게 오바야.

미애 나 서치펌 회계 5년 차! 이 정도면 풍월 읊고도 남는 시간이야.
사람 보는 눈 어디 가도 이제 안 꿀려. 그러니깐 내 눈 믿어. 나
믿고 가.

지윤 응. 싫어.

미애 아, 왜! 왜 싫은데!

지윤 그 사람이야. 유은호 씨.

미애 그래, 은호 씨. (하는데)

지윤 나 물 먹인 그 사람이라고!! 양호진 팀장!

S#14. 피플즈 대표실, D

결정을 기다리는 듯 차분한 얼굴로 앉아 있는 은호. 밑에 보이는 다리는 초조
함에 떨리고 있다. 역시. 안 되려나.. 은호, 손에 쥔 지윤의 명함 보는데,

(INS.)

은호 집 거실. (9씬 연결)

명함 들고 있는 은호의 손 연결되면, 당혹스런 얼굴로 명함 보고 있는
은호.

은호	그러니깐 형수님이 말한 대표가.. 강지윤 대표.... (하면)
미애	(지레 찔려서) 강대표 이상한 거 거기까지 소문났어요? 아니, 우리 지윤이가 막 소문처럼 그렇진 않아요. 물론. 까다롭지, 까다롭긴 한데..
은호	(미애와는 다른 이유로.. 이건 좀 힘들 것 같은데? 고개 갸웃하는데)
미애	은호 씨 커리어에 도움 될 거예요. 강대표랑 일하면서 다양한 포지션 접해보면 인사업무 관련해서 은호 씨 역량도 넓어질 거예요. 내부에만 있으면 보지 못하는 것들도 보일 거고.
은호	(여전히 망설이는 눈빛으로 미애 보면)
미애	6개월. 6개월만 도와줘요. 그때 은호 씨 원하는 곳으로 이직 책임질게요! 여기서 스펙 넓혀서 더 좋은 곳으로 이직해요.
강석	에이.. 그걸 어떻게 장담해.
미애	(강석 쿡— 찌르고. 무섭게 째려보다가 눈 돌려 별이 본다) 어, 그 래, 별이! 육아시간 보장! 별아, 아빠랑 시간 많이 보내면 좋지?
별	(고개 끄덕이며) 근데~
미애	(앗싸 먹혔다 싶어서) 어, 별이야, 뭐?
별	일찍 퇴근하는 것도 좋은데 (선반에 있는 인형 가리키며) 쟤도 많이 사줬으면 좋겠어요.
어른 셋	(헉! 당황하는데)
별	(해맑게 눈 반짝반짝하며 미애 보며) 가능하죠?
미애	(에라 모르겠다 눈 질끈 감고) 오케이.. 연봉 1.5배! 별이 갖고 싶은 거 다 사!
별	(은호 보고 씨익 웃으며) 아빠, 난 찬성!

다시 현재.

결연해진 눈빛의 은호. 그래, 버티자! 결심이 선 듯 떨리는 두 다리 손으로 딱 잡는데, 문 벌컥 열리고 들어오는 지윤. 은호, 긴장해서 침 꼴깍 삼키는데.

지윤   (자리로 와 앉으며) 착오가 있었네요. 채용은 없었던 일로 (하
         는데)

은호   (일어나서 허리 숙이며 정중하게 사과한다)

지윤   (뭐야? 싶어서 보면)

은호   그땐 오해해서 죄송합니다. 양팀장님께 들었습니다.

지윤   (보면)

은호   열심히 하겠습니다. 잘 부탁드립니다.

지윤   그러니깐 정말 하겠다고요, 내 비서를, 유은호 씨가?

은호   ..네.

지윤   여기가 무슨 일 하는 회사인 줄은 알죠?

은호   (하하...)

지윤   핵심인재 빼가서 회사에 분란 일으키게 하는 덴데... 괜찮겠어
         요? 아, 맞다. 여기가 양심도 없는 데던가?

은호   하하하하. (웃는데 땀 삐질이고)

그런 두 사람 뒤로, 사무실 문밖에 딱 달라붙어서 둘 지켜보고 있는 미애 보이고. 지윤, 그런 은호 말없이 보다가 자리에서 탁하고 일어난다. 은호, 엉거주춤 같이 따라 일어나는데,

지윤   그럼, 잘 가요.

지윤, 쌩하니 찬 바람 불게 나가면, 은호, 그대로 자리에 털썩. 이렇게 출근도 못 해보고 잘리는 건가 싶은데.. 다시 차가운 얼굴로 들어오는 지윤. 은호, 놀라서 다시 벌떡 일어나는데, 지윤, 무언가 찾는 듯 바닥 두리번거리면, 그런 지윤 보던 은호, 고개 살짝 기울여 조~기 가리킨다. 보면 거기에 놓인 지윤의 구두. 지윤, 신고 있던 슬리퍼 벗고 구두로 갈아신고 나간다. 최대한 도도한 표정은 잃지 않은 채. 지윤 나가면 바로 뒤따라 들어오는 미애.

미애   저 봐. 저러면서 뻗대기는... 은호 씨, 괜찮아요?

은호   저 출근도 전에 잘린 건가요?

미애   (으으응 고개 젓고) 강대폰 내가 잘 알아요. 걱정할 거 없고, 은
         호 씨 의지가 중요하죠. 나한텐 은호 씨밖에 없어요. 어때요.
         할 수 있겠어요?

은호   ...말씀하셨던 채용 조건들은 변함없는 거죠?

미애   (크게 끄덕이고) 강석 씨 걸고 맹세할게요!

은호   (수락의 의미로 끄덕이면)

미애   오케이, 딜.

은호와 미애, 둘이 비장하게 손잡는다. 그 위로 떠오르는 타이틀.

S#15.   피플즈 전경, 다른 날 D

S#16. 피플즈 사무실, D

미애 자, 여기. 다들 주목! 인사들 합시다.

직원들 (은호 보는데)

미애 오늘부터 우리와 함께 일하게 될 유은호 실장이에요. 강대표 비서업무를 담당하게 될 거예요. 어렵게 모신 분이니깐 다들 많이 도와줘요.

직원들 과하게 환영하는 박수를 보내고. 은호, 살짝 기분 이상하지만.. "예.. 잘 부탁드립니다.." 인사하는데. 은호 앞으로 바짝 들이밀어지는 캠코더 카메라. 은호, 당황해서 보면 캠코더 들고 은호랑 미애 찍는 광희다.

미애 (익숙하다는 듯) 어, 광희 씨 이번엔 또 뭔데? 뭐가 유행일까?

광희 (캠코더로 계속 찍으며) 요새 또 아날로그가 대세잖아요. 요거 제가 이번에 어렵게 구한 건데, (하다가 카메라 뷰파인더 보며 새삼 감탄하며) 와~ 우리 새로운 실장님 그냥 비주얼이 예술이시네. 카메라가 절로 따라가.

광희, 화려한 카메라 워킹 선보이며 요란하고 본격적으로 은호 찍기 시작하면, 광희가 찍고 있는 캠코더 화면으로 화면 바뀌고.

은호 (좀 부담스럽다는 듯 자기 찍고 있는 카메라 보는데)

미애 직원들 소개할게요. (영수 가리키며) 여긴 컨설턴트 김영수 과장.

영수 (캠코더 화면 영수한테 넘어가면 / 커피 한 잔 들고 화면 안으로 들어오며) 아이고.. 어쩌다 대표님 비서가 되는 결정을..... 쯧쯧.
우리 오래~ 오래~ 봅시다. 같이 일하게 돼서 전남 영광이야~

은호   (헉! 어찌 반응해야 하나 당황하는데)

규림   (손과 눈으로는 바쁘게 스마트폰 서치하고 영혼 없이 웃어주며) 네
        네~ 경기도 과천이시겠죠~

영수   (주머니에서 커피믹스 하나 꺼내 은호한테 찔러주며) 유실장도 하
        나 챙겨 둬. 소확횡 알지? 소확횡! (은호 반응 보며 신나서) 몰라?

규림   (여전히 스마트폰 서치하며) 아이쿠 또 새로운 거 배우셨네. (하
        는데)

영수   소소하지만 확실한 횡령!! 소확행 아니다, 소확횡이야, 횡!!
        (혼자 뿌듯해서 규림한테 엄지척 날리고! 오늘의 유머 수첩 꺼내
        소확횡에 밑줄 쫙 긋고 자리로 가면)

은호   (하하하.. 어색하게 웃으며 규림 보는데)

규림   (언제 웃었냐는 듯 특유의 시크한 표정으로 다시 핸드폰 자판이나
        토독 두드리며) 익숙해지세요. 그럼 돼요. (하는 규림 위로)

미애(E) 컨설턴트 나규림 대리.

캠코더 화면, 규림 옆자리인 경화한테로 옮겨가면,

경화   저희 회사에 오신 거 환영합니다! 우리 대표님~ 진짜 멋진
        분이세요! (비밀 말하듯이 수줍게) 제 롤모델!

은호   네, 반갑습니다. 앞으로 잘 부탁해요. (하는데)

보이는 경화 책상. 아기자기하게 잘 정리된 책상, 군데군데 붙어 있는 포스트

잇에 적힌 명언들과 멘탈 강화책들 보인다. 은호 시선 《미움받을 용기》 책에 머무르는데, 큰 결심한 듯 꺼내서 은호에게 책 내미는 경화.

경화   도움 되실 거예요. 파이팅! (초롱초롱하게 은호 보는 경화 위로)
미애(E)   컨설턴트 오경화 씨.. 그리고 이쪽은.. (하는데)

광희, 찍고 있던 캠코더 내리고 정식으로 인사한다. 화면도 원래 화면으로 돌아오고.

광희   제 소개는 직접 하죠. 컨설턴트 이광흽니다. 실장님 업무랑 제 업무가 겹치는 일은 많은 것 같지 않지만, 행여라도 제 시간 방해되는 일 없도록 부탁드립니다. 그리고 한 가지 더 (은호에게 다가가 작게) 당장 도망치세요! 지금이 마지막 기회예요!!
은호   (!) 네? (하는데)
광희   (은호 시계 보고, 눈 커져서 은호 팔뚝 잡으며) 이거 구하기 힘든 건데, 어디서 구하셨어요? 실장님, 패션 좀 아시네. 형님이라고 불러도 되죠?
은호   (여기 사람들 다들 좀 특이하네 싶은데)

숙취에 눈도 못 뜨고 해롱거리면서 등장하는 정훈.

정훈   (숙취해소제 젤리 집어 먹으며) 다들 안녕~ 차오 하이 알로하~

은호는 보지도 못하고 자기 방으로 가다가 술기운에 비틀거리는데, 어어, 반사적으로 그런 정훈 잡아주는 은호. 정훈의 허리 받치고, 자신의 품에 감싸듯 정훈 안게 되는 은호. 정훈, 그 상태로 마치 운명의 데스티니처럼 은호 올려다보며.

정훈   누구? 뉴페이스네.

미애   응. 인사해, 강대표 비서 유은호 실장.

하는데, 정훈, 안긴 채 은호 팔뚝 조물조물 한번 만져보고.

정훈   믿음직하네. 강대표 맡길 수 있겠다. 합격!

S#17. 피플즈 탕비실, D

후우.. 은호, 숨 한 번 돌리고, 내려지는 커피 기다리는데 들어오는 미애.

미애   인사만 해도 진 빠지죠.

은호   (내려진 커피 먼저 미애에게 건네고) 괜찮습니다.

미애   (커피 받으며) 땡큐. 직원들은 얼추 인사 다 끝난 거 같고.. 후우.. 이제 강대표만 남았구나..

규림   (어느새 옆에서 커피 홀짝거리며) 진짜가.. 아직 남았네요. (하는데)

S#18. 세림백화점 전경, D

S#19.　세림백화점 VIP 라운지, D

박전무(여, 50대)와 같이 VIP 라운지에서 이야기 나누는 지윤(1부 47씬의 구두 신은).

박전무　이쪽으로 불러서 미안해요. 요새 인사교육 중이라 본사보다 이쪽에 더 자주 있네.

지윤　연락받고 기분 좋게 왔어요. 제가 추천한 후보자가 회사에 잘 적응해서 저희 서치펌에 의뢰해주시는 건데.

박전무　내가 고맙죠. 강대표 덕에 좋은 곳으로 이동하고, 이렇게 같이 일까지 하게 돼서.

지윤　기회 주셔서 감사합니다. 어떤 포지션을 찾으세요? (박전무 보면)

박전무　우리 그룹 회장님의 오랜 숙원 사업이 하나 있어요.

(INS.)

세림그룹 회장실, D

회장실치고는 검소한 사무실 보인다. 회장실 중앙에 붙어 있는 사훈 "본립도생[2]" 보이고. 조회장, 회장실 창문 밖으로 아래 내려다보면 비어 있는 공사 터 보인다. 조회장의 시선으로 공사 터 보면, 조회장이 상상하는 초고층 건물이 세워지는 모습 보이고..

박전무(E)　회장님의 비전을 담은 초고층 랜드마크 건설. 한국을 대표할

2　본립도생(本立道生): 기본이 서면 나아갈 길이 생긴다.

수 있는 랜드마크를 세계에 알리겠다는 것이 회장님이 세림 제과 시절부터 30년 동안 품으셨던 꿈이에요. 그 꿈을 드디어 실현하실 수 있게 됐어요.

지윤 인터뷰에서 봤습니다. 허가가 떨어진 건가요?

박전무 (끄덕이고) 우리 세림그룹이 아시아에서 가장 높은 건물을 올릴 겁니다. 이 프로젝트를 총괄 지휘할 설계 총책임자를 강대표가 찾아줬으면 해요!

지윤 !

박전무 시공 금액이나 기간 모두 역대급 프로젝트가 될 거예요. 적임자를 찾아내면, 이번 프로젝트 전체 팀 구성도 피플즈에 맡길게요. 할 수 있겠어요?

지윤 해내야죠. 그러라고 저한테 의뢰해주신 거잖아요.

박전무 기대했던 답이에요. 늘 하던 대로만 해줘요.

지윤 최선을 다하겠습니다.

(CUT TO)

박전무 나가고 혼자 남은 지윤. 후우. 긴장 풀린 듯 라운지 소파에 푹― 주저앉아 고개 뒤로 젖힌 채 통화한다.

지윤 (통화하며) 네, DB³에만 의존하지 말고 아웃서치⁴도 같이 진행

---

3 DB(Data Base): 회사 내 구축되어 있는 인재 데이터 모음.

4 아웃서치(Out Search): 보통 회사 내부의 데이터베이스 정보를 제외한 다른 모든 툴을 활용하여 단서를 잡은 후 더 깊이 있게 후보자의 정보를 찾아가는 서치 방법.

해요. 유명 랜드마크들 선별해서 참여했던 건축가, 회사들 리스트 업하고, 설계부터 시공, 후속 관리까지 어떻게 진행했는지 알아봐요. 네, 고층타워 경력 있는 곳부터. 아, 해외 쪽 리스트도 놓치지 말고요. (끄덕이고) 우리 믿고 맡겨주셨는데 제대로 해봅시다.

전화 끊고, 큰 프로젝트 수주에 기분 좋은 지윤, 씨익 기분 좋게 웃는데.

혜진(E)   기분 좋은 일 있나 보다.

지윤, 목소리로 벌써 누군지 알고 표정 확 구겨져서 고개 들면, 지윤 앞에 서서 지윤 내려다보고 있는 혜진. 두 사람 같은 구두 신고 있다. 1부의 그 구두.

지윤   피차 안 반가운데 인사는 생략하죠. (구두 확인하고 일어서며) 이 구두 이제 못 신겠네.

혜진   구두가 무슨 죄니~ 요새 후보자도 많이 놓치던데 한 푼이라도 아껴.

지윤   아~ 그래서 그랬구나, 쪼들려서. 난 또 왜 그렇게 후보자 커리어 생각 안 하고 무리하게 이직시키나 했네. 수수료 장난질 하는 걸로도 모자라요?

혜진   강대표가 그래서 1등을 못 하는 거야. 위험부담을 감수해야 대가가 크지. 언제까지 개발자들 국내에 가둘 거야. 크게 놀자, 좀.

지윤   그런 식으로 유지하는 1등이 좋아요? 선배가 자꾸 그런 식으로 일하니까 우리가 싸구려 중개인 취급이나 받잖아요. 일 좀 가려서 받아요. 품위 있게.

혜진   일은 받는 게 아니라 만들어야지. 나 너 그렇게 안 가르쳤는데. 잘못 키웠네, 내가.

지윤   키우긴 누가. 난 평생 누구한테 키움 같은 거 당해본 적 없거든요. 나 혼자 컸어요.

혜진   애들은 꼭 지가 혼자 큰 줄 알더라. 건방지게. 잠은 잘 자니? 내가 밤마다 너 위해 기도한다. 망하라고.

지윤   (허, 황당해서 혜진 보면)

혜진   망하면 이직 자린 알아봐줄게.

지윤   선밴 그게 문제예요. 항상 불가능한 걸 욕심을 내. 예전에도 그러더니..

지윤, 서늘하게 표정 굳어 혜진 똑바로 보고 이야기하면, 혜진, 순간 표정 굳었다가.. 이내 다시 표정 풀며 여유롭게.

혜진   욕심을 내야 갖지. 잘 쫓아와 봐. (지윤의 볼 톡톡)

혜진, 먼저 VIP 라운지 나가면. 지윤. 뭐야. 기분 나빠... 볼 쓱쓱 닦는데.

S#20.   세림백화점 명품매장, D
매장에 있는 가장 높은 굽의 구두 신어보는 혜진.

혜진   (거울에 비춰보며) 이거 좋네. 품위 있어 보이고!

그대로 새 구두 신고 가면,

직원   (따라오며) 고객님 신고 오신 구두는 (하면)
혜진   버려요.

또각또각 새 구두 신고 매장 나가는 혜진.

혜진   (걸어가며 직원과 통화한다) 우리가 한발 늦었네. 일은 인맥이
         아니라 1등이랑 해야 탈이 없는 건데... 강대표 쪽 움직임 당
         분간 계속 팔로우 업 좀 합시다.

S#21. 피플즈 사무실, D

자료 보며 업무 파악하고 있던 은호. 아직 비어 있는 대표실 본다. 언제쯤 들어
오시려나.. 시계 확인하는데, 사무실로 들어오는 지윤. 들어오다 은호 발견하
고 순간 멈칫하는 지윤. 은호, 자리에서 일어나 꾸벅 인사하는데. 인사받지 않
고 그대로 대표실로 들어가는 지윤. 그 모습 보다가 지윤 따라 대표실 들어가
는 미애.

S#22. 피플즈 대표실, D

미애	유실장 못 봤어? 사람을 봤으면 인사를 해야지.
지윤	누구? 누구 있었어?
미애	유실장, 오늘부터 출근했잖아!
지윤	(정말 모르겠다는 얼굴로) 유실장?? (하면)
미애	(덜컥 겁먹고) 뭐야.. 진짜 모르는 거야?? (얼굴 심각해져서) 나는 알겠어? 내 이름, 내 이름 뭐야?
지윤	(생각 안 나는 듯 빤히 보면)
미애	뭐야, 빨리 말해봐. 진짜 생각 안 나?
지윤	조용히 해봐. 생각하고 있잖아. (생각났다는 듯) 대.. 표...
미애	(황당한 이름에 심각해져서) 대표??? (하는데)
지윤	(대표)가 싫다는 데도 기어이 유은호 씨 출근시킨 간댕이 부은 서미애 이사!
미애	야! 증상 더 심해진 줄 알았잖아.
지윤	어. 곧 그럴 예정이야. 누가 말을 안 들어서 아주 스트레스 지수가 높아졌거든.
미애	그래서 뭐? 계속 이렇게 아는 척 안 한다고?
지윤	언니도 언니 마음대로 했잖아. 나도 내 마음대로 할 거야.
미애	(고집스러운 지윤 보며 큰일이다 싶고)

S#23. 피플즈 사무실, D

미애, 대표실 나오자마자 다급하게 은호부터 찾는다.

미애   (은호 앞에 비장하게 서서) 은호 씨, 지금부터 내 말 잘 기억해요!

S#24. 은호 노력 몽타주, D

/-1. 피플즈 사무실.

미애(E)   일단 강대표 고객사, 그리고 중요 후보자 리스트부터 파악하는 게 중요해요. 강대표 느린 거 모르는 거 딱 질색이에요. 언제 어디서 정보 요청이 들어와도 바로 대답할 수 있어야 오케이! 미팅 동선이 길어지거나 시간 약속에 늦는 걸 죽기보다 싫어한다는 거! 잊지마시구요. 출근하자마자 일정표랑 신문 스크랩 확인은 필수!

쿵― 은호의 책상 위로 올려지는 빽빽하게 적혀 있는 일정표와 복잡하고 많은 고객사 리스트와 명함들! 후우― 빼곡한 일정과 많은 자료들 살펴보던 은호, 만만치 않겠다 싶은데. 어느새 미애가 던져준 자료들 프로젝트별로 정리하고, 담당자들과 통화하면서 일정과 미팅목적 확인 후, 한눈에 일정 파악될 수 있도록 일정표 새롭게 정리 중인 은호.

은호   (일정표 보며 담당자들과 각각 통화하며) 네, 안녕하세요, 피플즈 강지윤 대표님 비섭니다. 일정 확인차 연락드렸습니다. / 그럼 식사하시면서 이야기 나누실 수 있는 곳으로 장소는 저희 쪽에서 예약하겠습니다. / 네, 3일 6시 세 분이요. 안쪽에 있는 조용한 방으로 부탁드리겠습니다. / 행사 진행 순서 한 번 더 체크 부탁드리겠습니다. (조금 기다렸다가) 네, 그럼 10분 전까진 도착하실 수 있도록 하겠습니다.

/-2. 피플즈 대표실.

은호, 자기 방식대로 정리된 각 잡은 일정표[5]와 신문스크랩 패드에 넣어서 책상 위에 딱 세팅하고, 서류들은 출근한 지윤이 보기 편하게 딱딱 스테이플러 찍어 완전 각 잡아서 올려놓는데, 마침 출근한 지윤, 대표실 들어오면서 가방 아무 데나 휙 던지고, 책상 본다. 지윤, 은호가 준비한 서류 보자마자 내용 확인도 않고 바로 옆으로 휙 던져버리고 나간다. 헉! 은호, 당황하는데, 들어와 지윤이 던진 서류 확인하는 미애.

미애　　모든 문서 스테이플러는 45도 대각선으로!

말하면서 찍 다시 스테이플러 찍는 미애. 은호, 꼭 그게 자기 마음 찝히는 소리 같고.

/-3. 피플즈 근처 카페 골목 + 대표실.

미애(E)　　커피는 꼭 회사 앞 3번째 골목 4번째 카페에서 적당한 온도

5　프로젝트 전체 흐름과 세부 일정 한눈에 확인 가능하게, 월간과 주간 일정이 한 페이지에 정리된 일정표. 월간 일정에는 미팅, 회의, 인터뷰 등 간략한 일정 표시해 프로젝트별 전체 흐름을 볼 수 있도록 하고, 주간 일정에는 요일별 일정을 세부 항목(날짜, 시간, 장소, 간략 일정 내용)까지 기입하여 구체적인 일정파악이 가능하도록 정리.

로! 너무 뜨겁지도, 차갑지도 않게!

은호, 긴 기다림 끝에 커피 받아서 나오는데, 골목마다 튀어나오는 오토바이에, 아이에 정신없다. 아슬아슬 곡예하듯 장애물들 피해 커피 사수하여 대표실로 입성하는 은호. 지윤 앞에 커피 내려놓는데, 한 입 마시고는 아차! 하고는 안 마신다. 너무 차가워서 실패!

/-4. 피플즈 대표실 + 사무실.

미애(E)   강대표가 움직일 땐, 항상 전방 후방 좌우 주시!

은호, 한 발 떨어져서 지윤 주시한다. 빠르게 달려나가다가 책상 모서리에 다리 부딪치고, 떨어진 서류 주워 일어나다가 책상에 콩 머리 부딪치고, 한 번 나갈 때면 물건 꼭 빠트리고 나와서 몇 번씩이나 대표실 왔다 갔다 하는 지윤. 아이고.. 저런.. 지윤이 부딪치거나 까먹을 때마다 같이 안타까워하며 그런 지윤 보는 은호.

/-5. 피플즈 사무실 입구.

미팅 나가던 지윤, 입구에 방치돼 있던 화분 한쪽으로 옮기는 은호랑 스친다.

컷 / 컷 / 컷 / 출퇴근하며 입구 지나치는 지윤 반복되는데. 점차 변하는 사무실 입구. 지저분하게 방치됐던 화분들 점점 정리되고 깔끔해진다. 평소처럼 출근하던 지윤, 어? 완벽하게 정리된 사무실 입구 눈에 들어온다. 시든 화분 정리되고, 살아남은 화분만 깔끔하게 가지치기 돼서 놓여 있다. 이름표도 생겼고.

지윤, 은호 한 번 보고 대표실 들어가고.

/-6. 은호 집 거실.

미애(E)   그리고 제일 중요한 거 미소!

은호랑 별, 나란히 거울 보고 웃는 모습 연습하고 있다. 이렇게 저렇게 웃는 모습 연습 중인 은호와 별인데, 그 위로.

미애(E)   짓지 마요. 웃는 거 싫대.

이쁘게 미소 짓던 은호 입술, 힘 빠져 축 처지고.

S#25.   대형서점 그림책 코너, 다른 날 N

인기 그림책 작가의 신간 홍보 문구가 적힌 판넬 보이고. 그 판넬 밑으로, 그림 작가의 책들로만 쫙 깔린 그림책 코너 특별매대 보이는데, 모자 푹 눌러쓰고 그림책 코너에서 바쁘게 손 움직이고 있는 수상한 움직임. 수현이다. 주변 눈치 보며 자신의 그림책을 슬쩍 매대 위로 올리는 수현. 눈치 한 번 보고 또 한 권 슬쩍 올리는데, 잡히는 손.

수현   (헉! 놀라서 보는데)
은호   에이, 작가님이 여기서 직접 이러시면 안 되죠.
수현   (긴장 풀리고) 아, 뭐야. 놀랐잖아.

은호   (손 놓고) 아무리 그래도 작가가 말이야 존심이 있지, 부끄럽
        게. 나와봐.

하더니 슈슈숙 눈보다 빠른 손놀림으로 매대 중간중간 수현의 책 자연스럽게
올리는 은호. 풉— 수현, 그런 은호 보며 웃다가, 잡혔던 자신의 손목 괜히 매
만져보는데.

S#26. 대형서점 내 카페, N

은호   좀 대범하게 하지. 한두 개 깔짝 그게 뭐야..
수현   유대디가 안 팔리는 작가의 설움을 알아? 누구 책은 신간 나
        왔다고 이렇게 매대에 쫙 깔리는데.. (하면서 인기작가의 신간
        동화책 들어 보이면)
은호   (동화책 대충 넘겨보며) 뭐 재미도 없네. 정작가 책이 훨씬 재
        밌어.
수현   그래, 참 위로가 된다.
은호   별이는 정작가 책만 봐! 지금 쓰고 있는 거 베스트셀러 가자!
수현   응. 이거 별이가 사다 달란 거야.
은호   걔가.. 또 그렇게 누굴 닮아서 솔직해.. 흠.
수현   (치—) 근데 회사 편한가 보다. 요새 유대디 퇴근이 빠르네. 서
        점 들릴 시간도 있고.
은호   응. 좋아. 다 잘해줘. 대표님만 빼고.
수현   대표님 비서 아니야?

은호   어. 그러니까. (영혼 없이 웃는데)

수현, 은호가 산 책들 슥 살펴보면, "비서의 길 / 비서 길라잡이 / 보스에게 인
정받는 비서 / 어떻게 하면 보스의 마음을 사로잡는가!"

S#27. 피플즈 전경, D

지윤(E)   서이사! / 서이사! / 서이사님!!!!

S#28. 피플즈 미애 사무실, D
비서가 없을 때처럼 또 여전히 회사에 울려 퍼지는 서이사!

미애   (헤드폰 꺼내 쓰고 / 애써 무시하며 눈앞에 있는 숫자에 집중하며)
         안 들린다. 안 들린다. 안 들려!!

하는데, 결국은 두드리던 계산기 집어 던지고 일어나고.

S#29. 피플즈 사무실, D
지윤도 역시 더는 못 기다리고 대표실에서 뛰쳐나온다.

은호   필요하신 게 있으면 저한테 (하는데)

지윤　　(은호 보지도 않고 미애 사무실로 가는데)

미애　　(방에서 나오면)

지윤　　이제야 나오네. 난 또 서이사님 귀가 잘못되신 줄 알았죠.

미애　　후— 대체. 왜? 무슨 용건으로 저를 찾으셨는데요?

지윤　　포커스빌드 임승제 이사 세림그룹이랑 최종미팅 확정됐어.

미애　　진짜??

지윤　　이제 오퍼[6] 조율만 남았으니깐 관련해서 참고할 만한 계약서
　　　　나 자료들 좀 챙겨주세요. 최종미팅 일정도 조율하고. 아, 맞
　　　　다. 그리고 나 온도 딱 맞는 커피 한 잔도!

지윤, 얄밉게 돌아서서, 은호 지나쳐 대표실로 들어가버린다. 허, 이렇게까지
한다 이거지? 미애, 입바람으로 머리카락 훅— 날리고, 대표실 따라 들어가며,

S#30.　피플즈 대표실, D

미애　　강지윤, 너 진짜 이럴 거야? 고집도 웬만해야지 진짜.

지윤　　(보면)

미애　　너 위해서, 너 건강 위해서 뽑은 사람이야. 언제까지 이럴 거
　　　　야, 대체 은호 씨가 왜 싫은데? 너 빼고 다 좋아해!

지윤　　내가 싫다고! 내 비선데 내 마음에 들어야지. 내가 싫다잖아.

6　오퍼(Offer): 채용 대상자에게 회사가 제시하는 채용 제안. 급여, 직급, 복리후생, 근무 조건 등
　이 포함되며 채용 대상자가 오퍼를 수락하면 채용 계약 체결.

미애	모두가 예스라고 할 때 너만 노라고 하는데, 그땐 니가 이상한 게 아닐까?
지윤	응. 난 언제나 남들과는 다른 길을 걸어와서.
미애	어으, 죠 주둥이. 니 비서는 내가 아니라 유실장이니까 도움 받을 일 있으면 유실장한테 부탁해. 그게 싫으면 니가 직접 다 하던가! 무리되고 좋겠네. 그러다 또 과부하 와서 쓰러지면 병원 가고! 그래, 어디 그래 보자! 아주 신나겠다!

미애, 화난 듯 쿵— 소리 세게 나게 문 닫고 나가면. 지윤, 살짝 쫄아서 더 말 못하고 샐쭉. 지윤, 대표실 밖 자기 자리에 앉아 있는 은호 한 번 보는데..

S#31.   피플즈 창고 사무실, N

결국 또 은호 시키지 않고 자기가 직접 서류 보관함 뒤지고 있는 지윤. 모든 서랍장의 문들은 다 열어놓고, 본격적으로 서류들 하나씩 꺼내 확인하면서 뒤지는데. 어째 뒤지면 뒤질수록 서류들이 더 섞이고 미궁에 빠진다. 에휴, 지윤 결국 포기하고 그대로 몸 일으키는데,

은호	어어, 머리!

지윤이 열어놓은 서랍장 문에 이마 찍히기 직전, 별이 보호하던 습관으로 본능적으로 모서리부터 손으로 막는 은호. 지윤, 그대로 모서리 막은 은호의 손등에 콩— 이마 박는다. 당황한 두 사람 그대로 잠시 정적. 은호, 슬쩍 손가락으로 지윤의 이마 밀어주면, 손등에서 이마 떼고 고개 드는 지윤.

지윤   (흠흠..) 아직 있었어요? (하는데)

은호, 지윤에게 자료들 모아놓은 파일 건넨다.

은호   최근 2년간 세림그룹 C레벨 평균연봉과 계약 조건, 비슷한 규모의 건설프로젝트를 진행했던 국내외 건설사 계약 관련 자료입니다. 더 필요한 자료 있으면 말씀하세요.

지윤   (파일 받아서 열어보면 깔끔하게 정리된 서류들. 하나같이 스테이 플러 방향 45도다)

은호   (파일 건네고 말없이 지윤이 뒤섞어놓은 서류들 정리하기 시작하는데)

지윤   (그런 은호 좀 보다가) 유은호 씨, 잠깐 나 좀 봅시다.

S#32. 피플즈 대표실, N

지윤   우리 시간 낭비 그만하죠.

은호   (보면)

지윤   버티고, 무시하고 이거 너무 소모적이잖아요. 이런 쓸데없는 데 에너지 쓰는 거 딱 질색이라.

은호   어떤 점이 마음에 안 드십니까?

지윤   (보면)

은호   비서로서 부족한 부분이 있거나, 일적으로 실수한 부분이 있으면 말씀하세요. 그럼 받아들이겠습니다. 그게 아니라면 (하

는데)

지윤   난 최소한 내 직업을 존중하는 사람과 일하고 싶어요.

은호   (!)

지윤   유은호 씨는 헤드헌터가 뭐라고 생각해요?

은호   (...! 대답하지 못하는데)

지윤   이만하면 내 뜻은 전달된 것 같은데.. 가봐요...

지윤, 은호에게서 시선 거두고 자료 검토하는데,

은호   편견 지우고, 처음부터 다시 배우겠습니다. 대표님이 제대로
             알려주세요.

지윤   (보면)

은호   저는 직장이 필요하고, 저한텐 지금 여기 말고는 다른 선택지
             가 없습니다. 그러니깐 대표님도 저를 비서로서만 판단해주
             시면 감사하겠습니다.

지윤   .. (그런 은호 보고)

(CUT TO)

은호의 인사기록카드 보고 있는 지윤. 은호의 경력은 물론 인적사항까지 제대
로 꼼꼼히 살펴보는데... 육아휴직했던 기록과 은호와 별 두 사람뿐인 은호의
가족 사항에 지윤의 시선 머문다.

S#33. 은호 집 거실, N

깊은 밤. 불 꺼진 고요한 거실.

S#34. 은호 집 별이 방, N

별이는 세상 모르고 잠들어 있고. 그런 별이의 잠든 모습 한참 보다가 빠져나가는 은호.

S#35. 은호 집 은호 방, N

늦은 시간까지 공부하고 있는 은호 보인다. 헤드헌팅, 인사 관련 책과 기사들, 피플즈의 현재 고객사 리스트, 그 고객사 인사팀 담당자들 연락처 리스트 등 다양한 자료들로 빼곡한 책상 보이고. 그 옆으로 서점에서 샀던 비서 관련 책들도 보인다. 벌써 여러 번 읽었는지 인덱스 스티커들 붙어 있고, 공부한 흔적이 보인다. 고객사들 분석 영상 시청하던 은호, 책장 뒤지는데 예전 인사팀 초기에 공부하던 자료들이다. 책장 넘겨보면 빼곡하게 적혀 있는 은호의 밑줄과 메모들 보이고.. 처음부터 다시 배우는 마음으로 예전 자료들까지 모두 올려놓고 새롭게 공부 중인 은호.

S#36. 건축사무소 전경, 다른 날 D

S#37. 건축사무소 사무실, D

사무실 안쪽 책상에 앉아 완전히 몰입해서 지도랑 설계도 보고 있는 임승제 이사(남, 40대 초반). 책상 주변에 놓인 건축 모형들, 설계도면들, 스케치들 정신없이 놓여 있고. 똑똑― 벽 두드리는 소리에 임이사, 고개 들면 지윤이다.

임이사 어, 강대표님! 오셨어요?

지윤 벌써부터 일 시작하신 거예요?

임이사 우리 같은 일 중독자들이 별수가 있나요. 후배 녀석 사무실에 급하게 책상 하나 빌렸어요. (건물 레퍼런스 사진 하나 보여주며) 이것 좀 봐요. 두바이 국제금융센터 설계할 때 참고했던 건데.. (하다가 뭐가 또 생각났는지) 잠깐만요.

하더니 아예 노트북 가져와 3D 입체도로 건물 지어지는 이미지 보여주며 설명한다.

임이사 이 방식을 채택하면, 고층빌딩이어도 한국적인 곡선을 살릴 수 있어요. 최근에 함께 작업했던 팀인데 구조 설계는 여기랑 같이 조인해서 진행하면, 회장님이 원하시는 이미지 충분히 구현 가능할 것 같아요. 풍동설계가 관건인데.. (하다가 지윤 의식하고) 아, 죄송해요. 제가 또 너무 저만 아는 얘길 했죠.

지윤 네. 근데 너무 즐거워 보이셔서 끊을 수가 없네요.

임이사 솔직히 조금 흥분상태예요. 조회장님 오래전부터 존경했던 분입니다. 가장 한국적인 게 가장 세계적인 것이다.

지윤 제안만으로 회사 정리하고 바로 귀국하실 때 알아봤어요.

임이사	이런 건 망설일 필요가 없죠. 난 본능과 감을 따르는 사람입니다. 아직까진 한 번도 실패한 적 없고.
지윤	이사님의 본능과 감이 이번에도 맞을 겁니다. (시계 확인하고) 시간 다 됐네요. 그만 일어나시죠.
임이사	회장님 기다리시게 하면 안 되죠. 조금 긴장되네요.
지윤	이미 조건까지 다 조율 끝내셨잖아요. 형식적인 인사자리니까 부담 갖지 마세요.

S#38. 한정식집 룸, N

임이사, 앉아 있으면 들어오는 세림그룹 조회장과 박전무. 인사 마치고 나면, 조회장, 박전무에게 눈짓하고. 박전무, 둘만 남겨두고 룸에서 나온다. 마주 보고 앉아 식사하는 두 사람. 임이사 살피는 조회장의 눈빛 보이고.

S#39. 피플즈 전경, D

S#40. 피플즈 대표실 + 사무실. D

미애	우정훈 이사님. 담당 프로젝트 진행 상황은 왜 업데이트가 이렇게 안 되죠?
정훈	에이, 다 시기를 보고 있어요. 이번 달은 우리 대표님이 큰 건 했잖아. 그래서 임승제 이사는 세림에 언제부터 출근해요? 어

제 회장님과 자리가 있었다고 들었는데?

하는데, (E) 지윤의 핸드폰 울리고.

지윤   네, 전무님! 강지윤입니다. 어제 식사는 잘하셨어요?

정훈   (입으로 작게) 세림그룹? 그쪽 분들도 양반들은 못 되시네. (하는데)

지윤   (점점 표정 굳어지고) 네? 그게 무슨.. 제가 지금 들어가겠습니다. 만나서 얘기 나누시죠.

미애   왜 그래? 무슨 일인데?

지윤   다녀와서 얘기해. (튀어 나가면)

미애   (걱정돼서 쫓아나가며 은호 보면)

대기하고 있던 은호, 서둘러 지윤 따라 나간다.

S#41. 세림그룹 전무실, D

지윤   전무님! 이미 오퍼 조율까지 다 끝낸 상황입니다. 이전 회사에서 후보자 잡으려고 카운터오퍼 어디까지 배팅했는지 아시잖아요. 그거 다 뿌리치고 여기 선택하신 분입니다.

박전무 나도 일이 이렇게 돼서 당황스러운데.. 회장님이 직접 지시하신 상황이에요.

지윤   저희 후보자가 어제 무슨 실수했어요? 저한테만이라도 이유

나의 완벽한 비서 1
162

알려주시면.

박전무   우리 사람이 아니시라네요.

지윤   네?

박전무   미안해요. 강대표. 나 여기 온 지 이제 2년이에요. 회장님 아직 어려워요, 나도.

지윤   정말 방법이 없을까요? 제가 회장님 직접 만나뵈면.. (하는데)

박전무   이번 건은 여기서 마무리하죠. 애쓴 거 아니깐 내가 다음 채용 때 신세 갚을게요.

지윤   ....

S#42.　세림그룹 앞, D

지윤, 굳은 표정으로 걸어오면. 차에 대기하고 있던 은호. 나와서 문 열고.

은호   임이사님, 기다리고 계십니다.

지윤   (끄덕이고 차에 타고)

S#43.　건축사무소 사무실, D

심각한 얼굴로 굳어 있는 임이사. 지윤과 은호, 침묵 속에서 그런 후보자 보고 있는데, 생각에 잠겨 있던 임이사, 갑자기 쾅— 소파 내려친다. 지윤, 은호 놀라는데.

임이사   쏘리. 두 분한테 한 거 아니니깐 오해하지 마세요. 제가 좀 답

답해서. 아무리 생각해도 모르겠네요. 저 이런 거 망칠 사람
아닙니다.

지윤 압니다. 그런 분이었으면 추천도 안 했어요.

임이사 이런 건 또 처음이네... 예상은 했지만, 조회장님... 쉽지 않은
분이네요.

지윤 죄송합니다. 저 믿고 선택해주셨는데..

임이사 강대표님 책임 아니에요. 선택은 제가 했잖아요.

은호 (보면)

임이사 (지윤 보며) 내가 여기 적격이라는 그 판단은 아직도 변함없어
요?

지윤 물론입니다.

임이사 그럼 저한테 기회를 한 번 더 주세요.

지윤 (보면)

임이사 이대로는 나도 자존심 상해서 그냥 못 물러나겠습니다. 회장
님과 자리, 한 번 더 만들어주세요.

은호 !

지윤 (그런 임이사 보며 생각에 잠기는데)

S#44. 피플즈 사무실, D

생각 정리 마친 듯, 전투적으로 사무실 들어오는 지윤. 은호, 그 뒤로 따라 들
어오고.

지윤 (사무실 들어오며 1팀 직원들에게) 임승제 이사 관련 우리가 준

비했던 자료 하나도 빠지지 말고 다 긁어와요. 같이 일했던 직원들 평가부터 수상 내역, 평론가들 반응까지 다시 체크하고. 다른 후보 건축가들 포트폴리오까지 모두 모아서 임승제 이사가 왜 이 프로젝트의 적임자인지 다시 한번 설득합시다.

미애 뭐야? 어쩌게? 판 다시 뒤집게?

지윤 여긴 임이사가 적임자야. 적임자가 기회 만들어 달라잖아. 그럼 우리가 만들어줘야지. 아, 그리고 조회장님 쪽은 따로 (하는데)

은호 그쪽은 제가 알아보겠습니다.

지윤 (보면)

은호 세림그룹 계열사 인사팀에 일하고 있는 선배가 있어서 자료 부탁해뒀습니다.

미애 그쪽은 유실장이 맡으면 되겠다. 인사 전문가가 있으니 든든하네. 자, 그럼 각자 움직입시다!

지윤, 별다른 말 없이 대표실로 들어가면. 은호, 미애한테 다녀오겠다 꾸벅 인사하고, 자료 받으러 나가고.

S#45. 세림그룹 계열사 로비, D
열심히 메모하면서 선배 이야기 듣고 있는 은호.

선배 이 정도면 내가 회장님에 대해 아는 건 다 말한 거 같은데 거의 뇌 이식한 수준이다, 인마. 회장님 관련 기사들, 홍보자료

들 따로 스크랩해놓은 건 메일로 보내줄 테니깐 필요하면 그
것도 함 보고.

은호　진짜 고마워요, 선배.

선배　다 예전에 너한테 신세 졌던 거 갚는 거야. (하다가) 아, 맞다
이거!

선배, 품속에서 비기처럼 꺼내 내려놓는 책! 회장님의 빛바랜 자서전이다. 엄
청나게 두꺼운!

선배　이거 진짜 어렵게 구한 거다. 시중에서 구하지도 못해. 회장
님 오래 모셨던 비서님한테 특별히 부탁해서 받은 거니깐 요
긴하게 써라!

은호　(회장님 자서전 보는데)

S#46.　피플즈 대표실 + 사무실, N

직원들이 가져다 놓은 자료에 파묻힌 지윤. 자료 하나씩 검토하면서 후보자 리
포트 다시 작성 중이다. 지윤, 으— 오랜 작업으로 목이 뻐근한지 고개 드는데.

(INS.)

언제 다시 들어왔는지 아무도 없는 빈 사무실에 혼자 남아서 받은 자료들 보고
있는 은호.

지윤, 그런 은호 보는데, 은호 고개 들었다가 지윤과 눈 마주친다.

은호   (자리에서 일어나 대표실로 가려고 하며) 뭐 필요하십니까? (하
           는데)

지윤, 됐다고 손짓하고 다시 자료에 집중한다. 은호도 그런 지윤 좀 보다가 다
시 자리에 앉아서 자료 집중해서 본다. 그렇게 두 사람 각자의 자리에 앉아서
일에 집중하는데..

(CUT TO)
지친 얼굴로 회장님 자서전 보던 은호, 무언가 찾은 듯 갑자기 자료들 넘기는
손 빨라진다. 인터넷 기사와 책 자료 그리고 바닥에 떨어져 있던 오래된 기사
까지.. 하나씩 찾아서 퍼즐 맞추듯 맞춰보는 은호!! 내용들 자세히는 보이지 않
고.. 기업 철학이나 사훈 관련 기사, 조회장네 일가 식사 자리 사진, 자서전의
한 페이지, 선배 만나서 수첩에 메모했던 '임원면접 마지막은 꼭 식사면접'이
라고 적은 글씨 등 보이는데, 은호, 무언가 깨달은 듯 눈 커지고!

은호   설마.. 이거 때문에..?

지윤, 대표실에서 그런 은호 본다.

S#47. 레스토랑, D
임이사와 지윤, 은호 같이 식사하며 이야기 중이다.

임이사   (자연스럽게 식사하며) 그래서 제가 어릴 때부터 뭔가를 가만히

뇌두질 못했어요. 부모님이 과자 사주면 먹지는 않고 그걸 또 쌓고 쌓아서 항상 뭔가를 만들어서 집을 엉망으로 만들었죠.

지윤, 은호 (그런 임이사 보는데)

임이사 (둘의 시선 의식하며) 근데 두 분이 아침부터 뵙자고 해서 조금 놀랐습니다. 혹시 미팅 다시 잡혔나요?

지윤 아뇨. 확인하고 싶은 게 있어서 뵙자고 했습니다.

임이사 물어보세요. 확인할 게 뭔지.

지윤 이미 확인했습니다.

은호와 지윤, 확인했다는 듯 서로 보고 고개 끄덕이고. ?? 임이사, 의아하게 지윤 보느라고 움직이던 젓가락질 잠시 멈췄다가 천천히 다시 움직이는데, 그제야 부각되어 보이는 임이사의 젓가락질. 엑스자로 요상하게 잡힌 채 움직이는 젓가락 보이고.

S#48. 건축사무소 사무실, D

임이사 젓가락이요? (황당하게 두 사람 보며) 그러니깐 지금 내가 채용이 취소된 이유가 서툰 젓가락질 때문이다?

지윤 기본에 충실하라! 작은 제과업체 직원으로 시작해 지금의 세림그룹 오너가 되기까지 한 번도 변하지 않고 지켜온 조회장님의 경영철학입니다.

(INS.)

세림그룹 회장실, D

철학이 담긴 '본립도생' 적힌 액자 보이고, 옆에 걸린 시계의 바늘이 6:50을 가리키면 문 열리고 들어오는 조회장. 사각 서류가방에, 목 끝까지 채운 단추와 넥타이 차림이다. 깨끗하게 책상을 정돈하고, 의식처럼 가방에서 안경과 스케줄러 꺼낸 뒤 마지막으로 사각사각 연필을 깎아서 올려놓는다. 그때, 딱 정확히 시계가 7:00가 되면 결재서류를 열어 업무를 시작하는 조회장.

지윤	출근 루틴을 50년 전 첫 출근하신 날부터 지금까지 하루도 빠지지 않고, 지켜오고 계신 분입니다.
임이사	그래서요? 그게 젓가락질이랑 무슨 상관입니까?
지윤	(은호 보면)

은호, 들고 있던 자서전에서 아까 자신이 찾은 페이지 펼쳐서 임이사에게 건넨다. 임이사, 은호가 펼쳐준 페이지 보는데,

(INS.)

조회장 집, D

아들과 식사 중인 조회장. 서툰 젓가락질로 반찬 제대로 못 집어 애먹는 아들을 못마땅하게 보다가 식사 멈추고, 식탁 위에 젓가락 탁— 하고 내려놓는다. 화면 위로, 자연스럽게 자서전 내용 흐르고.

조회장(E)	한 번은 이런 적이 있어요. 유학 보냈던 아들 녀석이 귀국을 했는데 젓가락질이 엉망이지 뭡니까. 기본도 못 갖춘 놈이 무

슨 기업의 경영을 맡아서 하겠다고. 그 길로 집에서 쫓아냈어요. 사소한 것도 제대로 못 하는 사람이 큰일은 어떻게 하겠다고. 기본이 서야 나아갈 길이 생기는 겁니다.

지윤   중요한 임원들 면접은 꼭 마지막에 식사면접으로 진행하신답니다. 회장님의 뜻이 있으시겠죠.

임이사   허, 그래서 지금 뭐 나보고 젓가락질이라도 배우라고요? 젓가락질만 제대로 하면 없던 기본이 생기는 겁니까? 어르신의 아집으로밖에 안 보입니다. 저도 이런 분이라면 같이 일하고 싶지 않네요. 처음으로 내 감이 틀렸나 봅니다.

은호   (임이사 보는데)

지윤   이사님이 싫으시다면 어쩔 수 없죠.

임이사   젓가락질 때문이라니. 젓가락질 그게 뭐라고.. (하는데)

지윤   그러니까요. 젓가락질 그게 뭐 어려운 거라고.

임이사   (보면)

지윤   한국에 제대로 된 랜드마크 건설하는 게 꿈이라고 하지 않으셨어요? 꿈을 위해서 이사님은 어디까지 하실 수 있으세요?

은호   (지윤 보면)

임이사   (잠시 생각에 잠겼다가) ...미팅은 다시 잡을 수 있는 겁니까?

S#49. 세림그룹 공사 터, D

아직 해가 뜨지도 않은 이른 새벽. 공사 터 앞에 서는 택시. 택시에서 내리는 사람, 조회장이다. 수행비서도 없이 혼자 택시에서 내린 조회장. 공사 터로 향하는데, 미리 기다리고 있던 지윤, 조회장한테 다가간다.

지윤   안녕하세요, 회장님. 피플즈 강지윤입니다.

조회장, 지윤 한 번 보고는 마치 없는 사람인 듯, 늘 하던 자신의 루틴 진행한다. 경건한 마음으로 기도하듯이 공사 터를 천천히 한 바퀴 돌기 시작하는 조회장. 지윤, 조회장 방해하지 않고 한쪽에서 조회장의 의식(?)이 끝날 때까지 기다리는데,

(CUT TO)

어느새 조금씩 밝아지는 하늘. 천천히 한 바퀴 다 돌고, 처음 위치로 돌아온 조회장.

조회장   (여전히 기다리고 있는 지윤 한 번 보고) 여긴 어떻게 알고 왔어요?

지윤   회장님 일정 중에 유일하게 동선이 파악되지 않는 시간이 있더라고요. 아무에게도 알리지 않고 어디를 가실까 고민했는데 답은 여기 하나뿐이었습니다.

조회장   그 친구 때문에 온 거면 소용없어요. 난 두 번 기회 주는 사람 아닙니다. (하는데)

지윤   임승제 이사가 처음 만든 건물이 뭔지 아세요?

조회장   (보면)

지윤   세림제과 과자집입니다.

조회장   (그제야 흥미 생긴 듯 지윤 보고) 과자집? 예전에 크리스마스 이벤트로 출시했던?

지윤   네. 기억하시네요.

지윤, 조회장에게 사진 한 장 내미는데 세림제과 과자들로 만든 과자집을 들고 해맑게 웃고 있는 초등학생 시절의 임이사다. '세림제과 과자집 컨테스트'가 적힌 현수막 보이고.

조회장   (사진 보며 아득하게 추억을 회상하듯) 이게 벌써 몇 년 전이야.. (하는데)

지윤   어린 임승제 씨가 과자집을 만들며 건축가가 되겠다고 했을 때, 아무도 믿지 않았을 겁니다. 30년 전 한국을 대표하는 빌딩을 짓겠다는 회장님의 말을 누구도 믿지 않았던 것처럼요.

조회장   (보면)

지윤   (그런 조회장 보며) 세림제과 과자집을 보고 꿈을 키운 아이가 실력 있는 건축가가 됐습니다. 그 아이에게 회장님의 비전이 담긴 랜드마크를 건설할 기회를 주시는 건 어떨까요?

조회장, 말없이 빈 공사 터를 본다. 그동안의 세월이 주마등처럼 스쳐 지나가는 듯한데... 조회장, 고개 돌려 자신을 대답 기다리고 있는 지윤 본다.

S#50.   한정식집 룸, 다른 날 D

같은 식당에서 만나 다시 한번 식사하는 임이사와 조회장. 조회장, 능숙한 젓가락질로 반찬 집고, 젓가락 드는 임이사 보는데, 여전히 서툰 젓가락질로 식사하는 임이사.

조회장   (글렀다는 듯 고개 젓는데)

임이사   역시 아직은 이걸로는 서투네요. 잠시만요.

임이사, 양복 안주머니에서 무언가 꺼내 내려놓는데, 교정용 젓가락이다.

조회장   (그런 임이사 보면)

임이사   제가 요즘 젓가락질을 배우고 있습니다. 얼마 전에 재밌는 조언을 들었거든요.

조회장   (보면)

임이사   요즘 이걸 연습하면서 기본에 대해 많이 생각합니다. 아무리 설계가 좋은 건물이라도 기초공사를 소홀히 하면 버티지 못하고 무너집니다. 이게 회장님의 기초석이라면.. 제대로 배워서 잘 놓아보겠습니다.

임이사, 교정용 젓가락으로 앞에 놓인 땅콩 집기 위해 계속 애쓰고 있다. 마침내 수많은 실패 끝에 드디어 성공해서 콩 집어 먹는 임이사! 오, 성공했다고 해맑게 좋아하면,

조회장   (호탕하게 웃으며) 그 요상한 젓가락은 어디서 구했어요?

(INS.)

건축사무소 사무실, D

지윤 먼저 일어나고, 임이사 여전히 자리에 앉아 생각 중인데..

은호	이사님.

임이사   (은호 보면)

은호   (미리 준비했던 교정용 젓가락 정중하게 건네고) 선택에 도움이 되실지 모르겠지만 선물입니다. 저희 딸도 최근에 이걸로 연습을 시작했거든요. 결국 자기가 편한 방법을 찾겠지만, 기본은 배웠으면 좋겠는 게 부모 마음이더라고요.

임이사   (교정용 젓가락 본다)

은호   고민이 길어질 땐 일단 한 번 해보는 것도 나쁘지 않습니다.

지윤   (멀리서 그런 은호 지켜본다)

그리고 다시 현재로 오면.

조회장   (그런 임이사 보며) 내가 정말 젓가락 때문에 임이사를 떨어뜨렸다고 생각해요?

임이사   (젓가락 내려놓고 정중히) 함께하고 싶은 노력이라고 생각해주세요. 결과에 매몰돼서 과정을 소홀히 하지 않고. 기본에 충실한 랜드마크 만들겠습니다.

조회장   ... (임이사 보며 작게 끄덕이는 얼굴에 미소 살짝 스쳤다 사라지고)

S#51.   피플즈 전경, D

S#52. 피플즈 탕비실, D

지윤   네, 이사님, 축하드려요. 멋진 랜드마크가 세워지길 기대하고
         있겠습니다.

지윤, 전화 끊고 탕비실 나오는데, 마침 탕비실 들어오던 은호와 마주치고. 은호, 옆으로 비켜서는데.

지윤   (지나가다가) 저기 임이사님 채용 확정됐어요. 프로젝트팀 세
         팅도 우리가 맡기로 했고.

은호   아. 네. 잘됐네요.

지윤   (생각보다 떨떠름한 반응에) 네..

지윤, 대표실로 들어가는데, 아! 핸드폰!! 핸드폰 가지러 다시 탕비실로 들어가는데, 차마 소리는 못 내고, 아자!! 앗싸!!! 파이팅 작게 손 올리며 온몸으로 좋아하고 있던 은호와 눈 딱 마주친다. 헉! 은호, 당황해서 그대로 굳는데,

지윤   (핸드폰 챙기며) 좋으면 티 내도 돼요.

지윤, 나가면 창피해서 고개 푹 숙이는 은호. 탕비실 나가는 지윤, 피식 작게 입꼬리 올라갔다 내려가고.

S#53. 은호 적응 몽타주, D

/-1. 피플즈 대표실.
은호, 척척 일정표와 신문스크랩 각 잡아서 놓고, 지윤이 봐야 할 서류들은 대각선으로 스테이플러 착착 찍어서 올려놓으면 들어오는 지윤. 지윤, 또 아무렇게 가방 툭 내려놓는데 미리 예측한 듯 딱 비어 있는 그곳에 가방 안착하고. 지윤, 은호가 맞춰놓은 각대로 편하게 서류들 확인한다.

/-2. 골목 + 피플즈 회의실.
커피 여유 있게 몇 잔 받아 들고 나오는 은호. 골목마다 튀어나오는 오토바이, 어린이들 여유 있게 피하며 사무실 들어오는 은호. 은호, 회의실에 있는 미애랑 정훈에게 먼저 커피 올려주고, 딱 시계 확인하고 일부러 몇 초 기다렸다가 지윤이한테 커피 놓아주면 지윤, 의식하지 않고 바로 마시는데 온도 딱 좋다!

/-3. 피플즈 대표실.
은호, 보고하러 들어갔는데, 책상 밑에 고개 숙이고 떨어진 서류 줍고 있는 지윤. 지윤, 서류 주워서 고개 드는데, 자연스럽게 지윤의 머리 위로 손 올려 부딪치지 않고 올라올 수 있게 막아주는 은호. 지윤 올라오면, 은호, 자연스럽게 손 빼고 보고 이어간다. 그런 두 사람 보이며 화면 넓어지면 대표실 곳곳 지윤이가 자주 부딪쳤던 곳마다 붙어 있는 모서리보호대 보인다.

/-4. 피플즈 사무실 입구.
고객사 급한 전화받고 튀어 나가는 지윤. 지윤, 그대로 몸만 빠져나가는데 자연스럽게 지윤 쫓아가며 동선에 맞춰 가방, 핸드폰, 태블릿 필요한 물건들 착

착착 건네며 따라가는 은호. 그렇게 자연스럽게 두 사람 그대로 같이 사무실 나가는데. 나가는 두 사람 뒤로, 깔끔하게 정리돼 사무실 입구에 있던 화분에 뿅— 피어나는 새싹 보이는데,

광희　(두 사람 나간 거 확인하고) 자자.. 다들 오만원씩 주시면 되겠습니다! 여기 경화 씨랑 저 빼고 다들 지갑 여시면 됩니다.

하면서 사무실 한쪽에 놓여 있는 이동식 게시판(팀별 프로젝트, 회사 일정 등 체크해놓은) 샥 뒤로 돌리면, 은호가 버틴다 못 버틴다로 나눠서 내기했던 판 보인다. 경화와 광희만 빼고 다 못 버틴다에 걸었고. 광희, 기분 좋게 은호가 버틴다 쪽에 "WIN"이라고 크게 쓰고.

경화　제가 실장님은 버티실 거라고 했잖아요. (하는데)

미애　(회의실에서 나오며) 사람들이 말야, 응원은 못 할망정 유실장 두고 이런 내기나 하고.

정훈　(같이 나오며 / 관심 없다는 듯 핸드폰으로 게임하며) 회사는 이런 재미로 다니는 거지.

영수　(지갑 느릿느릿 열면서) 아니 근데 아직 변수 있는 거 아니야? 벌써 끝난 거 맞아?

규림　(영수 지갑에서 돈 대신 뺏어서 자기 거랑 같이 내면서) 인정할 땐 쿨하게.

영수　아니, 우리 대표님 변덕이~ (하면)

미애　무서운 소리하지 마세요, 과장님. 나 오늘 강대표가 한 번도 안 찾았거든요. 부디 이 평화 유지되길 바랍시다~

미애, 자기 방으로 들어가고. 띠리링~ 게임 종료 소리 들린다. 허무하게 죽은 캐릭터 보는 정훈.

정훈   (핸드폰 보며) 에이.. 이번 판은 졌네...

정훈, 처음으로 핸드폰에서 고개 드는데, 정훈의 시선 내기판으로 향한다. 광희가 은호가 버틴다 쪽에 써놓은 "WIN"이라는 글자 보이고.

S#54.   수현 차 안 + 놀이터 근처 단지, D
아파트 단지 놀이터 쪽으로 들어와 서는 수현의 차.

수현   (시동 끄고 나가려는데 핸드폰 울린다) 어, 엄마. 거의 다 왔어요. 애들은?
정순(E)   놀이터 갔어. 별이 아빠 일찍 퇴근했다가 애들한테 완전 잡혔지.
수현   애들은 완전 신났겠네. 네, 같이 들어갈게요.

수현, 전화 끊고 놀이터 보면 신나게 뛰어놀고 있는 세 사람 보인다.

(INS.)
놀이터.
미끄럼틀 무한 반복 태워주기, 술래잡기, 무궁화꽃이 피었습니다 등 별, 서준과 온몸으로 놀아주고 있는 은호. 그런 세 사람 보는 수현의 얼굴, 절로 미소 지어지고 그 시선 끝은 은호에게 머문다. 차에서 내리려

던 수현, 자동차 선바이저 내려 거울 보고 립스틱 바른다. 살짝 상기된
표정으로 차에서 내리는 수현.

S#55. 놀이터, D

수현   (놀이터로 가며 밝게) 정서준! 유별! (소리치면)
서준, 별   엄마! 이모!!

수현에게 으다다 달려서 안기는 서준과 별. 수현, 아이들 안아주며 은호와 눈
맞추고 인사한다.

S#56. 아파트 1층 입구, N

마치 한 가족처럼 왁자지껄 시끄럽게 들어와 엘리베이터 기다리는 네 사람.

별   이모, 이모 그래서 아빠가 우리한테 열 번 연속으로 걸렸다.
수현   정말?? 뭐야, 유대디 무궁화꽃 진짜 못하는구나.
서준   응. 좀 못하긴 하더라.
은호   그건 삼촌이 일부러 져준 거지. 이 녀석들 담엔 진짜 안 봐준다.

은호, 아이들 간지럼 태우면 별과 서준, 수현 뒤로 숨으며 까르르 웃는데, 어느
새 도착한 엘리베이터. 네 사람, 웃으며 엘리베이터에 타고.

S#57.   지윤 오피스텔 복도, N

닫혔던 엘리베이터 열리면 내리는 지윤. 지윤의 오피스텔이다. 또각또각 지윤의 구두 소리만 들리는 조용한 복도 지나 집으로 들어가는 지윤.

S#58.   지윤 오피스텔 안, N

불 꺼진 휑한 집으로 들어오는 지윤. 그대로 불도 켜지 않고 소파에 쓰러지듯 눕는데. 반짝이는 핸드폰. 지윤, 들어온 메시지 확인하려고 핸드폰 보는데, 눈에 들어오는 날짜. 날짜 보고 뭔가 깨달았다는 듯 빤히 핸드폰 속 날짜만 보는데...

S#59.   거리, D (지윤의 꿈)

앰뷸런스 소리, 경찰차 사이렌 소리, 사람들의 비명소리 등...이 혼재하는 거리. (화재사고 현장인지는 아직 보이지 않게) 아빠의 손을 잡고 있는 어린 지윤(12) 보인다. 겁먹은 듯 아빠를 잡은 지윤의 손에 더 꽉 힘이 들어가는데, 지윤의 손을 놓으려는 아빠.

지윤   (!! 두려움에 아빠 보며) 안 돼.. 가지 마.. 가지 마!!

지윤, 본능적으로 아빠의 손 꽉 잡고 놓지 않는데.. 조금씩 빠져나가는 아빠의 손. 결국 완전히 지윤의 손에서 빠져나가고!

지윤   안 돼!! 싫어!! 가지 마!! 가지 마!! (울며 소리치는데)

S#60. 지윤 오피스텔 거실, D

꿈에서 깬 듯, 벌떡 일어나 앉는 지윤. 여전히 오늘도 거실 소파에서 잠들었던 지윤, 식은땀과 눈물 자국으로 얼굴 엉망이다.. 지윤, 들어오는 햇빛에 창문으로 시선 돌리면,

S#61. 은호 아파트 전경, D

벚꽃 아름답게 만개한 아파트 단지 보이고.

S#62. 은호 집 거실, D

은호, 출근 준비하고 방에서 나오면, 식탁에서 은호가 준비해놓은 주먹밥 먹으며 달력 보고 있는 별.

별   아빠. 근데 오늘 무슨 날이야? 여기 왜 표시해놨어?

보면, 오늘 날짜에 동그라미 표시된 달력.

은호   아빠한테 소중한 날. (달력 좀 보다가 별이 보고 웃어주며) 늦겠
        다. 얼른 준비하고 나와!
별   응. (주먹밥 하나 입에 쏙 넣고 방으로 들어가면)
은호   (베란다로 가 창문 활짝 열고 만개한 벚꽃 본다 / 그분이 아니었으
        면 못 봤을지도 모르는 벚꽃이다..) 올해도 꽃이 예쁘네...

S#63. 피플즈 앞 거리, D

은호가 보던 벚꽃 연결되면, 출근길이다. 루틴대로 지윤의 커피 사서 카페에서 나오는 은호. 은호, 커피 들고 회사로 들어가려는데 택시에서 내리는 지윤 보인다. 어? 대표님? 은호, 지윤 부르려는데.. 때마침 바람에 마치 비처럼 떨어지는 꽃잎들. 떨어지는 꽃잎들 보고 있는 지윤의 아름답지만 쓸쓸한 얼굴. 은호, 그 분위기에 차마 다가가 아는 척은 하지 못하고... 컨디션 별로인 지윤. 창백한 얼굴로 자기 앞으로 흩날리는 꽃잎들 보다가 손 뻗어본다. 자신의 손으로 떨어지는 꽃잎을 보는데..

(INS.)

놀이동산, D

벚꽃이 만개한 놀이동산 행복한 가족들 사이, 지윤父의 손을 꼭 잡고 여기저기 신나서 돌아다니고 있는 어린 지윤(12세) 보인다.

지윤父   지윤이 오늘 재밌었어?

지윤   (벤치에 앉아 아이스크림 먹으며) 응! 아빠, 최고야! 다음에 또 오자!

지윤父   (지윤의 입술에 묻은 아이스크림 다정하게 닦아주며 끄덕이고) 우리 딸 엄마 없이도 이렇게 이쁘게 잘 자라줘서 아빠가 고마워.

지윤   괜찮아. 아빠가 있잖아. 난 아빠만 있으면 돼!

지윤父   응. 아빠가 우리 지윤이 옆에 오래오래 남아서 끝까지 지켜줄게. 지윤이 절대 혼자 남게 하지 않을게.

지윤, 지윤父 보며 환하게 웃는데 마치 두 사람을 축복하듯 예쁘게 내리는 벚

꽃비. 우와~ 지윤, 고개 들어 아름답게 떨어지는 꽃비와 영원히 자신을 지켜줄 것 같은 아빠를 행복한 얼굴로 보는데...

다시 현재.

지윤   거짓말.

생각에서 깬 지윤.. 손에 내려앉은 꽃잎 구겨버리고 회사로 올라간다. 그리고 그런 지윤을 보고 있던 은호 보인다..

S#64.   피플즈 대표실, D
출근은 했지만 컨디션 좋지 않은 지윤. 창백한 낯빛으로 고개 뒤로 젖히고 눈 감고 있는데, 그런 지윤 밖에서 걱정스럽게 보다가 똑똑. 조심스럽게 들어오는 미애.

미애   (지윤 걱정스럽게 보며) 컨디션 계속 별루야? 점심은?
지윤   (대답할 힘도 없다는 듯 대답 없고)

미애, 그런 지윤 보다가 문 닫고 조용히 나온다.

S#65. 피플즈 미애 사무실, D

미애   신경 안 쓴다면서 이때만 되면 꼭 저렇게 몸이 탈이 나지..

미애 속상한 듯. 스케줄러 보면 오늘 날짜에 표시된 '지윤 아버지 기일'

S#66. 백반집, D

정갈한 한 상 테이블 위에 차려지는데, 마주 보고 있는 두 사람, 지윤과 은호다.

은호   드세요.

지윤   생각 없다니까요, 진짜.

은호   생각 없어도 드세요. 이사님이 이사님 대신 꼭 챙겨 먹이라고
         신신당부를 하셔서.

은호, 지윤이 먹을 때까지 보고 있으면, 지윤, 어쩔 수 없이 젓가락 들어 반찬
들 깨작거리기 시작한다.

은호   그거 아세요? 다른 가게들은 다 가게라고 하는데 밥집만 밥
         집이라고 하는 거?

지윤   (뭔 소리야)

은호   과일가게, 생선가게, 화장품가게, 옷가게, 다~ 가게라고 하잖
         아요. 그런데 밥가게 들어보셨어요? 어색하죠.

지윤   (어? 정말 그런 거 같다)

은호	그러니깐 밥은 집이랑 제일 잘 어울린다는 거죠. 단순히 음식만 먹는 게 아니라 소중한 누군가를 생각하면서 지은 그 마음도 같이 먹는 거, 그게 진짜 제대로 된 밥이라는 거죠. 그래서 집밥이 배부른 거고... 집밥 안 드신 지 오래되셨죠?
지윤	뭐래.. (하면서 또 깨작거리면)
은호	밥 좀 맛있게 퍽퍽 드세요. 무슨 밥을 꼬집는 것도 아니고.. (반찬들 지윤 쪽으로 밀어주면)
지윤	(그런 은호 좀 보다가) ..근데 육아휴직은 왜 했어요?
은호	(보면)
지윤	한참 커리어 쌓아갈 때던데.
은호	(조금 생각하다가 그냥 담백하게) 웃는 게 보고 싶어서요. 우리 딸 웃는 거 진짜 이쁘거든요.
지윤	(보면)
은호	아이가 원했어요. 필요할 때 옆에 있어주겠다고 약속했고, 그래서 그 약속을 지킨 겁니다. 아이한텐 내가 전부니까.
지윤	....!

단단한 표정으로 지윤을 보는 은호 위로.. 겹쳐지는 아빠의 목소리와 얼굴.

지윤父(E)	아빠 지윤이 옆에 오래오래 남아서 끝까지 지켜줄게. 지윤이 절대 혼자 남게 하지 않을게.

지윤에게도 아빠가 전부였던 시절이 있었다. 그런 지윤을 두고 떠난 아빠.. 지윤의 표정 일그러지고.. 은호, 울 것 같은 얼굴로 자기를 보고 있는 지윤에 당

황하는데....

지윤   마저 먹고 나와요. (먼저 나가버리고)

S#67.   지윤 차 안, D
말없이 앉아 있는 지윤. 컨디션은 더 떨어진 듯, 아까보다 얼굴색이 더 창백하다. 은호, 그런 지윤 신경 쓰여 백미러로 지윤 살피고...

S#68.   피플즈 대표실, D
서류 보고 있는 지윤. 신경이 예민해질 대로 예민해진 지윤, 지끈거리는 관자놀이 짚으며 간신히 참으며 일하고 있는데, (E) 똑똑.. 은호다. 은호, 죽이랑 약 가지고 들어와 조용히 놓고 나가는데.

지윤   (은호 보지 않고) 가지고 나가요. 필요 없으니까.
은호   (그런 지윤 걱정스럽게 보며) 괜찮으세요? (하는데)
지윤   내 컨디션은 내가 알아서 관리해요. 방해되니깐 가지고 나가요.

지윤, 서류 찾으려고 일어나는데, 그 결에 약병 쏟아진다. 하필 지윤이 보고 있던 서류 위로 쏟아지고! 지윤, 일어나며 급하게 서류 들어올리는데 이미 다 젖어서 엉망이 됐고. 지윤, 간신히 남아 있던 신경줄 하나까지 다 끊어진 느낌이다.

지윤   그러게 왜 시키지도 않은 일을 해서.

은호   (보면)

지윤   지금 유은호 씨 때문에 쓰지 않아도 될 에너지... (하다가) 비
        서로만 판단해달라고 했죠?

은호   (보면)

지윤   내가 필요한 비서는 내가 시키는 것만 하는 사람이에요. 이런
        쓸데없는 오지랖 부리는 게 아니라.

은호   ..!

지윤   나가요.

지윤, 어지러운 듯 휘청이며 쓰러지듯 자리에 앉는다. 아예 눈 감아버리는 지
윤. 은호, 평소와 달리 위태로워 보이는 지윤이 걱정스럽다. 은호.. 그런 지윤
좀 보다가 조용히 나가고.. 지윤, 은호 나간 소리 듣고 나서야 천천히 눈 뜨는
데... (E) 울리는 핸드폰.

지윤   (전화 확인하고 애써 목소리 밝게 내서 받으며) 네, 전무님. 내일 저희 후
        보자 첫 출근이죠? 안 그래도 확인 전화 드리려고 했습니다. (하는데)

S#69. 세림그룹 전무실, D

박전무   (화나서 언성 높이며) 아직 소식 못 들었어요? 방금 또 출근 못
         한다고 연락 왔어요! 강대표, 벌써 세 번째예요! 그쪽에서 추
         천한 후보자가 말 바꾸는 거. 총괄 책임자는 잘 뽑아놓고 밑

에 팀원들 추천은 왜 이렇게 엉망이에요!

S#70. 피플즈 대표실, D

지윤 (통화하며) 죄송합니다, 전무님. 제가 다시 확인해보고 (하는데)

박전무(E) 회장님께서 이제 피플즈 추천은 받지 말라고 하시네. 강대표, 이 프로젝트는 여기서 마무리 지읍시다.

지윤 (입술 꽉 깨무는데)

박전무(E) 지금 작정하고 누가 후보자 빼돌리는 거 같은데 강대표 주변 단속 좀 해요.

전무의 소리와 함께 백화점에서 마주쳤던 혜진의 모습 빠르게 컷컷 보여진다.

혜진 기분 좋은 일 있나 보다.

혜진 일은 받는 게 아니라 만들어야지.

혜진 욕심을 내야 갖지. 잘 쫓아와 봐. (지윤의 볼 톡톡)

입술 잘근 깨문 지윤. 전화 끊자마자 그대로 대표실 박차고 나간다.

S#71. 피플즈 사무실, D

은호, 그런 지윤 보고 놀라서 일어나면.

지윤	따라오지 마요!
미애	(그런 은호 한 번 보고) 강대표, 왜 그래, 무슨 일이야? (하는데)

대답 없이 사무실 나가는 지윤. 금방이라도 쓰러질 듯 위태해보인다. 미애, 그런 지윤 쫓아 같이 나가고, 은호는 따라가지도 못하고.. 그런 지윤 걱정스럽게 보는데.

S#72. 도로 + 택시 안, D
잔뜩 굳은 얼굴로 이동하고 있는 지윤. 마치 당장이라도 큰일이 날 듯한데..

S#73. 피플즈 미애 사무실, D
누군가에게 전화 걸며. 초조하게 왔다 갔다 하는 미애.

미애	미치겠네. 우이사는 이럴 때 또 왜 전화를 안 받니.. 강대표 이거 말려야 되는데...

걱정하던 미애 시선에 은호 보이고...

S#74. 커리어웨이 앞, D
택시에서 내린 지윤. 커리어웨이 간판 올려다본다. 간판 노려보던 지윤, 후우— 안으로 들어가고.

S#75. 커리어웨이 사무실, D

독기 바짝 오른 지윤. 거침없이 사무실 안으로 들어오는데, 지윤의 독기에 직원들 놀라서 누구 하나 지윤 제지하지 못하고.

S#76. 커리어웨이 대표실, D

지윤, 그대로 대표실로 문 열고 들어가는데, 기다리고 있었다는 듯 여유 있게 앉아 있는 혜진.

혜진	반가운 손님이 오셨네. 웰컴~
지윤	길게 얘기 안 할게요. 우리 상도덕은 지키면서 일합시다. 지금 하고 있는 짓 더 문제 삼기 전에 그만둬요.
혜진	후보자들이 선택한 거야. 난 후보자한테 더 좋은 조건을 제시한 거뿐이고. 니가 실력 없어서 후보자들 뺏긴 걸 왜 여기 와서 행패야.
지윤	그게 후보자들을 위해서예요? 나 일부러 엿 먹이려고 의도적으로 빼가고 있잖아요.
혜진	엿을 먹긴 했나보다, 니가 여길 다 온 걸 보면.
지윤	뒤에서 수작질하는 거 그만해요. 선배가 자꾸 이러니깐 진짜 나 겁내는 거 같잖아요. 내가 그렇게 무서워요?
혜진	무섭지 그럼. 너 땜에 사람이 죽었는데.
지윤	!! 선배.
혜진	여기 들어오면서 아무렇지도 않디? 어떻게 제 발로 여길 다시 걸어들어와 뻔뻔하게.

지윤	(보면)
혜진	하나도 안 바꿨어. 선배가 쓰던 거.
지윤	!
혜진	넌 다 잊었나 보다.
지윤	!!

지윤, 대표실 둘러보는데.. 어느새 5년 전의 대표실로 바뀌어 있다. 책상도, 의자도 정말 다 그대로인데, 책상에 놓인 대표 명패만 다르다. '이용훈' 대표 명패만 놓인 빈 대표실 앞에 검은색 정장을 입은 5년 전 지윤 서 있다. 지윤, 빈 책상에 90도로 허리 숙여 마지막 인사하고,
바닥에 내려놓았던 작은 박스 하나 들고 대표실 나간다. 대표실 나오는 지윤을 보는 직원들의 적의 가득한 시선. 검은색 정장을 입은 직원들의 지윤을 향한 비난... 지윤.. 순간 숨이 턱 막히며 어지러움에 핑~ 도는데.. 그 순간 회상에서도 깬다.

다시 현재의 대표실로 돌아온 지윤. 그러나 떠오른 과거의 기억으로 어지러움과 숨 막힘은 여전하다. 지윤, 이대로 곧 쓰러질 것 같은지. 입술 꽉 깨물고..

지윤	이번이 마지막 경고예요. 앞으로 또 이러면 나도 더는 안 참아요.

지윤, 간신히 할 말 마치고. 대표실 벗어난다.

혜진	어쩌니. 그때나 지금이나 여기에 니 편은 한 명도 없는데..

S#77. 커리어웨이 사무실 + 로비, D

지윤, 사무실 빠져나가는데.. 그런 지윤 보며 수군거리는 직원들. 5년 전 그때
와 변한 게 하나도 없다. 지윤, 무너지지 않고 꼿꼿하게 서서 사무실 빠져나가
는데, 5년 전 쫓겨났던 그때 지윤의 모습과 오버랩된다. 적의 가득한 사람들의
시선 받으며 걸어가는 5년 전 지윤과 지금의 지윤.. 창백한 표정의 지윤, 금방
이라도 쓰러질 듯 겨우겨우 발걸음을 옮기고, 사람들의 수군거림 왜곡되어 들
리며 과거 커리어웨이를 찾아온 피해자들의 고성과 오버랩되고.

지윤, 여기서 쓰러지지 않으려고 최대한 버티며 로비까지 간신히 걸어가는데,
지윤의 시선, 자신을 둘러싼 사람들 흐릿하게 보인다. 흐릿하게 보이는 시선
속에 누군가 달려오는 모습 얼핏 보이고, 에스컬레이터에서 사람들에 둘러싸
여 간신히 걸어가는 지윤을 본 은호. 지윤을 향해 달려간다. 서로를 향해 가까
워지는 두 사람. 적의 가득한 사람들의 시선 속, 유일하게 자신을 따뜻하게 보
고 있는 시선.. 이곳에서 유일한 내 편, 은호다..!

지윤   (은호를 보고)
은호   대표님..

은호, 금방이라도 쓰러질듯한 지윤에게 다급히 다가가고, 은호만 보며 은호를
향해 걸어가는 지윤. 은호와 가까워지자 안심한 듯, 그대로 은호 어깨에 쓰러
지듯 지윤의 머리 떨어지며 STOP!

2부 끝.

나의 완벽한 비서

3부

S#1.   커리어웨이 대표실, D (과거, 5년 전)

혜진, 깨끗하게 비워진 대표실 책상 보고 있는데, 커피 들고 빠른 걸음으로 대표실로 들어오는 지윤.

지윤   대표님은요? 대표님 진짜 해임되셨어요? 대표님이 왜!

혜진   그래서 내가 가만히 있으라고 했지! 너만 입 다물고 있었으면 우리 회사도 그냥 피해자로 넘어갈 수 있었어. 니가 괜히 들 쑤시는 바람에!

지윤   선배, 사람이 목숨을 버리려고 했어요. 우리 때문에 직장 잃고, 생계 끊긴 사람들이 있다고요! 근데 우리 살자고 덮어요? 제대로 밝혀서 책임질 거 있으면 책임지고. (하는데)

혜진   투자회사가 페이퍼컴퍼니 만들어서 작정하고 속인 걸 우리가 어떻게 책임져!

지윤   연루된 사람이 있다잖아요, 그걸로 이득 본 사람이 우리 회사에 있다는데!

혜진   조용히 안 해? 대표님이 왜 해임됐는지 진짜 몰라?

지윤   그러니깐 대표님 책임으로 대충 무마하고 넘어갈 게 아니라
         지금이라도 제대로 밝혀서 (하는데)

(E) 똑똑 문 두드리고 들어오는 형사.

형사   (들어오며) 실례합니다. (경찰 배지 보여주며) 영포서에서 나왔
         습니다.
혜진   네. 그런데 무슨 일로?
형사   오늘 새벽에 이용훈 씨가 아파트 옥상에서 추락사했습니다.
혜진, 지윤 !!!

놀란 혜진과 지윤 뒤로, 대표실 책상에 놓인 대표이사 명패 '이용훈' 보이고.

S#2.   병원 영안실, D (과거, 5년 전)
시체 확인하고 오열하는 혜진과 이대표의 가족들 보이고.

S#3.   병원 영안실 앞 복도, D (과거, 5년 전)
가족들, 영안실 나오자마자 그대로 혼절하듯 바닥에 쓰러져 우는데, 영안실에
들어가지 못하고 복도 한쪽에 서서 그런 가족들 허망한 눈으로 보고 있는 지윤.

혜진   (분노로 지윤 쏘아보며) 강지윤. 니가 원한 게 이거야? 이제 속
         이 시원해?

지윤   (멍한 얼굴로 혜진 보는데)

혜진   이렇게 될 줄 알았잖아. 몰랐던 척하지 마. 보기 역겨우니까!

지윤   ...

혜진   선밴.. 니가 죽인 거야!

혜진, 차갑게 말하고 돌아서면, 그 자리에 풀썩 쓰러지듯 주저앉는 지윤 보이고..

S#4. 커리어웨이 사무실, 다른 날 D (과거, 5년 전)

검은 정장 차림의 지윤. 자신의 책상 깨끗하게 정리한다. 작은 박스에 짐 담는 지윤을 보는 주변 직원들의 표정 냉담하고.

S#5. 커리어웨이 대표실, D (과거, 5년 전)

'이용훈' 대표 명패만 놓인 빈 대표실 앞에 선 지윤. 빈 책상에 90도로 허리 숙여 마지막 인사하고, 바닥에 내려놓았던 작은 박스 하나 들고 대표실 나간다.

S#6. 커리어웨이 사무실, D (과거, 5년 전)

대표실 나오는 지윤을 보는 직원들의 적의 가득한 시선 그대로 느껴지고. 지윤, 그 시선 홀로 다 받으며.. 꼿꼿하게 사무실 빠져나오는데. 걸어나오는 지윤을 지나쳐 대표실로 들어가는 직원. 직원의 손에 들린 새로운 명패 보인다. 'CEO 김혜진'

S#7.　지윤 차 안, D

여전히 생각에 잠긴 듯, 창밖만 보고 있는 지윤. 은호, 운전하면서 지윤 괜찮은
지 살피는데,

지윤　　(여전히 창밖 보며) 지금 어디 가는 거예요?

은호　　일단 병원부터 (하는데)

지윤　　차 돌려요.

은호　　네?

지윤　　(은호 보며) 밥 먹으러 갑시다. 배고파!

은호　　!

S#8.　거리 일각, D

정훈　　(전화 확인하고 받으며) 어, 서이사.

미애(E)　아직 도착 안 했지? 정훈 씨까지 안 가도 되겠다. 상황종료야.

정훈　　잘됐네. 딱 차 막힐 시간이었는데. 어.

정훈 전화 끊고 걸어가는데.

(INS.)

커리어웨이 로비, D (2부 엔딩 연결)

급하게 로비로 뛰어 들어온 정훈. 지윤, 발견하고 달려가던 정훈의 걸음 멈춘
다. 보면, 은호에게 걸어가 기대는 지윤... 그 모습 보는 정훈의 표정 보이고.

생각에서 깬 정훈. 기분 썩 유쾌하지 않다. 눈썹 한 번 찡그리고.

S#9.　　다른 거리 일각, N

포차들이 드문드문 보이는 거리. 지윤, 여전히 생각이 많아 보이는 얼굴로 앞서 걸어가면. 은호, 조금 거리 두고 뒤에서 따라간다.

은호　　(지윤이 괜찮은지 기색 살피다가 조심스럽게) 대표님.. (하는데)

지윤　　다음에. 다음에 설명할게요. 오늘은 그냥 밥 먹죠.

은호　　(지윤 뜻 알겠다. 더는 묻지 않는데)

지윤　　(걸어가며 은호 보지 않고) .. 오늘.. 고마워요. (먼저 가고)

은호　　(! 그런 지윤 좀 보다가 따라가면)

어느새 포차들이 즐비한 거리 보이고, 지윤, 아는 곳이 있는 듯 분식 포차로 들어간다. 은호, 따라 들어가면.

S#10.　　거리 분식포차, N

지윤　　이모~

이모　　(지윤 알아보고) 어, 왔어? 오랜만이네. 맨날 먹던 거지? 5단계?

지윤, 슬쩍 은호 보면 은호, 뜻대로 하시라는 손짓.

지윤   2인분으로 주세요.

지윤과 은호 앞에 빠르게 놓이는 딱 봐도 매워 보이는 떡볶이랑 어묵 국물.

지윤   먹읍시다.

손목에 있던 끈으로 머리 질끈 묶고 본격적으로 먹기 시작하는 지윤. 평소와 달리 매운 떡볶이 전투적으로 먹는 지윤.

은호   안 매우세요?
지윤   에이, 이 정도에 지면 안 되죠.
은호   지금 뭐 음식이랑 싸우세요?
지윤   원래 이런 건 니가 이기나 내가 이기나 보자 하고 전투적으로 먹는 거예요.
은호   아니 누가 음식을 승부욕으로. (하는데)
지윤   나요. 나. 내가 그래요. 내가.

지윤, 다시 전투적으로 떡볶이 먹는데, 가만 보면, 은호는 먹는 게 영 신통치 않다.

지윤   왜 이렇게 못 먹어요?
은호   원래 매운 거는 잘 못 먹습니다.
지윤   아니, 그럼 주문할 때 말을 하죠. 내가 그런 말도 못 하게 하는.. (하는데)

지윤(E) 내가 필요한 비서는 내가 시키는 것만 하는 사람이에요. 이런 쓸데없는 오지랖 부리는 게 아니라.

아.. 자기가 아까 했던 말 떠오른 지윤, 은호 보는데,

은호   괜찮습니다. 먹을 만해요.

지윤   (미안하기도 하고, 민망하기도 해서 괜히) 뭐. 그러든가요 그럼. 유실장이 얘기 안 한 거니까, 알아서 해요. 먹든지 말든지.

지윤, 괜히 뻘쭘해서 떡볶이 더 퍽퍽 먹는데,

은호   (그런 지윤 보다가) 천천히 드세 (하다가 아, 멈칫하고)

지윤   (은호 보면)

은호   아닙니다.

지윤   (뭐야, 왜 그래? / 다시 떡볶이 먹는데 매운지 씁— 매워하면)

은호   (물 따라주려다가 또 멈칫하고)

지윤   (어어. 점점? 싫은데)

지윤이 휴지 찾느라 두리번거리면, 은호, 휴지 뽑아서 건네다가 또다시 멈칫하는데!

지윤   아, 진짜! (은호 손에 들린 휴지 확 낚아채고) 유실장 은근 뒤끝 있는 스타일이네.

은호   (살짝 장난치듯) 아, 제가 또 오지랖 부렸습니까? 괜히 선 넘을

까 봐. (선 안 넘는다는 느낌으로 장난스럽게 의자 들고 살짝 옆으로 자리 옮기면)

지윤　알았으니깐 그만하죠.

은호　(다시 원위치하며) 그쵸. 그만해야겠죠. (하면)

지윤　허.. (어이없어서 웃고) 아깐 내가 좀 심했어요. 그러니깐 알아서 잘해요. 신경 쓰이지만 않게.

은호　(보면)

지윤　(보며) 앞으로 잘해봅시다.

은호　..네. (웃으며 끄덕이면)

지윤　근데 진짜 안 먹어요? 에이, 그래도 한국사람이 이 정도는 먹어야죠. 먹어봐요.

은호　(지윤 성화에 큰맘 먹고 한 입 크게 떡볶이 먹는데 헙! 비상이다!!)

은호, 순식간에 얼굴 빨개지고, 눈에 눈물까지 맺힌다. 다급하게 물 찾아 먹는 은호.

지윤　와.. 진짜 매운 거 못 먹네. 그 정돈 아닌데.

은호　(쓥 — 매워하며) 아니 대체 이런 건 왜 먹는 겁니까.

지윤　유실장이 이 맛을 모르네. 안 맞아. 안 맞아. (태평하게 고개 절레절레하며 맛있게 한 입 더 먹는데)

은호　(아직도 매운 기운이 안 가셔 물 찾는데.. 물 다 떨어졌다)

지윤　(그 모습 보다가 옆에 있는 어묵국물 건네주면)

은호　(급하게 먹다가 아뜨!!)

지윤　(풉 — 그 모습 보다가 피식 웃고)

S#11. 지윤 오피스텔 거실, N
냉장고에서 생수 꺼내 마시는 지윤.

지윤   아까 너무 오바해서 먹었나. 입이 맵네.

쓰읍― 지윤, 뭐 없나 주머니 뒤지는데 나오는 청포도 사탕.

(INS.)
거리 분식포차 앞.
지윤 먼저 나가고, 은호, 따라 나가는데 입구에 놓인 사탕 바구니. "맵찔이들 가져가세요." 은호를 위한 문구 딱 써 있다. 은호, 지윤 몰래 한 움큼 바구니에서 사탕 집는데, 돌아보던 지윤한테 딱 걸린다. 큼. 뻘쭘한 은호, 지윤에게 청포도 사탕 하나 수줍게 내민다.

생각에서 깬 지윤, 사탕 보며 피식 웃음 나고. 지윤, 청포도 사탕 까서 입에 넣는다. 지윤, 입안에서 달콤한 청포도 사탕 굴리는데.. 아까 커리어웨이 로비에서 자신을 보던 은호의 시선 떠오른다. 그리고 은호에게 가서 기댄 자신의 모습까지.. 수선스러운 마음에 눈 감는 지윤.

S#12. 강석의 책방 앞 거리, N
잠든 별이 업고 책방에서 나오는 은호. 강석, 책방 셔터 내리고, 은호 손에 있는 별이 가방 받아 든다.

강석	(함께 걸어가며 / 업혀 있는 별이 보고) 아까 신나게 놀더니 곤하게 자네.
은호	원래 한 번 잠들면 지진이 나도 몰라.
강석	그건 무던하니 딱 유은호네. 일은 어때, 할만해? 요새 바쁜지 강대표 책방에 좀 뜸하네.
은호	대표님도 책방에 자주 오셔?
강석	강대표 우리 책방 단골이야. 아버님이 운영하실 때부터 왔으니깐 나보다 오래됐지..
은호	(그렇구나 싶은데)
강석	근데 넌 요새 만나는 여잔 없어?
은호	(업힌 별이 한 번 돌아보고) 형, 애 있는데..
강석	지진이 나도 모른다며. 그리고 별이도 이제 알 거 다 알아.
은호	알긴. 아직 앤데. 생각 없어.
강석	왜 생각이 없어. 별이 이쁘게 잘 키운 거 대견해. 근데 별이 아빠 말고, 인간 유은호의 삶도 좀 살아. 그게 나중에 별이한테도 더 좋아.
은호	(대답 없이 그저 미소만)

별이 업고 걸어가는 은호와 그런 은호와 함께 걸어가는 강석 뒷모습 보이며..
떠오르는 타이틀.

S#13.   피플즈 전경, D

S#14. 피플즈 회의실, D

지윤과 은호, 1팀 직원들 모여서 회의 중이다.

지윤 세림그룹 프로젝트는 마무리됐어요. 더 꼼꼼히 체크했어야
     했는데, 내 실수예요.

영수 아니 커리어웨이에서 일부러 작정하고 빼돌린 걸 저희가 어
     떻게.. (하는데)

지윤 깔끔하게 실패 인정하고, 놓친 프로젝트는 미련 버립시다. 지
     금 각자 진행 중인 프로젝트에 더 집중하면 돼요. 남동무역은
     좀 알아봤어요?

경화 대표님 말씀이 맞았습니다. 해외사업부가 없어질지도 모른다
     는 소문이 있더라고요. 그래서 갑자기 남동무역 직원들 이력
     서 등록이 늘었던 거고.

지윤 남동무역 계속 팔로우하면서, 이력서 등록한 후보자들 선별
     해 DB 업데이트하고, 후보자들 탐낼 만한 기업리스트도 뽑
     아봅시다. (광희 보면)

광희 진성코스메틱에서 마케팅 팀장 포지션을 오픈했습니다. 1년
     도 안 돼 재오픈된 포지션이라 담당자랑 긴밀하게 의견 나누
     며 후보자 서칭 중입니다.

영수 은진테크는 후보자 2명 최종면접만 남아 있습니다. 특별한
     이슈만 안 생기면 2명 다 채용 확정될 것 같습니다.

지윤 (보고 들으며 끄덕이고) 내가 특별히 신경 써야 할 프로젝트 있
     어요?

규림 가니엘 호텔 총괄셰프 건이요. 가니엘 쪽이 지정한 후보자와

컨택 중인데, 후보자가 따로 원하는 조건이 있는 것 같습니다. 대표님이 미팅 같이 가서 한번 봐주세요.

지윤   알겠어요. 오늘 내로 관련 자료 정리해서 줘요. 내일 출근해서 바로 확인할게요.

규림   오.. 오늘이요??

쯧쯧.. 다들 규림이 클났네.. 안됐네 하고 있는데.

지윤   네. 오늘이요. (경화 보며) DB 업데이트하고, (광희 보며) 후보자 리스트 만들고, (영수 보며) 예상 질문 뽑고, 다른 프로젝트들도 다 오늘까지 가능하죠? 회의 마무리합시다. (나가면)

헉! 회의실에 남은 직원들 다들 빡센 일정에 울상 되고. 은호, 그런 직원들 분위기 살피는데.

S#15.   피플즈 사무실, D
대표실에서 일하고 있는 지윤 보며 이야기 중인 정훈과 미애.

미애   강대표 전투력 제대로 올랐네.

정훈   저래야 강지윤이지. 역시 강대표는 씩씩한 게 어울려. (하고 나가면)

미애   어디 가?

정훈   불똥 튀기 전에 알아서 눈치 봐야지.

S#16. 갤러리, D

적당히 붐비는 갤러리 안. 사람들 틈에서 작품 구경하고 있는 우회장과 왕비서 보인다.

정훈   오랜만이에요, 아버지.

인사하며 다가와 자연스럽게 옆에 서는 남자, 정훈이다.

우회장   여기 있는 건 어떻게 알았어? 왕비서 바꿀 때 됐구만.

왕비서   (난감한 표정)

우회장   왜 혼자야? 강대표는?

정훈   강대표 바빠요. 돈 댄다고 맘대로 오라 가라 하는 거, 그거 월
         권이야. 돈권인가?

우회장   용건이 뭐야? 그림 보러 왔을 린 없고 (하는데)

손 들어서 큐레이터 부르는 정훈.

큐레이터   (다가와서 우회장 알아보고) 회장님, 무슨 일이십니까? (하는데)

정훈   작가님 좀 뵐 수 있을까요?

큐레이터   (보면)

정훈   회장님이 그림 한 점 또 구매하신다네요. 작품에 대해 궁금한
         게 있으시다는데.

큐레이터   전달하겠습니다. (가고)

우회장   뭐 하는 거야?

정훈   미래가 창창한 작가한테 투자 좀 하세요. (뻔뻔하게 작품 감상
하면)

우회장   (허. 기막혀 정훈 보는데)

다가오는 화가.

화가   (다가와 우회장에게 인사하고) 작품에 대해 궁금한 게 있으시다
고요. (하는데)

정훈   (인사하며) 이렇게 처음 뵙네요, 작가님. (명함 내밀고) 피플즈
우정훈입니다.

화가   (정훈 보면)

정훈   메이스갤러리에서 내년 하반기에 전시할 대표 작가님을 찾고
있습니다. 3년 전 비엔날레에서 작품 선보이시고, 이후 행보
관심 있게 지켜봤습니다. 메이스갤러리 대표 작가로 작가님
을 추천하고 싶습니다.

화가   (명함 돌려주며) 어.. 아뇨.. 제가 아직 그럴만한 그릇이 안 돼
서요. 메이스갤러리는 너무 유명하잖아요.

정훈   작가님의 그릇은 작가님이 아니라 작품을 보는 대중들이 판
단하는 거죠. 작품이 가진 가치에 비해 저평가되고 있는 게
안타까웠습니다. 이번 기회에 메이스 사단에 이름 올리시고,
가치에 맞는 평가 받으세요. 저 아무나 추천 안 합니다. 제 안
목을 믿어보세요.

화가   (고민하다가 결국 명함 챙겨서 가면)

우회장   (자식.. 제법이네) 놀기만 하는 줄 알았더니.

정훈	나 이것도 안 하면 진짜 짤려요. 강대표한테 적당히 좀 하라
	그래요. 아주 날 잡아먹을라 그래.
우회장	그러라고 강대표한테 너 보낸 거야. 강대표 데리고 집에 한
	번 와.
정훈	봐서요. 전 그럼 이만 사라지겠습니다. 그림 꼭 사세요. 오늘이
	제일 싼 가격일 테니까. 돈 남으면 저도 하나 사주시고. (가면)
우회장	저 미친 놈.. 그래도 강대표한테 인정은 받고 싶은가 보네. 저
	만치 인간 만들었으면 강대표 우리 집 사람 해도 되겠어. (흡
	족한 얼굴로 보다가 옆에 있는 비서에게 툭) 저 녀석 요즘도 박원
	장 자주 봐?
왕비서	원으로 가끔 찾아가서 뵙는 것 같습니다.
우회장	... (속을 알 수 없는 얼굴로 갤러리 빠져나가는 정훈 보고)

S#17. 하늘 유치원 정문 앞, D

유치원 전경 보이면, 유치원 앞으로 들어와 서는 정훈의 차. 케이크 들고 차에
서 내리는 정훈. 아직 안 끝났나? 유치원 안 기웃거리는데,

수현(E)   저기요, 아버님!

하는데, 당연히 자기 부른다고 생각도 못 하는 정훈. 반응 없이 계속 기웃거리
는데.

수현   아버님!

한 번 더 크게 부르는 소리에 정훈 돌아보면, 수현이다!

정훈   (아버님 소리 믿을 수 없어서) 저.. 저요?? 지금 저한테 하는 소
         리예요?

수현   (신입생 아빠 정도로만 생각하고) 애들 끝나려면 아직 조금 남
         았어요. 이쪽에서 기다리세요. 아버님.

정훈   (충격받아서) 아.. 버.. 님?!

수현   (왜 저러지 싶은데)

정훈   내가.. 아이 아빠로 보여요??

수현   네? (황당해서 보면)

정훈   아니, 내가 어딜 봐서 아버님이에요? 이렇게 생긴 아빠 봤어
         요? 피부도 아직 이렇게 탱탱한데.

수현   아니 뭐 애는 아빠가 낳아요?

정훈   그건 그렇네. (했다가) 그래도 이건 아니죠! 결혼도 안 한 사
         람한테!! 내가 요새 너무 관리를 안 했나?

정훈, 급하게 유치원 창문에 자기 모습 비춰보며 외모 점검 들어가는데,

수현   (그런 정훈 유심히 보다가) 그럼 유치원에는 왜..?

정훈   아~ 여기 제 가족이 다녀서..

수현   아빠 아니라면서요.

정훈   아니 그러니깐 여기 있는 내 가족은.. (하는데)

유치원 안에서 문 열고 나오는 성경.

수현	(동시에) 원장님!
정훈	(동시에) 누나!!
수현	누.. 누나..??? (당황해서 성경과 정훈, 번갈아가며 보는데)

S#18. 하늘 유치원 원장실, D

정훈	그러게 누난 왜 유치원을 해서 괜히.
성경	누가 오래? 그리고 누나라고 하지 말라니깐.
정훈	형 떠난 지가 언젠데 언제까지 형수야. 혼삿길 막혀요.
성경	그럼 찾아오지도 말아야지.
정훈	(케이크 내밀며) 그래도 누나 생일인데, 내가 챙겨야지. (하다 가) ..나 오는 거 싫어?
성경	싫다고 하면 안 올 거야? 너무 자주만 오지 마. 나 이제 괜찮아.
정훈	내가 안 괜찮아. 남친 생기면 안 올게. 그때까지만 봐줘.
성경	(그런 정훈 보는데)

S#19. 하늘 유치원 일각, D

어느새 하원한 서준과 별, 양손에 붙잡고. 원장실에서 나오는 정훈 보는 수현.

수현	너네도 저 사람 알아?
별	응. 원장님 동생이래요.
수현	자주 와? 나 왜 한 번도 못 봤지.

서준	가끔. 낮에 와서 우리랑 놀아주고 가는데!
수현	낮에? 일은 안 하나..?
서준	몰라. 노는 게 제일 재밌대.
수현	뭐야, 뽀로로야? 원장님이 동생 건사하느라 힘드시겠다.

하면서 정훈 보는데, 가던 정훈과 눈 딱 마주치는 수현. 정훈, 자신의 신분 밝혀서 당당하게 고개 들고 수현 보면, 수현, 오해해서 미안하다는 듯 눈 억지 반달 만들어서 웃어 보인다.

S#20. 피플즈 전경, N

S#21. 피플즈 사무실, N

모두 퇴근한 사무실. 1팀원들만 남아 지윤이 각자 지시한 업무들 하는 중인데,

규림	(벌떡 일어나며) 제 껀 넘겼어요. 전 이만 퇴근합니다.
영수	에이 의리 없이, 다 같이 끝내야지. (하는데)
광희	(따라 일어나며) 저두! 예약 걸어둔 리미티드 에디션 찾으러 (하는데)
영수	(둘 막아서며) 공동운명체 몰라? 한 명이라도 못 끝내면 어차피 내일 다 같이 깨지는 거야. 지금은 대표님 심기 안 건드리는 게 좋을 텐데.. (하면)
규림	(끙.. 어쩔 수 없이 다시 앉으며 경화에게) 남은 거 넘겨.

광희	아니 이건 너무 하잖아요! 이걸 어떻게 하루 만에!
영수	자자, 조금만 더 힘들 냅시다. 다 같이 하면 금방이지. 그래, 뭐, 고생들 하는데 내가 오늘 특별히 피자 쏜다. 쏴! 됐지?

올~ 웬일이래 짠돌이가? 일만 하던 경화도 놀라서 고개 번쩍 들고. 모두 놀라서 영수 보면,

| 영수 | 허리 피자, 어깨 피자, 얼굴 피자! 웃음꽃 핏~~자! |

헐, 분위기 완전 싸해지는데, 푸핫― 혼자 웃음 터지는 경화.

영수	(경화 반응에 신나서) 으하하하하! 어때 힘들 나지?!! (하는데)
은호	식사하고 하세요~

양손에 피자 박스 들고 들어오는 은호.

은호	아무리 일이 바빠도 저녁은 제대로 챙겨 먹고 해야죠~
경화	(감동해서) 대박. 실장님 짱!!
영수	뭐야. 유실장 우리 통한 거야?? 어쩐지 오늘은 이게 하고 싶더라고. (만족스럽게 자신의 유머 수첩에서 피자 유머에 밑줄 긋고)

팀원들, 은호가 사 온 피자 나눠 먹는데,

| 광희 | 맛있는 피자를 보니 또 대표님 생각이 나네. (흠흠.. 목소리 가 |

다듬고 지윤 흉내 내며) 네, 오늘이요. (팀원들 한 명씩 보면서) DB 업데이트하고, 후보자 리스트 만들고, 예상 질문 뽑고, 다 오늘까지 가능하죠? 회의 끝 (하는데)

팀원들 (모두 지윤 흉내 내며 거의 동시에) 회의 끝.

광희 에이 그게 아니죠. 대표님의 끝은 디테일이 살아 있어야 돼요. 조금 더 냉정하고, 차갑고, 매섭게. 회의 끝. 회의 끝. 회의 끝!!

광희, 반복할수록 점점 오버되면서 과하게 까부는데, 순간 팀원들의 표정 이상하다. 싸한 공기 느낀 광희, 천천히 뒤도는데.. 사무실 입구에 서 있는 지윤!

광희 (커컥.. 먹던 피자 뱉고 기침하고 난리 치고) 오.. 오셨어요. 대표님.. 컥컥..

직원들도 우르르 일어나.. 지윤에게 인사하는데...

미애 (뒤늦게 사무실 들어오며) 어디서 이렇게 맛있는 냄새가 나요?

규림 가.. 같이 드세요. 실장님이 사 오셨어요.

지윤 (은호 보면)

은호 대표실로 가져다드릴까요?

미애 우린 미팅하면서 먹었어요. 맛있게들 먹어요~

미애와 지윤, 대표실로 들어가는데,

S#22. 피플즈 대표실, N

지윤, 직원들 챙기는 은호 뭔가 탐탁지 않고.

미애   (따라 들어오며) 유실장 어쩜 저렇게 기특한 생각을 했지?

지윤   기특은 무슨.

미애   몰아치기만 하는 게 답은 아니거든. 너 케어하라고 뽑았더니 직원들까지 케어하잖아.

지윤   하여튼 오지랖 (하는데)

미애   저걸 보고도 뭐 드는 생각이 없어?

함께 피자 나눠 먹으며 담소 나누는 직원들. 분위기 화기애애한데 그 중심에 은호가 있다.

지윤   저래서 일은 언제 끝내나. 그냥 다 끝내고 먹지. 일도 안 끝났는데 피자가 먹히나. 뭐 그런 생각?

미애   어우, 여기 먼지가 왜 이렇게 많아.

미애, 보고 있던 서류 탁 덮어서 괜히 퍽퍽 소리 나게 지윤 앞에서 치면,

지윤   언니!

하지 말라며 미애 말리던 지윤, 마치 이게 다 은호 탓인 듯 은호 한 번 더 보는데..

S#23. 벨로 부오노 전경, 다른 날 D

정원 있는 모던한 2층 건물의 파인 다이닝 레스토랑.

S#24. 벨로 부오노 주방, D

불길 확 일어나며 보이는 웍질을 시작으로, 화려한 요리쇼가 펼쳐지고 있는 오
픈형 주방. 재료 다듬고, 고기 굽고, 소스 만들고, 웍질하고 각자 자기 파트에
서 한 치의 오차도 없이 요리하고 있는 모습 보이는데, 그 주방을 진두지휘하
고 있는 셰프(남, 40대) 보인다. 웍질하던 수쉐프(여, 30대)의 웍 자연스럽게 넘
겨받아 마지막 불쇼 화려하게 장식하고, 접시에 담아내는 셰프!

은호(E)   한정원 셰프. 이탈리아 명문 요리학교 출신으로 세계적으로
          유명한 호텔이나 레스토랑에서 다양한 경력을 쌓았습니다.
          몇 년 전 TV 프로그램에 출연해서 선보인 시그니처 메뉴가
          화제되면서 스타 셰프로 떠올랐고요.

S#25. 지윤 차 안, D

은호   (운전하며) 최근엔 방송활동은 줄이고, 벨로 부오노에만 집중
        하고 있습니다. 2년 전에 한셰프를 영입한 파인 다이닝 레스
        토랑인데 대기만 몇 개월 걸리는 걸로 유명합니다.
지윤   한번 볼게요. (모니터로 한셰프 영상 확인하며) 화려한 경력에
        뛰어난 스타성까지. 가니엘호텔이 탐낼만하네. (하다가) 근데

나.. 규.. (하다가 이름 생각나지 않아 잠깐 멈칫하면)

은호 (눈치채고 자연스럽게) 나규림 대리는 미팅 끝나고 레스토랑으로 바로 오기로 했습니다.

지윤 (은호 보고)

S#26. 벨로 부오노 홀, D

지윤과 규림, 은호, 레스토랑 홀로 들어서면, 기다리고 있던 한셰프 보인다.

한셰프 여기까지 오시게 해서 죄송합니다. 주방을 비우기가 쉽지 않아서요.

규림 시간 내주셔서 감사하죠. 요즘 셰프님 얼굴 뵈려면 몇 달을 기다려야 한다던데.

지윤 안녕하세요, 강지윤입니다.

한셰프 나대리님께 말씀 많이 들었습니다. 들어가서 이야기 나누실까요?

S#27. 벨로 부오노 셰프 사무실, D

지윤 여기까지 부르신 건 오퍼가 마음에 드신다는 거죠?

한셰프 가니엘호텔에서 새롭게 파인 다이닝 레스토랑을 런칭한다고요?

규림 그랜드 가니엘 리모델링 계획에 맞춰 프리미엄 레스토랑을 준비 중입니다. 가니엘호텔은 셰프님의 창의적인 메뉴들이 호텔을 찾는 한국 고객은 물론 외국인 고객들에게도 통할 거라고 기대하고 있습니다.

지윤 파인 다이닝 레스토랑의 구조상 이익을 내는 게 쉽지 않죠. 여기 벨로 부오노도 예약이 풀로 차도 적자는 면치 못한다고 들었습니다. 그래서 경영진에서 압박도 꽤 받으신다고요.

한셰프 맞습니다. 그래서 고민이 많았어요. 요리의 퀄리티를 유지하면서 수익이 나게 운영한다는 게 사실상 불가능하더라고요. 그렇다고 적당한 재료로 타협할 수도 없고.

지윤 잘 아시겠지만 가니엘호텔은 최근 외식사업에 공격적인 투자를 하고 있습니다. 지금이 새로운 도전을 하시기에는 최고의 타이밍일 거 같은데. 그곳에서 타협 없이 셰프님의 비전 펼쳐 보시죠.

한셰프 (끄덕이고) 대신.. 조건이 하나 있습니다. 수셰프와 같이 움직이고 싶어요.

규림 동반 이직 말씀하시는 겁니까?

한셰프 저랑 제일 가까운 곳에서 호흡 맞춰온 친구예요. 대표님도 아시잖아요, (이야기하며 자연스럽게 오른손 한번 주무르고) 손발 잘 맞는 직원 만나는 게 얼마나 큰 행운이지. 그런 친구 두고 가면 제가 손해죠.

규림 (괜찮겠냐는 듯 지윤 보면)

지윤 가니엘 측과 상의해보겠습니다. 셰프님이 추천하시는 직원인데 거절하진 않을 겁니다. 좋으시겠어요. 그런 직원 참 귀한데.. 손발이 잘 맞는 직원이라니...

하면서 지윤, 자연스럽게 창밖을 보는데, 그곳에 있는 자신과는 참 다른 은호가 보인다.

(INS.)

벨로 부오노 정원.

레스토랑에 들어온 재료들 수셰프 도와서 함께 나르고 있는 은호 보인다. 어느새 또 친해진 건지 마치 레스토랑 직원인 듯, 자연스럽게 도와주고 있는 은호.

지윤, 그런 은호 참 신기하게 보는데..

규림   (그런 은호 알아보고) 어? 실장님?? (하면)

한셰프   저희 식재료가 들어왔나 보네요. 아이고, 안 도와주셔도 되는데.. 수셰프 혼자 하게 두고 다 어디 간 거야? (하는데)

지윤   괜찮습니다. 본인이 좋아서 하는 거 같으니깐 신경 쓰지 마세요. 원래 저런 거 좋아해요. 저 사람이. (수셰프 보며) 저분하고 같이 이동하시겠다는 거죠?

한셰프   네. 저 친구가 제가 말한 부주방장입니다.

지윤과 한셰프의 시선, 수셰프에게 향하고,

S#28.   벨로 부오노 정원 일각, D

은호   (박스 한쪽에 내려놓으며) 이제 다 된 건가요?

수셰프	네. 그거면 돼요. 도와주셔서 감사합니다. 셰프님 아시면 한 소리 듣겠어요.
은호	아닙니다. 서로 돕고 사는 거죠.

하는데, 정원 한쪽에서 키우고 있는 식용 꽃들과 허브들 보이고.

은호	와— 이거 여기서 이렇게 다 직접 키우시는 거예요?
수셰프	네, 저희 레스토랑에서 사용되는 식용 꽃이랑 허브들은 다 직접 키우고 있어요. 셰프님이 워낙 요리에 진심이시라.
은호	종류가 생각보다 다양하네요. 이 꽃은 색이 되게 오묘하고 (하는데)
수셰프	애는 한련화라고, 꽃뿐 아니라 잎, 줄기, 열매도 먹을 수 있는 버릴 게 없는 식물이에요. 톡 쏘는 매운맛이 포인트라 샐러드에 많이 쓰여요. 이건 팬지. 팬지는 살짝 단맛이 나서 비빔밥이나 차에 사용하기 좋고, 그리고 이건 패랭이 (하는데)
은호	수셰프님도 요리에 진심이신 거 같은데요?
수셰프	(작게 웃으며) 아직 셰프님 따라가려면 멀었죠. 할머니가 집 앞 마당에 작은 정원을 가꾸셨어요. 엄청 정성을 쏟으셔서 꽃 피면 다양한 색깔의 꽃들로 상을 가득 채워주셨거든요. 그때 처음 알았어요. 와.. 음식은 입이 아니라 눈으로 먹는 거구나... 음식이 이렇게 사람을 행복하게 만들어줄 수 있구나...
은호	(요리에 진심인 수셰프 보는데)

S#29. 벨로 부오노 밖, D

레스토랑에서 나오는 지윤, 은호, 규림. 규림, "내일 뵙겠습니다." 인사하고 가면, 지윤, 주차된 검은색 차로 앞서 걸어간다. 지윤, 의심 없이 손 뻗어 뒷문 손잡이 당기려는데, 지윤의 손보다 먼저 들어와 뒷문 손잡이 막는 은호의 손. 은호의 손등에, 지윤의 손 자연스럽게 포개지고. ! 지윤, 놀라서 손 떼고 보면.

은호　　(자동차 운전자에게 가볍게 묵례하고 옆에 있는 차 가리키며) 이쪽
　　　　입니다.

아, 민망해서 지윤 옆 차로 빠르게 이동하면, 웃으며 따라가 문 열어주는 은호.

S#30. 지윤 차 안, D

지윤, 뒷자리에 앉아.. 은호와 잠시 맞닿았던 자신의 손 보는데. 앞문 열리고 운전석에 타는 은호.

지윤　　(흠.. 괜히 민망해 시선 창밖으로 돌리고)

은호 그런 지윤 백미러로 한 번 보며 작게 미소 짓는다.

S#31. 강석의 책방 전경, 다른 날 D

S#32.　강석의 책방, D

책방으로 들어오는 지윤.

강석　　(책 정리하다가 지윤 보고) 어? 오랜만이네, 지윤 씨.

지윤　　미팅 시간 남아서 잠깐 들렀어요.

지윤, 강석 지나쳐 안쪽에 있는 책장으로 이동한다. 쭈욱- 훑어보다가 마음에 드는 책을 향해 딱 손 뻗는데, 동시에 그 책을 향해 아래서부터 뻗어오는 누군가의 손, 별이다! 지윤이 고른 책이 마침 딱 별이가 까치발로 낑낑거리며 꺼내려고 했던 책이었고.

별　　(자기 꺼내주는 줄 알고) 고맙습니다. (하는데)

지윤　　내가 읽으려고 꺼낸 건데.

별　　양보해주시면 안 돼요? 아까부터 내가 꺼내려고 했는데.

지윤　　내가 왜 양보해야 하는데?

별　　어른은 원래 어린이한테 양보하는 거예요.

지윤　　이 책 진짜 읽고 싶어?

별　　네! (기대에 차서 고양이처럼 *끄덕끄덕*)

지윤　　너 아직 한글 다 못 뗐지?

별　　글자 다 읽거든요!

지윤　　(책 표지 보여주며) 그럼 여기, 이거 읽어 봐.

지윤이 보여주는 책 표지에 보면, "어른들을 위한 그림책"이라고 쓰여 있다. 한글 완전히 못 뗀 별. 저 표지에 있는 글자 중에 '어'랑 '그림책'만 읽을 수 있다.

별	어.. (까지만 읽고 막혔지만 일곱 살 존심에 대충 우기며) 그림책 이잖아요!
지윤	나중에 한글 다 배우면 읽어. (책 가지고 안쪽 책 읽는 자리로 들어가려는데)
별	무슨 어른이 그림책을 봐요! 아줌마는 이 책 말고도 읽을 책 많잖아요.
지윤	(빠직) 어른도 그림책 읽어. 그리고 아줌마 아니고 언니!
별	언니 아닌 거 같은데. 우리 아빠보다 나이 많은 거 같은데!
지윤	아빠가 결혼을 디~게 일찍 하셨나 봐.
별	우리 아빠가 인기가 많았대요! 저처럼!
지윤	인기가 많았음 결혼을 빨리 안 했겠지. 나처럼!
별	흥!
지윤	허!

지윤과 별, 누구 한 명도 물러서지 않고 팽팽하게 노리는데,

수현(E)	별아~
별	(소리에 돌아보며) 이모! (하는데)
수현	(별이 곁에 와서 지윤을 좀 경계하듯이 보며 / 별에게) 무슨 일이야? (하는데)

(E) 울리는 지윤의 핸드폰.

| 지윤 | (전화받으며) 네, 이사님, 오셨어요? 근처예요. 네, 지금 나가 |

요. (전화 끊고 / 별에게 책 넘기며) 꼬맹이, 재밌게 봐. 읽을 수
있을진 모르겠지만. (피식 웃고)

지윤, 수현에게 눈인사 정도 하고 서점 빠져나가면 끝까지 경계하듯 그런 지윤
보는 수현인데.

별   뭐야, 기분 나빠.

수현   누구야? 별이 아는 사람이야? (하는데)

별   (책 내밀며) 이모 이거 봐봐. 여기 뭐라고 써 있어?

수현   어? 이건 별이가 못 보는 책인데.

별   왜? 뭐라고 써 있는데?

수현   (책 표지 손가락을 짚으며 읽어준다) 어른들을 위한 그림책.

별   이띠, 창피해! (얼굴 새빨개지는데)

S#33.　피플즈 사무실, D

복사기에서 서류 복사하고 있는 은호. 찐득한 시선 느껴져서 보면, 정훈이다.
시선 피하지도 않고 은호를 빤히 보고 있는 정훈. ? 은호, 갸웃하고 다시 복사
하고.

S#34.　피플즈 탕비실, D

탕비실 간단하게 정리하고, 커피 타서 마시는데, 또 느껴지는 찐득한 시선. 보
면, 어느새 탕비실 의자에 앉아서 은호 지켜보고 있는 정훈이다.

S#35. 피플즈 은호 자리, D

은호, 정리된 자료 들고 자리에서 일어나는데, 또 찐득하게 따라붙는 시선. 이번엔 아예 은호 옆에 바짝 기대선 정훈이다.

은호	이사님.
정훈	네?
은호	저한테 무슨 볼 일 있으십니까?
정훈	볼 일이야 많죠. 궁금한 것도 많고.
은호	(물어보라는 듯 보면)
정훈	향수 뭐 써요?
은호	네?
정훈	아니 저번에 안겼을 때 향이 딱 내 취향이었단 말이지. (일부러 윙크하는데)
은호	혹시 이 향입니까? (향 맡아보라고 손목 내밀면)
정훈	(뭐야, 도리어 당황해서 은호 보는데)
은호	좋으면 정보 알려드릴게요. (대표실로 들어가면)
정훈	(이거 봐라. 만만치 않네.. 싶다는 듯 은호 보고)

S#36. 피플즈 대표실, D

은호, 정리된 자료 지윤의 책상에 올려놓고 돌아서는데, 그제야 은호의 눈에 들어오는 대표실 풍경. 자기도 모르게 하아.. 절로 한숨 나고.

은호	이런 데서 일하는데 어떻게 스트레스가 안 쌓여.

은호, 대표실 천천히 둘러보는데,

S#37.　은호 아파트 전경, N

S#38.　수현 집 거실, N
은호, 거실에서 살짝 열린 문틈으로 서준의 방 들여다보면,

(INS.)

한글 공부하고 있는 별과 서준 보인다. "봐봐, 내가 써볼게." "맞지?" "오~" 등등.. 서로 불러주고, 써보고 하면서 사이좋게 한글 공부하는 별과 서준.

은호	(식탁에 있는 수현 쪽으로 오며) 그래서 지금 저러는 거라고?
수현	응. 자존심 디게 상했대. 다음에 만나면 제목 완벽하게 읽는 모습 보여줄 거래.
은호	누군지 몰라도 유별한테 단단히 찍혔네.

은호, 사 온 주방 음식 뜯으며 식탁에 세팅하면.

수현	(옆으로 가 같이 도와주면서) 오늘 메뉴는 뭐야? 잘됐다. 저녁 하기 귀찮았는데.
은호	어머님은 잘 도착하셨대?
수현	응. 아까 통화했어.

은호	갑자기 여행은 왜? (하다가) 아.. 얼마 안 남았구나.. 정작가는 괜찮아?
수현	나야 뭐.. 엄마만 할라구. (으쓱하고)
은호	(서준이 방 쪽으로 가며) 얘들아~ 밥 먹자! (하는데)
별	(방문 열고 나오며) 아빠, 공부하는 거 안 보여?
은호	아니, 밥부터 일단 먹고. (하는데)
별	쉿! (하고는) 아빠, 내가 부탁한 것만 해줘.

하며 문 쾅 닫고 들어가는 별. 닫힌 문 앞에 멍하게 서 있는 은호.

수현	왜 그래? (하면)
은호	너무 익숙해.. 여기가 회산지 집인지 모르겠어. (하는데)

S#39. 피플즈 사무실, N

모두 퇴근하고 아무도 없는 사무실. 누가 내 욕을 하나, 귀 파면서 안으로 들어오는 지윤.

S#40. 피플즈 대표실, N

지윤, 들어오며 늘 하던 대로 가방 휙ー 던지는데 착ー 평소와 달리 안정적으로 안착하는 소리 들린다. 보면, 가방 아무렇게 던져지던 곳에 있는 가방 거치대. 그 위 정확히 안착한 가방. 지윤, 그제야 둘러보면 깔끔하게 정리된 방 보인다. 지윤 시선 따라 대표실 보이면, 깔끔하게 라벨링 되어 카테고리별로 착착 정리되어 꽂혀 있는 책장의 책과 자료들.

(INS.)

정신없이 꽂혀 있는 자료들 분류해, 산업군별로 파일에 넣어 라벨링하는 은호.
책도 분야별(경제경영서, 자기계발서, 논문, 소설 등)로 분류해 정리해서 책장에
꽂는 은호.

지윤, 자기가 매번 하던 동선대로, 책장에서 자료 뽑고, 책상에 앉아, 편한 신
발로 갈아신고, 컴퓨터 켜고, 펜 꺼내고, 메모하고, 물 한 잔 마시고 하는데,

(INS.)

지윤의 동선 예측한 것처럼 지윤과 똑같은 동선으로 움직이면서 지윤이 필요
한 물건들 딱딱 그 자리에 있게 정리하는 은호의 모습 지윤의 모습과 겹쳐 보
인다. 은호가 책장에 책을 꽂으면, 지윤이 꺼내 가고, 은호가 슬리퍼를 놓으면,
지윤이 그 슬리퍼를 신고, 은호가 물컵을 놓으면, 지윤이 그 물을 마신다. 두
사람, 마치 지금 같은 시간에 함께 대표실에 있는 것처럼 보이고...

지윤. 마지막으로 명함 찾으려 서랍 문 여는데.

(INS.)

줄 맞춰 가나다순대로 정리된 명함 꽂아 넣는 은호.

허. 지윤, 완벽한 정리에 기막혀 절레절레하며 책상 의자 뱅그르르 돌리는데.
대표실 창가에 놓여 있는 작은 화분 보인다. 이건 또 뭐야? 지윤. 화분 들어서

보면 보이는 화분에 꽂혀 있는 이름표.

(INS.)

"라벤더 / 효능: 심신안정과 스트레스 완화" 직접 이름표에 쓰고 있는 은호 보인다. 화분에 이름표 꽂고, 화분 놓을 자리 이리저리 찾다가 창가에 화분 올려놓는 은호.

창가에 놓인 화분 보고 있는 지윤. 이 화분 가져다 놓은 은호 마음 알겠다. 지윤, 화분 좀 보다가 뱅그르르 의자 다시 돌리는데.

S#41. 벨로 부오노 홀, N

클로즈라고 적힌 팻말 보이고. 이미 영업이 끝난 레스토랑 안. 아무도 없는 것처럼 보이는데. 안쪽에 있는 주방에서 불빛 엷게 새어 나온다.

S#42. 벨로 부오노 주방, N

혼자 남아서 새로운 레시피 연습해보고 있는 수셰프. 재료 다듬고, 썰고, 볶고 열심인데, 그런 수셰프 옆으로 다가오는 한셰프. 수셰프, 한셰프 다가오자 자연스럽게 만들고 있던 요리 한 숟가락 떠서 직접 한셰프에게 먹여준다. 간 보며 만족스럽게 끄덕이는 한셰프. 그 모습이 단순 셰프와 수셰프의 관계로 보기에는 지나치게 다정해보이는데..!

S#43. 피플즈 회의실, D

지윤   부적절한 관계? 레퍼런스 체크 중에 그런 의견이 나왔다는 거예요?

규림   네. 같이 일했던 직원들 쪽에서 나온 말입니다. 알아보니 예전부터 소문이 좀 있었더라고요.

지윤   (보면)

규림   유혜인 수셰프님이 사적인 관계를 이용해 특별한 대우를 받고 있다는.

지윤   크로스 체크한 거예요? 다른 평가들은 어때요? (1팀 다른 직원들 보면)

1팀 직원들이 레퍼런스 체크하면서 만났던 사람들의 인터뷰 짧게 컷컷 지나간다.

(INS.)

/-1. 한식당 홀, D

주방장   (나물 다듬으며) 혜인이 애 참하고 이뻤지. 안 가리고 시키는 거 잘하고, 몇 년 전엔가 그 뭐야 유명한 셰프 밑에 들어갔다고 하던데. 레스토랑 요리사가 꿈이라더니 출세했지 뭐. 근데 거긴 어떻게 들어갔냐?

/-2. 이탈리아 레스토랑 홀, D

前수셰프   (주방에서 이탈리안 요리하며) 한정원 셰프님, 칼 같으신 분이
             죠. 무조건 실력! 크루들도 다 유학파로만 뽑으시는데 유일하
             게 유혜인, 그 친구만 출신이 없어요. 저 나간 뒤에 수셰프 달
             고, 완전히 주방에서 셰프님 옆에 딱 붙어 있다던데요.

/-3. 카페, D

現직원1   (벨로 부오노 주방 유니폼 입고 열받는지 아이스커피 벌컥 마시며)
             둘 사이에 뭐가 있는 건 확실해요. 혜인 씨, 솔직히 수셰프 할
             정도 아니거든요. 유명 요리학교 출신도 아니고, 어디 식당에
             서 설거지부터 했다던데. 그런데 어떻게 거기까지 올라갔겠
             어요. 뻔하지. (하면서 얼굴로 꼬셨다는 의미로 손으로 얼굴 가리
             키고)

現직원2   (벨로 부오노 서빙 유니폼 입고) 혜인 셰프님. 예전에도 얼굴만
             믿고 주방에서 여러 남자 셰프들 갖고 놀았다는 얘기도 많아
             요. 지금 셰프님한테 하는 거 보면 딱 각 나오죠.

규림   저는 이번 프로젝트 후보자 교체하는 게 맞다고 봐요. 이 정
             도면 물증만 없을 뿐이지 두 사람 사이 특별한 관계로 봐도
             무방합니다.

영수   교체까지? 두 사람 다 싱글인데 연애할 수도 있지. 그게 도덕
             적으로 문제가 되진 않을 것 같은데..

규림	실력이 아니라 그 관계를 이용해서 특별한 혜택을 받았다면 문제가 되죠. 수셰프가 된 것도 그렇고. 이번 이직까지 함께 하려는 것도 그렇고.
지윤	아직 단정 짓진 말죠. 두 사람 관계에 대해서 확실한 증거가 나온 건 없어요. 다 주변의 말뿐이지.
경화	대표님은 동반 이직도 문제없다고 보시는 거예요?
지윤	... 한정원 셰프 단독 이직으로 가죠.
은호	(지윤 보면)
지윤	사실이든 아니든 소문을 덮으려면 확실한 메리트가 있어야 하는데.. 그 어디에서도 유혜인 씨를 함께 이직시켜야 할 이유를 찾을 수가 없어요. 괜히 같이 이동하면 소문만 더 커질 거예요. 수셰프 커리어에도 오히려 마이너스가 될 거고..
광희	소문이 계속 꼬리표처럼 따라다니겠죠.

팀원들 모두 끄덕이며 수긍하는데,

은호	아직 한 군데 확인 안 한 곳이 있는 거 같은데요.
일동	(보고)
은호	당사자요. 두 분께 직접 물어보죠.
지윤	(은호 보면)
영수	아니.. 이런 걸 어떻게 직접 물어봐. 그리고 물어보면, 당연히 아니라고 잡아떼지.
은호	그래도 확인은 해야죠. 혹시 모르잖아요. 사람들이 모르는 다른 사정이 있을지.

지윤	(보면)
은호	소문에 휩쓸리다 보면 정작 중요한 진실을 놓칠 때가 많더라
	고요.
지윤	(은호 보고)

S#44. 벨로 부오노 전경, 다른 날 D

S#45. 벨로 부오노 셰프 사무실 + 홀, D

지윤과 은호, 각각 셰프 사무실과 홀에서 한셰프, 수셰프와 따로 이야기 나눈다.

한셰프	원래 혜인이를 질투하는 애들이 좀 있었어요. 정통파 출신도
	아닌 애가 지들 위에 있으니 존심들 상한다 이거죠.
은호	정말 그런 편애가 있었던 건 아니고요?
수셰프	셰프님 그런 분 아니에요. 평범한 경력밖에 없는데. 오로지
	제 실력만 보고 편견 없이 인정해주신 분입니다. 주방에 적응
	못 할 때도 옆에서 많이 격려해주셨어요. 셰프님 아니었으면
	계속 요리 못 했을 거예요.
지윤	그럼 소문이 사실이 아니라는 말씀입니까?
한셰프	저 크루들 깐깐하게 뽑습니다. 수셸, 멘탈이 약해서 그렇지
	기본기 탄탄하고, 성실하고. 무엇보다 재료를 대하는 태도가
	진심인 친굽니다. 유명 요리학교 나왔다고 잘난척하는 애들
	보다 백번 낫습니다. 제가 괜히 데려가겠다고 했겠습니까?

지윤   여전히 같이 이직하시겠다는 겁니까?

한셰프   사실이 아닌데 피할 이유가 있나요?

한셰프, 앞에 있는 물 마시려고 오른손으로 컵 들었다가 내려놓는데 컵 흔들린다. 지윤, 그 모습 보고.

S#46.   벨로 부오노 홀, D

면담 끝나고, 지윤과 은호 배웅하고 있는 한셰프와 수셰프.

지윤   오늘 협조해주셔서 감사합니다.

한셰프   별말씀을요. 의혹은 해소하고 가야죠. 또 궁금한 게 있으시면
          언제든 연락주세요.

한셰프, 오른손으로 레스토랑 문 열어주려는데, 한 번에 손잡이 잡지 못하고 놓친다. 한셰프, 당황한 듯 살짝 멈칫하는데 앞으로 나와 한셰프 막아서며 자기가 문 여는 수셰프. 살짝 과한 수셰프의 반응에 지윤과 은호, 한셰프 보는데, 오른손 접었다 펴보던 한셰프, 어색하게 웃으며 주머니에 손 넣는다.

한셰프   (태연한 척 웃으며) 그럼 들어가세요.

지윤   (역시 표정 관리하며) 네.. 또 연락드리겠습니다.

은호   (꾸벅 인사하며 어색한 한셰프와 수셰프 한 번 더 보고)

지윤과 은호, 아무렇지 않게 인사하고 나오는데..

S#47. 벨로 부오노 정원, D

문 열고 밖으로 나오자마자 표정 변하는 지윤과 은호.

지윤　(심각한 표정으로 은호 보며) 유실장.

은호　(끄덕이며) 확인해보겠습니다.

S#48. 피플즈 대표실, N

지윤, 한셰프의 이력서 보고 있는데, 은호 들어온다.

지윤　알아봤어요? (이력서에 공백 있었던 시기 가리키며) 이때 왜 한
　　　셰프 이력서에 공백이 있었는지?

은호　대표님 말씀이 맞았습니다. 그 시기에 한정원 셰프 오른쪽 손
　　　목 신경 수술받은 거, 예전 동료들한테 확인했습니다.

지윤　(! 역시.. 그랬구나 싶은데)

은호　이것도 한번 보시죠.

은호, 태블릿으로 영상 재생시키는데.

(INS.)

한셰프가 출연했던 요리 프로그램이다. 세트장에서 요리하고 있는 한셰프와
그런 한셰프를 인터뷰하고 있는 진행자의 모습이 담긴 방송 화면이다. 요리하
면서 중간중간 사회자의 질문에 대답하는 한셰프.

진행자	셰프님. 오늘은 어떤 요리를 선보이실 건가요? 지금 재료들만 봐도 너무 기대가 되는데요.
한셰프	힌트를 살짝 드리자면 한식을 가미한 퓨전 파스타를 만들까 합니다.
진행자	(놀라워하는) 아니, 그럼 이 봄나물들도 파스타에 사용하신다는 말씀인가요?
한셰프	(여유롭게 웃으며) 완성되고 나서 한번 보시죠.

한셰프, 진행자와 대화하면서 자연스럽게 재료 다듬거나 칼질하던 손길 멈추고, 손을 접었다 펴는 모습이 몇 번 반복된다.

지윤	(! / 은호 보면)
은호	한셰프가 방송활동을 줄이기 전, 마지막으로 출연했던 방송입니다.
지윤	유혜인 셰프가 수셰프가 된 게 언제라고 했죠?
은호	한정원 셰프가 방송활동을 접은 시기랑 일치합니다.
지윤	(!) 동반 이직을 해야만 하는 이유가 따로 있었네.

영상 속 손에 이상을 느끼는 한셰프의 모습 다시 한번 재생되고.

S#49.   벨로 부오노 셰프 사무실, D

한셰프	맞습니다. 손목에 문제 생긴 거. 수술받고 아무 문제 없었는

데 몇 년 전부터 다친 쪽 손이 가끔 말을 안 들어요. 그래서 수셰프 도움을 받아왔던 거고.

지윤   그래서 그런 소문이 났던 거였네요.

한셰프   (끄덕이고) 주방에서 제 손 상태를 아는 건 혜인이가 유일하니까요. 앞으로도 그럴 겁니다.

지윤   (? / 보면)

한셰프   가니엘호텔에도 비밀로 해주시죠.

지윤   숨기고 이직을 진행하시겠다는 겁니까?

한셰프   (앞에 놓인 물컵 오른손으로 멀쩡하게 들어올리며) 내 손, 아직 쓸 만합니다. 이렇게 멀쩡할 때가 더 많아요. 아주 가끔 손이 저리는 수준입니다. 치료도 꾸준히 받고 있고. 요리 계속할 수 있습니다. 이 정도로 절대 내 커리어 포기 못 합니다.

지윤   (보면)

한셰프   저 여기까지 그냥 올라온 거 아닙니다. 이것보다 더 어려운 상황도 겪어봤어요. 혜인이랑 지금까지 호흡 잘 맞춰왔고 앞으로도 문제없을 겁니다. 이직 이대로 진행해주시죠.

지윤   유혜인 셰프도 동의한 겁니까?

한셰프   당연한 거 아닙니까. 혜인이한텐 이게 최고의 커리어일 텐데.

지윤   (그런 한셰프 보고)

S#50. 피플즈 전경, N

S#51. 피플즈 대표실, N

한셰프와 수셰프의 이력서, 레퍼런스 조사한 서류 등 자료 다시 한번 살펴보던 지윤.

지윤 (수셰프의 이력서 들어서 보며) 실력이 없는 게 아니라 감춰진 거였네.

지윤, 생각이 많아지고.. 이력서 보다가 고개 들면, 자리에서 일하고 있는 은호 보인다. 지윤, 빈 커피잔 보고.

S#52. 피플즈 사무실, N

지윤 (커피잔 들고 사무실 나오면)
은호 (소리 듣고 자리에서 일어나며) 뭐 필요한 거 있으세요? (하다가 지윤 손에 들린 커피잔 보고) 커피 더 드릴까요?
지윤 같이 마셔요.

(CUT TO)

사무실 테이블이나 의자에 걸터앉아, 차 마시면서 편하게 이야기 나누는 은호 와 지윤.

은호 어떻게 하실지 결정하셨습니까?
지윤 (끄덕이며) 고객사에 사실대로 얘기해야죠. 알게 된 이상 숨길

순 없어요.

은호 　(끄덕이고)

지윤 　뭔가 짚이는 게 있었던 거예요?

은호 　인사팀에서 직장 내 루머에 대해 대응할 때가 많았습니다. 확
　　　인해보면 근거 없는 거짓 소문이 어느새 오래된 사실로 받아
　　　들여지더라구요.

지윤 　(은호 보면)

은호 　왜곡된 소문 때문에 누군가의 인생이 바뀌는 경우가 있어서
　　　안타까웠습니다. 그때 한 사람이라도 나서서 당사자의 이야
　　　기를 들어주고, 대신 말해줬다면 뭔가 달라지지 않았을까..

지윤 　(과거 일 생각나는 듯 생각에 잠기고) .. 그러게요.. 잊고 있었네
　　　요..

은호 　(뭔가 사연이 있는 듯한 지윤을 한 번 보고.. 기다려주는 듯 말없이
　　　커피 마시는데)

지윤 　근데.. 대체 인사팀에서 무슨 경험을 얼마나 많이 한 거예요?

은호 　치정부터 멜로, 복수, 모략. 배신, 음모까지! 아주 다양한 장르
　　　를 두루 경험했죠.

지윤 　그래서 유실장이 엮인 장르는 그중에 뭐였는데요?

은호 　저야 당연히 배신과 음모. 모략에 의한 해직통보. 뭐 뻔한 결
　　　말입니다.

지윤 　아.. 배신과 음모.. 그쪽은 또 내가 전문인데.

은호 　(마치 긍정하듯 끄덕이면)

지윤 　뭐야. 전문이라는데 왜 끄덕여요? 내가 배신할 거 같다는 거
　　　야, 당할 거 같다는 거야..

은호	노코멘트하겠습니다
지윤	헐.. (하면)
은호	(웃는데)
지윤	유실장은 대체 나를 어떤 사람으로 생각하는 거예요?
은호	(보면)
지윤	맞다. 유실장한테 나는 처음부터 악역이었지.
은호	(끙) 그래서 다시 제대로 알아가는 중입니다.
지윤	그래서 내가 어떤 사람인데요?
은호	아직 다른 건 잘 모르겠지만, 하나는 확실히 압니다.
지윤	(말해보라는 듯 보면)

자리로 가서 무언가 꺼내는 은호. 지윤, 뭐 하는 건가 싶어서 보면, 서랍에서 밴드 가져와 내민다.

지윤	(응?? 하고 그제야 자기 손 보면 베인 손가락 보이고) 아.. (하는데)
은호	(지윤의 손에 밴드 붙여주며) 후보자는 잘 보면서 자기는 절대 안 보는 사람요. 후보자만 보실 게 아니라, 대표님 본인도 좀 살펴보시죠.
지윤	나까지 돌보고 챙기면서 살 여유 없었어요.
은호	(보면)
지윤	누구나 아무렇지 않게 누리는 것들이 사치인 인생도 있어요.
은호	(보는데)

말없이 커피 마시는 지윤. 지윤 손에 붙여진 밴드 보이고. 은호도 옆에서 조용

히 커피 마신다. 그렇게 말없이 커피 마시는 두 사람 보이고.

S#53.   지윤 오피스텔 앞 + 지윤 차 안, N

지윤의 오피스텔 앞에 멈추는 차. 은호, 차 세우고 뒤돌아보는데 잠든 지윤 보인다. 고단한 얼굴로 태블릿 든 채 잠든 지윤. 아까 지윤의 말 생각나고.. 그런 지윤 잠시 보던 은호. 조용히 다시 차 출발시킨다.

S#54.   도로 + 지윤 차 안, N

반짝이는 도로 달리는 지윤의 차. 조용히 운전하고 있는 은호 뒤로, 편하게 잠들어 있는 지윤 보이고.

S#55.   지윤 차 안, N

다시 지윤의 오피스텔 앞으로 들어오는 차. 차 멈추면 눈 뜨는 지윤.

은호   (지윤 눈 뜬 거 확인하고) 도착했습니다.

S#56.   지윤 오피스텔 앞, N

은호   들어가세요. (하는데)
지윤   ..몇 바퀴 돌았어요?

은호   (! 알고 있었어? 당황하는데)

지윤   (그저 담백하게) 수고했어요.

은호   !

지윤, 들어가고. 은호, 들어가는 지윤의 뒷모습 보는데..

S#57.   가니엘호텔 전경, 다른 날 D

S#58.   가니엘호텔 사무실, D

고객사에게 두 사람의 이력서를 내밀고 설명하고 있는 지윤 보인다.

지윤   저희가 확인해본 결과, 두 셰프와 관련된 소문은 사실이 아니
         었습니다. 다만, 한정원 셰프 손목에 문제가 좀 있어요. 9년
         전 수술했던 부위에 이상이 생겨 유혜인 셰프가 비밀리에 돕
         고 있었습니다. 저희 판단으로는 보조 없이 한정원 셰프 혼자
         주방을 맡기에는 무리가 있을 것 같습니다.

두 개의 이력서를 들고 고민하는 고객사 보이고.

S#59.   가니엘호텔 로비 앞 산책로, D

지윤, 로비에서 나오면, 기다리고 있던 은호, 지윤에게 다가간다.

은호   어떻게 됐습니까?

S#60. 벨로 부오노 셰프 사무실, D

지윤   축하드립니다. 이직 확정됐습니다.

한셰프   사실을 다 알고도 나를 선택했다는 거죠?

지윤   지금 가니엘호텔이 필요한 건 확실한 스타성을 가진 셰프니
        까요.

한셰프   (인정하듯 만족스럽게 끄덕이면)

지윤   대신 셰프님 단독 이직이 조건이에요.

한셰프   (보면)

지윤   비밀을 밝히지 않는 한 수셰프와 함께 이직하면 소문이 계속
        따라다닐 겁니다. 괜한 구설수는 만들지 말자는 게 가니엘 측
        의 판단입니다.

은호   (지윤의 얘기 듣는 한셰프 보고)

지윤   셰프님의 스타성을 대신할 사람은 없지만,

한셰프   수셰프 역할을 대신할 사람은 많으니까요.

은호   (!)

지윤   (그런 한셰프를 좀 보다가.. 맞다는 듯 수긍하면)

한셰프   좋습니다. 그렇게 진행하시죠. 입 무겁고 쓸 만한 사람으로
        붙여달라고 하세요.

은호   (그런 한셰프 보는데)

S#61. 벨로 부오노 주방, D

수셰프, 충격받은 얼굴로 한셰프 보고 있다. 수셰프 앞에는 혼자 요리 레시피 개발하고 있었던 듯, 펼쳐진 레시피 북과 재료들 보인다.

수셰프   셰프님 혼자만요...?

한셰프   그쪽에서 그렇게 결정했다는데 뭐 어쩌겠어. 같이 못 가게 돼서 아쉽네.

수셰프   그.. 그럼 저는 어떻게..

한셰프   그걸 왜 나한테 물어? 자기 일은 자기가 알아서 해야지.

수셰프   (황당해서 보면) 책임진다고 하셨잖아요. 아무도 눈치 못 채게 옆에서 도와만 주면.. 계속 요리할 수 있게 해주신다고... 그래서 저 다른 기회들 다 포기하고, 소문도 감수하고 셰프님 옆에 있었어요.

한셰프   지금까지 데리고 가르쳐줬음 됐지, 이제 혼자 할 수 있어야지.

수셰프   셰프님 아시잖아요. 저 아직 혼자는 자신 없어요. 셰프님 없으면 주방에서 크루들이 저.. 같이 데려가주세요. 제가 더 잘하겠습니다. 손목 아프신 거 티 안 나게 더 잘할게요. 저만한 애 없다고 하셨잖아요.

한셰프   (달래듯 툭툭— 어깨 토닥이며) 그동안 수고 많았어. 또 좋은 기회 있겠지.

수셰프   (아 정말 끝이구나 싶어서 한셰프 보면)

한셰프   아, 비밀은 앞으로도 잘 지키고. 이 바닥 좁은 거 알잖아.

한셰프, 나가고.. 수셰프., 테이블 보는데.. 자신의 노력들이 보인다. 열심히 메뉴 개발한 흔적이 보이는 레서피 북과 채 완성되지 못한 요리 재료들.. 허탈하게 보는데..

S#62. 벨로 부오노 입구 + 지윤 차 안, D
차에 타는 지윤. 은호, 차 문 닫아주고, 레스토랑 한번 돌아보는데,

수셰프 (안에서 급하게 달려나오며) 실장님.

은호 (수셰프 보고) 셰프님. (하는데)

수셰프 이게 맞아요? 지금 이게 진짜 맞는 거예요?

은호 (보면)

수셰프 저 정말 노력했어요. 셰프님 비밀 지켜드리려고 최선을 다했는데.. 근데 왜 저만 이렇게.. (은호 보며) 그냥 비밀로 해주시지 그랬어요. 두 분만 비밀로 해주셨으면... (하다가) 저 이제 어떡해요.. 셰프님만 믿었는데.. 전 그냥 요리가 하고 싶었던 것뿐인데... 혼자서는 자신 없어요.. 저.. 사람들이.. 주방이 무서워요...

지윤 (차 안에서 듣다가 더는 못 들어주겠다는 듯이 밖으로 나오려는데)

은호 세상에 끝까지 가는 비밀은 없어요. 누군가한테 의지하는 것도 마찬가집니다. 한셰프님과 함께 요리하면서 즐거웠습니까?

지윤 (차에서 그런 은호 보고)

수셰프 (보면)

은호 스스로를 믿지 못하는 셰프는 주방에서 떳떳할 수 없어요. 혜인 씨, 충분히 멋진 셰프예요. 이제부터는 다른 사람 의지하

지 말고, 스스로를 믿어요.

수셰프   (고개 떨구고)

지윤   (평소와는 조금 다른 은호를 본다)

S#63.   지윤 차 안, D

현실이기에 받아들이긴 했지만 마음이 편치만은 않은 두 사람. 굳은 얼굴로 운전하는 은호와 생각이 많은 듯 창밖 보는 지윤 보이고.

S#64.   강석의 책방 전경, 다른 날 D

S#65.   강석의 책방 안, D

책 하나 들고, 문 열릴 때마다 누구 기다리는지 고개 쭉 빼고 이리 기웃 저리 기웃하는 별. 또 한 번 문 열리는데. 들어오는 지윤.

지윤   (들어오며) 형부, 부탁했던 책~ (하는데)

!! 별, 기다렸다는 듯 지윤에게 쪼로록 달려온다.

지윤   어? 꼬맹이 안녕.

별   나 이제 글자 다 읽을 줄 알아요.

지윤   진짜?

별	(고개 세차게 끄덕이고 들고 있던 책[1] 야심 차게 읽어 내려간다) 더 넓은 세상을 배우고 싶다면 여행을 떠나 봐. 어디든 마음만 먹으면 길은 열려 있어.
지윤	(또랑또랑 읽어가는 별 보며) 오, 꼬맹이 제법인데.. 너 쫌 근성 있다.

별, 지윤의 칭찬에 더 신나서 아예 자리 잡고 앉는다. 자기 옆에 앉으라는 듯 바닥 두 번 툭툭 치면, 풉— 지윤, 그런 별이 귀엽기도 하고, 재밌기도 해서 옆에 앉고.

별	(동화책 지윤에게 보여주며 또박또박 낭독한다) 길은 모든 걸 기억해. 인생의 크고 작은 일들을, 쿵, 하고 넘어졌을 때를, 꿋꿋하게 일어났을 때를, 네가 어디서 출발해 어디로 갔는지를, 무엇을 꿈꾸었는지를, 심지어 계획하지 않았던 일까지도 다 알고 있어.

그런 별 귀엽게 보다가, 어느새 점점 책 내용에 집중하는 지윤. 별이가 읽어주는 책 들으며 생각에 잠기는데...

S#66. 가니엘호텔 파인 다이닝 레스토랑, 다른 날 D
새로운 셰프 유니폼 입은 한셰프. 간단한 사진 촬영하며 취임 인터뷰하고 있는

---

1 《어느 멋진 여행》: 팻 지틀로 밀러 글, 엘리자 휠러 그림, 임경선 역

모습 보이고. 한쪽에서 그 모습 보고 있는 지윤.

S#67. 피플즈 사무실, D

한셰프의 취임 소식 인터넷 뉴스로 같이 보며,

정훈 뭐야, 이거 결국 한셰프만 된 거야? 에이, 오늘 같은 날은 일
        못 하지.

미애 언제는 일했구? 맨날 일 못 한대.

광희 열심히 하면 뭐 해요. 이용만 당하고 팽당하는데. 그래서 제
        가 일 적당히 하는 거라니까요. (하면서 영수 보면)

영수 왜 날 봐~ 나처럼 투명한 사람이 어딨다고~ 억울할 거 없어.
        직원채용에 꼭 도덕적 가치가 우선은 아니잖아. 회사가 학교
        도 아니고.

규림 (감정 없이 스마트폰 검색하며) 제 후보자는 탐내지들 마세요.
        전 수셰프님처럼 가만히 안 있어요!

영수 그럼 뭐 복수라도 하게? (하는데)

S#68. 가니엘호텔 파인 다이닝 레스토랑 앞 로비, D

레스토랑 간판 보고 있는 사람, 수셰프! 어? 지윤 기다리고 있던 은호, 수셰프
발견하고 놀라는데, 수셰프의 시선 따라가면 레스토랑에서 로비로 같이 나오
는 지윤과 한셰프다. 수셰프, 한셰프와 눈 마주친다. 그 순간 사고 칠 것처럼
한셰프를 향해 다가가는 수셰프! 놀란 은호도 수셰프 막으러 뛰어가는데,

지윤	긴장하지 마세요. 새로운 제 후보자니까.
은호	(!)
한셰프	(! 지윤 보면)
지윤	혜인 씨도 이제 본인 이름 찾아야죠.

수셰프, 한셰프에게 간단한 묵례하고 지윤과 함께 가고. 은호도 그 뒤를 따르면.

한셰프	(그런 수셰프 보며) 뒤에 숨어만 있을 줄 알았더니.. 제법이네.

한셰프, 수셰프 좀 보다가 옷매무새 다듬고 돌아서 걸어간다.

S#69. 근처 카페, D

수셰프	굳이 여기서 만나자고 한 거 너무 속 보였어요?
지윤	아뇨, 잘했어요.
은호	드디어 결정한 거예요?
수셰프	(끄덕이고) 네, 도전해보기로 했어요. 식품개발연구원..
지윤	주방이 두려운 요리사한테 딱인 포지션이죠. 그렇게 자신 없다더니 없던 자신감이 어디서 생겼어요?
수셰프	(웃으며) 피플즈에 꽤 끈질긴 직원이 있던데요.
지윤	(누군지 뻔히 알아서 웃는데)
은호	(큼. 괜히 딴청 하면)
수셰프	(은호 보며) 감사해요. 덕분에 용기 낼 수 있었어요.

은호   (수셰프 보고 미소 짓고)

수셰프   저 잘할 수 있겠죠?

지윤   이력서는 거짓말을 안 해요. 그 몇 줄엔 그 사람이 투자한 시간과 노력, 그리고 결과가 담겨 있거든요.

은호   (지윤 보고)

수셰프   (지윤을 보면)

지윤   혜인 씨 이력서에는 화려하진 않지만 성실하게 발로 뛰며 음식을 연구한 요리사의 시간이 담겨 있었어요.

수셰프   (보면)

지윤   길은 모든 걸 기억한대요. 지금까지 열심히 걸어왔잖아요. 거기서는 충분히 혜인 씨 역량을 펼칠 수 있을 거예요.

지윤, 수셰프 보고. 은호, 그런 지윤을 보는데...

(CUT TO)

어느새 수셰프는 가고, 둘만 남아 있는 은호와 지윤.

지윤   왜요..? 왜 그런 눈으로 보는데요?

은호   새로운 모습을 자꾸 보게 되네요.. 대표님이 그런 말도 하실 줄 아는 분이셨습니까.

지윤   그런 말이 뭐 어떤 말인데요?

은호   따뜻하고, 위로를 주고, 용기를 주는 뭐 그런.

지윤   (괜히 낯간지러워) 책.. 책 보면 다 나와요.

지윤, 괜히 민망해서 먼저 나가면, 은호, 그런 지윤 보며 웃는데.

S#70. 식품회사 건물, D

건물 올려다보고 있는 수셰프. 후— 옷매무새 한번 가다듬고 씩씩하게 회사 안으로 들어간다.

S#71. 거리 일각, D

걸으며 이야기 나누는 은호와 지윤.

지윤   수고했어요. 유실장 덕분에 이번 프로젝트 제대로 마무리했어요.

은호   결정은 대표님이 하신 겁니다. 혜인 씨 새로운 곳에 추천하실 줄은 몰랐어요.

지윤   맞는 포지션이 있었을 뿐이에요.

은호   (보면)

지윤   회사마다 필요한 인재는 다르니까요. 화려한 스타가 필요한 곳이 있으면, 요란하지 않은 실력자가 필요한 곳도 있는 거죠. 사람의 역량은 저마다 다르잖아요.

은호   (그런 지윤 좀 보다가) 이제 좀 알 것 같아요. 헤드헌팅이라는 거.

지윤   (보면)

은호   자신의 역량을 제대로 발휘할 수 있는 곳을 찾아준다는 거.. 의미 있는 일 같아요. (지윤 보며) 멋있었어요. (하는데)

지윤 (잠깐 멈칫했다 살짝 웃으며) ..일은 그냥 일로 봅시다. 괜한 의미 부여 말고.

은호 (그런 지윤 보고)

지윤 그래도 적응이 제법 빠르네요. 역시 유능한 대표 밑에 있어서 그런가.

은호 배움이 원래 빠른 편입니다.

지윤 (허, 그런 은호 보는데)

은호 그만 가시죠. 비 쏟아지기 전에.

지윤 비는 무슨, 날씨가 이렇게 맑은데..

지윤, 하늘 보며 손 내미는데, 정말 거짓말처럼 딱 떨어지기 시작하는 빗방울들. 진짜 비가 내리기 시작한다. 엥? 지윤 놀라고!

지윤 뭐야.. 어떻게 알았어요?

은호, 말없이 어깨만 으쓱하고. 보란 듯이 들고 있던 가방에서 우산 꺼내 우산 커버 벗긴다. 은호, 척— 슬로우로 멋지게 우산 펼치는데, 펼쳐진 우산, 분홍색 공주 우산이다! 우산커버 속에 별이 우산이 잘못 들어 있었던 듯한데. 푸하하핫! 지윤, 그 모습에 웃음 터진다. 지윤의 처음 보는 맑고 가식 없는 웃음. 은호도 그제야 펼쳐진 우산 확인하고 당황하는데, 그 모습에 더 크게 웃는 지윤.

은호 웃지 마세요.. 이거라도 있는 게 어딥니까.. 웃지 마시죠.. 하나도 안 웃깁니다. 흠흠.. (하는데)

하하하.. 한번 터진 웃음 못 멈추는 지윤. 해맑게 웃는 지윤에 애써 표정 갈무리하던 은호도 결국 못 참고 웃음 터진다. 이렇게 웃을 수도 있는 사람이었구나... 지윤 보는 은호.. 웃느라 우산 벗어나 비 맞는 지윤 쪽으로 한 발 다가가는 은호. 그렇게 공주 우산 아래 살짝 맞닿은 두 사람의 어깨. 제법 가까워진 거리에서 서로를 보고 웃는 은호와 지윤. 프로젝트 성공의 기쁨과 닿은 어깨에서 느껴지는 묘한 긴장 속에 설레는 두 사람에서 STOP!

3부 끝.

나의 완벽한 비서 ♥

4부

S#1.　거리 일각, D

어느새 굵어진 빗줄기. 갑자기 쏟아진 비에 당황하며 뛰어다니는 사람들 보이고. 공주 우산 하나 쓰고 걷던 은호와 지윤, 굵어진 빗방울에 더는 안 되겠는지 근처 편의점으로 뛰어들어간다.

S#2.　근처 편의점, D

은호　(초코바 하나 계산하며) 여기서 기다리세요. 차 가져오겠습니다.

지윤　(끄덕하면서 은호 보는데, 다 젖은 은호의 한쪽 어깨 보이고, 편의점 테이블에 놓인 휴지 건네며) 닦아요.

하는데 무언가에 시선 고정된 은호, 지윤의 말 못 듣고. 뭐 보는 거야? 지윤, 은호 시선 따라가면 호호 불어서 컵라면 먹는 고등학생들 보인다. 지윤도 침 꼴깍 넘어가고. 은호와 지윤, 동시에 눈 마주친다.

(CUT TO)

어느새 밖이 보이는 실내 테이블에 자리 잡고 앉은 지윤. 은호, 컵라면에 삼각 김밥, 치즈까지 알차게 구매한 물건들 테이블 위에 올린다. 포장 벗기고, 뜯고 착착 조리 준비하는 은호, 묘하게 신나 보이고. 다시 물 쏟아내고, 스프 넣어서 비비고, 치즈까지 얹어 전자레인지에 돌린다. 자신만의 레서피가 있는 듯, 아주 신중하고 진지한 은호고.

지윤   (황당하게 보며) 먹는 데 왜 이렇게 진심이에요? 직업 잘못 선택한 거 아니에요?

은호   맛있는 거 먹으면 위로받잖아요.

지윤   (보면)

은호   배를 채우면 마음도 채워지는 거 같고.

지윤   네네.. (하는데 지윤의 얼굴에 살짝 미소 감돌고)

(E) 땡― 전자레인지 다 돌아갔고. 은호, 전자레인지에서 라면 꺼내 뚜껑 연다. 오! 그럴싸한 비주얼에 지윤도 관심 보이면, 뿌듯해진 은호, 젓가락으로 능숙하게 라면 슥슥 비벼, 지윤에게 건넨다. 지윤, 한 입 먹어보는데, 어? 맛있다!! 눈 커져서 은호 보면, 어깨 으쓱하는 은호.

지윤, 본격적으로 먹으려고 손목에서 머리끈 찾는데 없다. 그런 지윤 보던 은호, 주머니에서 머리끈 꺼내 내밀면 어?! 받아서 머리 질끈 묶는 지윤. 머리까지 묶은 지윤, 본격적으로 라면 먹기 시작하고. 은호도 그런 지윤 보다가 자기도 라면 먹는다. 그렇게 나란히 앉아서 맛있게 라면 먹는 두 사람 보이고.

(CUT TO)

라면 다 먹고, 뒷정리까지 끝낸 두 사람. 지윤의 머리 다시 풀어져 있다.

은호 차 가져오겠습니다. 잠시만 여기서 기다리세요. (밖으로 나가면)

편의점 라디오에서 흘러나오기 시작하는 음악. 자연스럽게 화면 위로 깔리고.

S#3. 근처 편의점 밖, D
은호, 신호 바뀐 거 확인하고 횡단보도로 비 맞으며 뛰어간다.

S#4. 근처 편의점 안, D
뒤늦게 우산 발견한 지윤. 어? 우산? 하고 들고 일어나는데. 이미 횡단보도 건너고 있는 은호, 창밖으로 보인다. 이미 늦었다 싶어 다시 자리에 앉는데, 손목에 걸린 고무줄 보인다.

지윤 (은은한 미소 번지고) 하여튼 오지랖.

지윤, 비 맞으며 뛰어가는 은호 본다. 지윤, 들고 있던 우산 손잡이 잡고 빙그르르 돌려보는데. 돌아가는 우산에서 튄 물방울.. 지윤의 옷에 점차 번져가는데.. 빙그르르 돌아가는 우산 위로 떠오르는 타이틀.

S#5.   강석의 책방 전경, N

S#6.   강석의 책방, N

읽을 책 고르는 듯 여기저기서 책 쏙쏙 여러 권 뽑는 지윤. 그런 지윤이 신경 쓰인다는 듯 계속 지윤을 주목해서 보고 있는 코너 끝 별이도 보인다. 지윤, 한쪽 책장에 기대 뽑은 책들 살펴보고, 선택되지 않은 책들 대충 보이는 데 꽂는데,

별   아줌마, 그거 그렇게 꽂으면 안 되거든요.

지윤   (소리에 보며) 응? 뭐라고??

별   (어느새 지윤 옆으로 와서) 보기 좋게 정리해서 꽂아야죠.

지윤   아.. (하는데)

별   에휴.. 내가 정리할게요.

지윤   어.. 그.. 그래..

지윤, 옆에서 책 들고 서 있으면, 한 권씩 자신이 정한 순서대로(색깔별로) 책장에 꽂는 별. 지윤, 그런 별이 보다가 다음 순서에 맞는 책 찾아서 주면,

별   어? 어떻게 알았어요? (책 받아서 꽂고)

지윤   내가 센스가 좀 있는 편이거든. (하면서 다시 또 다음 순서 책 찾아서 주면)

우와~ 별, 책 받아서 또 꽂고, 몇 번 주고, 꽂고 하면 드디어 정리 완료다!

별	봐봐요. 이렇게 정리하니깐 깔끔하고 좋죠. (뿌듯하게 정리된 책들 보면)
지윤	(그런 별이 보며 피식 웃으면)
별	왜요?
지윤	어.. 아니 꼭 누구 같아서. (하는데)

S#7.   대형마트, N

누가 내 얘기를 하나? 한쪽 귀 파면서 카트 끌고 장 보고 있는 은호 보인다. 물건 담으며 지나가다가 선반에 잘못 놓여 있는 물건 보이면, 자연스럽게 제자리로 옮기고 지나가는 은호 보이고.

S#8.   강석의 책방 앞 + 안, N

은호, 장바구니 들고 책방 문 열면, 책 보다가 "아빠!" 달려오는 별. 지윤은 가고 없다.

은호	삼촌 말 잘 듣고 있었어? 아빠랑 마트 같이 가자니깐.
별	보고 싶은 책이 있었다니깐.
은호	형, 별이가 귀찮게 한 건 아니지?
강석	아냐. 우리 별이가 책 정리 다 도와줬어.
은호	(보면 색깔별로 정리된 책장들 보이고) 도.. 도움된 거 맞지..?

S#9.   거리, N

함께 걸어가는 은호와 별, 은호 손에 장바구니 들려 있고.

별   아빠, 센스가 뭐야?

은호   응? 글쎄.. 다른 사람 마음 잘 살피는 거?

별   (어~ 고개 끄덕이며) 엄청 좋은 거네.

은호   근데 그건 왜?

별   나도 센스 있는 사람 할래. 멋있어.

은호   (응? 영문 몰라서 고개만 갸웃하는데)

별   (고사리 손으로 장바구니 들고) 무거우니깐 같이 들자. 이거 센
         스 있는 거지. 그치그치.

은호   (웃으며 별이 머리 쓰다듬고) 어어. 그럼 이것만 좀 들어줄래?
         (장바구니에서 가벼운 과자 하나 꺼내 건네주고)

별   (신나서) 응!!

한 손으론 은호 손 꼭 잡고, 한 손에는 은호가 꺼내준 과자 들고 신나서 가는
별. 그렇게 함께 손 잡고 걸어가는 은호와 별 보이고.

S#10.   피플즈 1층 로비, 다른 날 D

지윤의 커피 들고 출근하는 은호. "안녕하세요." 로비 직원들, 청소하는 여사님
들과 익숙하게 인사 나누며 엘리베이터로 가고.

S#11. 피플즈 대표실, D

대표실 책상에 커피 올려놓는 은호. 익숙하게 착— 커튼 걷고 창문 열어 대표실 환기시키고, 화분에 물 주고. 책상과 주변 정리하고, 딱딱— 신문스크랩과 일정표와 검토할 서류들과 안내장 올려놓으면, 딱 맞춰 대표실 들어오는 지윤.

은호   좋은 아침입니다.

지윤   (끄덕 인사하며 가방 휙— 던져 가방 거치대에 안착시키고) 일정 브리핑 시작합시다.

은호   열두 시 글로벌인재포럼 오찬 모임, 두 시 강우화학 박본부장 미팅, 네 시 기업매거진 인터뷰 (하는데)

지윤   (은호가 일정표와 같이 올려놓은 안내장 열어보며) 이건 뭐예요?

은호   헤드헌터협회 정기총회 안내장입니다. 보시고 참석 여부 알려주시면 일정 조율하겠습니다.

지윤   나 이런 데 안 가요. 종이 아깝게 왜 매번 보내.

지윤, 볼 필요도 없다는 듯 안내장 다시 건네려는데, 안내장에 적힌 문구 눈에 들어온다. "헤드헌터 아카데미"

지윤   헤드헌터 아카데미?

은호   초대 협회장인 이용훈 대표님의 이름을 붙인 아카데미를 이번에 신설한다고 (하는데)

지윤   누구요?

다시 안내장 열어서 내용 확인하는 지윤의 표정 굳고.

S#12. 피플즈 사무실, D

자리에 앉은 은호, 지윤의 표정이 신경 쓰이는 듯 대표실 한번 보는데, 그런 은호 책상 위로 비타민 병 음료 내려놓는 영수.

영수   유실장 아침부터 왜 이리 표정이 심각해? 이거 먹고 힘내.

은호   감사합니다. (하면)

광희   으유. 회사 거로 또 생색내신다. (하는데)

영수   (그러든지 말든지 자기도 하나 비타민 음료 까서 마시며 경화 자리로 가고) 아이고 경화 씨 많이 바쁘구나.

경화   (일에 집중하느라 영수한테 제대로 대답도 못 하면)

영수   어우. 열심이야, 우리 경화 씨. 경화 씨 그 내가 부탁한 후보자 서치는 언제쯤 될까?

경화   (여전히 모니터만 보며) 정리해서 책상에 올려뒀어요.

영수   어, 벌써? 고마워. 역시 우리 경화 씨밖에 없어. 리서처 출신은 뭐가 달라도 달라. 속도가 그냥..

하다가 주변 눈치 보고 자기 자리로 가서 서랍 연다. 보면 그 안에 고이 모셔둔 홍삼스틱. 영수, 홍삼스틱 하나 꺼내 경화 자리로 온다.

영수   (스틱 내밀며) 자, 이거 먹어. 내가 특별히 우리 경화 씨만 주는 거야.

경화   (여전히 모니터에 시선 고정하며) 예.. 감사합니다.

하는데 핸드폰 울린다. 대충 홍삼스틱 책상에 아무렇게나 놓고 폰부스로 전화

받으러 간다. 영수, 마치 버려지듯 경화 책상에 아무렇게나 놓인 홍삼스틱 보는데, 괜히 무안하고.

S#13. 잡지사 전경, D

(E) 찰칵! 찰칵! 분주한 카메라 셔터 소리 들리고.

S#14. 잡지사 스튜디오 일각, D

인터뷰에 쓰일 사진 촬영 중인 지윤. 은호, 한쪽에서 모니터로 그 모습 지켜보며, 잡지사 기자와 인터뷰 내용 등 조율하고 있다.

기자   말씀드렸던 대로 여성 CEO 특집 기사로 지면은 20페이지 정도 할애될 거구요. 강대표님 포함해서 총 일곱 분의 릴레이 인터뷰와 사진이 실릴 예정입니다.

은호   네, 보내주신 명단 받았습니다. 변경된 분은 없으신 거죠? (그렇다는 기자 반응 확인하고) 아, 그리고 보내주신 질문 중에 성공 사례 관련해서는 후보자 개인 신상이 노출될 수 있는 부분은 피해 갔으면 좋겠다고 부탁드렸는데 조정됐나요?

사진작가   네, 좋습니다. 대표님, 이번엔 조금만 웃어볼까요. 네, 정면 보시고!

미소 지으며 정면 보는 지윤의 클로즈업된 아름다운 얼굴! 은호, 모니터 화면

가득 채운 지윤 보는데. 순간 지윤의 눈썹 누군가 본 듯 확 구겨진다. 은호, 그 시선 따라가서 보면,

혜진   (요란하게 스튜디오 들어오며) 안녕하세요~

기자   김대표님! 일찍 오셨네요. 아직 앞 촬영 안 끝났는데.

혜진   (기자와 은호 쪽으로 오며) 일부러 여유 있게 온 거니깐 신경 쓰지 마요. (촬영 중인 지윤 보며) 강대표 촬영 중이었구나~

은호   (적당히 거리감 있게 묵례하고 살짝 뒤로 물러나면)

혜진   (지윤이 찍히고 있는 모니터 보며) 이런 거, 이런 거 괜찮다. 강 대표 멋지게 잘 찍어줘요. 우리 업계 간판인데.

기자   (같이 모니터 보며 혜진에게만 살짝) 견제 안 되세요? 이번 여성 CEO 특집에서 유일하게 두 분만 동종업계신데,

혜진   나 좋으라고 그런 건데. 2등이 멋있으면 그 2등 이기는 1등은 얼마나 더 멋있을까 생각하지 않겠어요?

기자   이야, 김대표님 진짜 못 따라가겠어요.

혜진   (여유 있게 웃는데)

기자   이렇게 된 거 그럼 혹시 두 분 잠깐 같이 인터뷰 가능할까요? 두 분 역사 궁금해하는 사람들도 많은데.

혜진   나야 좋죠.

기자   (은호 보며) 실장님, 어떠세요? 강대표님도 가능하실까요? (하면)

혜진   (그제야 은호 관심 가지고 보며) 강대표 새 비서?

은호   (기자에게) 사전에 협의한 대로만 진행하시죠.

혜진   (그런 은호 보며) 여튼 강지윤 얼굴 밝히는 건 알아줘야 돼~ (하는데)

지윤   (이쪽으로 오며 기자에게) 같이 하죠, 인터뷰. (혜진 보고)

S#15. 잡지사 스튜디오 다른 일각, D

인터뷰할 수 있는 곳으로 자리 옮겨서 인터뷰 진행 중인 지윤과 혜진. 은호 한 쪽에 서서 인터뷰하는 지윤과 혜진, 지켜보고 있다.

기자   강대표님이 피플즈를 창업하시기 전에 두 분 커리어웨이에서 같이 일하셨던 것으로 알려졌는데 그 시절 얘기 좀 해주세요. 어떤 후배, 어떤 선배였는지.

혜진   그땐 강대표 귀여웠죠. 내 말도 잘 듣고. 아, 근데 그때부터 좀 건방지긴 했다.

지윤   제가 김대표님한테 많이 배웠죠. 헤드헌터가 해서는 안 되는 일들이 뭔지.

기자   하하하.. 두 분 참 말을 재미있게 하시네요. 하하하.. (둘의 기 싸움에 죽겠는데)

지윤   (여유 있게 차 마시며) 맞다. 협회에서 헤드헌터 아카데미 준비 한다면서요. 그 얘기 좀 해줘요.

혜진   (? / 무슨 의도로 이 이야기를 꺼내는 건가 싶어서 지윤 보며) 괜찮 겠어? 너 불편할까 봐 일부러 말 아낀 건데.

기자   헤드헌터 아카데미요? 김대표님 협회 회장 되시고 서치펌 위 해서 좋은 일 많이 한다고 요새 칭찬 자자하던데, 아카데미 런칭까지 준비하신 거예요? 큰 투자 받으셨다는 소문 사실인 가 봐요.

혜진	이래서 기자님들은 못 속여. 어쩜 그렇게 정보들이 빨라요. 상생해야죠. 아무리 우리 업계가 경쟁이 치열한 곳이라고 해도, 혼자 잘난 척해서는 못 살아남아요. 다 같이 잘 돼야죠. 그게 초대협회장님의 뜻이기도 하고.
기자	초대협회장님이라면.. 이용훈 대표님 말씀하시는 거죠? 커리어웨이 전대표님이셨던.
혜진	(끄덕이고) 제대로 된 교육을 통해, 좋은 헤드헌터들을 양성하는 게 선배님 꿈이셨어요. 그래서 이번에 선배님 이름을 딴 헤드헌터 아카데미를 런칭하려고 해요. 뜻을 못 펴고 안타깝게 돌아가셔서 늘 죄송했는데 이제 그 뜻을 이룰 수 있게 됐네요. (일부러 지윤 보며) 우리 강대표도 선배가 참 예뻐했었는데.. (하는데)
지윤	(동요 없이 가만히 듣고 있다가) 그래서 저도 동참하려고요. 이번 아카데미에.
은호	(지윤 보고)
혜진	(?! / 보면)
지윤	제가 그동안 협회 일에 너무 소홀했던 것 같아서 이제부터 적극 참여해보려구요.
기자	너무 잘됐다. 지금 가장 핫한 헤드헌터한테 들을 수 있는 강의라니.. 김대표님 후배 지원에 든든하시겠어요.
혜진	(표정 관리하고 애써 웃으며) 든든하죠. 간만에 우리 강대표가 기특한 소리를 하네.

(CUT TO)

은호, 한쪽에서 기자와 남은 협의사항들 조율 중인데,

은호   오늘 촬영한 사진이랑 인터뷰 초안은 언제 받아볼 수 있을까요?

기자   음.. 다음 주 초면 가능할 거예요. 보시고 문제될 사항 있으면 말씀 주세요. 조율해서 최종원고에 반영하겠습니다.

은호   네, 그럼 원고 잘 부탁드립니다.

지윤과 혜진은 인터뷰 끝나고 아직 그 자리에 남아, 다른 사람들 듣지 않게 조용히 둘이 얘기 중이다. 겉으로 보기엔 둘이 우아하게 차 마시며 담소 나누는 것 같아 보인다.

혜진   너 갑자기 이러는 이유가 뭐야?

지윤   좋은 일 하는데 동참하는 거잖아요.

혜진   많이 뻔뻔해졌네. 선배 이름 단 프로그램이야.

지윤   그러니까요. 대표님 이름을 달았더라고요.

혜진   (보면)

지윤   아직도 대표님 후광이 필요해요?

혜진   (보면)

지윤   나 설치는 거 보기 싫으면 대표님 이름 빼요. 그럼 나도 빠져.

혜진   (비웃으며) 어디 이제 와서 대표님 위하는 척이야? 그래봤자 대표님 죽게 한 건 너야.

지윤   (마시던 차 내려놓고 혜진 똑바로 보며) 정말 그렇게 생각해요?

선밴 내가 정말 아무것도 모른다고 생각해요?

혜진   (! / 지윤이 무언가 아는구나 싶어서 순간 눈빛 흔들리는데)

지윤   대표님 이름 그만 더럽혀요. 적어도 인간이고 양심이란 게 있
         으면. (먼저 일어서고 / 은호에게) 갑시다, 유실장.

기다리고 있던 은호, 지윤 따라서 같이 가는데,

혜진   (이내 여유 찾은 듯 지윤 부른다) 강대표.

지윤, 은호   (돌아보면)

혜진   (두 사람에게 걸어와서) 비서님, 이번 주말에 강대표 일정이 어
         떻게 돼요?

은호   (보면)

혜진   선배 딸 이번에 고등학교 졸업했잖아. 같이 저녁 먹기로 했거
         든. 시간 되면 같이 가자고, 너도. 사모님이 강대표 궁금해하
         시더라.

지윤   (! / 표정 굳는데)

혜진   표정 풀어. (일부러 은호 들으라는 듯 은호 보며) 니가 그러니까
         선배 니가 죽인 거 너무 티 나잖아.

은호   (!)

혜진   일정 확인하고 알려줘요.

혜진, 은호 보고 싱긋 웃어 보이고 사진 촬영하러 스튜디오 안쪽으로 들어간
다. 은호, 굳은 표정의 지윤 보고.

S#16. 지윤 차 안 + 잡지사 주차장, D

마음이 복잡한 듯, 시트에 기대 눈 감고 있는 지윤. 은호, 출발하지 않고 그런 지윤 잠시 기다려주고.

지윤   (눈 뜨고) 출발하죠. (하는데)
은호   떡볶이집으로 갈까요?
지윤   (피식 웃고) 됐어요. 먹지도 못하면서.
은호   그럼 잠깐 걸으시죠.

은호, 차에서 내려 트렁크 열어 지윤의 운동화 꺼낸다. 은호, 뒷좌석 문 열고 앞에 운동화 내려놓고.

지윤   (보면)
은호   매운 건 못 먹어도 걷는 건 자신 있습니다.

S#17. 공원, D

정말 말없이 공원 걷기만 하고 있는 지윤과 은호. 말없이 걷는데 어색한 공기 흐르고.

지윤   근데 이럴 거면 왜 걷자고 한 거예요?
은호   네?
지윤   아무 말도 안 하고 진짜 30분 동안 걷기만 할 줄은 몰랐죠.
은호   그럼 뭐.. 어떻게 달리기라도 할까요?

지윤   (고개 절레절레) 센스가 있는 것도 같고. 없는 것도 같고. 왜 아
        무것도 안 물어봐요? 궁금한 거 엄청 많을 텐데.

은호   굳이 헤집고 싶지 않아서요. 묻는 것만으로도 상처가 되기도
        하니까.

지윤   (보면)

은호   설명 안 하셔도 괜찮습니다. 저는 제가 본 것만 믿겠습니다.

지윤   ...!

지윤, 은호의 담백한 말이 위로가 되고.. 두 사람, 다시 말없이 걷기 시작하는
데 툭 두 사람 앞에 떨어지는 농구공. 은호, 공 주워드는데, 보면 농구 코트에
서 농구하고 있는 5, 6학년 정도 되는 초딩들. 2:2 나름 편 나눠서 농구 중이
다. 아이들, 공 던져달라고 손 흔들고.

은호   던져보실래요? 마음 복잡할 땐 몸 움직이는 게 최곤데.

지윤   (보면)

은호   땀 흘리면 흘린 만큼 머리도 가벼워져요.

은호, 한번 해보라는 듯 농구공 지윤에게 내밀고.

지윤   (흐음.. 농구공 보는데)

은호   (재촉하듯 한 번 더 농구공 내밀고) 애들 기다려요.

"여기요!" 손 흔들고 있는 아이들 보이고. 흐음.. 고민하던 지윤. 공 잡아서
휙― 공 있는 힘껏 던지는데, 그대로 농구 골대로 빨려들어 가서 골인하는 공!

대박~!!! 농구하던 초딩들 눈 커지고, 지윤과 은호도 놀라는데!

S#18. 공원 농구 코트, D
은호와 지윤까지 끼어서 3:3 제대로 편먹고, 비장하게 마주 선 지윤팀, 은호팀.

은호   지는 사람이 아이스크림 쏘는 겁니다.

지윤   봐주는 거 절대 없어요!

휙― 위로 공 던져지면 경기 시작되고, 나름 치열한 농구 경기 펼쳐진다. 패스하고, 슛하고, 가로채고 은호와 지윤, 아이들과 어울려 열심인데, 어느새 아이들은 뒷전이고, 둘만의 경기다! 공 뺏으려는 지윤과 안 뺏기려는 은호! 지윤, 승부욕 올라서 공 뺏으려고 점프하고, 잡고, 늘어지고 용쓰는데. 은호도 절대 봐주지 않고 슉슉 지윤의 공격 다 피한다. 으~ 약 오른 지윤, 순간 어? 저기! 하면서 기어이 페이크 써서 공 뺏어낸다. 결국 골인시키고, 아이들과 하이파이브하며 좋아하는 지윤. 그렇게 실컷 웃고 뛰고 땀 흘리는 두 사람 보이고!

(CUT TO)

농구장 근처 벤치에 힘들어서 숨 몰아쉬며 앉아 있는 지윤인데. 아이들에게 아이스크림 나눠주고 있는 은호 보인다. 아이스크림 까주고, 소매 접어주고, 머리 쓰다듬어주고 다정하게 아이들 챙기는 은호. 지윤, 그런 은호 보는데 자기도 모르게 미소 번지고. 은호, 지윤이랑 자기 아이스크림 두 개 챙겨서 지윤 옆으로 온다.

은호	(아이스크림 뜬어서 먹으며) 대표님 운동 좀 하셔야겠어요. 이거 뛰고 이렇게 힘들어하시면 안 되죠.
지윤	아니.. 이거라니, 내가 얼마나 용을 쓰고 열심히 했는데.. 어쩜 한 번을 안 봐줘요.
은호	원래 스포츠는 정정당당 그게 기본입니다. 그리고 절대 봐주지 말라면서요, 대표님이.
지윤	아니 그럼 뭐 치사하게 봐달라고 해요. 알아서 봐주는 거지. (절레절레하고 아이스크림이나 먹으면)
은호	아이 진짜 안 되는데. 그건 원칙에 어긋나는데..
지윤	지금 뭐 시합 나가요? 이게 국제경기야? 올림픽이야? (하면)
은호	그렇게 이기는 게 좋으세요?
지윤	네. 나는 지는 거 싫어요. 뭐든지 다 이기고 싶어요. 다. (아이스크림 와작 깨물면)
은호	(그런 지윤 보고 웃고) 알겠습니다. 그럼 앞으로 대표님께는 져드리겠습니다.
지윤	진짜죠?
은호	네.
지윤	무조건?
은호	무조건.
지윤	나한테는.
은호	대표님한테는.
지윤	좋네.

지윤, 기분 좋게 아이스크림 먹는다. 살랑 머리카락 간질이며 부는 바람도 기

분 좋다. 은호, 어느새 기분 좋아진 지윤 보고..

S#19. 피플즈 전경, D/N

S#20. 피플즈 사무실, D/N

은호, 사무실 들어오면.

미애　　(기다렸다는 듯 방에서 나오며) 은호 씨, 오늘 지윤이 김혜진 대
　　　　　표 만났다면서요. 별일 없었어요?

은호　　(미애 보면)

S#21. 피플즈 미애 사무실, D/N

미애　　김혜진 대표랑 지윤이 역사가 깊어요. 은호 씨도 앞으로 일하
　　　　　려면 알 건 알아야 하니깐. 커리어웨이에 있을 때, 김혜진이
　　　　　지윤이 사수였어요. 이대표님 일 있기 전까진 지윤이가 김혜
　　　　　진 많이 따랐죠.

은호　　(보면)

미애　　몇 년 전에 커리어웨이가 페이퍼컴퍼니에 당한 적이 있었
　　　　　어요.

(INS.)

거리. 5년 전 과거

빌딩 숲 사이 수많은 직장인들 사이 업무통화하며 바쁘게 걷는 지윤. 전화 끊자마자 걸려오는 전화.

지윤   네, 강지윤입니다. 안녕하세요, 팀장님. 네? 아니, 팀장님, 흥분 가라앉히시고, 조금 차분히.. 그게 무슨.. 제가 바로 확인하고 연락드릴게요.

사람들 사이를 뚫고 다급히 달려가는 지윤의 모습.

미애(E)   탄탄한 벤처회산 줄 알고, 회사 초기 멤버들을 커리어웨이가 구성했는데, 몇 개월 만에 폐업했어요. 처음부터 투자사기가 목표였던 거죠.

(INS.)

커리어웨이 사무실. 5년 전 과거

비어 있는 자리의 모니터에 떠 있는 커리어웨이 사태 관련 기사들. "페이퍼컴퍼니 투자사기, 투자금만 받고 폐업" "하루아침에 실직된 이직자들은 누가 책임지나." "커리어웨이는 정말 몰랐나?" "서치펌 이대로 괜찮은가. 도의적 책임은?" "처지를 비관한 후보자의 자살 시도" 등 자극적인 기사 제목들. 카메라 사무실 입구 쪽으로 비추면, 커리어웨이 사무실로 몰려온 이직 피해자들과 가족들. 그리고 손해본 투자자들. 잠긴 커리어웨이 사무실 입구 문 바깥쪽에서 보안직원들 막고 있고 흥분한 사람들 커리어웨이로 들어가려고 난동 피우고,

피해자1 탄탄한 회사라면서요! 커리어웨이만 믿으라면서요!

피해자2 이직시킬 땐 당신들만 믿으라고 큰소리치더니, 지금은 왜 이렇게 조용해요? 무슨 말이라도 해봐요!

피해자3 어떻게 이렇게 우리를 감쪽같이 속일 수가 있어? 이제 와서 몰랐다고 발뺌하면 다야? 이래서 서치펌 믿고 이직하겠어?

피해자4 진짜 몰랐던 거 맞아? 니들도 다 알고 짜고 친 거 아냐!!

피해자부모1 이직 안 한다는 애 한 달을 쫓아다녀서 꼬셔놓고, 돌아온 게 이겁니까? 내 자식이 왜 스스로.. 내 아들 인생 이제 어쩔 거야. 내 아들 인생 물어내!

투자자1 아, 됐고. 대표 어딨어? 당장 대표 나오라고 해! 지금 내가 당신들 때문에 얼마를 손해본 줄 알아?

피해자부모2 이봐요. 지금 사람 목숨이 왔다 갔다 하는데 그깟 돈이 문젭니까?

투자자2 당신 자식들 목숨만 중요해? 난 지금 전 재산 다 잃고 우리 가족들 길바닥에 나앉게 생겼어!

투자자3 커리어웨이 이름값 믿고 투자한 거니깐 당신들이 내 돈 뱉어내!!

투자자4 우리도 다 연관됐다는 거 알고 왔어. 그러니깐 치사하게 내뺄 생각하지 말고 책임져!

잠긴 문 안쪽에 있는 커리어웨이 직원들의 두려운 눈빛들, 이용훈 대표가 피해자들을 향해 깊게 고개 숙이면 커리어웨이 직원들도 다 같이 고개 숙인다. 고개 숙인 지윤의 시선으로 떨고 있는 이용훈 대표의 손발이 보인다. 그리고 고개 숙인 채로 아무런 감정 없는 무표정의 혜진.

은호	커리어웨이는 전혀 몰랐던 거고요?
미애	공식 입장은 그랬죠. 근데 지윤이가 내부 직원이 투자사기에 연루된 거 같다는 제보를 받았어요. 그래서 제대로 진상조사를 하자고 목소리를 냈는데, 이용훈 대표가 유서를 남기고 스스로 목숨을 끊었어요. 모든 책임은 자기한테 돌리고. 일이 더 커지는 걸 원치 않았던 거죠.
은호	(!) 그건 대표님 잘못이 아니잖아요.
미애	아니죠. 아닌데, 그땐 공공의 적이 필요했으니깐. 화제 돌리기 딱 좋은 카드잖아요. 무리한 폭로로 자기 키워준 대표를 죽음으로 몰고 간 배신자. 그대로 사건은 덮이고, 커리어웨이는 혐의에서 벗어났어요. 그거 주도한 게 김혜진이고.
은호	(보면)
미애	김혜진은 일 잘 수습해서 후임 대표로 취임하고, 지윤이는 말이 좋아 독립이지 쫓겨났어요. 옆에서 보는데도 무섭더라고요, 하루아침에 사람들 태도 싹 바뀌는 거. 지윤이 혼자 악착같이 버텨서 여기까지 왔어요. 자책도 많이 하고, 과부하 걸리는 것도 무리는 아니지.. 안 그래도 기댈 사람 하나 없이 큰 앤데..
은호	강해질 수밖에 없었겠네요.
미애	(동조하며 끄덕이는) 그래서 지금의 천하무적 강지윤 된 거죠.
은호	...(생각에 잠기고)

S#22. 피플즈 사무실, N

은호, 지윤의 빈 대표실 본다. 이 대표실에서 지윤이 혼자 어떤 시간들을 보내왔을지 조금은 알 것 같고.. 은호, 자리 정리하고 나오는데, 혼자 남아서 일하고 있던 경화 보인다.

경화   (자료 살피며 후보자랑 통화 중이다) 네, 대리님. 제가 어제 보낸 고객사 매출 분석자료 보셨어요? 최근 3년간 매출 현황, 영업이익 다 보실 수 있게 정리해 드렸는데. 잠시만요.. (경화 자료 뒤적이는데)

경화가 필요한 자료 쏙 뽑아서 건네주는 은호!

경화   (통화하면서 고맙다고 인사하고 자료 건네받아 살피며) 네, 그 부분은 고객사가 경쟁사보다 먼저 특허권을 확보해서 괜찮아요. 영업이익에도 전혀 지장 없었구요. 네. 네. 그럼 대리님 제가 내일 오전에 확인하실 수 있게 고객사랑, 경쟁사 스왓 분석 다시 정리해서 드릴게요. 아니에요. 당연히 꼼꼼하게 보고 결정하셔야죠. 네. 네. (전화 끊으면)

은호   (책상에 있는 엄청난 양의 자료 보며) 이게 다 이 한 프로젝트를 위한 자료예요?

경화   후보자가 아직 마음 결정을 못 했거든요. 고객사에 대해서 많이 아시면 조금이라도 결정이 수월해지시지 않을까 싶어서. 제가 할 수 있는 건 다 해보려고요.

은호   근데.. 내일까지 정리 괜찮겠어요? 너무 무리하는 거 같은데...

경화	이 정도는 괜찮아요. 프로젝트 성공만 하면.
은호	(보면)
경화	컨설턴트 되고 나서 제대로 된 단독 실적 하나가 없어요. 언제까지 서포트만 할 순 없잖아요. 이번에 이거 성공시켜서 꼭.. 실력 증명하고 싶어요.
은호	이미 충분히 잘하고 있어요. 너무 부담 갖지 말고 경화 씨답게 해요.
경화	감사합니다. 실장님. 먼저 들어가세요.

경화, 꾸벅 인사하고, 바로 의자에 앉아서 다시 분석자료 전투적으로 만든다. 여유라고는 하나도 없어 보이는 경화. 은호, 그런 경화를 걱정스럽게 본다. 저렇게 무리하다가 큰일 날 것 같은데...

S#23. 피플즈 전경, D

S#24. 피플즈 사무실, D

경화	(통화부스에서 나오며) 과장님 혹시 박근하 대리한테 이직 제안하셨어요?
영수	어, 경화 씨가 박대리를 어떻게 알아?
규림	어? 그 사람 경화 씨가 요새 공들인 후보자잖아요. 컨택한 지 꽤 됐을 텐데..

영수	그게 무슨 소리야? 나랑 통화할 때 그런 말 없었는데. 박대리 내가 예전 회사 있을 때 이직시킨 사람이야. 좋은 자리가 났길래 아까 생각나서 연락했더니 대번에 좋다고 하던데.
경화	제가 한 달 전부터 월드물산 건으로 컨택 중이었어요.
영수	월드물산? 그거 아직 후보자 안 정했다며, 나한텐 보고한 적 없잖아!
경화	월드물산 지원하기로 어제 최종 결정했었어요. 오늘 아침에 과장님이 전화하시기 전까진! 처음부터 다시 생각해본대요!
영수	(자기도 난감한데)
경화	제가 먼저 컨택한 제 후보자예요! 저 이번 프로젝트 무조건 성공시켜야 돼요. 월드 물산 JD 까다로워서 맞는 후보자 찾는데 진짜 오래 걸린 거 아시죠? 과장님이 포기하세요. 과장님은 그냥 쉽게 인맥으로 하실지 몰라도 저는 몇 날 며칠을 밤새고, 서치해서 한 거거든요!
영수	아니, 경화 씨 그냥 쉽게 인맥이라니! 말을 그렇게 하면 안 되지. 나도 다 생각이 있고, 판단이 섰으니깐 박대리한테 연락을 했지! 그리고 박대리가 진짜 자기 제안이 좋았으면 내 제안 거절했겠지! 경화 씨야말로 후보자 가기 싫은 거, 자기 실적 때문에 억지로 설득한 거 아냐?
경화	과장님!
영수	뭐!! (하는데)
지윤(E)	이게 지금 무슨 소리예요?

사무실로 들어오다가 두 사람 싸우는 거 본 지윤과 은호고.

S#25. 피플즈 대표실, D

지윤 그래서 지금 두 사람 다 이 후보자랑 프로젝트 진행하겠다는
거예요?

경화 네. 제가 먼저 컨택한 제 후보잡니다.

영수 제가 예전에 이직시켰던 친굽니다. 이번에도 저랑 하기를 원
하고요.

지윤 두 사람 다 후보자 생각은 안 해요?

영수, 경화 (보면)

지윤 내가 먼저 컨택했다, 내가 예전에 이직시켰던 후보자다 이 말
보단 이 회사가 이래서 이 후보자한테 더 적합하다. 그러니깐
내가 맡겠다, 이 말이 더 먼저 나와야 되는 거 아니에요?

영수, 경화 (할 말 없고)

지윤 일에 개인감정 섞지 말고, 팀원들이랑 같이 분석해서 후보자
커리어에 더 좋은 쪽으로 담당자 정해요.

S#26. 피플즈 회의실, D

영수와 경화, 대표실에서 나오면.

광희 어떻게 됐어요? 누가 담당하래요?

경화 (울음 나올 것 같아서 대답 안 하고 화장실로 가버리고)

광희 뭐야, 우는 거야?

규림 과장님.. 이번에는 과장님이 양보하세요. 경화 씨가 진짜 애

많이 썼어요.

광희   그래요. 경화 씨가 과장님 일 많이 도와주잖아요. 맨날 후보자 서치 같이 해주고. 이번에는 과장님이 통 크게 넘기세요. (하는데)

영수   후보자가 물건이야? 넘기고 말고 하게! 월드물산 JD 좀 가져와봐.

광희   경화 씨 자리에 정리된 거 있을 텐데..

영수   (경화 자리로 가서 자료 찾는데 자신이 준 홍삼스틱 먹지도 않고 경화 자리 바닥에 떨어져 있는 거 보인다. 이렇게 날 무시하나 싶어서 열 확 받고) 자네들은 경화 씨가 박대리 컨택하는 거 언제부터 알았어? 나 빼고 다 알고 있었던 거야?

규림, 광희 ...

영수   아주.. 잘 돌아간다. 돌아가!

영수, 그대로 밖으로 나가버리고. / 은호, 그 모습 보다가 영수 따라 나가면.

S#27.   피플즈 옥상, D

후우- 옥상 난간에 기대서 화 삭이고 있는 영수. 영수 손에는 월드물산 JD 들려 있고.

은호   (다가가 음료수 하나 건네며) 과장님..

영수   (은호 한번 보고) 뭘 따라나왔어. 금방 내려갈 텐데..

은호   많이 속상하시죠?

영수	후우.. 내가 양보하기 싫어서가 아니야! 절차가 틀렸잖아, 절차가. 처음부터 보고 제대로 했으면 내가 박대리한테 전화할 일도 없었을 거 아냐. 나만 몰랐대. 지들끼리 똘똘 뭉쳐서 양보하라느니, 경화 씨가 고생했다더니. 그럼 뭐..? 난 고생 안 해? 난 놀고먹어? 내가 경화 씨 고생하는 거 몰라? 나도 다 나름대로 마음 쓰는데.. 후우. 됐다.. 치사하기만 하지.. 내가 이걸 왜 유실장한테 말하고 있냐..
은호	제가 가서 따끔하게 한마디 할까요?
영수	뭐.. 무시받게 한 내 잘못이지... 경화 씨가 하라고 해.
은호	(보면)
영수	보니깐 월드물산이랑 하는 게 후보자한테도 더 나아. 내가 후보자한텐 잘 얘기할게.
은호	(그런 영수 보고)

S#28. 피플즈 사무실, D/N

경화, 눈 살짝 부은 채 일하고 있는데, 똑똑 책상 두드리는 소리. 은호다.

은호	오늘도 야근이에요? (커피 한 잔 책상에 놔주고)
경화	실장님.. 감사합니다.
은호	과장님께는 고맙다고 말씀드렸죠?
경화	...
은호	저녁 챙겨 먹으면서 해요. 먼저 갑니다.
경화	(은호 나가면 빈 영수 자리 한번 본다)

S#29. 피플즈 앞, D/N

은호 (계단 내려오며) 어, 정작가. 나 지금 퇴근하는 길. 애들 픽업해서 저녁 잘 먹이고, 신나게 놀고 있을 테니깐 걱정 말고 천천히 와. 응. 잘 준비까지 싹 해놓을게.

S#30. 납골당 안치실, D/N

수현 고마워, 유대디. 이따 전화할게.

안치실로 들어오는 수현. 이미 유골함 앞에 서 있는 정순. 나란히 안치된 두 개의 유골함. 수현의 언니와 형부. 유골함 앞에 놓인 사진들 보이는데, 형부와 언니의 결혼사진 하나, 돌쟁이 아이(서준)를 품에 안고 있는 언니와 형부의 사진 하나, 그리고 매년 성장해온 서준의 사진들 여러 장. 수현, 그 옆에 또 새로운 서준의 사진 한 장 올려놓는다. 올해 찍은 사진이다. 정순은 그저 아무 말 못 하고 옆에서 눈물만 찍다가 결국 돌아서고.

수현 언니, 형부 나 왔어요. 엄만 아직도 저렇게 눈물이 많다. 서준이 많이 컸지? 갈수록 두 사람 이쁜 점만 쏙 빼닮는다, 치사하게. (웃다가 자기도 울컥해서) 그러니깐 서준이 못 본다고 너무 서운해하지 마. 조금만 더 크면.. 서준이가 다 이해하게 되면.. 그땐.. 같이 데려올게..

S#31. 납골당 산책길, N

수현   엄만 몇 년쨴데 아직도 그렇게 눈물이 나?

정순   자식 먼저 묻은 게 몇 년 지난다고 어디 무뎌져.. 갈수록 사무
          치지.

수현   (말없이 정순의 손 잡아주는데)

(E) 울리는 수현의 톡 알람.

보면, 은호가 보내온 서준이랑 별이 은호 집에서 신나게 놀고 있는 (보드게임이
나 김밥 만들기 같은 은호도 함께할 수 있는) 영상이다.

수현   (영상 보며) 아주 신났네.. 정서준 이거 봐. 광대가 어디까지 올
          라간 거야.. (서준이 보는 수현의 얼굴에 미소 한가득이고)

정순   (그런 수현 보며) 그렇게 좋아? 후회 안 해?

수현   그럼 내 아들인데. 후회 왜 해.

정순   엄만 후회해. 그때 더 말릴걸, 결혼도 안 한 애를..

수현   다 지난 일인데 새삼스럽게.

정순   엄만 손주보단 딸이 먼저야. 서준이보다 니가 행복한 게 더
          좋아.

수현   행복해. 이렇게 이쁜 아들을 어디서 공짜로 얻어. 봐봐.

정순, 으이구.. 하면서.. 수현이 내민 영상 보는데 어느새 정순의 얼굴에도 미
소 번지고.

정순	누구 손준지 참 잘생겼다~

S#32. 피플즈 전경, 다른 날 D

S#33. 피플즈 회의실, D

1팀과 지윤, 은호 회의 중이다.

지윤	월드물산은 어떻게 진행되고 있어요?
경화	네, 박근하 후보자 마지막 최종면접만 남았습니다. 월드물산 쪽에서 오래 기다린 포지션이라 절차가 빠르게 진행되고 있습니다.
지윤	후보자는 어때요?
경화	(영수 의식 한번 하고) 네. 다행히 잘 협조해주고 계십니다.
지윤	김과장쪽은요? 박근하 대리 추천하려고 했던 곳에 새로운 후보자 찾았어요?
영수	아직 서치 중입니다. JD에 더 적합한 후보자 찾아서 이번 주 안으로 리스트 업데이트하겠습니다.
경화	(그런 영수 한번 보고)
지윤	좋아요. 이번엔 겹치지 않게 잘하고. 다른 팀원들도 서치 같이 도와주고. 회의 끝. (나가면)
영수	(제일 먼저 일어나는데)
규림	(따라 일어나며) 과장님, 서치 같이 도와드릴까요?

영수	됐어. 자네들 일도 바쁜데. 점심이나 먹으러 가자고.
규림, 광희	네! (하고 따라 나가는데)
경화	저.. 저는.. 일이 좀 남아서.. 먼저들 가세요. (일부러 회의실에 다시 남고)
은호	(그 모습 보고)

S#34. 피플즈 대표실, D

은호	1팀 계속 저렇게 둬도 괜찮을까요?
지윤	뭐가요? 무슨 문제 있어요?
은호	김과장님이랑 경화 씨요. 그 일 이후 계속 어색하잖아요.
지윤	그게 왜요? 난 직원들이랑 다 어색해요. 일하는 사이가 다 그렇지.
은호	그럼 저랑도 어색하십니까?
지윤	...그럼요. 그럼 뭐 우리가 친해요?
은호	섭섭한데요.
지윤	뭐래.. (하는데)
은호	업무적으로 생긴 갈등을 오래 방치하면 일에도 영향을 미칩니다. 괜찮으시면 제가 방법을 찾아보겠습니다.
지윤	그래요, 그럼. 일에 방해가 되는 건 막아야죠.

S#35. 피플즈 앞 거리, D

점심시간. 거리로 식사하러 나온 직장인들의 모습 보이고. 그 사람들 사이 서 있는 수현 보인다. 수현, 회사에서 나오는 은호 발견하고 손 흔들고.

S#36. 피플즈 근처 브런치 카페, D

에그베네딕트나 프렌치토스트 같은 음식 맛있게 먹는 수현과 은호.

수현   (맛있게 먹으며) 여기 나중에 애들이랑도 한번 와야겠다. 맛있네.

은호   배가 고팠구만 뭘. 미팅하느라 긴장했었구나.

수현   어.. 편집자 미팅이 젤 떨려.. 몇 권을 내도 이건 익숙해지지가 않네. 근데 유대디.. 나 책 두 권이나 더 계약했다?!

은호   진짜?

수현   (끄덕이고) 이거 내가 살게.

은호   여기까지 왔는데 내가 사. 포장할 것도 있고.

(CUT TO)

계산하고, 갓 나온 빵이 담긴 봉투 받아 드는 은호.

S#37. 피플즈 앞 거리, D

피플즈 쪽으로 걸어가며 이야기 나누는 은호와 수현.

수현   (은호가 들고 있는 봉투 보며) 대표님 점심? 점심도 일일이 유대디가 다 챙겨야 돼?

은호 그런 건 아닌데. 안 챙겨드리면 아예 안 드시거든. 근데 이 집 빵은 좋아하셔서. 오늘도 아침부터 계속 외부미팅이라 아무것도 안 드셨을 거야. 우리 대표님 진짜.. (하다가 지윤 생각에 자기도 모르게 웃고) 어떨 땐 별이보다 손이 더 많이 가.

수현 (그런 은호 보며) 이젠 적응 다 했나보네. 처음엔 힘들어하더니.

은호 그런가?

수현 (어느새 회사 근처 횡단보도 앞이고) 들어가. 점심시간 다 끝나겠다.

은호 건너는 거 보고.

두 사람, 회사 근처 횡단보도 앞에 나란히 서 있는데, 회사 앞에 멈춘 택시에서 내리는 지윤 보인다.

은호 어? 대표님?! 생각보다 일찍 오셨네.

수현, 그 소리에 은호 시선 같이 따라가는데 보이는 지윤! 수현, 상상했던 모습이 아닌 젊고 예쁜 지윤의 모습에 좀 당황하는데, 신호 바뀐다.

은호 신호 바꼈다. 조심히 들어가.

수현 어어.. 들어가.

은호, 수현에게 인사하고 지윤에게 대표님!! 부르면서 가면. 기다렸다가 은호랑 같이 회사로 들어가는 지윤. 수현, 회사로 같이 걸어가는 은호와 지윤 보는데,

마치 연인처럼 잘 어울리는 두 사람 모습에 묘한 기분이 든다. 수현, 두 사람 완전히 회사로 사라질 때까지 보고. 뒤늦게 횡단보도 건너려는데 어느새 신호 등 빨간불로 바뀌어 있고.

수현   여자였구나... 대표님이...

S#38. 피플즈 엘리베이터 + 복도, D

나란히 서서 엘리베이터 타고 올라가는 지윤과 은호.

지윤   (빵 냄새 맡은 듯 은호가 들고 있는 포장 음식 보며) 근데 이거 혹 시 내 거예요?

은호   점심 못 드셨을 것 같아서. 생각 없으시면 (하는데)

지윤, 받아서 봉투 연다. 확 풍기는 빵 냄새! 기분 좋게 빵 꺼내서 입에 물고.

은호   아침부터 또 아무것도 안 드셨죠? (하는데)

띵— 열리는 엘리베이터. 지윤, 불리하니깐 대답 안 하고 먼저 내려서 사무실 가는데, 지윤 따라 내린 은호, 복도 청소하는 여사님들과 인사하며 뒤따르는 데, "실장님~" 지나가던 녹즙배달 여사님까지 은호 보고 반갑게 인사한다. 지 윤, 그런 은호 어이없다는 듯 한번 보고, 사무실로 들어간다.

S#39. 피플즈 탕비실, D

은호 (커피 타 마시면서 1팀 보며 고민하고 있으면)

정훈 (은호 옆에 바짝 붙어서) 뭘 그렇게 봐요?

은호 과장님이랑 경화 씨요.. 둘이 자연스럽게 화해시킬 방법이 없을까요..?

정훈 에이, 난 또 무슨 심각한 고민이라고.

은호 (보면)

정훈 이런 건 또 하루 날 잡고 알콜 들어가면 싹 풀리죠~

은호 둘이 요새 같이 식사도 안 하는데, 같이 술 먹겠어요?

정훈 참석할 수밖에 없는 자리를 만들어야죠! (하는데)

은호 (!! 뭔가 떠오른 듯) 감사합니다. 이사님!

S#40. 피플즈 대표실, D

지윤 환영회요? 갑자기 무슨 환영회..

미애 어. 맞다. 환영회. 내가 그걸 미처 신경 못 썼네. 우리 회사가 누구 때문에 도통 회식이라는 문화가 없어서! (지윤 째리고)

지윤 (뭐?? 억울하다는 듯 미애 보면)

미애 미안해요. 은호 씨.. 서운했죠. (하는데)

은호 그것보단.. 김과장님이랑 경화 씨요.. (하면)

미애 (찰떡같이 알아듣고) 오...!! 유실장 환영회 한다고 회식에 참석하게 해서 자연스럽게 화해시킨다??! 맞죠??

은호	(끄덕이면)
미애	오케이 콜! 환영회 추진합시다! 겸사겸사 좋네요! (하는데)
지윤	(똑똑 책상 두드리고) 저기요. 대표는 저거든요. 제가 아직 오케이를 안 했어요.
미애	그래서 뭐 환영회 안 된다고?
은호	그럼 그냥 두 사람 저렇게 어색하게 계속 둘까요?

두 사람, 압박하듯 지윤 보면.

지윤	아, 몰라. 알아서 해요! 대신. (미애 보고) 나는 참석 안 해! (은호 보고) 안 해요! 나 빼고 해요, 그럼 오케이 할게.
은호	아니, 그래도 대표님도.. (하는데)
미애	(은호 막고) 어, 기대도 안 했어. 대신, 취소하기 없다!!

S#41. 피플즈 사무실, D

미애	(사무실 중앙에 서서) 자자. 여기 주목! 공지사항이 하나 있어요.
직원들	(1팀을 포함한 직원들 미애 보면)
미애	이번 주 목요일에 유실장 환영회 겸 전 직원 회식이 있습니다! 우리 이런 거 원래 안 하는 거 알죠? 그동안 못 했던 거 한 번에 다 몰아서 제대로 할 테니깐 한 명도 빠짐없이 (경화, 영수 한번 더 보고) 단 한 명도 빠짐없이 꼭 다 참석하도록 하세요!

경화와 영수.. 서로 아직 풀리지 않아서.. 어색하게 눈치만 보는데..

은호 (부러 두 사람에게 쐐기 박듯이) 저 안 오시는 분들 다 기억할 겁니다!

S#42. 피플즈 대표실, D

지윤 (자리에 앉아서 그 모습 지켜보며) 둘이 아주 쿵짝이 잘 맞네. (정말 이해 안 간다는 얼굴로) 대체 회식은 왜 하는 거야.. (하는데)

정훈 (대표실 문 열고 들어오며) 강대표 가자.

지윤 안 가. 우이사까지 왜 이래. 나 저런 데 원래 안 가는 거 알면서.

정훈 누가 환영회 가재.

지윤 그럼, 어디?

정훈 이거 봐. 약속도 기억 못 하는 강대표를 우리 아버지는 왜 그렇게 좋아하실까?

S#43. 우회장의 자택 정원, N

지윤, 정훈이 우회장과 함께하는 식사 자리다. 우회장 뒤에 왕비서도 있고. 식사가 끝난 듯 음식 접시들 정리해서 가져가는 사람들 손길 보이고. 후식 차려지는데.

우회장 음식이 입에 맞았나 모르겠네.

지윤   맛있었습니다.

정훈   그럼 여기서 맛없다고 해요? 집까지 굳이 불러서 차려주는데? (일어나면)

우회장   어디 가? 아직 얘기 안 끝났어.

정훈   온 김에 짐 좀 가져가려구요.

우회장   아예 들어오지 왜.

정훈   무슨 그런 끔찍한 말씀을. (지윤에게) 잔소리 끝나면 전화해. (집 안으로 들어가면)

우회장   다 큰 거 같다가도 저런 거 보면 또 아직 멀었어. 저 녀석 요샌 좀 어때?

지윤   걱정하시는 것보다는 훨씬 잘하고 있어요.

우회장   강대표가 사람 만드느라 애썼지. (왕비서에게) 내 눈이 정확하지? 내가 멘토모임에서 강대표 처음 보고 딱 찍었잖아.

지윤   지금도 대학생들 후원 계속하시죠?

우회장   돈 벌어서 뭐해. 싹수 보이는 놈들 밀어주는 거 그게 재미지. 아직 강대표만한 인물은 안 보여.

지윤   (웃으며) 찾기 쉽지 않으실걸요.

우회장   근데 언제까지 내가 초대해야만 집에 올 거야?

지윤   (보면)

우회장   우이사 아직 성에 안 차? 그만치 키웠음 이제 둘이 같이 들어오지.

지윤   (난감하다는 듯 웃으면)

우회장   아이고. 이거 늙은이 욕심이 또 앞서갔나 보네.. 들어. (디저트 한입 먹고)

S#44. 우회장 집 앞, N

차 세워둔 곳까지 걸어가는 정훈과 지윤.

정훈   우리 회장님이 또 무슨 말을 했어? 표정이 묘하게 어둡다.
        왜? 투자금 뺀대?

지윤   지금 빼면 회장님이 손해시지.

정훈   역시, 이래야 강지윤이지. 그래도 너무 무리는 하지 마.

지윤   걱정 마. 나 튼튼해..

정훈   튼튼한 사람이 과부하로 쓰러지냐. 조심해. 진짜 걱정돼서 하
        는 말이야.

지윤   (정훈이 왜 그러는지 알아서) 알아. 무리 안 해. 내 걱정을 다 해주
        고, 우정훈 많이 컸다. 후원회에서 처음 봤을 때가 언제야. 그
        때 고등학교도 졸업하기 전 아니야? (하는데)

정훈   아직도 나를 어리게만 보면 곤란한데. (지윤에게 남자 얼굴로
        바짝 가깝게 한 발 다가갔다가 어색해지기 전에 씨익 표정 풀고 웃
        으며) 봐봐. 가까이서 보니깐 더 잘생겼지.

지윤   어우 느끼해. 딴 데가서 그러지 마. 다 도망가.

지윤, 정훈 밀치고 먼저 걸어가고. 정훈, 그런 지윤 보며 웃는데.

지윤   뭐 해, 빨리 안 오고, (습관처럼 입에 붙어서 의식 못 하고) 얼른
        갑시다, 유실장.

어? 정훈, 잠깐 멈칫했다가 지윤 따라간다. 언제 이렇게 유실장의 자리가 커졌

나 싶어서 씁쓸하고..

S#45. 피플즈 전경, D

S#46. 피플즈 1층 로비, D

지윤, 출근하는데, 지윤 알아보고 인사 건네는 녹즙배달 여사님.

녹즙여사님 안녕하세요,

지윤 예? (당황해서 보면)

녹즙여사님 피플즈 대표님이시죠? 요기 6층?

지윤 네에.. (여전히 영문 모르는데)

녹즙여사님 유실장님이 대표님 자랑 엄청 많이 해요. 엄청 유명하고 실력
좋은 분이라던데.. 얼굴만 이쁘신 줄 알았는데 능력도 좋으시
고. 너무 좋겠다. 우리 딸도 대표님처럼 멋지게 컸음 좋겠네..
(배달하던 녹즙 하나 건네고) 이거 드세요.

지윤 네.. (아깐 보단 풀린 표정으로 녹즙 받는데)

S#47. 피플즈 대표실, D

자료 보고 있는 지윤. 화면 넓어지면 지윤의 책상에 놓인 녹즙 열 개 보인다.

(E) 똑똑.

지윤	네, 들어와요.. (하는데)
은호	(브리핑 자료 가지고 들어오다가 녹즙 보고 놀라서) 아니 무슨 녹즙을 이렇게 많이,
지윤	거. 건강에 좋다고 해서요.

괜히 찔려서 살짝 부끄러운 지윤. 고개 숙여 일정표 보는데, 지윤의 재킷 옷깃이 안으로 말려들어간 게 보인다. 은호, 지윤의 옷깃 신경 쓰이는데,

지윤	(일정표에 시선 고정하고) 이거, 장부장님 미팅 전에 자료 (하는데)
은호	(아무래도 안 되겠는지) 저기, 잠시만 실례하겠습니다.
지윤	(응? 고개 들어 은호 보는데)

은호, 조심스럽게 다가가 지윤의 옷깃 정리해준다. ! 지윤, 가까워진 은호 손길에 순간 긴장하는데, 옷깃 정리하고 손 내리는 은호. 그대로 긴장해 있던 지윤, 그제야 정신 차리고 흠흠.. 괜히 다시 자료 보는 척 허둥지둥이다.

S#48. 피플즈 화장실, D
리서치팀 여직원1, 2 화장실에서 화장 고치며 이야기 중이다.

여직원1	오늘 유실장님 환영회 갈 거죠?
여직원2	괜히 힘주고 왔겠니. 실장님 오른쪽 옆자리 내가 찜이다. 내가 또 왼쪽 얼굴이 아름답잖아.
여직원1	어휴, 금사빠. 얼굴만 잘생기면 그냥 바~로 사랑에 빠지시지.

오늘 회식 참석률 엄청 높던데. 자리쟁탈전 치열하겠네.

여직원2 인간들 하여튼 잘생긴 건 다들 알아가지구. 넌 오늘 확실히 나 밀어.

여직원1, 2, 나가면, 화장실 칸에서 나오는 지윤.

지윤 (얼굴에 못마땅한 기운 가득하고) 일들은 안 하고 쓸데없는 데 에너지들을 쓰고 있네. 이래서 회식이 싫다니깐.

지윤, 신경질적으로 세면대 물 틀고.

S#49. 피플즈 사무실, D

지윤, 사무실로 들어오면, 무거운 상자 여러 개 들고 가는 여직원의 짐 대신 옮겨 받고 있는 은호. 지윤, 그 모습 괜히 거슬려서 자기도 모르게 보는데,

은호 (상자 들고 걸어가며) 뭐 필요한 거 있으세요?

지윤 없어요.

쌩― 은호 스쳐 지나가는데 지윤 뒤로 들리는 목소리.

여직원3 고마워요, 이따 환영회에서 봐요~ 오늘 우리 3차까지 가는 거예요!

또 그놈의 환영회! 지윤 귀에 딱 거슬리고!

S#50. 피플즈 대표실, D

지윤　　화해시킨다더니 자기가 더 신났어.

지윤, 책상에 앉아 밖에 있는 은호 시선으로 좇으며 째려보는데.

S#51. 피플즈 사무실, D
지윤의 싸한 시선 느낀 은호. 영문 몰라서 ?? 되고..

S#52. 피플즈 전경, N

S#53. 피플즈 사무실, N

미애　　자, 다들 마무리됐으면 정리들하고 갑시다. 유실장 환영회 가
　　　　야죠~
은호　　네, 가시죠~

규림과 광희, 발딱 일어나서 갈 준비하고.. 경화와 영수도 마지못해.. 주섬주섬

일어나는데, 은호, 짐 챙겨 들고 대표실로 가면, 나서서 막는 정훈.

정훈   어어. 지금 어디 가요?

은호   대표님께 한 번 더 회식.. (하는데)

정훈   에헤이.. 그럴 필요 없어요. 원래 강대표 절대 회식 같은 거 안
         가요! 그냥 우리끼리 가서 즐기면 됩니다.

은호   아니 그래도 인사라도..

정훈   인사는 무슨. 유실장님. 얼른 갑시다!!!

정훈, 은호가 못 도망가게 어깨동무 꽉 걸고 끌 듯이 같이 사무실 나가고.

S#54. 피플즈 대표실, N

집중해서 자료 검토하던 지윤.

지윤   (자료에서 눈 떼지 않고 키폰 누르고) 유실장~

하는데 반응 없이 조용하다. 응? 하고 지윤 그제야 고개 들어서 밖을 보면 아
무도 없이 텅 빈 사무실.

지윤   뭐야? 벌써 다 간 거야?

S#55.　호프집, N

짠— 맥주잔 부딪치는 직원들 보인다. 은호, 미애, 정훈을 비롯해 1팀 직원들 전원, 여직원 1, 2, 다른 팀 직원들까지 복작복작한 회식 자리다. 은호, 경화 옆에 앉아 있고, 그 주변으로 1팀도 모여 앉아 있다. 모두가 어느 정도 술 걸친 분위기. 영수랑 경화만 아직 살짝 어색한 느낌인데.

미애	자자. 여기 주목. (일어나며) 오늘은.. 대대적으로 우리 은호 씨 환영회 겸.. 우리 전체 직원의 친목 도모를 위해 특별히 마련된 자리니깐.. 오늘.. 살아 돌아갈 생각하지 말아요! 끝까지 달리는 겁니다!! 각오 됐죠.!!
직원들	네에!! (하고..)
정훈	서이사님 오늘 작정하셨네.. 저는 공사가 다망한 사람이라 같이 끝까지는 못 달리지만..
직원들	(우우— 야유하는데)
정훈	상사의 미덕을 아는 사람인지라.. 오늘 여긴 제가 쏩니다.

정훈, 미애에게 자신의 카드 건네면, 다시 직원들 환호하고! 그 틈에 화장실 가려고 잠시 일어나는 영수. 은호 그 틈을 안 놓치고 일부러 자연스럽게 영수 자리로 자리 옮긴다.

정훈	요즘 특히 공사가 다망하신 우리 유실장님 위해 쏘는 거니깐 많이 드세요. (찡긋 윙크하고) 그런 의미에서 우리 유실장님 한말씀 하시죠!
은호	(일어나서) 오늘 제 환영회에 이렇게 다 참석해주셔서 감사합

니다. 다 같이 건배 한번 하면 좋을 것 같은데... (하면서 고개 돌리면 마침 자리로 돌아오는 영수 보이고) 우리 과장님이 건배 한번 해주세요.

영수   에이.. 됐어.. (싫다고 손사래 치며 앉을 자리 살피는데 빈자리는 경화 옆자리뿐이다. 하는 수 없이 경화 옆자리에 앉고)

경화   (자기 옆에 앉은 영수 의식해 살짝 옆으로 떨어지는데)

미애   과장님이 진행해주세요.

정훈   이런 건 또 우리 과장님이 잘하시지.

경화 빼고 다른 모든 직원들, 영수가 잘한다고 분위기 몰아가면 결국 분위기 떠밀려 일어나는 영수.

영수   아니 뭐 특별한 건 없고.. 그냥.. 그럼 오징어 가겠습니다. 오징어..

직원들   (오징어? 오징어? 웅성거리는데)

영수   다들 그럼 잔들 채우시고.. (어느새 텐션 올라와서) 오래도록! 징그럽게! 어울리자! 오징어!!!

영수, 힘 있게 외치는 순간 훅ㅡ 다운되는 분위기. 찬물 끼얹듯 조용해지며 어쩌냐 싶은데, 푸힛ㅡ 웃음 터져버리는 경화. 경화, 자기가 웃어놓고도 헉. 민망해서 영수 보는데, 경화 웃음소리에 분위기 풀려. "건배!" 외치고 다들 한 잔씩 다들 잔 들이키고.

광희   가만 보면 우리 경화 씨 유머 코드가 참 특이해?

경화	재.. 재밌잖아요. 오징어..
영수	(큼. 그 소리에 표정 살짝 풀리고)
규림	그래, 과장님이랑 경화 씨랑 은근 코드가 잘 맞는다니깐..
광희	그러니깐 이제 그만 화해해요! 옆에서 눈치 보느라 불편해 죽겠어요!
영수	아니 뭐 언제 우리가 눈치를 줬다고 그래.. 그리고 뭐.. 풀게 뭐 있나.. 그냥 일하다 보면 다 그런 거지. 안 그래 경화 씨?
경화	네.. 뭐.. 저도...
은호	자자. 그럼 두 분 여기서 짠! 한잔하고 기분 좋게 푸는 겁니다! 아셨죠?

하는데, 먼저 용기 낸 경화가 영수 잔에 짠 부딪치고.

경화	죄송했습니다. 과장님. 앞으로는 보고 잘하겠습니다.
영수	아.. 아니야. 나도 미안하지 뭐.. 잘.. 해보자고.. (하면)

사람들 박수 쏟아지고, 경화와 영수, 사람들 앞에서 시원하게 원샷한다! 은호, 후우— 됐다 싶은데.. 그때 눈 마주친 정훈, 은호, 미애 눈짓 주고받고.

S#56. 피플즈 대표실, N
혼자 괜히 열 내며 일하고 있는 지윤.

지윤	아주 일은 대표 혼자 다 하지. 회사가 동호회야, 뭐야? 하라는

일들은 안 하고 쭛.

(E) 연달아 울리는 톡 알람. 지윤 보면, 은호의 메시지다.

은호(E) 또 아직 퇴근 안 하셨죠? 저녁 챙겨 드세요. 필요하신 거 있으면 연락주시고. 혹시 몰라 회식 장소 남깁니다. 마음 바뀌면 언제든 오세요. 기다리겠습니다.

곧이어 주소 찍은 메시지도 들어오고. 흐음.. 지윤, 은호의 메시지 보는데.. 마음이 좀 동하는 것도 같다. 가볼까...? 지윤, 괜히 시계 한 번 보고. 남은 일 한 번 보고, 손가락으로 책상 두드리며.. 은호가 보낸 회식 장소 주소 빤히 보는데..
(E) 울리는 사무실 전화기. 아, 깜짝이야! 꼭 회식 가고 싶은 마음 걸린 사람처럼 화들짝 놀라는 지윤.

지윤 (흠흠 목소리 가다듬고 전화받으며) 네, 피플즈입니다. 네. 네.. 그 자료 원본 제가 가지고 있어요. 다음 미팅 때.. (하다가) 내일 아침이요?

지윤, 난감하다는 듯.. 시선 돌려 은호 문자 보는데..!

S#57. 호프집 앞 거리, N

시끄러운 회식 장소 피해 밖으로 나와 통화하고 있는 은호.

은호   별이는 저녁 뭐 먹었어? 스파게티? 진짜? 맛있었어? (하는데)

밖으로 나오는 정훈 보인다.

은호   (핸드폰에 대고) 잠깐만. (하고 정훈에게) 이사님, 가시는 거예요?
정훈   (살짝 취해서) 어? 형님! 네, 전 엄청 중요한 일이 있어서 이만
         빠지겠습니다. 그럼! (인사하고 나가면)
은호   들어가세요. (하고 다시 통화하며) 이상하다. 이모가 한 요리가
         맛있을 리가 없는데 (하며 웃으면)

S#58. 수현 집 거실, N
별, 은호랑 스피커폰으로 통화하고 있고.

수현   (빨래 건조기에서 꺼내 걸어가며) 지금 나 흉보는 거야? (하면)

큭큭 웃으면서 별이가 수현이한테 휴대폰 대준다.

은호(E) 다 듣고 있었어?

수현   (휴대폰 받아서 스피커폰 끄고) 나 이제 요리 많이 늘었다니깐.

은호(E) 오늘 미안해. 내 환영회라 빠질 수가 없네.. 주말엔 내가 애들
         볼게.

수현   괜찮아. 우리 사이에 뭐 어때. 회식 오랜만인데 재밌게 놀아.

은호(E) 고마워. 일찍 갈게.

수현   그래. 너무 많이 마시진 말고.

하고 전화 끊으면. 꼭 연인 사이 인사말 같았어서 수현 괜히 마음 간지러운데.

서준   엄마 더워? 얼굴 빨개졌어.

수현   어.. 그러게.. 좀 덥네.. (괜히 얼굴 한번 만지고) 이제 서준이랑
별이 치카치카할까?

서준과 별, 화장실로 들어가면, 괜히 손부채질하며 주방으로 가서 정수기 찬물
받아 마시면. 냉장고 정리하던 정순, 그런 수현이 빤히 본다.

수현   왜..? 뭐.. 뭐요? (하면)

정순   이래도 아니래. 이렇게 티가 나는데..

수현   (큼. 괜히 민망해서 물만 마시고)

정순   (그런 수현 보면서 웃고)

S#59.   호프집 앞 거리, N

은호, 통화 끝내고 다시 안으로 들어가려는데, 멀리서부터 들리기 시작하는
(E) 사이렌 소리. 은호, 그 소리에 순간 멈칫하는데, 어느새 점점 커지며 도로를
잠식하는 사이렌 소리. 소방차와 구급차 네다섯 대 정도 요란하게 소리 내며
급하게 도로 지나가는데, 소리가 커질수록 은호의 얼굴 점점 창백해지며 굳어
간다. 소리가 가까워지면서 은호 점차 공포에 질리는데.. 소리와 함께 과거의
어떤 기억인 듯, 팍팍 짧게 떠올랐다 사라지는 장면들. 무섭게 타오르는 불길,

사람들의 비명, 공포에 떠는 어린아이의 겁먹은 얼굴 등.. 은호, 이제는 숨까지 못 쉬겠는지 공포에 질린 얼굴로 비틀거리는데... 다시 멀어지는 사이렌 소리. 사이렌 소리 완전히 멀어지자 후우- 그제야 참았던 숨 몰아쉬는 은호.. 넘어지지 않으려고 난간 잡고 버티는데..

거리 일각. 택시에서 내리는 지윤 보인다. 손에 서류 든 지윤. 흠음, 왁자지껄한 가게 한번 쳐다보고 들어가려는데... 은호 보인다.

지윤   유실장? (은호에게 다가가서) ..유실장? (한 번 더 부르는데)

은호   (여전히 난간 잡고 허리 숙인 채, 소리에 고개만 돌리면 아직 덜 진정된 듯 창백한 얼굴이다) 대표님?

지윤   괜찮아요? 많이 마셨어요??

은호   아뇨.. 괜찮습니다.

은호, 몸 일으키려는데, 힘이 안 들어가는 듯 다시 몸 무너지듯 아래로 숙여지는데, 그런 은호 잡아주는 지윤. 은호, 난간 대신 지윤의 팔 잡고, 어깨에 머리 기댄 모양이 되고.. 후우- 그 상태로 진정시키기 위해 숨 몰아쉬는 은호.. 지윤.. 그대로 어찌할지 몰라서 가만히 있는데.. 그때, 호프집에서 우르르 시끄럽게 나오는 피플즈 직원들 목소리 들린다. "2차. 한 명도 빠짐없이 가는 겁니다!!" "유실장은 근데 어디 간거야..??" 하는 소리들 들리면. 그제야 정신 차리고 지윤한테서 떨어지는 은호. 지윤과 은호.. 어색한데..

규림   어? 저기 대표님이랑 실장님 아니에요?

미애   강대표가 여길 왜 와.. (하다가 보고) 어? 강지윤!!! 은호 씨!!!

우르르 지윤과 은호한테 달려오는 술취한 피플즈 직원들과 미애.. 두 사람 그대로 직원들에게 휩쓸려 2차 끌려가는데..

S#60. 피플즈 대표실, N

"강대표~ 강지윤~" 장난스럽게 지윤 찾으며 대표실로 들어오는 정훈.

정훈　　(지윤 없는 거 확인하고) 에이, 뭐야, 없어? 혼자 있을 줄 알고 왔더니만.

정훈, 포장해온 도시락 아쉽게 보고.

정훈　　한발 늦었네.

S#61. 2차 술집 어딘가, N

중앙에 노래할 수 있는 커다란 주점에서 2차 회식 즐기는 피플즈. 적당히 취한 직원들 사이 끌려와 앉은 아직은 멀쩡한 정신의 지윤과 은호. 미쳤지.. 내가 여길 왜 왔을까.. 취한 직원들 사이에 앉아서 해탈한 얼굴의 지윤이고..

지윤　　(취해서 엉기는 직원들 적당히 떼어내고) 이래서 회식이 싫다니까.

하는데, 이번에는 미애다! 지윤을 발견한 미애, 오바하며 달려와 옆에 앉고.

미애   (취기 올라서) 우리 강대표 어떻게 회식을 다왔어~ 오구 이뻐,
            오구 이뻐.. (지윤의 얼굴 부비다가) 자자. 여러분.. 흔한 기회 아
            니니깐 강대표랑 술 먹고 싶은 사람들 줄 서요!!!!

사람만 바꿔가며 지윤에게 빠르게 채워지는 잔들. 지윤, 한 명 한 명 직원들이
주는 잔 마시기 시작하고.. 점점 지윤도 취해가는데, 은호, 중간중간 지윤의 잔
에 물 채워주고, 사람들 보지 않을 때 슬쩍 잔 바꿔주고, 자기가 대신 마시고
빈 잔 놓아주며 지윤 챙긴다. 지윤도 그런 은호 한 번씩 보는데..

(CUT TO)

이미 만취한 직원들 반은 사라지고, 반은 나가떨어져 있다. 미애랑 지윤, 앞에
나가서 노래 부르는데, 사실상 미애 혼자 노래 부르고, 취한 지윤이는 그냥 미
애한테 어깨동무 당해 옆에 끌려나와 있다. 은호와 술자리에서 살아남은 직원
들은 지윤이랑 미애가 노래를 부르든지 말든지 자기들끼리 애환 털어놓으며
술잔 기울이는데..

영수   와. 와이프리스크, 남편리스크 나 진짜. 그거 할 말 많다. 아니
            뭔 놈의 부부들은 꼭 결정 다 한 이직을, 왜 하루 전에! 출근
            하루 전에! 반대하는 거냐고!

경화   그게 다 진짜 배우자들이 반대하는 건가요?

규림   진짜겠냐? 겠어? 그냥 제일 만만한 핑계 대는 거잖아. 아내가
            안 된대요. 남편이 싫대요. 아니 무슨 자기들이 언제부터 그
            렇게 서로 말을 잘 들었다고. 핑계도 좀 창의적인 걸로 해야
            지. 맨날 가족 핑계에, 접촉 사고에, 암에..

광희	아니 근데.. 아프다는데 진짜냐고 물어볼 수도 없고.. 진짜면 어떡해요..
영수	그러니깐.. 뭐 후보자만 진상이야? 아니 진짜 괜찮은 후보잔데 계속 싫다는 거야. 이 핑계 저 핑계 대면서 계속 탈락시키길래 알아봤더니 담당자가 자기보다 학벌 높은 후보자는 싫다는 거야.. 아.. 놔 진짜.. 장난하냐고. 유실장, 유실장은 인사팀에 있을 때 안 그랬지?
은호	(몸은 이곳에 있지만 시선은 아까부터 무대 위에 있는 지윤에게 향해 있다)
영수	(그런 은호 보고) 유실장, 유실장!
은호	(그제야 시선 돌려서) 네??
영수	아니야.. 마셔! (괜히 짠 하고)
은호	(자기도 얼결에 짠 하고 다시 시선은 지윤에게로 가는데)
규림	난 얼마 전에 지하철 타고 출근하는데 옆자리에 앉은 사람이 통화하면서 이직하고 싶다고 하는데, 못 참고 명함 주고 내렸잖아.
경화	헐. 대박.
규림	날 완전 이상한 눈으로 보더라.
영수	진짜 직업병이다 그거, 무슨 부귀영화를 보겠다고. 맨날 후보자한테 당해, 고객사한테 당해.. 우리 대체 왜 이렇게 열심히 일하는 거야. 우리 왜 이러고 사니?

다들 말없이 쓰게 짠 잔 부딪치는데,

S#62. 포장마차, N

혼자 테이블에 도시락 올려놓고 술잔 기울이고 있는 정훈. 정훈, 핸드폰 보면서 술 마시는데, 보면 회사 단톡방에 올라온 회식자리 사진. 은호 옆에 앉아 있는 지윤까지 찍힌 사진이다. 사진 보다가 핸드폰 덮고, 한 잔 또 따라 마시는 정훈인데.. 그런 정훈 앞으로 와서 앉는 성경.

정훈   (성경 보고) 어? 누나 진짜로 왔네..

성경   대체 얼마나 마신 거야? 왜? 무슨 일 있었어?

정훈   아니.. (피식 웃고.. 한 잔 더 마시며) 누나.. 난 왜 항상 늦을까...
         왜 매번 늦는지 모르겠네...

성경   (보면)

정훈   누나도 한잔해.. (성경의 잔 채워주고)

성경   일어나. 데려다줄게. (하는데)

정훈   형수.. 내가 조금만 빨리 알았으면 우리 형... 안 죽었을까..?

성경   ...

정훈   어떻게 사람이 일하다 죽냐... 아부지가 몰아붙여도.. 적당히
         요령도 좀 부리고.. 농땡이도 좀 치지.. (하는데)

성경   원래 미련한 사람이잖아, 그 사람. (술 쓰게 한 잔 마시면)

정훈   (끄덕이며.. 자기도 한 잔 마시고)

S#63. 수현 집 거실, N

거실 테이블에서 동화 그림 작업하고 있는 수현. 그러다 문득 벽걸이 시계를 보면 자정이 넘어가는 시각.

수현　　회식이 길어지나 보네.. 대표님도 같이 있는 건가...?

수현, 얼마 전에 봤던 지윤 생각에 괜히 신경 쓰이는데.. 생각 털어버리듯 일어나 정순의 방문 살짝 연다. 보면, 나란히 바닥에 요 깔고 사이좋게 잠들어 있는 서준, 별, 정순 보인다. 수현의 안식처인 듯.. 세 사람 보자 얼굴에 다시 미소 번지고..

S#64.　술집 앞 거리, N

피플즈 사람들 회식 끝나고 거리로 나온다. 잔뜩 술기운이 올라 어수선한 분위기 속, "내일 뵙겠습니다" "3차 가자, 3차" "안녕히 가세요!" 등등. 대화 섞이며 각자 흩어지고. 지윤도 제법 취한 듯, 제대로 중심 못 잡고 비틀거리는데, 휘청 넘어질 뻔한 지윤 넘어지지 않게 잡아주는 은호.

은호　　여기서 잠깐 기다리세요. 모셔다드릴게요. (통화하며 이동하는) 네, 대리기사님. 근처 오셨어요?

지윤　　(가는 은호 빤히 보다가 자기도 비틀비틀 혼자 어딘가로 걸어가고)

그사이 정차한 택시에 구겨져서 들어가는 광희와 규림. 경화, 광희와 규림 보내고 비틀거리며 버스정류장으로 향하는데, 그런 경화 한쪽에서 보다가 부르는 영수.

영수　　경화 씨. (손짓으로 이리 와보라 하면)

경화　　(영수에게 가까이 가서) 네, 과장님.

영수	박근하 씨 때문에 속 많이 썩지? 그 사람 맘이 약해. 그래서 지난번에도 마지막까지 고민 많이 했어. 경화 씨 때문 아니고 원래 그런 친구니까 너무 신경 쓰지 말라구.
경화	(울컥해서) 제가 괜히 욕심부렸나 봐요. 그냥 과장님이...
영수	(손사래 치며) 됐고. 프로젝트만 성공시켜. 자신감 갖고.. 잘하고 있으니깐..

영수, 경화한테 엄지 척! 해주고 휘적휘적 걸어가고.

S#65. 피플즈 앞 거리, N

지윤, 취한 사람처럼 보이지 않으려고 꼿꼿하게 걷는 중이다. 인적 없는 거리 위를 혼자 걸어가는 지윤의 뒷모습.. 쓸쓸해 보이고..

S#66. 거리, N

다시 돌아온 은호. 그런데 아무리 둘러봐도 지윤의 모습 보이지 않고.

은호	이사님. 대표님 어디 가셨어요? 아까 여기 계셨는데.
미애	지윤이? 없어졌어요? 걱정 안 해도 돼요. 걔 회사 갔어요.
은호	(믿기지 않아서) 네?
미애	귀가본능 아니고 귀.사.본.능! 강대표 술 취하면 무조건 회사 가거든. 내일 아침에 산 채로 회사에서 발견될 거니깐 은호 씨도 걱정 말고 들어가요. (그때, 저기서 데리러 온 강석의 모습

발견하고) 어! 강석 씨, 여기! 나 먼저 가요!

미애, 강석에게 달려가 안기고, 얼떨떨한 은호가 두 사람에게 인사한다. 강석, 들고 온 크록스 미애 앞에 놓아준다. 익숙하게 신고 있던 신발 벗고 크록스로 갈아신는 미애. 강석, 미애의 신발 챙겨 일어나면, 그런 강석에게 착 달라붙어 걸어가는 미애. 그런 강석과 미애를 보던 은호, 그제야 주변을 보면 친숙하게 어깨동무하며 가는 사람들, 다정하게 손 잡고 대화하는 연인들의 모습들이 눈에 들어온다.

S#67.   귀가 몽타주, N

/-1. 버스 안, N

창가에 앉아서 창문에 기대어 가는 경화. (E) 진동소리에 휴대폰 확인하면 엄마다.

경화　(애써 밝게 톤 높여 통화하며) 응, 엄마. 내 회식하고 집 가는 중. 아, 그럼! 당연히 잘하니까 리서처에서 컨설턴트 된 거 아니가. 다들 엄청시리 잘해준다. (목소리 떨리는 거 꾹 누르고) 오늘도 칭찬 억수로 받았지. 내가 이직시켜준 후보자가 나한테 고맙다고 난리도 아니었다. 봐라. 딸 멋있제?

경화, 애써 울음 꾹 참고 괜찮은 척 통화하고.

/-2. 영수 집, N

영수, 아무도 없는 불 꺼진 집으로 들어온다. 괜히 오늘따라 가족들 없는 집이 더 쓸쓸하게 느껴지는데, 마침 영상통화 걸려온다. 영수, 신나서 전화받으면 병실에서 환자복을 입고 있는 영수 딸(13)과 아내의 모습 화면 가득 비춰진다.

영수 딸 아빠! 어디야?

영수 집이지. 오늘 오랜만에 회식하고 지금 들어왔어. 우리 딸. 아침 먹었어?

영수 딸 금방 먹었지. 아빠! 완전 기쁜 소식 있어. 나 수술 경과 좋대.

영수 그럼. 당연히 좋지. 아빤 좋을 거 다 알고 있었어. 믿는 대로 이루어진다고 했잖아. 많이 웃고. 좋은 생각만 하고. 예림이 너, 로봇이 먹는 치킨이 뭔지 알아? 윙~ 치킨. 윙~치킨.

영수 딸과 아내, 웃음이 터지고. 영수, 더 신나서 "윙~치킨." 동작까지 곁들인다.

/-3. 거리, N

한 손은 미애 손을 잡고, 한 손엔 미애의 신발을 들고 걸어가는 강석과 미애.

미애 오랜만에 취한 모습 보니까 어때?

강석 옛날 생각 나네.

미애 어떤?

강석 취해서 나 좋아한다 했잖아.

미애 그거 아니라니까?

강석 맞다니까?

투닥거리면서도 입가에 미소는 사라지지 않는 두 사람.

/-4. 피플즈 사무실 + 대표실, N

아무도 없는 캄캄한 사무실로 들어오는 지윤. 탁— 스위치 켜고, 대표실로 걸어간다. 또각또각. 빈 사무실에 지윤의 발걸음 소리만 크게 울리고.. 빈 대표실로 들어가는 지윤.

S#68. 거리, N

저마다 누군가와 함께 있는 사람들을 보던 은호.. 회사 쪽으로 걸음 옮긴다. 지윤이 걸었던 길 그대로 걸어가는 은호.

S#69. 피플즈 앞 거리, N

회사 앞에서.. 건물 올려다보는 은호. 혼자만 불 켜진 지윤의 대표실 보인다..

S#70. 피플즈 대표실, N

책상까지는 못 간 듯, 소파에 앉아 태블릿 여는 지윤. 지윤, 감기는 눈을 억지로 뜨고, 후우.. 태블릿 보면서.. 집중하는데 서서히 눈 감긴다. 툭— 바닥으로 떨어지는 태블릿. 잠시 후, (E) 똑똑. 노크 소리 들리고..

은호　　　대표님...

조심스럽게 안으로 들어오는 은호. 소파에 기댄 채 잠들어 있는 지윤 보인다.

은호   대표님.. 대표님..

은호, 잠든 지윤 살짝 불러서 깨워보는데 미동 없고. 취기 오른 은호도.. 털썩
지윤 옆 소파에 주저앉는다.

은호   여기서 주무시면 안 되는데...

은호, 취기 오르는지 자기도 소파에 등 기대는데...

(CUT TO)
눈 뜨는 지윤. 정신 차리려고 느리게 눈 끔벅끔벅하며 고개 돌리는데, 옆에 잠
들어 있는 은호 보인다.

지윤   응? 유실장?

지윤, 은호 가까이 다가가고. 잠든 은호의 얼굴을 찬찬히 보는데.. 빛 받은 은
호의 얼굴 아름답다. 이마, 눈썹, 눈, 코.. 입술.. 천천히 시선 옮기며 은호 얼굴
보던 지윤.. 자기도 모르게 은호 얼굴로 손 뻗어 손가락으로 콧등 쓰는데, 눈
뜨는 은호! 지윤, 그대로 굳어서 은호 보고. 그렇게 서로 마주 본 두 사람에서
STOP!

4부 끝.

5부

S#1. 피플즈 대표실(4부 엔딩 연결), N

눈 뜨는 지윤. 정신 차리려고 느리게 눈 끔벅끔벅하며 고개 돌리는데, 옆에 잠들어 있는 은호 보인다.

지윤   응? 유실장?

지윤, 은호 가까이 다가가고. 잠든 은호의 얼굴을 찬찬히 보는데.. 빛 받은 은호의 얼굴 아름답다. 이마, 눈썹, 눈, 코.. 입술.. 천천히 시선 옮기며 은호 얼굴 보던 지윤.. 자기도 모르게 은호 얼굴로 손 뻗어 손가락으로 콧등 쓰는데, 눈 뜨는 은호! 지윤, 그대로 굳어서 은호 보고. 두 사람, 그렇게 서로 마주 보는데,

지윤   (은호 얼굴 보며) 잘생겼네, 유은호.

그대로 푹— 은호 어깨로 고개 떨어지는 지윤. ! 은호, 안지도 밀어내지도 못하고 그대로 잠시 자신의 품에 안겨 있는 지윤을 보고.. 완전히 잠들어버린 지윤을 조심스럽게 소파에 눕히는 은호. 담요 가져다가 지윤 덮어준다. 지윤이 깨

지 않게 조용히 떨어진 태블릿 주워서 테이블에 올리고, 대표실 빠져나오는 은호. 은호, 대표실 빠져나오기 전 지윤 한번 돌아보고.

S#2.   피플즈 전경, D

S#3.   피플즈 대표실, D

소파에 담요 덮고 잠들어 있는 지윤. 들어오는 햇빛에 눈 찡그린다. 사무실 벽에 있는 시계 보이면 이른 새벽이고. 지윤, 눈 찡그리며 겨우 눈떠서 주변 살피면 회사다. 아, 또 회사로 왔구나.. 지윤, 익숙하다는 듯 몸 일으키는데 덮고 있는 담요 보인다.

지윤   (담요 보며) 이건 뭐야? 회사에 이런 게 있었나?

지윤, 담요 걷고 일어나는데 불쑥 떠오르는 어떤 장면.

(INS.)
1씬. 은호 얼굴 보다가 콧등 쓸어보는 지윤의 모습.

헉! 너무 생생한 기억에 놀라서 주변 살피고, 은호 자리부터 보면 아무도 없는 텅 빈 사무실.

지윤   뭐야.. 꿈이야.. 진짜야.. (싫은데)

S#4.   피플즈 근처 편의점 안, D

창가 자리에 앉아서 민트초코우유 빨대로 쪽 빨아서 먹고 있는 지윤. 여전히 의문이 해소되지 않은 얼굴인데, (E) 똑똑, 창문 두드리는 사람, 미애다.

(CUT TO)

지윤 옆에 숙취해소제 들고 와 앉는 미애.

미애   (숙취해소제 마시고) 아침에 집에 갔다 온 거야?

지윤   (여전히 우유 마시며 끄덕이면)

미애   어우. 그러게 술만 먹으면 대체 왜 회사로 기어가는 거야. 이
       제 늙어서 소파에서 자면 허리 아파. 니 허리는 주인 잘못 만
       나서 뭔 고생이니.

지윤   언니, 어제 다들 집에 잘 갔지?

미애   갔지, 그럼. 내가 가는 거 다 봤어.

지윤   유실장도..?

미애   어. 너 찾길래 회사에서 발견될 거니깐 걱정 말고 집에 가라
       고 보냈어. 왜?

지윤   아냐.. 그럼 진짜 꿈인가..

S#5.   피플즈 대표실, D

여전히 생각에 잠긴 얼굴로 일정 브리핑 중인 은호 얼굴만 뚫어져라 보고 있는 지윤.

지윤	유실장.
은호	네?
지윤	혹시 어제 회식 끝나고 다시 회사...
은호	(보면)
지윤	안 왔죠?
은호	..네, 집에 바로 갔습니다.
지윤	알았어요. 나가봐요.

은호, 인사하고 나가는데, (E) 울리는 은호 핸드폰.

은호	(발신자 확인하고 받으며) 네, 이사님. (하는데 핸드폰 케이스에 매번 붙어 있던 스티커 안 보인다)
지윤	(스티커 없어진 핸드폰 케이스 보고 / 작게 중얼거리며) 어? 없어 졌네. (하는데)
은호	(제대로 못 듣고 통화하며 입 모양으로 네? 하면)
지윤	아니에요. 전화받아요.
은호	(꾸벅 인사하고 통화하며 나간다) 네, 바로 서류 찾아보고 연락 드릴게요.
지윤	(나가는 은호 보고)

그럼 진짜 꿈인가.. 왜 그런 꿈을 꾼 거지..? 지윤, 은호를 시선으로 좇는데...

S#6.   시선 몽타주

/-1. 피플즈 회의실, D
1팀과 지윤, 은호 회의 중이다.

규림   유선어패럴에서 해외사업 전반을 총괄할 본부장을 찾고 있습니다. 본격적인 해외 진출을 앞두고, 기존에 있던 팀들을 통합해 글로벌 사업본부를 신설한답니다.

경화   최근 5년간 글로벌사업팀에서 유의미한 성과를 낸 팀장급 이상 후보자들로 롱리스트 작업 중입니다.

자료 보며 팀원들의 보고 듣던 지윤, 볼펜 떨어뜨리고. 지윤과 은호, 동시에 볼펜 주우려고 고개 숙이는데, 순간 확 가까워진 두 사람의 얼굴. 지윤, 순간 꿈속에서 은호의 콧등을 쓸던 자신의 모습 확 섬광처럼 떠오른다. ! 지윤, 당황해서 고개 팍 들다가 머리 책상에 부딪히고.

/-2. 피플즈 대표실, D
자료 검토하고 있는 지윤. 자료 읽으면서 빈 곳에 무언가 열심히 메모하는 것 같은데, 지윤, 나가고 책상 위에 올려진 자료 보이는데, 지윤이 빈 곳에 열심히 메모하던 것, 자신도 모르게 그린 은호의 옆모습 얼굴이다.

/-3. 피플즈 탕비실, D
커피 마시면서 사무실 보고 있는 지윤. 이번에도 지윤의 시선은 자연스럽게 은호를 좇는다. 복사기에서 복사하는 은호의 옆모습 보는데, 높은 콧날에 시선 머무는데.

경화(E) 콧날 진짜 예술이죠.

지윤 (자기도 모르게 은호 얼굴 보며) 예술이지.. (하는데)

규림 어? 대표님도 이 그룹 좋아하세요?

지윤 어?

보면, 규림과 경화, 잡지에서 아이돌 그룹 사진 보고 있었고.

경화 방금 예술이라고

지윤 어.. 어.. 이 사람 콧날 예술이지.. 예술이야.. (하하.. 괜히 잡지에 실린 아무 얼굴이나 한번 가리켰다가 탕비실 나오고)

S#7.   피플즈 대표실, D

지윤 (대표실 들어와 책상에 앉으며) 미쳤나 봐.

S#8.   피플즈 사무실, D

지윤, 사무실로 나오면, 은호, 자리에서 일어나 따라 나오려는데 지윤, 은호 막고!

지윤 같이 안 가도 돼요. 미팅 끝나고 거기서 바로 퇴근할 거예요.

은호	그럼 모셔다만 드리겠.. (하는데)
지윤	(억지로 은호 눌러서 의자에 다시 앉히며 단호하게) 혼자 간다고요. 혼자!
은호	(당황해서) 네. 그.. 그럼. 이거 고객사 사업계획 분석 자료입니다. (건네면)

지윤, 자료만 받고 도망치듯 나가고.

S#9.   강석의 책방, D/N

마음의 안정을 찾으려는 듯 책에 파묻혀서 책 읽고 있는 지윤. 지윤이 읽고 있는 책, 《꿈의 책》이다. 그리고 지윤 주변에 쌓여 있는 책들 보면, 《꿈의 해석》 《당신의 꿈은 우연이 아니다》 《꿈과 대화하다》 《어젯밤 꿈이 나에게 말해주는 것들》 《잠》 같은 지금 지윤의 마음을 대변하는 인문학 서적이나 소설들이다. 지윤, 답을 찾겠다는 듯 책 속으로 더 파묻히는데,

별	어? 아줌마!

지윤, 발견하고 쪼르륵 지윤 옆으로 오는 별.

지윤	꼬맹이 너 여기 자주 있는다.
별	꼬맹이 아니거든요.
지윤	나도 아줌마 아니거든. (웃고) 오늘은 무슨 책 읽어?
별	눈사람 마을에 생긴 아이스크림 가게 이야긴데, 맛있는 아이

스크림이 엄청 많이 나와요. (얘기하면서 침 삼키고)

지윤 너 아이스크림 좋아하는구나. 뭘 제일 좋아해?

별 민트초코요!

지윤 헐. 너 맛을 좀 안다.

별 아줌마도 민초 좋아해요??

지윤 응. 먹는 거 별로 흥미 없는데 민초우유는 맛있어.

별 (신나서 줄줄 얘기하며) 그럼 민초사탕은 먹어봤어요? 민초과
자는요? 아, 맞다. 이번에 새로 나온 민초빵도 있는데.. 먹어봤
어요?

지윤 (그런 별이 보고 웃고) 그렇게 민초가 많아?

별 안 먹어봤어요? 옆에, 편의점에 파는데 같이 가볼래요?

지윤 가도 돼? 너 엄마는 어디 계셔? (하는데)

별 (강석에게) 삼촌!! 나 이 아줌마랑 편의점 갔다 와도 돼요?

지윤 (응? 아는 애야? 싶어서 강석 보고)

강석 그럴래? (별과 지윤 흥미롭게 보는데)

S#10. 편의점, D/N

야외 테이블에 앉아서 둘이 민초빵 먹으면서 얘기 중이다.

별 우리 아빠랑 강석 삼촌이랑 엄청 친해요.

지윤 (끄덕이고) 응. 너네 아빠도 여기 단골이구나.

별 이거 어때요? 맛있죠?

지윤 어. 맛있네. 많이 먹어.

별	(맛있게 먹는데)
지윤	근데 너 아무한테나 이렇게 막 같이 가자고 하고 그럼 안 돼.
별	아무나 아닌데. 나 아무한테나 가자고 안 해요.
지윤	그럼?
별	언니가 마음에 들어선데.
지윤	내가 마음에 들어? 근데 너 지금 나 언니라고 했다?
별	(끄덕이고 / 살짝 지윤 눈치 보며) 왜 싫어요?
지윤	넌 이름이 뭐야?
별	별이요. 일곱 살.
지윤	별이 너, 일곱 살이 벌써 보는 눈이 좀 있다. 언니라고 해.
별	(씨익 웃고)

S#11. 강석의 책방, N

책방 마감 중인 강석과 미애. 책 정리하고, 카운터 정리하고 있는데,

강석	오늘 강대표 책방에 왔었어.
미애	그래? 여기 자주 오네. 심란한 일이 많나..
강석	요새 별이랑 강대표랑 친하게 지내는 거 알아?
미애	별이? 은호 씨 딸?
강석	응. 오늘 둘이 같이 편의점도 갔다 왔어. 같이 있는 거 보니깐 기분 괜히 묘하던데. (하는데)
미애	(강석의 등짝 찰싹 때리고) 묘하긴 무슨, 또 무슨 소설을 쓰려고. 괜히 일 잘하고 있는 사람들을 왜 멋대로 엮어.

강석	아니 뭐 나는 혹시.. (하면)
미애	(쑵!) 거기까지만 해라!
강석	(깨갱 해서 구석에 가서 책 꽂으며 구시렁거리고)

S#12. 피플즈 전경, 다른 날 D

S#13. 피플즈 사무실, D
꾸벅꾸벅 졸고 있는 광희.

영수	어이, 이광희 씨! 이광희!
광희	(미동도 없이 여전히 꾸벅꾸벅)
영수	(쯧쯧.. 보다가 쿵! 소리 나게 책상 치면)
광희	(그 소리에 일어나서.. 늘어지게 하품한다) 아, 깜짝이야. 놀랐잖아요.
영수	잘한다. 모두가 열심히 일하는데 꾸벅꾸벅 졸고 앉아 있고, 공사가 다망하신가봐 요새.
광희	(기지개 켜며 일어나며) 세 시간도 못 잤어요. 새벽부터 오픈런 하나 뛰고 오느라. (책상에 고이 모셔진 한정판 운동화 상자 소중하게 쓰다듬으면)
영수	젊을 때 한 푼이라도 아껴서 집 살 생각을 해야지. 하여튼 겉멋만 들어가지고 명품만 밝히고. (하는데)
광희	겉멋도 다 제가 버는 돈으로 하는 겁니다! (하고 벌떡 일어났다

가 무언가 보고) 헐, 대박!

광희의 시선, 사무실로 들어온 누군가의 가방에 꽂혀 있다.

광희   대박. 저거 엄청 구하기 힘든 가방인데.. 어떤 안목 있는 사람
           이..

하면서 광희 시선 올라가면, 두리번거리며 사무실로 들어오는 진대표(남, 40대
초)다.

광희   어? 저 사람? (하는데)
은호   (알아보고 자리에서 일어나며) 진대표님?
진대표   아, 네, 반갑습니다. 진성흡니다.
은호   들어가시죠. 기다리고 계십니다.

S#14. 피플즈 대표실, D

지윤과 은호, 진대표와 함께 이야기 나누고 있는 모습 보이고.

S#15. 피플즈 사무실, D

영수   (대표실 보며) 그래서 저 사람이 누군데?
광희   아이, 이렇게 패션산업 돌아가는 데 관심이 없어서야. 요즘

제일 잘나가는 온라인 명품 플랫폼 대표잖아요. 디럭스라인 진성호 대표!

영수   명품 플랫폼이 뭔데?

광희   요새는 명품도 온라인에서 다 사고팔고 하잖아요.

영수   응.. (알겠다는 듯 고개 끄덕이다가) 근데 명품 플랫폼에서 무슨 포지션이 필요해?

S#16. 피플즈 대표실, D

지윤   명품감정사를 찾으신다고요?

진대표   시장이 커지면서 수요는 많아졌는데 검증된 베테랑 전문가는 몇 없어요. 괜찮은 사람 구해놓으면 경쟁업체에서 빼가고, 자격증 있다고 해서 보면, 고작 1, 2년 경력이 다고. 감정사 구하기가 아주 하늘의 별 따깁니다,

지윤   감정사가 귀할 수밖에 없죠. 감정능력이 곧 그 플랫폼의 신뢰도를 결정하니까요.

진대표   고가의 제품들 위주로 다루다 보니 이 바닥은 한 번 실수하면 바로 신뢰도 나락입니다. 그래서 플랫폼을 대표할 수 있는 총괄 감정사가 필요해요. 감정 인원들 교육하고 감정 내용을 최종적으로 판단할 수 있는 전문가. 오로지 실력! 실력만 있으면 됩니다!

S#17. 피플즈 회의실, D

지윤   (끄덕이고) 우리 단독이고, 연봉룸도 넓어. 제대로 된 후보자만 찾으면 조건은 무조건 맞추겠다는 입장이고.

미애   근데 우리가 맡기엔 사이즈가 좀 작지 않아? 이거 굳이 해야 해?

은호   자체 검수센터도 오픈 준비 중이랍니다. 이번 거 성공시키면 검수센터 채용 저희가 전담으로 맡기로 했습니다.

미애   그 정도면 뭐.. 나쁘지 않네. 그럼 이건,

은호   그 친구한테 맡겨보시죠. 이쪽에 관심도 있고 신나서 할 겁니다.

미애   아무래도 그렇겠죠?

은호   거의 뭐 이쪽으론 전문가죠.

지윤   (혼자만 전혀 모르는 얼굴로) 뭐야? 지금 나만 몰라? 그래서 누구, 누가 담당한다는 건데?

은호, 미애   (헐! 둘 다 똑같은 표정으로 지윤을 봤다가 대답 없이 흩어지면)

지윤   아, 누군데??!!

미애   (회의실 문 열고 사무실에 있는 광희에게) 광희 씨, 이쪽으로.

지윤   아~ 2팀 김광희 컨설턴트.

은호   1팀 이광희 컨설턴트입니다.

지윤   아! 이광희.

S#18. 출판사 전경, D

S#19. 출판사 사무실, D

대표와 미팅 마치고, 대표실에서 사무실로 나오는 정훈과 대표.

대표 그럼 우이사님만 믿겠습니다. 잘 좀 부탁드립니다. 요즘 같은 불경기에 새로운 직원을 뽑는 게 맞는 건지.. 솔직히 아직도 고민입니다.

정훈 어려운 때일수록 진짜 일 잘하는 선수가 필요하죠. 출판시장 어렵다 어렵다 해도 팔리는 책은 팔립니다. 어려울수록 공급을 줄이는 게 아니라 늘려야죠. 양질의 제품이 공급되면 수요는 생깁니다.

대표 맞습니다. 그래서 제가 제 월급 못 챙길 때도 책 출간만큼은 멈추지 않았습니다. (출판사에 전시된 책들 가리키며) 이게 다 제 눈물로 만들어진 책들입니다. (웃고)

정훈 직접 와서 보니 대표님 믿고, 좋은 후보자들 추천할 수 있겠네요. (책 살펴보다가) 무지개 빙수?

대표 이것도 참 좋은 책인데 이런 책들이 안 팔리니깐.. 우리 작가님도 너무 좋으신 분인데.. 편집자가 애쓰고 있는데 아직 1쇄도 다 안 팔렸어요.

정훈 (그림책 펼쳐보는데)

마침 회의실에서 회의 중인 편집자와 수현 보인다.

대표 아이고 우리 작가님 어깨가 그냥 쪼그라들었네.

정훈도 대표가 보는 회의실 보는데, 회의 마치고 나오는 수현과 편집자.

편집자   작가님! 파이팅! 우리 새 책은 대박 내는 거예요!

수현   네, 파이팅! (하는데)

대표   (그런 수현 보며) 작가님 저도 파이팅입니다!

수현, 소리에 보면 대표, 그리고 그 옆에 있는 정훈이다. 어? 수현, 정훈 알아보고. 정훈도 어?? 수현 알아보면,

대표   이사님, 우리 정작가님 아세요?

S#20.   엘리베이터 안, D

둘이 나란히 타고 엘리베이터 내려오는 정훈과 수현. 정훈의 손에 무지개 빙수 그림책 들려 있고.

정훈   작가님이셨구나. 그래서 그렇게 상상력이 풍부하셔서 날 아빠로..

수현   아~ 그땐 죄송했어요. (하는데)

정훈   그림책은 어떻게 써요?

수현   네?

정훈   아니, 난 손재주도 없고 책을 담쌓고 살아서 그런가 글 쓰고 막 그림 그리고, 그런 사람들이 제일 신기하거든요. 이런 아이디어는 그냥 막 퐁퐁 솟아나요? 막 영감이 떠올라요?

수현   굴 파요.

정훈   네?

수현   떠오를 때까지 몇 시간이고 앉아서 머리 쥐어뜯어야 겨우 나
          온다구요.

정훈   아~ 창작의 고통. (수현의 머리숱 보면서) 아직 몇 권은 더 쓰
          셔도 되겠네.

수현   (피식 웃으면)

정훈   (그림책 내밀며) 사인해주세요.

수현   (보면)

정훈   제가 원래 초기에 투자하자는 주의라. 작가님 베스트셀러 작
          가 되면 잘 써먹겠습니다.

수현   (이 사람 재밌네 싶고) 이름이요?

정훈   우정훈입니다.

수현, 책에 사인해서 건네면. 마침 엘리베이터 1층 도착한다.

수현   그럼 안녕히 가세요.

정훈   네, 작가님, 파이팅!!

정훈의 우렁찬 파이팅에 수현, 부끄러워져서 예예.. 얼른 로비 빠져나가고. 정
훈, 수현이 사인해준 책 펼쳐보는데. 수현의 사인과 함께 적혀 있는 글귀. "투
자는 신중하게!" 그림책 보고 피식 웃는 정훈.

S#21. 피플즈 전경, 다른 날 D

S#22. 피플즈 회의실, D
1팀과 지윤, 은호 회의 중이다.

지윤   명품감정사, 후보자 리스트는 어떻게 됐어요?

광희   롱리스트 뽑아서 디럭스라인 쪽 인사팀과 공유했고, 현재 총
        세 명의 후보자로 추려졌습니다.

광희, 지윤에게 서류 건네고, 회의실 스크린에 화면 띄우면 보이는 후보자 이
력서. 설명에 따라 후보자 모습들 보인다.

광희   가짜만 쏙쏙 골라내서 관세청 감별 귀신이라고 불리는 관세
        청 직원!

(INS.)

물류창고, D
통관을 기다리고 있는 대형 박스들 쌓여 있는 창고 보이고. 몇몇 직원들 박스
열어서 명품 물건들 꺼내 꼼꼼히 살펴보는데, 수첩 하나 들고 꺼내진 물건들
쓱 보는 관세청 직원, 민석. 매의 눈으로 물건들 살피던 민석, 물품 중 딱딱딱
가짜 물건들만 손가락으로 가리킨다.

민석   로고 위치 불량, 바늘땀 불량, 라벨 표기 불량! (쓰고 있던 안경

쓱 올리며) 가짜!

광희   얼마 전 출연한 진품~ 가품~ 프로그램에서 5연속 진품 맞히
             기에 성공한 감정사계의 떠오르는 샛별 크리에이터 감정사!

(INS.)

개인 방송 스튜디오, D

테이블 위에 올려진 두 개의 명품 운동화 보며 설명하고 있는 감정사, 현규 보
인다.

현규   (화면 보며) 자, 오늘은 요청이 많았던 요 아이. 얼마 전 출시
             된 신상이죠. 요 녀석 진품, 가품 구별해드립니다. 보세요~

명품 운동화 살펴보는 감정사의 모습이 썸네일 화면으로 전환되면, 현규가 운
영 중인 명품 감정 채널 〈진짜일리있어〉에 업로드된 영상 보인다.

광희   10대 명품 브랜드에서만 20년째 근무 중인 면세점 매니저!

(INS.)

면세점 명품관, D

손님들에게 명품가방 꺼내서 보여주고 있는 매니저.

지윤   (서류와 화면 번갈아 보며 끄덕이고) 오케이. 나쁘지 않네요. 경
             쟁사에 뺏기지 않게 빠르게 미팅 진행합시다.

광희   넵. 고객사가 원하는 1순위 후보자부터 만나보겠습니다.

스크린 화면, 관세청 직원 이력서 화면으로 다시 넘어가면,

S#23.　카페, N
이력서 속 관세청 직원(이하 민석 / 30대 중반, 남), 카페로 들어오면.

광희   (민석 알아보고) 강민석 씨!

기다리고 있던 광희, 일어난다. 꾸벅 인사하며 광희 있는 곳으로 오는 반듯한 민석.

S#24.　피플즈 주차장, 다른 날 D
회사 주차장으로 들어오는 최신형 고급 전동자전거. 고급 양복에 컬러풀한 헬멧에 막대사탕 문 정훈이다. 여유 있게 자전거 타고 와 주차장 한자리 턱하니 차지해 주차하고.

S#25.　피플즈 사무실, D

정훈   다들 안녕~ 차오 하이 알로하~

막대사탕 물고 해맑게 인사하며 들어오는데. 회사 분위기가 심상치 않다. 1부 정훈의 등장 때와 완전히 똑같은 상황이고.

정훈   이거 뭐지? 나 이거랑 똑같은 상황 있었던 것 같은데? (두리번 거리다가) 진짜 분위기 왜 이래. 아침부터 분위기 왜 얼음장이 지~? (하다가 또 놀라서!) 뭐야, 이거 대사까지 똑같았는데!

하면서 보면. 대표실 기웃거리고 있는 1팀원(영수, 경화, 규림) 보인다.

정훈   (자기도 옆으로 쓱 가서) 왜 그래? 이번에 또 무슨 일인데?
경화   디럭스라인이 1순위로 원했던 후보자 오늘부터 경쟁사로 출 근했대요..
정훈   그 관세청 통관 직원..? 가짜만 쏙쏙 골라내서 관세청 감별 귀 신이라고 불린다던?
경화   (끄덕이면)
정훈   나 우리 전동이 타고 오면 안 되겠다. 전동이만 타고 오면 어 떻게 사고가 터져. 누구네 솜씨야?
경화   커리어웨이요.
정훈   (헉!) 김혜진 대표네? 뺏겨도 왜 하필 거기에 뺏겨.

S#26.   피플즈 대표실, D

지윤   우리 후보자를 왜 커리어웨이한테 뺏겼는지 설명이 필요할 것 같은데, 우리가 먼저 컨택 시작했던 것 아니었어요?

광희　후보자가 조금만 고민할 시간을 달라고 해서.. 완벽하게 구축된 시스템이 아닌 곳에서 일하는 걸 불안해하길래 그럴 수도 있다 싶어서.. 더 고민해보시라고..

지윤　다른 데랑 접촉하고 있는지 몰랐어요? 후보자가 고민을 하면 그 원인이 고객사가 마음에 안 들어선지, 다른 회사랑 비교 중인 건지, 그 원인이 뭔지 정도는 감 잡아야 되는 거 아니에요?

지윤, 광희가 작성한 후보자 리포트 태블릿에서 찾아서 보고.

지윤　후보자 리포트 작성 이게 최선이에요? 숨소리까지 받아 적으라는 말 못 들었어요? 내가 이 보고서에서 후보자의 어떤 모습을 캐치할 수 있어요? 안 적은 거예요, 후보자 마음을 눈치 못 챈 거예요? 일 이런 식으로 건성건성할 거예요??

광희　..죄송합니다.

지윤　대체 후보자 있어요?

광희　(조심스레) 접촉해봤는데 아직은 컨디션 맞는 사람이 없습니다. 처음부터 다시 찾아야..

지윤　그럼 후보자 선택만 기다리고 있었던 거예요? 아무런 대책도 없이?!

광희　...

은호　오늘 이광희 컨설턴트랑 디럭스라인 실무진 미팅 예정되어 있는데 일단 대표님이 직접 상황을 공유하시는 게 어떨까요?

지윤　(잠시 생각하고) 유실장, 진대표 미팅 잡아줘요.

S#27. 디럭스라인 대표실, D

진대표 잔뜩 화나 있고, 그 앞에 지윤과 광희, 은호 앉아 있다.

진대표 지금 장난합니까? 당신들만 믿고 있으라더니 믿은 결과가 경
쟁사에 내가 탐냈던 후보자 뺏긴 겁니까? 그 사람보다 더 나
은 사람 있어요?

광희 새로운 후보자 찾고 있습니다.

진대표 찾은 것도 아니고, 찾고 있습니다? 강대표님, 일 이런 식으로
합니까?

지윤 죄송합니다. 제 불찰입니다. 아직 저희에게 주신 기한 남았으
니, 그때까지 더 적합한 후보자 찾아내겠습니다.

진대표 (보면)

S#28. 디럭스라인 건물 앞, D

지윤과 은호, 앞서서 걸어나오면 뒤에서 눈치 보며 따라오는 광희.

광희 죄송합니다.

지윤 죄송할 거 없어요. 기한 안에 무조건 새로운 후보자 찾아내요.
차선책으론 고객사 만족 못 시켜요. 기존 후보자보다 더 적합
하고 좋은 후보자 찾아서 실력 증명해요.

광희 즈.. 증명하지 못하면..

지윤 고객사가 원하는 후보자를 놓쳤을 땐, 그만한 각오는 한 거잖
아요. 안 그래요?

지윤, 먼저 가면,

광희　　하아.. 후보자 못 찾으면 잘리는 거구나..

은호, 광희의 어깨 토닥여주고, 지윤 따라가는데.

지윤　　이 프로젝트 유실장이 팔로우업해요. (먼저 가고)

S#29.　피플즈 대표실, D

지윤, 예민한 얼굴로 앉아 있으면 들어오는 미애와 정훈. 지윤, 신경이 거슬리는 일이 있는지.. 이마 자꾸 누르고.

미애　　괜찮아? 진대표랑 얘기가 잘 안됐어? (하는데)

지윤　　또 커리어웨인 게 거슬려.

미애　　하루이틀이야? 김대표네 애들 일 치사하게 하는 거.

정훈　　어떻게 내가 한번 쳐들어가서 들어 엎을까? 말만 해. (하는데)

지윤　　아니, 저번부터 꼭 미리 알고. 우리가 접촉하는 후보자만 일부러 타겟팅해서 접근하는 거 같아.

정훈　　내부 정보가 샌다는 거야?

지윤　　모르겠어. 당분간 그쪽 움직임 좀 주시하자.

S#30. 커리어웨이 대표실, D

혜진, 대표실 책상에 앉아서 보고 받고 있다. 혜진 앞에 서 있는 직원의 뒷모습 보이고.

정남　　(아직 뒷모습만 보이고) 강민석 씨 오늘 럭셔리셀러 첫 출근했습니다.

혜진　　수고했어요. 강민석 씨 새 회사에 적응 잘하게 사후 관리도 잘하고. 고정남 컨설턴트는 우리 회사에 벌써 적응을 잘한 거 같네요.

하면 그제야 드러나는 얼굴, 고정남이다.

정남　　다 대표님 덕분입니다. 피플즈 관련 일은 앞으로도 저한테 맡겨주세요. 저도 갚아야 할 게 있어서요.

(INS.)

피플즈 대표실(1부 33씬), D

정남　　(끝까지 이름을 잘못 불러?) 고정남입니다! 고.정.남! 한 번을 제대로 안 불러준 제 이름!

지윤　　나, 자격 없는 사람이랑은 같이 일 안 해요. 이제 그만 봅시다. 회사에서도 다른 서치펌에서도.

정남　　(모욕감으로 부들거리는데)

정남   (생각에서 깨서) 제가 그쪽 식구들에 대해서는 잘 알고 있으
       니... 앞으로도 피플즈 정보.. (하는데)

혜진   고정남 씨. 정남 씨가 어떤 식으로 일하는지는 보고하지 않아
       도 돼요. 앞으로도 지금처럼 프로젝트 계속 성공시켜요.

정남   (무슨 뜻인지 눈치챘고) 네, 알겠습니다. (꾸벅 하고 나가면)

혜진의 대표실 전화 울린다. 혜진, 스피커 모드 눌러 전화받으면.

비서(E) 대표님, 우회장님이랑 라운딩 약속 늦지 않게 가시려면, 지금
       출발하셔야 합니다.

혜진   어. 차 대기시켜. 5분 뒤에 내려갈게. (전화 끊고) 강지윤... 약
       좀 올랐을라나... 지윤아.. 우철용이 언제까지 니 편일 거 같
       니.. 세상에 완전한 니 편은 없단다.

혜진, 준비해서 일어나고.

S#31. 피플즈 전경, D

S#32. 피플즈 사무실, D

후보자 서치 중인 광희. 여기저기 전화해보고, 뒤져보고, 들락날락 정신없다.

광희   (잡사이트에 올라온 이력서 보고 통화하며) 안녕하세요, 피플즈

이광휩니다. 네, 올려주신 이력서 보고 연락드렸습니다. /

네, 팀장님, 지난번에 소개해주신다는 디자이너.. (했다가) 아,

스트릿브랜드요.. (실망한 기색 역력하고) /

(조금 희망에 들떠서 통화하며) 감정사 자격증도 있으신 거죠?

네, 그럼 취득한 지 얼마나 되셨어요? (하다가 급격하게 다운되

며) 1년 반이요.. 아.. 기간이 너무 짧은데.. /

다들 그런 광희 신경 쓰이는지 1팀들 한 번씩 광희 보는데.. 미치겠는 광희.. 서
류 들고 머리 벅벅 긁으면서 거의 스트레스로 터지기 일보 직전인데,

은호　　광희 씨, 머리 좀 식힐까?

S#33.　가게 안, D

잔뜩 위축된 광희, 샌드위치 먹으며 은호한테 신세 한탄 중이다.

광희　　형님.. 저 진짜 이러다 짤리면 어떡하죠..?

은호　　순서가 바뀐 거 같은데. 일단 후보자부터 찾아보고 걱정해도
　　　　안 늦어.

광희　　안 짤린단 소린 안 하시네요. 후우― (빨대로 쭉 콜라 빨아 먹고)

은호, 웃으며 건너편 길가로 시선 돌리는데. 가게 맞은편 자동차 수리센터 보
인다.

(INS.)

자동차 수리센터. 수리받고 있는 다양한 종류의 차들이 한쪽에 늘어서 있고.
자동차 수리하고 있는 센터직원들의 모습 보인다.

광희   그러니까요. 대체 그 후보자를 어디서 찾냐고요. 가지고 있는
         리스트 다 뒤져봐도 딱 맞는 후보자가 없어요. (하는데)

은호   (수리센터에서 시선 떼지 않으며) 저분들은 자동차에 관해서는
         모르는 게 없겠지?

광희   전문간데 당연하죠. 실력 좋은 사람들은 소리만 듣고도 뭐가
         문젠지 다 안다던데.

은호   그럼 엔진소리만 듣고 차종도 구분할 수 있겠네.

광희   뭐 장인들은 그렇겠죠. 차를 얼마나 많이 보고 만질 텐데. 아
         근데 왜 아까부터 자꾸 딴소리예요.. 우리는 명품감정사 (하다
         가 은호 보면)

은호   명품도 많이 만지고 보고 고치면..

광희   (깨달았다는 듯) 어~~ 본능적으로 알겠네요..

은호   (끄덕이고) 뭐가 진짠지 가짠지!

광희   (은호 보고) 수선전문가들로 후보자 리스트 새로 만들어야겠네.

은호   유명 명품수선업체들부터 일단 서칭해봅시다. 연결된 수선
         장인들이 있을 거야.

광희   (끄덕이고) 명품 커뮤니티, SNS 뒤지면 숨어 있는 고수들 정
         보도 있을 거예요.

S#34. 피플즈 대표실, D

지윤에게 진행 상황 보고하는 광희. 보고하는 광희 뒤로, 그런 광희 자기 자리에서 지켜보는 은호 보인다.

지윤   그래서 명품수선 전문가 쪽으로 새롭게 접근하겠다는 거예요?

광희   (아직은 살짝 눈치 보며) 네. 기존 DB에서 찾은 후보자들은 이미 고객사한테 노출된 후보자들이라 만족하기 쉽지 않을 겁니다. (지윤 반응 기다리는데)

지윤   명품수선 장인이라.... (끄덕이며 광희 보고) 방향 잘 틀었네요.

광희, 지윤 칭찬에 그제야 얼굴 펴지고, 살짝 고개 돌려 앗싸! 좋아하면. 그런 광희 보고 잘됐구나 싶어 고개 끄덕이며 웃는 은호.

지윤   진대표가 원하는 진짜 베테랑들이 거기 숨어 있을 수 있겠어요. 잘 찾아봐요.

광희   (자신감 붙어서 크게) 네! 좋은 후보자 찾아내겠습니다!!

S#35. 피플즈 사무실, D

신나서 대표실에서 나오는 광희, 통과됐다는 듯 은호 보고 찡긋하고. 광희, 은호 자리 지나가면 은호, 살짝 손 내민다. 은호 손에 경쾌하게 하이파이브하는 광희.

S#36. 피플즈 사무실, N

직원들 하나, 둘 퇴근하는 모습 보이고. 마지막으로 광희, 은호한테 리스트 넘기고 퇴근하면. 사무실에 남아 있는 은호와 지윤만 보인다. 은호는 은호 자리에서, 지윤은 대표실에서 각자 일하는 모습 보이고.

S#37. 피플즈 대표실, N

지윤, 고단한지 소파에 앉아 머리 기대고, 잠시 눈 감는다. 눈 감은 채 들고 있던 자료, 앞 테이블에 내려놓으려는데, 바닥으로 떨어지는 자료. 흐음— 지윤 눈 뜨고, 바닥에 떨어진 자료 주우려고 허리 숙이는데, 소파 밑바닥에서 반짝이는 무언가. 지윤, 주워서 보는데 은호의 핸드폰 케이스에 붙어 있던 야광 스티커다!

지윤　　(스티커 보며) 이게 왜 여기에 떨어져 있어? (하는데)

섬광처럼 컷컷 재생되는 그날의 기억들.

(INS.)

피플즈 대표실(4부 70씬 / 5부 1씬), N

"대표님.. 대표님" 소파에 잠들어 있는 자신을 깨우던 은호의 모습. 깨우다가 지쳐 자신도 소파에 앉아 그대로 잠들던 은호의 모습. "잘생겼네, 유은호" 말하고 은호 어깨로 고개 떨어지던 모습. 자신을 소파에 눕히고, 담요를 덮어주고 가던 은호를 잠결에 봤던 모습.

지윤   그게... 꿈이 아니었어?

지윤, 밖에서 일하고 있는 은호 보고..

(CUT TO)

은호   (똑똑 하고 들어오며) 대표님, 더 일하실 거면 저녁..

하는데 지윤이 대표실에 없다. 어? 어디 가신 거지.?

은호   대표님? 대표님..

은호, 지윤 부르며 대표실 안의 테라스까지 나가보는데,

S#38.   대표실 테라스, N
밖을 보며 생각에 잠겨 있는 지윤 보인다.

은호   여기 계셨어요?
지윤   (돌아보면)
은호   추운데 왜 나와 계세요. 아직 밤공기는 쌀쌀해요. (하는데)
지윤   유실장. 그날 회사 다시 왔었어요?
은호   (? 보면)
지윤   (스티커 보여주며) 이거 내 방에 떨어져 있던데.

은호	(!)
지윤	우리 회식 있던 날. 그날 나랑 사무실에 같이 있었죠?
은호	.. 네.
지윤	왜 기억 안 나는 척했어요?
은호	(보면)
지윤	어디까지 기억해요?
은호	어디까지 기억했으면 좋겠어요?
지윤	(! / 은호 그대로 잠시 보다가) 안 온 걸로 정리하죠, 지금처럼.
은호	알겠습니다. 그럼 저도 그렇게 기억하겠습니다.

지윤과 은호, 두 사람 서로 보는데..

S#39. 은호 집 은호 방, N

퇴근한 은호. 옷 갈아입으려고 넥타이 푸는데, 지윤 생각에 잠깐 멈칫한다. 그러나 이내 생각 털어버리듯 다시 담담히 넥타이 푸는 은호.

S#40. 지윤 오피스텔 거실, N

익숙하게 약통에서 수면제 꺼내 입에 털어 넣고, 물 마시는 지윤. 수면제 다 삼키고도 잠시 거실에 가만히 앉아 있는다.. 오늘은 수면제를 먹어도 잠이 쉽게 올 것 같지 않다.. 복잡한 얼굴로 천천히 몸 일으키는 지윤. 방으로 들어가고..

S#41. 시장 입구, D

매대들이 즐비한 재래시장 입구. 상인들과 사람들로 혼잡하다. 그곳에서 은호 기다리고 있는 광희.

광희   (은호 발견하고) 형님 여기요!

은호   (광희에게 오며) 어, 광희 씨. 여기가 확실해? 제대로 찾은 거야?

광희   아까 가림수선 직원들 수선 맡길 물건 들고, 시장으로 들어간 거 확인했어요.

은호   (보면)

광희   지금 명품수선 업계에서 가림수선이 수선 제일 잘하기로 유명하거든요. 같이 일하는 장인들 정보 절대 공개 안 한다는 거, 며칠 따라다니면서 겨우 실마리 찾은 거예요. 가림수선 대표가 꽁꽁 감춘 그 특별한 장인, 이 시장 안에 있어요.

은호   가게가 어딘데?

광희   그게... 지금부터 찾아야죠. 저랑 형님이랑. 여기 다 뒤져서!

은호, 천천히 시장 쪽으로 고개 돌리면, 앞에 골목골목 넓게 펼쳐진 시장 풍경 한눈에 보이고.

S#42. 시장 일각, D

각자 흩어져 핸드폰 앱으로 시장 지도 보며 구석구석 가게 살펴보고 있는 은호와 광희. 아무리 봐도 제대로 된 수선집처럼 보이는 가게는 보이지 않는다. 각자 흩어져 찾다가 마주친 은호와 광희. 서로 보고 소득 없다는 듯 고개 절레절레.

(CUT TO)

시장 안에 있는 분식 포차에서 부쩍 지친 얼굴로 꼬치 어묵 먹고 있는 은호와 광희.

은호   (지도 앱 다시 살피며) 살펴볼 데는 다 본 거 같은데..

광희   형님, 그동안 감사했습니다. 전 여기까진가 봐요.. 짤리기 전에 가서 얌전하게 사직서나 먼저.. (하는데)

은호   광희 씨, 중요한 건 뭐다?

광희   꺾이지 않는 마음?

은호   (고개 절레절레 하고) 꺾여도 다시 하는 마음! 이거 먹고 서로 바꿔서 한 번 더 돌아봅시다. (하는데)

광희   (눈에 하트 뿅!) 형님! 앞으로 충성을 다하겠습니다! (하는데)

영숙(E)   (포차 들어오며) 떡볶이랑 오뎅 하나씩 싸줘.

은호, 손님 자리 만들어주며 옆으로 살짝 비켜서는데, 작업복 차림의 영숙이다. 은호, 영숙의 옷이나 머리에 붙어 있는 작은 실밥들에 시선 가는데,

포차주인   (포장된 음식 건네며) 또 분식으로 대충 때우는 겨? 제대로 밥 챙겨 먹으면서 하지.

영숙   오늘도 내 손 필요한 애들이 많네.

영숙, 음식 받고 돈 건네는데, 그런 영숙의 손 유심히 보는 은호. 굳은살이 박인 영숙의 손. 세월의 흔적이 보이는 기술자의 손이다! 은호, 어떤 직감에 영숙의 손에서 시선 못 떼고 눈으로 영숙 좇는데,

영숙   많이 팔아~

인사하고 나가는 영숙, 거스름돈 작업복 주머니에 넣는데 그 결에 툭 떨어지는 무언가. 은호, 주워서 보면 가죽의 한 조각이다!

은호   (! / 광희에게 카드 건네고 급하게 나가며) 계산하고 나와!
광희   (어묵 먹다가 당황해서) 갑자기 왜.. 뭐.. 뭔데요??

S#43.   시장 일각_거리, D

멀찌감치 빠른 걸음으로 앞서가고 있는 영숙 보이고. 그런 영숙 눈으로 좇으며 따라가는 은호. 어느새 뒤따라온 광희도 은호와 함께 영숙 쫓는데, 코너에서 사라진 영숙. 은호와 광희, 영숙이 사라진 코너 근처에서 두리번거리는데.. 앱에서 발견하지 못했던 작은 골목 입구 보인다.

광희   형님, 여기!
은호   이런 길이 다 있었네. 여긴 지도에도 없었던 것 같은데..

은호, 골목으로 들어서면 보이는 간판도 없는 작은 가게 하나!

은호   여긴가..?

은호와 광희, 가게 살피며 조심스럽게 안으로 들어가보는데, 은호의 시선 따라 드러나는 가게의 정체. 작은 수선 공방이다.

S#44. 시장_수선 공방, D

은호, 두리번거리며 신기한 듯 오밀조밀 쌓여 있는 가게 내부 꼼꼼히 살피는데.. 미싱이며, 가죽이며, 실들이며.. 고치고 있는 가방, 지갑, 허리띠, 신발 등.. 여기저기 놓여 있다. 선반에 남은 가죽들, 원단들, 실들.. 작고 복잡하지만 나름 착착 정리되어 있고. 처음 보는 신기한 재료들도 한쪽에 많다. 은호, 둘러보다가 작업대로 시선 돌리면, 막 작업 시작한 영숙 보인다! 찾았다!

광희   (두리번거리며 뒤따라 들어오며) 형님, 근데 여긴 왜? (하는데)

은호   (말없이 영숙의 작업대 가리킨다)

영숙, 물에 젖어 쭈글해진 명품 가죽 지갑을 냄비에 담더니 알코올 한 병을 통째로 붓는다! 흥미로운 모습에 은호와 광희, 눈 커져서 작업대 가까이 다가가 지켜보는데, 작업에 집중하느라 두 사람 들어온 줄도 모르는 영숙. 세월이 묻어나는 손으로 거침없이 작업해나가고. 은호, 그런 영숙의 손 유심히 보는데. 지갑이 든 냄비에 열을 가했다가, 알 수 없는 기름진 액체(콩기름류)를 지갑에 바른다. 마지막으로 지갑 위에 열판을 깔고, 그 위에 드라이기로 열을 가하는 영숙. 그러자 완전히 새것처럼 깔끔하게 펴진 지갑! 은호와 광희, !! 눈 마주치고.

은호   우리가 아무래도 제대로 찾은 거 같지?

광희   (완벽하게 복원된 지갑을 경이롭게 보며 / 자기도 모르게 크게) 대박!

영숙   (소리에 놀라서 둘 보면) 언제들 왔대? 뭐 수선 맡기러 왔어요? (하는데)

광희   (영숙에게) 이거 어떻게 하신 거예요? 완전히 새 지갑이 됐네.

영숙   (신기해하는 광희 보며 별거 아니라는 듯 웃고) 우리 손님이 나 믿고 맡긴 지갑인데 깨끗하게 복원해줘야지.

광희   (보면)

영숙   중간중간 박음질이 다른 거 보면 수선까지 해서 쓸 정도로 아
끼는 지갑이었을 텐데..

광희   (눈 동그래져서) 그건 어떻게 아세요?

영숙   에이, 맨날 밥 먹고 하는 일이 이건데.. 모르는 게 이상하지. (아
무렇지 않게 작업대에 있던 수선 작업 이어가며) 브랜드마다 제품
마다 박음질 방법이 다 다르거든.

광희, 가게 다시 살피면 수선 맡겨져 있는 고가의 명품들이 눈에 들어오기 시
작한다. 그리고 명품들 밑에 보이는 보자기 가방. 보자기 가방 꺼내서 보면, 보
자기 가방 앞에 크게 적혀 있는 '가림수선' 수선샵 로고!

광희   사장님, 가림수선이랑 작업하세요?

영숙   응. 거기서 들어온 물품들도 내가 다 수선하지.

은호   (역시! 제대로 찾았다! 고개 끄덕이면)

광희   (감격해서 보자기 가방 끌어안고 감격으로 영숙 보며) 사장님!!!

영숙, 어리둥절해서 그런 광희와 은호 보는데, 그 위로.

은호(E)   조영숙 사장님. 열일곱 살 때 처음 수선 기술 배워서 지금까
지 37년간 한 우물만 판 명품수선 전문갑니다.

S#45. 영숙 수선 공방 작업 몽타주, D

- 작은 수선집에 앉아 한땀 한땀 바느질하고, 가죽을 재단하고,

- 수선에 쓰일 천연재료들을 직접 끓이고, 식히고, 다듬는 영숙.

- 구멍 냈던 가방 수선하고 있는 영숙. 가방과 같은 천에서 뽑아낸 실로, 무늬까지 그대로 재연하며 바느질만으로 완벽하게 구멍 메꾼다. 복원된 가방 뿌듯하게 매만지는 영숙 보이고,

광희(E)   재질의 색깔, 두께, 모양, 바늘땀 수까지 완벽하게 본품과 똑
            같이 재현해내는 실력자로, 다년간의 명품수선 경력으로 진
            품, 가품을 손끝에서 본능적으로 구별해낼 수 있습니다. 그야
            말로 세월로 체득한 내공의 소유자! (하는데)

영숙의 작업 테이블에 잘린 가죽과 천 조각에 번호가 매겨져 놓여 있다. 첫 번째 놓인 조각부터 하나씩 차례대로 조각들을 살피는 영숙, 표면을 만져보고, 냄새도 맡아보고, 구부려도 보고 꼼꼼하게 살펴본다.

영숙   (파악 끝난 듯, 거침없이 1번부터 차례대로 제품 이름을 이야기한
           다) 레아드 숄더백, 킬린 미니 토트백, 헤가스 벨트....

은호, 영숙이 거침없이 말해가는 속도에 맞게 공방 한쪽에 덮여 있던 흰 천 걷어내면, 정확히 영숙이 조각만 보고 맞힌 제품과 동일한 제품들의 모습이 드러난다! 광희와 은호 제대로 찾았다 싶은데.

S#46.   피플즈 회의실, 다른 날 D

지윤   명품 수선샵이랑은 어떻게 일하게 되신 거예요?

은호   수선샵 대표가 사장님 오랜 단골이었습니다. 수고비 정도만
　　　　받고, 수선하기 까다로운 물건이 있을 때만 도와주셨답니다.

지윤   고급 인력을 너무 쉽게 가져다 쓰셨네. 이 정도 실력자면 본
　　　　인이 직접 사업을 크게 하셔도 됐을 텐데.

은호   사업 쪽으로는 관심이 없으십니다. 가게가 커지는 것도 원하
　　　　지 않으시고 지금이 좋으시다고 합니다.

광희   찾아오는 단골들 추억 수선해주고 고쳐주는 거 그거면 되신
　　　　답니다.

지윤   그거면 안 되실 것 같은데... 설득이 필요하겠네요. 제대로 대
　　　　우받게 해드립시다. (광희 보며) 잘 찾았네. 수고했어요.

광희   (됐다..!! 감격해서 지윤과 은호 보면)

은호   (지윤 뒤에서 슬쩍 엄지손가락 올려주고)

S#47.   카페, D/N
영숙, 자기 앞에 놓인 지윤의 명함을 낯설게 본다.

영숙   어. 나 같은 사람이 무슨 회사.. 나 국민학교밖에 안 나왔어요.

지윤   학력은 중요하지 않습니다. 오직 사장님의 능력만을 보고 제
　　　　안드리는 거예요.

영숙   제안은 고마운데... 은호 씨 나 좀 부담돼.

은호	너무 부담 갖지 않으셔도 돼요. 사장님이 좋아하시고 잘하시는 일 계속하시는 거라 생각하세요.
영숙	아이, 참. 진짜 난 영문을 모르겠네. 자격증도 있고. 공부 많이 한 사람들도 많을 텐데.. 난 할 줄 아는 게 바느질밖에 없는데.. 그냥 매일 앉아서 꼬매고, 붙이고, 자르고 그것만 했어요. 그러다 보니 진짠지 가짠지는 그냥 자연히 알게 된 거고..
지윤	그 시간이요. 배우지 않아도 자연히 알게 만든 그 시간에 맞는 대우를 해드리고 싶어요.
영숙	(보면)
지윤	그 시간의 가치를 스스로 낮추진 마세요.
은호	오래 고생하신 사장님 손이 억울하겠어요. 사장님 그 손, 특별해요.

영숙, 자기 손 내려다보면 수선해온 시간의 흔적이 느껴지는 굳은살 잡힌 거친 손.

지윤	거절은 충분히 고민해보시고 하셔도 늦지 않아요. 연락 기다리겠습니다.

지윤과 은호, 먼저 일어나면. 영숙, 카페에 남아 지윤이 두고 간 명함을 보는데.. 기분이 묘하다. 얼떨떨하기도 하고. 그간의 세월을 인정받아 뿌듯한 것도 같고..

S#48. 은호 아파트 전경, 다른 날 D

S#49. 은호 집 거실, D

잔뜩 들떠서 여기저기 돌아다니며 가방 싸고 있는 별.

별   아빠, 토순이 어딨지? 고미는?

은호   장난감 서랍 두 번째!

별   아빠, 내 잠옷은?

은호   침대 옆 선반!

별   아니 이거 말고 젤리 잠옷!

은호   그건 지금 입기 너무 얇은데, (했다가) 근데 별.. 아빠 서운할
           라 그래. 친구들이랑 유치원에서 자는 게 그렇게 좋아? 아빠
           없이 잘 수 있겠어? 진짜? (하는데)

별   (은호 어른스럽게 보며) 아빠.. 이제 독립해야지.

은호   (헐)

별   언제까지 나만 보고 살 거야. 여자친구도 만들고, 데이트도
           하고 그래, 불금인데.

은호   부.. 불금! 너 그런 말은 어떻게 알아?

별   아빠, 나 일곱 살이야. (다 안다는 듯 찡끗 하고 가면)

은호   (헉! 충격받은 얼굴로 아니야.. 아니야. 부정하고)

S#50. 하늘 유치원 입구, D

유치원 캠핑이라 신난 서준과 별, 둘이 팔랑거리며 먼저 유치원으로 뛰어가고.
그 둘 따라가면서 어이없어 하는 은호와 수현.

은호   아주 신나 죽는구나. 아주 날아가네. 날아가.

수현   정서준. 쟤 오늘 새벽 여섯 시에 일어났잖아.

은호   와.. 배신이다.. 이것들 진짜.. (하는데)

성경   (두 사람 보고 다가오며) 별이 아빠 많이 서운하신가 보다.

은호, 수현 원장님!

성경   제가 요새 별이 보면 마음이 너무 좋아요.

은호   다 원장님 덕분입니다.

성경   서준 어머님 덕이 더 클걸요. 아버님 복직하신다고 해서 걱정
         했는데, 옆에 이렇게 든든한 이웃이 있어서 얼마나 좋아요.

수현   별이 아빠가 육아휴직 때 서준이 많이 봤잖아요.

성경   다른 집들도 두 분처럼 이웃들이 사이가 좋아서 같이 육아하
         면 참 좋을 텐데.. 두 분 보기 좋아요. 서준이랑 별이도 서로
         의지되고. (모여 있는 원생들 보며) 자. 우리 친구들 이쪽으로
         다 모여볼까요..?

(CUT TO)

별이와 서준이 포함한 유치원 원생들 성경 주변으로 모여 있고. 은호와 수현이
를 포함한 학부모들 걱정 반 기대 반으로 그런 아이들 보고 있다.

성경   잘 데리고 있다가 보낼 테니 걱정 말고 그만 들어들 가세요.

우리 하늘 유치원 친구들, 오늘 엄마, 아빠 안 찾고 우리끼리
잘 잘 수 있죠?

어린이 일동 네!!!

부모들, 괜히 대견도 하고, 서운도 한데.

성경　　자. 들어갑시다!!!

별　　아빠, 내일 봐!

그때, 갑자기 수현에게 달려오는 서준이.

수현　　서준이 왜?

서준　　(인형 내밀며) 엄마 무서우면 이거 안고 자. 얘가 엄마 지켜줄
　　　　거야.

수현　　(감동받아서 찡ㅡ) 고마워.

성경　　자, 그럼 이제 모두 들어갑시다!

성경과 선생님 따라 아이들 우르르 들어가고, 유치원 문이 닫히자마자, 엄마,
아빠들 언제 아쉬워했냐는 듯 쓱 눈물 닦고. 삐져나오는 웃음들 주체 못 하는
데.. 갑자기 다시 열리는 유치원 문. 헉! 부모들 모두 긴장하는데,

성경　　(씨익 웃으며) 어머님, 아버님! 오늘 자유예요! 즐기세요! (하
　　　　는데)

학부모들과 은호, 수현까지 모두 "만세!" 외치고.

S#51.   피플즈 탕비실, D

은호, 커피 내려서 마시는데. 들어오는 미애.

미애   은호 씨, 오늘 간만에 자유라면서요?

은호   형한테 들으셨어요?

미애   아이 없는 불금! 이거 완전 1년에 몇 번 안 되는 빅 이벤트 아
        니에요? 특별한 계획 있어요?

은호   계획 있죠!

미애   (눈 반짝 괜히 자기가 기대해서) 뭔데요? 뭐 하기로 했어요? (하
        는데)

은호   대표님 강연자료 준비하려고요. 이번에 대표님이 잡으신 주
        제 (하는데)

미애   어우, 뭐야. 완전 재미없어. 강지윤 비서 하더니 일중독도 옮
        았나 봐.

은호   (웃으면)

미애   우리 회사 대체 왜 이렇게 된 거야. 강지윤이 문제지.. 안 되겠
        다. 오늘 다 우리 집에 모여요.

하는데, 들어오는 정훈.

미애   우이사, 우이사도 오늘 별일 없지? 있어도 우리 집으로 와. 내

가 오늘 특별히 우리 임원진 대접한다.

정훈   응? 이렇게 갑자기?

미애   요새 강대표도 계속 예민하고, 안 그래도 불러다 밥 한번 먹
       이려 그랬어. 오늘 다 같이 밥 한번 먹자.

은호   (대표실 한번 보고)

정훈   근데 서이사 음식 못하잖아. 나 그렇게 질긴 갈비찜은 처음
       먹어봤어.

미애   쑵! 배달 어플은 괜히 있니. 먹고 싶은 거 다 말해. 내가 잘 차
       려줄게. (하는데)

은호   그럼 저희 집으로 오세요. 제가 대접할게요.

정훈   (은호 보고)

미애   진짜? 그래도 돼요? 나야 그럼 완전 땡큐지. 은호 씨 요리 엄
       청나거든. 나 그때 은호 씨 집 갔다가 완전 반했잖아. 우리 진
       짜 가요, 그럼.

은호   네, 오세요.

미애   오케이. 그럼 우리 오늘 은호 씨네서 모이는 거다. 한 명도 빠
       지기 없기야. 우이사도 되는 거지?

정훈   강대표도 가능해? 직원 집은 절대 안 갈 텐데.

미애   은호 씨 집이잖아. 내가 한번 말해볼게.

정훈   유실장 집은 뭐 다른가. 여튼 알아서 해. 형님 이따 봬요. (나
       가고)

은호   (나가는 정훈 보고 / 대표실 한번 더 보는데)

S#52. 피플즈 대표실, D

미애 (폰 내리며) 주소 찍었다. 일곱 시까지 은호 씨 집으로 와.

지윤 안 간다니까.

미애 왜? 가자. 가서 저녁도 먹고, 간만에 와인도 마시고.

지윤 내가 유실장 집을 왜 가?

미애 뭐 들었어, 우리 임원진 모임이라고 얘기했잖아.

지윤 그러니깐 그걸 왜 거기서 해, 민폐야. 언니도 가지 마. 그냥 취
      소해.

미애 초대했는데 안 가는 게 더 민폐거든. 민폔 거 알면 케익이라
      도 하나 들고 그냥 와.

지윤 (잠시 생각했다가) 아, 싫어. 안 가. 나 안 간다고 했다. 기다리
      지 마.

미애 아, 그래 됐어. 싫음 말아. 안 가면 너만 손해지 뭐. 은호 씨 음
      식 솜씨 끝내준다고 난 분명히 말했다.

S#53. 피플즈 사무실, D

은호, 책상에서 서류 검토하고 있는데, (E) 핸드폰 울린다.

은호 (확인하고 받으며) 어, 광희 씨. 지금? 대표님 일정 확인해보고
      다시 연락할게요. 네.

은호, 전화 끊고 지윤의 일정 확인하는데.

S#54. 피플즈 대표실, D

지윤 (일정표에서 시선 떼며) 오후 일정들, 장소 한 군데로 몰아주고,
유실장은 가서 광희 씨랑 같이 조사장님 만나봐요.

은호 네, 그렇게 하겠습니다.

지윤 먼저 만나자고 연락이 왔다는 건 긍정적으로 고민 중이시라
는 거니깐 만나서 잘 설득해봐요. 뭐가 가장 걸리는지 파악하
고, 원하는 조건 있으면 (하는데)

은호 대표님.

지윤 (보면)

은호 너무 걱정 마세요. 설득될 겁니다. 조사장님한테 맞는 자리잖
아요.

지윤 ...일주일 뒤면 어느 쪽으로든 결론이 나겠죠. 거기서 바로 퇴
근해요.

은호 오늘 저녁에 대표님도 오시는 거죠?

지윤 아뇨. 난 안 가요.

은호 오세요.

지윤 (보면)

은호 집밥 해드리고 싶어요.

지윤 (보면)

은호 다녀오겠습니다.

은호, 꾸벅 인사하고 나가면. 지윤, 잠깐 생각에 잠겼다가.. 털어버리듯 다시
일하고.

S#55. 카페, D/N

미팅 중인 지윤 보인다. 열정적으로 말 쏟아내는 지윤 보이고. 테이블엔 입도
안 댄 커피잔 놓여 있다.

지윤   현재 국내기업들의 디지털 전환 수요는 계속 늘고 있어요. 클
라우드나 데이터 센터도 증가하고 있고. 올 하반기에는 점점
더 많은 인프라가 확대될 겁니다.

후보자 가고 나면 지친 얼굴로 소파에 등 기대고 잠시 앉았다가 다시 몸 일으
키는 지윤. 어느새 지윤 앞에 앉아 있는 사람 다른 고객사 담당자로 바뀌어 있
다. 또다시 열정적으로 미팅하는 지윤.

지윤   아시다시피 제약 바이오는 특히 헤드헌팅 비중이 높은 직군
입니다. 전문용어도 많고 직무 자체에 대한 전문지식이 절대
적으로 필요하죠. 산업에 대한 충분한 이해가 있는 서치펌과
일을 하셔야 하는 이유고요.

입도 안 댄 커피잔만 하나 더 늘어나고. 앞에 앉아 있는 사람 또 바뀌어 있다.

지윤   고민이 길어지시는 거 이해됩니다. 대기업의 안정적인 체계
와 시스템을 버리고 도전할 만한 선택인지 아직 확신하지 못
하시는 거죠?

그렇게 잔이 한두 개 더 늘어나고. 어느새 조금씩 어두워지는 바깥 풍경 보인다.

그렇게 연속된 지윤의 미팅.. 어둑해질 때까지 계속되고.

S#56. 지윤 오피스텔 거실, N

(E) 삑삑.. 캄캄한 집 안에 울리는 문 여는 소리. 문 열리면 드러나는 고단한 지윤의 얼굴. 지윤, 그대로 휙— 가방 던지고 소파에 꺼지듯이 앉는데.. 꼬르륵 배고프다. 지윤, 무거운 몸 겨우 일으켜 냉장고 문 열면. 텅 비어 있다.

은호(E)   오세요. 집밥 해드리고 싶어요.

지윤, 냉장고 문 닫고 돌아서는데, 보이는 집 안 풍경. 오늘따라 생활감이라고는 하나도 없는 자신의 큰 집이 유난히 휑해보인다.

지윤   (휑한 자기 집 보며) 뭐. 밥이 다 거기서 거기지. (하는데)

S#57. 은호 집 현관 앞, N

한 손에는 케이크, 한 손에는 핸드폰 들고, 어느새 은호 집 앞 현관에 서 있는 지윤. 핸드폰 화면 속 호수와 현관에 붙어 있는 호수, 일치한다. 흐음. 여기까지 와서도 벨 누르지 못하고, 문 앞의 호수 한참 보는 지윤. 벨 누를까 말까, 그냥 갈까 말까 망설이는데,

지윤   (결심한 듯) 그래, 뭐 다 같이 밥 먹자는 거잖아.

지윤, 눈 딱 감고 벨 누른다.

(CUT TO)

현관을 사이에 두고, 문밖과 거실에서 멀뚱하게 마주 보는 지윤과 은호.

은호   대표님?

지윤   내가 좀 늦었죠?

하는데, 은호 혼자인 듯, 지나치게 조용한 집. 지윤, 고개 쭉 빼서 은호 뒤를 살피면.. 아무도 없다..

지윤   (크게 당황해서) 아무도 없어요??

은호   오늘 다들 급한 일정 생겨서 못 오신다고.. 모임 취소됐다고 단톡방에 (하다가 핸드폰 급하게 확인하며) 아.. 대표님은 이 방에 없으시구나.

하는데 쿵 닫히는 문.

S#58. 은호 아파트 복도, N

미쳤어.. 미쳤어.. 지윤, 분노의 문자 미애에게 찍으며 빠르게 복도 빠져나간다. '어디야? 뭔데? 왜 안 왔는데? 내가 지금 언니 땜에!!' 도도도도 빠르게 찍히는 톡 화면 보이는데,

은호	(빠르게 뛰어나와 지윤 팔 살짝 잡으며) 대표님, 잠시만요.
지윤	(멈춰서 보면)
은호	저녁 같이 먹어요.
지윤	아니에요. 나도 잠깐 들른 거예요. 마침 지나가는 길이라.. (하는데)
은호	(시선 내려 지윤이 준비해온 케이크 본다)
지윤	(끙. 자기가 봐도 너무 제대로 집에 온 손님의 모양새다 / 민망해서 괜히) 이것도 마침 지나가는 길에 있길래. 그러니깐 지나가다가.. (하는데)
은호	된장찌개 좋아하세요?
지윤	(은호 보는데)

S#59. 은호 집 현관 + 거실, N

은호, 먼저 거실로 들어오고. 그런 은호 따라 조심스럽게 안으로 들어서는 지윤인데, 집 안에 둘만 있으니 어색한 지윤. 앉지도 서지도 못하고 뻘쭘하게 서 있으면..

은호	앉아서 잠깐만 기다리세요. 금방 됩니다.

은호, 주방으로 가면.

지윤	대.. 대충해요..

하는데.. 본격적으로 팔까지 걷어붙이고, 요리 시작하는 은호. 지윤, 어색함에 조금씩 시선 돌리면 보이는 은호 집. 깔끔하게 정리된 공간에서 은호 성격 느껴지는데.. 군데군데 보이는 별이의 흔적들. 생활감 있는 은호 공간이 눈에 들어오자.. 그제야 긴장 풀리는 지윤.

괜히 긴장했다 싶다. 표정 편해지고. 지윤, 찬찬히 은호와 별이의 공간 살펴보는데.. 각 잡혀 놓여 있는 화분들에는 은호 성격이 보여 절레절레 고개 젓고. 귀엽고 아기자기한 소품이나, 곳곳에 놓여 있는 별이가 그린 그림이나 만든 종이접기 작품들에는 절로 미소가 지어진다. 그리고 액자에 있는 서너 살 된 어린 별이를 안고 있는 은호의 사진에도 시선 머문다.

행복하게 활짝 웃고 있는 액자 속 은호와 어린 별을 보는 지윤.. 지윤, 둘러보다가 3부 공주 우산에 그려져 있는 것과 같은 캐릭터 스티커 발견한다. 어? 반가워서 자기도 모르게 벽에 붙어 있는 스티커 만져보는데, 옆에 있던 장난감 눌러서 요란한 음악 소리 난다. 헉! 지윤, 당황해서 끄려는데 잘 안되고. 은호, 장난감 소리에 고개 돌려서 절레절레 하면.. 지윤, 겨우 소리 끄고 제자리에 장난감 올려놓고, 소파에 얌전히 앉는다.

S#60. 수현 집 거실, N

정순과 수현도 한창 저녁 준비 중인데, 수현의 시선이 자꾸 핸드폰에 꽂힌다.

정순   (요리하면서 넌지시) 오늘 별이 아빠는 뭐 한대? 기다리지만
        말고 연락해봐.

수현   (뭔가 들킨 듯 당황하며) 엄만, 내가 언제 기다렸다고.

정순   간만에 애들도 없는데, 둘이 나가서 영화도 보고, 그 뭐냐 치

맥도 먹고 그래.

수현 엄마가 그런 것도 알아?

정순 그것만 알게. 너 그렇게 꾸물대다 별이 아빠 놓친다. 집에 누구라도 초대해서 밥이라도 먹여봐. 뭐냐 그 된장찌개! 그거하나면 끝나!

수현 (웃으면서) 엄만 못 하는 소리가 없어.

정순 그 요리하는 등짝은 또 어떻고.. 여자들 넘어간다. 넘어가! 후회하지 말고 연락해봐.

수현, 못 이기는 척 핸드폰 들고 문자 찍는다. "유대디, 퇴근했어? 오늘 애들도 없는데 치맥 어때?" 수현, 문자 보내놓고 살짝 상기된 얼굴로 괜히 긴장하는데, (E) 핸드폰 울린다. ! 수현, 은호인 줄 알고 핸드폰 보는데, 유치원이다.

수현 (급하게 핸드폰 받으며) 여보세요? 네, 원장님. 무슨 일 있어요?

S#61. 하늘 유치원 운동장, N
뛰어놀고 있는 아이들 보이는데, 한쪽에서 선생님한테 안겨서 엉엉 울고 있는 서준이 보인다. 별이도 걱정되는지 서준이 옆에서 손 잡아주는데 진정 안 되는 듯 계속 울고 있는 서준이 보이고.

성경 (그런 서준 보며 난감하게 통화하며) 어떡해요, 서준이가 엄마가 너무 좋은가 봐요. 아무래도 서준이 오늘 1박은 못 할 것 같은데.. 네, 데리러 오시겠어요?

S#62. 수현 집 거실, N

수현   (통화하며) 네, 원장님. 제가 지금 갈게요. 네. 네. (전화 끊고)

정순   왜? 서준이 어디 다쳤대?

수현   인형 주고 의젓한 척하더니 혼자 못 자겠나 봐. 가서 데리고 올게.

정순   누구 닮아서 그렇게 겁이 많아. 간만에 지 엄마 데이트나 좀 하나 했더니..

수현   (외투 챙겨서 급하게 밖으로 나가고)

S#63. 하늘 유치원 운동장, N

수현, 급하게 유치원으로 들어오는데 아이들 신나게 웃고 있는 소리 운동장에서 들린다.

수현   (방금 들린 웃음소리 듣고) 어? 이거 서준이 소리 같은데?

수현? 의아해서 운동장으로 가면, 언제 울었냐는 듯 신나게 축구하고 있는 서준이다. 수현 황당하게 보면, 수현 발견하고 다가오는 성경.

성경   어머니, 죄송해서 어쩌죠. 안 오셔도 될 뻔했어요.

수현   서준이 괜찮아졌어요?

성경   축구하느라고 신났어요. 집에 안 간대요. 엄마 보면 괜히 또 울 수도 있으니깐 보기 전에 그냥 가세요.

수현   다행이네요, 그래도..

하는데.. 마침 정훈의 패스를 받아서 슛~ 골인! 하는 서준. 우와~ 골!! 골!!! 신
난 서준 손 번쩍 들고 뛰어가는데 그런 서준이한테 달려가 냅다 목말 태워서
달리는 정훈.

수현   어? 저분? 서준이 무거울 텐데.

성경   저러라고 부른 거예요. 괜찮으니깐 걱정 말고 가세요. (인사하
            고 운동장으로 가고)

수현, 가기 전에 운동장 보는데, 서준이 목말 태우고 신나서 운동장 달리는 정훈.
서준, 목말 타고 신나서 소리 지르고, 다른 아이들도 모두 정훈에게 달려든다. 서
준이를 목말 태우고, 아이들 피해 요리조리 잘도 도망 다니는 정훈. 저런 모습도
있었네.. 땀 뻘뻘 흘리며 아이들과 놀아주고 있는 정훈 보는 수현 보이고.
수현, 그런 정훈 보다가 기분 좋게 돌아서는데, 핸드폰 알람 울린다. 보면, 은
호다. "미안, 오늘은 안 되겠다. 치맥은 다음에 하자." 문자 확인한 수현, 실망
한 표정 감춰지지 않고..

S#64.   은호 집 거실, N

여자들 넘어가는 그 넓은 등 보이며 요리 중인 은호.

(E) 타닥타닥 칼질 소리. 보글보글 찌개 끓는 소리.. 요리하는 소리가 가득하다.
지윤, 소파에 가만히 앉아서 그 소리 듣고 있는데.. 지윤의 집에서 절대 들을
수 없는 생경한 소리들이다. 오랜만에 듣는 그 소리가 듣기 나쁘지 않다. 지윤,

잠깐 감상하듯 능숙하게 요리하는 은호 뒷모습 보는데.. 뒤 도는 은호. 지윤, 흠흠 안 본 척 다시 고개 돌리는데,

은호　　오세요, 다 됐습니다!

(CUT TO)

식탁에 놓인 보글보글 잘 끓인 된장찌개와 계란말이, 각종 밑반찬. 그리고 갓 지은 따뜻한 밥까지 갖출 건 다 갖춘 제대로 된 집밥 한 상이다. 식탁에 마주 보고 앉아 있는 은호와 지윤.

은호　　드세요. 드디어 집밥을 대접하네요.
지윤　　(숟가락 들어보며) 하여간 그놈의 집밥은.. (하면서 한술 뜨는데)

지윤, 된장찌개 한 수저 떠먹자 너무 맛있어 눈이 번쩍 떠진다. 그런 지윤의 모습을 보고 으쓱해진 은호가 다른 반찬도 가리킨다. 계란말이, 나물, 밥 등 하나씩 비워질수록 지윤의 표정 점점 행복해보인다.

지윤　　뭐야.. 뭐 넣은 거예요? 정말 이거 지금 유실장이 다 만든 거예요??
은호　　제가 말씀드렸던 것 같은데, 한 요리 한다고.
지윤　　(부정 안 하고 끄덕이고 / 여러 반찬 밥에 차곡차곡 올리며) 아무래도, 이쪽에 더 재능 있는 거 같아.
은호　　(웃으며) 다음엔 예약하고 오세요.

은호도 밥 먹기 시작한다. 음.. 역시.. 만족스럽다.. 두 사람 말도 없이 밥 먹기 바쁜데,

(CUT TO)

어느새 빈 그릇들 보이고, 마지막 반찬 하나까지 야무지게 집어 먹는 지윤.

은호, 그 모습 보면서 흐뭇하게 웃으면.

지윤   (괜히 민망해서) 인정. 맛있네요. 요리는 언제부터 했대. 왜 이렇게 잘해요?

은호   (웃으며) 생존능력이죠, 뭐. 요리 경력만 근 30년인 프로의 생존능력!

지윤   (어이없다는 듯 웃으며) 그거 좀 칭찬해줬다고 오바는... 유실장이 몇 살인데.

은호   진짠데... 안 믿으시네..

지윤   (여전히 웃으며) 뭐야, 초등학생 때부터 혼자 살기라도 했어요?

은호   (가볍게 긍정하며) 이만하면 꽤 잘 컸죠?

지윤   (아.. 순간 실수했다 싶어서 표정 굳었다가 표정 풀어지며) 잘 컸네. 애썼어요.

은호   (보고) 대표님도요.

지윤   (보는데)

은호, 지윤의 손에 도장 꾹 찍어준다. 보면, "참 잘했어요" 찍혀 있는 별이 도장.

지윤   이게 뭐예요? (하는데)

은호   (지윤과 눈 맞추고) 참 잘했어요.

지윤   !

알 수 없는 떨림에.. 지윤의 눈빛 일렁이고. 두 사람의 시선 마주치는데.

은호   (다정하게 웃으며) 이왕 칭찬하는 거 제대로 해야죠.

지윤   !

지윤, 은호의 따뜻한 그 말에, 다정한 미소에 묘하게 위로받고.. 은호와 지윤, 서로의 시선이 다시 한번 얽히는데. (E) 정적을 깨는 은호의 핸드폰 벨소리.

지윤   (먼저 시선 거두면)

은호   (핸드폰 확인하고) 통화 좀 하고 오겠습니다. 잠시만 기다리세요.

지윤   아뇨. 저녁도 다 먹었고. 갈게요.

은호   케이크는 드시고 가셔야죠. 편히 계세요. (방으로 들어가며) 가
       지 말고 기다리세요.

지윤   (혼자 남아서) 아.. 니.. 괜찮은..

하는데 은호는 이미 방으로 들어가버렸다. 혼자 남은 지윤.. 할 수 없이 소파에 앉는다. 지윤.. 자기 손등에 찍힌 도장 괜히 쓸어보는데... 안쪽에서 들려오는 은호의 다정한 목소리.

은호(E) 어, 별아. 캠핑은 재미있어? 저녁은 먹었구? 텐트에서 자는
       거야? 밤 되면 쌀쌀하지 않나? (질문 폭격했다가 별이한테 한 소

리 들은 듯 웃으며) 그럼, 아빠 항상 별이 걱정뿐이지.

요리로 따뜻해진 집 안 공기. 배부르게 먹은 밥까지. 지윤, 노곤노곤 잠이 몰려 오는지 눈꺼풀 깜빡깜빡 천천히 내려앉는다. 지윤, 잠들지 않으려고, 눈 비비 며 잠 깨려고 애쓰는데...

S#65. 은호 집 은호 방 + 유치원 캠핑장, N
방에서 통화하는 은호와 캠핑장 텐트 안에서 선생님 핸드폰으로 통화 중인 별, 교차로 보인다.

은호   (별이랑 통화하며) 어. 그래서 우리 별이 오늘 뭐 했어?

별   응. 한 거 진짜 많은데.. 인디언 놀이도 했고, 축구도 했고, 간 식 게임도 했고.. 또또.. (하다가 생각 안 나는지 선생님 한번 봤다 가) 맞다. 보물찾기도 했어! 아빠 나 보물 두 개나 찾았다! 응! 완전 재밌어!

은호   우와~ 원장님이 진짜 준비 많이 하셨다. 치. 그래서 우리 딸 이 아빠 생각을 오늘 하나도 안 했구만~

별   응. 사실 쪼끔 안 하긴 했어. 그래서 서운해?

은호   아~ 니, 별이가 재밌게 노는 게 더 좋지~ 응. 별이 생각은 아 빠가 많이 할게.

별   (주변에 전화 차례 기다리는 친구들 보며) 그럼 아빠 이제 끊어. 다른 친구들도 전화해야 돼. 아빠 잘 자.

은호   응. 별이도 잘 자고. 내일 봐.

S#66. 은호 집 거실, N

은호   (거실로 나오며) 죄송합니다. 오래 기다리셨..

하다가 조용해서 보면, 소파에 어느새 잠들어 있는 지윤 보인다.

S#67. 하늘 유치원 일각 벤치, N

벤치에 앉아 막대 아이스크림 하나씩 먹으며 이야기 중인 정훈과 성경.

성경   오늘 고생했어. 괜히 바쁜데 부른 거 아니지?

정훈   아냐. 별로 안 땡기는 약속이었어. 근데 와— 애들 체력 진짜 장난 아니다.

성경   그래도 땀 내니깐 좋지? 자주 와서 놀아주고 가.

정훈   뭐야, 언젠 오지 말라더니.

성경   니가 놀아주니깐 내가 편하네.

정훈   내 쓸모를 이제 알아주시네.

성경   오고 싶을 때 와서 놀고 가. 회사 땡땡이는 안 되고. 일은 잘 하고 있는 거지?

정훈   응. 거기도 아주 독한 사람이 하나 있거든. 땡땡이치면 나 짤 려. 어우 잔소리는 어찌나 심한지.. (하는데 말은 그러면서 표정 은 지윤 생각에 웃고 있다)

성경   뭐야.. 왜 말이랑 얼굴이랑 따로 놀아? 너 지금 웃고 있잖아. 뭔데?

정훈	그르게 뭘까. 나도 고민 중이야.
성경	뭐야. 진짜 누구 있는 거야?
정훈	나야 누구는 늘 있지. (웃고) 간다.

정훈, 손 휘적휘적 하고 가면.

성경	진짜야, 뭐야..

S#68. 은호 집 거실, N

뒷정리 마친 은호. 소파 돌아보면, 여전히 깨지 않고 잠들어 있는 지윤.

은호	대표님.. 대표님..

은호, 조심스럽게 지윤 깨워보는데 미동 없다. 어떡하지. 이대로 재워야 하나..
깨워야 하나.. 난감하게 지윤 보는데.. 고단한 얼굴로 잠들어 있는 지윤. 은호,
그런 지윤을 보는데..

(CUT TO)

은호, 이불 가져와 깨지 않게 살짝 덮어주고, 거실 불 끄고 자기 방으로 들어간다.

S#69. 은호 집 은호 방, N

은호, 침대에 눕는데 쉽게 잠이 올 것 같진 않다.

S#70. 은호 아파트 전경, D

S#71. 은호 집 거실, D

잠에서 깨는 지윤. 눈가 주변에 눈물 자국 남아 있는 거 살짝 보이고. 지윤, 환하게 들어오는 햇빛 받으며 개운하게 몸 일으킨다. 천천히 주변 둘러보던 지윤, 낯선 풍경에 정신 번쩍 든다. 뭐야.. 이 낯선 풍경은?? 눈 커지는 지윤. 단번에 정신이 든다.

지윤   뭐야..? 나 여기서 잔 거야??

지윤, 놀라서 소파에서 일어나려고 바닥에 발 내리는데, 물컹한 무언가가 밟히는 느낌과 동시에 "아악!" 들리는 소리. 뭐야? 놀라서 보면 소파 옆 바닥에서 자고 있던 은호다. 지윤 발에 한쪽 손 깔려 있고..

지윤   (놀라서 발 빼고) 뭐야, 왜, 왜 여기 있어요?
은호   (아직 잠 안 깨서 비몽사몽 겨우 몸 일으키며) 일어나셨어요?

하는데 핸드폰 톡 울린다. 은호, 뒤적뒤적 바닥 더듬어서 핸드폰 들어 확인하는데, 갑자기 눈 커지는 은호!!

은호   (헉!) 지금 몇 시야??
지윤   왜 그래요?? 무슨 일인데..!
은호   (지윤 보는데)

별(E)	여자친구도 만들고, 데이트도 하고 그래, 불금인데. 아빠, 나
	일곱 살이야.

은호, 다 안다는 듯, 찡긋하던 별이 얼굴이 떠오른다. 안 돼! 오해하기 딱 좋은 상황이다!

은호	지.. 지금 가야 돼요!!
지윤	네??
은호	지금 집으로 출발했대요!!!
지윤	누.. 누가요?
은호	우리 딸이요!
지윤	!!!!!

S#72. 동네 일각 아파트 단지, D

아파트로 들어서는 별, 수현, 서준 보인다. 탕후루 하나씩 물고 들어오는 세 사람.

S#73. 은호 집 복도, D

지윤, 이게 뭔 상황인지는 모르겠지만.. 마주치면 곤란하겠다는 건 알겠다. 일단 후다닥 정신없이 챙겨서 밖으로 튀어나온 지윤과 은호. 정신없이 도착한 엘리베이터 타고.

S#74. 엘리베이터 안 + 1층 현관, D

지윤   그러게 왜 늦잠을 자요. 알람 안 맞췄어요?

은호   맞추긴 맞췄. 그게.. 하아.. (초조함에 손톱 물며) 미치겠네..

내려가는 숫자만 보고 있는 두 사람. 오늘따라 왜 이렇게 느린 것 같은지...
은호, 입이 바짝바짝 마르는데..

지윤   (생각할수록 이해 안 돼서) 아니 근데 우리가 어제 뭐 했어요?

은호   네?

지윤   (고개 돌려 은호 보며) 아니 뭐 손을 잡은 것도 아니고! 그냥 밥
         만 먹고 잠만!

하는데, 드디어 1층에 도착한 엘리베이터, 문 열리는데. 열린 엘리베이터 앞에
떡하니 서 있는 별!

별   아빠!!

해맑게 탕후루 먹고 있는 별과 양옆의 서준과 수현. 딸꾹! 당황해서 딸꾹질하
는 은호와 그런 은호 보며 눈 커진 지윤에서 STOP!

S#75. 에필로그_은호 집 은호 방, N

거실에서 자고 있는 지윤이 영 신경 쓰이는지 쉽게 잠들지 못하는 은호. 몇 번

뒤치락거리다 안 되겠는지.. 스탠드 켜고 본격적으로 책 읽는데... 거실에서 들려오는 무슨 소리. ?? 은호, 잘못 들었나 싶은데 또 한 번 들려오는 흐느끼는 듯한 소리!! 설마.. 우는 건가..? 은호, 조심스럽게 방문 열고 나가보는데,

S#76. 에필로그_은호 집 거실, N

무슨 슬픈 꿈을 꾸는지 잠든 채 흐느끼고 있는 지윤.

지윤   가지 마.. 싫어.. 가지 마...

꿈에서 누군가의 손을 놓친 듯.. 지윤, 흐느낌 커지며 허공에 손 뻗는데, 자기도 모르게 그런 지윤의 손 잡아주는 은호. 그러자 거짓말처럼 조금씩 흐느낌 멈추는 지윤. 지윤의 표정도 천천히 편안해진다. 그렇게 은호의 손 잡은 채 다시 편안하게 잠드는 지윤. 그리고 그런 지윤이 완전히 잠들 때까지 손 빼지 않고 지윤의 곁을 지키는 은호 보이며...

5부 끝.

6부

S#1.   다세대 주택가 전경, D (과거)

작은 연립들이 촘촘하게 모여 있는 동네. 그중 한 연립에서 시작된 불길 점점

번지기 시작하는 모습 보이고.

S#2.   지윤 연립 안, D (과거)

"불이야!!" "불이다!!" 외치는 사람들의 목소리와 비명 혼재하는 연립 안. 복도

로 뛰어나온 사람들 번지는 불길을 피해 입구로 대피하는데, 사람들 사이 보이

는 지윤父와 어린 지윤(12). 지윤父, 어린 지윤의 손 꼭 붙잡고 복도를 지나 계

단으로 진입한다. 좁은 계단으로 순식간에 몰려든 사람들. 서로 밀고, 밀리며

넘어지고 난리다. "아빠!!" 사람들에 밀려 넘어질 뻔한 지윤을 아예 품에 안아

드는 지윤父. 지윤을 보호하듯 안고 계단 내려가려는데.. 지윤父의 발목을 스

치는 손.

아이   살려주세요.. 아저씨.. 살려..

사람들에 밀려 넘어진 아이(성별은 보이지 않고)의 간절한 눈빛. 지윤父, 멈춰 서
서 그 아이에게 손 내밀고, 손 닿으려는 순간, 뒤쪽에서 '펑ー' 소리와 함께 불
길에 터지는 유리창. "꺄아아악!!" 사람들 비명 지르며 순식간에 계단으로 더
몰려든다. 그 결에, 사람들에 휩쓸려 밀리는 지윤父. 어느새 아이와 멀어지고..
"아저씨.. 아저씨..." 아이의 목소리만 희미하게 들리는데..

S#3.　지윤 연립 앞 거리, D (과거)

출동한 소방차, 구급차, 경찰차들로 정신없는 거리. 연립에서 빠져나온 지윤父.
연립에서 최대한 벗어난 안전한 곳에 지윤을 내려놓는다.

지윤父　　지윤아, 여기서 기다리고 있어.

지윤　　(아빠 손 잡으며) 안 돼.. 아빠... 가지 마!

지윤父　　(지윤의 손 빼며) 빨리 가서 데리고 올게.

지윤　　(더 세게 잡으며) 안 돼!! 싫어!! 가지 마!! 가지 마!!

지윤의 눈에 아빠 뒤로 더 불길 거세지는 연립 보이는데,

지윤父　　(잡힌 손 빼며) 아빠 빨리 갔다 올게. 여기서 기다려.

지윤父, 지윤을 두고 연립 안으로 다시 뛰어간다. 지윤, 달려가는 아빠 보며 따
라가지도 못하고 그저 아빠만 애타게 부르는데.. 그 자리에 꼼짝도 하지 않고
서서 아빠가 나오기만을 기다리는 지윤. 마치 혼자만 시간이 멈춘 듯 지윤은
서 있는데.. 연립을 향해 비처럼 쏟아지던 물줄기도, 사람들을 구조해 나오던

소방관들도, 구조된 사람들도, 구경하던 사람들도.. 하나, 둘 점차 사라진다. 그러나 불길이 다 꺼지도록.. 사람들이 다 떠나도록.. 결국 나오지 못한 지윤父. 지윤, 그대로 그 자리에 서서.. 끝내 아빠가 나오지 못한 연립을 바라본다.

(CUT TO)

지윤 부 장례식장, D

연립을 바라보던 지윤의 뒷모습이 그대로 지윤父 영정사진을 바라보는 뒷모습으로 연결되며,

지윤   (점점 차오르는 눈물) 온다고 했으면서.. 기다리라고 했으면서!!
           온다고 했잖아!

지윤의 얼굴.. 눈빛.. 점점 원망의 눈빛으로 바뀌는데...

S#4.   은호 집 거실(5부 71씬), D

잠에서 깨는 지윤. 눈가 주변으로 눈물 자국이 아직 남아 있는데, 천천히 주변 둘러보던 지윤. 낯선 풍경에 정신 번쩍 들고.

지윤   뭐야..? 나 여기서 잔 거야??

지윤, 놀라서 소파에서 일어나려고 바닥에 발 내리는데, 물컹한 무언가가 밟히는 느낌과 동시에 "아악!" 들리는 소리. 뭐야? 놀라서 보면 소파 옆 바닥에서 자고 있던 은호다. 지윤 발에 한쪽 손 깔려 있고..

지윤   (놀라서 발 빼고) 뭐야, 왜, 왜 여기 있어요?

은호   (아직 잠 안 깨서 비몽사몽 겨우 몸 일으키며) 일어나셨어요?

하는데 핸드폰 톡 울린다. 은호. 뒤적뒤적 바닥 더듬어서 핸드폰 들어 확인하는데, 갑자기 눈 커지는 은호!!

은호   (헉!) 지금 몇 시야??

지윤   왜 그래요?? 무슨 일인데..!

은호   (지윤 보는데)

S#5.   하늘 유치원 앞, D

별   (벌써 입 한바닥 나와서는) 너무해! 어제 그렇게 보고 싶다고 했으면서!

수현   아빠 일이 많은가 봐. 우리가 한 번만 봐주자.

별   (칫)

수현   이모가 가는 길에 별이가 좋아하는 과일사탕(탕후루) 사주려고 했는데.

별   (싫다고 고개 절레절레 흔들며) 그걸 왜 이모가 사요. 아빠가 잘못한 건데.

수현   (당황해서 니가 좀 어떻게 해봐 서준이에게 눈짓 하면)

서준   달리기 시합하자. 늦게 도착하는 사람이 과일사탕 사주기 어때?

수현   (그게 되겠니 싶은데)

별   안 봐준다! 하나, 둘, (하는데)

서준   (수현한테 슬쩍) 엄마가 져!

하고는 "셋!" 동시에 외치고 뛰어나가는 서준과 별.

수현   저게 먹히네..

수현, 은호한테 "지금 유치원에서 출발." 톡 찍고는 자기도 애들 쫓아 뛰어가는데,

S#6.   엘리베이터 안 + 1층 현관(5부 74씬), D

지윤   그러게 왜 늦잠을 자요. 알람 안 맞췄어요?

은호   맞추긴 맞췄. 그게.. 하아.. (초조함에 손톱 물며) 미치겠네..

내려가는 숫자만 보고 있는 두 사람. 오늘따라 왜 이렇게 느린 것 같은지...
은호, 입이 바짝바짝 마르는데..

지윤   (생각할수록 이해 안 돼서) 아니 근데 우리가 어제 뭐 했어요?

은호   네?

지윤   (고개 돌려 은호 보며) 아니 뭐 손을 잡은 것도 아니고! 그냥 밥
         만 먹고 잠만!

하는데, 드디어 1층에 도착한 엘리베이터, 문 열리는데. 열린 엘리베이터 앞에

떡하니 서 있는 별!

별   아빠!!

해맑게 탕후루 먹고 있는 별과 양옆의 서준과 수현. 딸꾹! 당황해서 딸꾹질하는 은호와 그런 은호 보며 눈 커진 지윤!

은호   어.. 벼.. 별아... (하는데)

별? 은호 보고 있던 지윤, 자기도 모르게 고개 앞으로 돌려 별 보는데, 헉! 자기가 아는 그 꼬맹이다! 별이를 알아본 지윤, 그대로 고개 푹 숙이고.

지윤   (은호 모르는 사람인 척 자연스럽게) 내릴게요.
은호   네.. 네.. (뚝딱이며 옆으로 비키면)

그대로 고개 숙인 채, 도망치듯 별이랑 수현 지나쳐 엘리베이터 내리는 지윤.

S#7.   아파트 단지, D
지윤, 빠르게 은호네 아파트 벗어나고.

S#8.   1층 현관 + 엘리베이터 안, D

은호   (지윤 빠져나간 곳 보는데)

별   아빠, 안 타?

보면, 어느새 엘리베이터 타고 있는 별, 수현, 서준이고.

은호   어어.. 올라가자. (엘리베이터 타면)

별   근데.. 방금 저 사람..

은호   (당황해서) 어??

별   아는 사람 같은데... 어디서 봤지...?

은호   딸꾹!

별   아빠, 뭐 거짓말한 거 있어? (하는데)

은호   (또) 딸꾹!

S#9.   은호 집 거실, D

은호   (물 마시고 한숨 돌리는데)

수현   (별이 방에서 나오며) 딸꾹질은 좀 멈췄어?

은호   어.. 어.. 별이 아직도 삐졌어?

수현   둘이 방에서 논다고 들어오지 말래. (웃으며) 특히 유대디는.

은호   3일은 가겠네. 오늘 진짜 고마워. 나 완전 늦잠 잤다.

수현   어제 늦게 왔어? (하다가 소파에 있는 이불 보고) 여기서 잤어?

은호   어어.. (이불 개서 급하게 방으로 들어가며) 서준이 두고 가. 오늘 은 내가 볼게.

수현   그럼 나야 땡큐지~

하는데. 주방 건조대에 놓인 그릇들 보인다. 두 개씩 나와 있는 어른 식기들.

수현   어? 어제 누구 왔었나..? (은호 방 보는데)

S#10.   은호 집 은호 방, D

이불 개서 옷장에 넣고, 후우 — 한숨 쉬는 은호. 은호, 핸드폰 꺼내서 톡 찍는 다. '잘 들어가셨..'까지 썼다가 지우고, 다시 '아까는 죄송...'까지 썼다가 그냥 다 지워버린다. 아, 모르겠다. 은호, 머리 한번 훅 털고.

S#11.   지윤의 오피스텔, D

삑삑삑— 현관문 여는 소리 들리고. 집으로 들어온 지윤, 긴장했던 듯 냉장고 에서 물부터 꺼내 마시고 한숨 돌리는데.

지윤   (생각할수록 황당하다 / 소파로 가 털썩 주저앉으며) 그럼 그 꼬 맹이가 유실장 딸? 어쩐지.. 묘하게 비슷하더라니..

지윤, 기막힌 우연에 어이없어서 헛웃음 나는데 손등에 아직 남은 도장 자국 보인다.

(INS.)

은호 집 거실(5부 64씬), N

은호, 지윤의 손에 도장 꾹 찍어준다. 보면, "참 잘했어요" 찍혀 있는 별이 도장.

지윤	이게 뭐예요? (하는데)
은호	(지윤 보며) 참 잘했어요.
지윤	!
은호	이왕 칭찬하는 거 제대로 해야죠.
지윤	!!

생각에서 깬 지윤. 자신의 손등에 있는 도장 자국 보는데...

S#12.   피플즈 전경, 다른 날 D

S#13.   피플즈 1층 엘리베이터 안, D

"잠시만요!" 은호, 엘리베이터 타면, 안에 딱 서 있는 지윤.

은호	(!) ..좋은 아침입니다.
지윤	네. 좋은 아침이에요. 주말은 잘 보냈어요?
은호	대표님도.. 잘 보내셨어요..?
지윤	네. 잘 보냈어요. 누구한테 쫓겨난 것만 빼곤.
은호	(컥!) 죄송합니다. 잘 들어가셨죠?

지윤   잘 들어갔으니깐 출근했겠죠. 참 빨리도 물어보네.

은호   ...

지윤   딸은 뭐.. 별말 없죠?

은호   네? 저희 딸이요? (하면)

지윤   (별이는 못 알아봤구나 싶고) 아니에요. 됐어요..

지윤과 은호, 다시 말없이 올라가는데.

지윤   근데, 한 가지만 물어봅시다.

은호   (보면)

지윤   나 왜 쫓아낸 거예요?

은호   왜 도망가셨어요?

지윤   그니까.

은호   그러니까요.

둘 다 답 못 찾고 마 뜨는데! (E) 땡! 엘리베이터 문 열리면.

은호   내리시죠.

지윤   내립시다!

두 사람, 갸웃하면서 사무실로 들어가고.

S#14. 고급 레스토랑, D

우회장이 후원 중인 대학생들 식사 자리다. 중앙에 앉은 우회장을 중심으로 동그랗게 앉아서 식사하고 있는 열댓 정도의 학생들. (남녀 성비 골고루 섞여 있고)

우회장 성원 군은 지난번에 인턴십 프로그램 들어간다고 하지 않았나?

대학생1 기억하고 계셨어요? 프로그램은 끝났고 다음 주에 수료식만 진행하면 마무리됩니다.

대학생2 성원이 우수인턴으로 선발돼서 상 받는대요.

학생들 올~

대학생1 다 회장님이 후원해주신 덕분입니다.

우회장 인턴십 제대로 한 거 맞네. 사회생활이 늘었어. (하면)

우회장과 학생들 하하 웃는데 그 사이 꿔다놓은 보릿자루처럼 이 테이블에 전혀 흥미 없다는 듯 밥만 퍽퍽 먹고 있는 정훈 보인다.

우회장 (뒤에 서 있던 왕비서에게 시간을 확인하고는) 식사들 대충 마무리된 것 같으니 나는 먼저 일어나야겠네. 오랜만에 만났으니 편히들 더 놀다 가. 오늘 하루 딱 놀고 내일부턴 또 열심히들 머리 쓰고 공부해! 투자한 내 돈 아깝게 하지 말고!

우회장 일어서서 나가면, 지겨운 모임 드디어 끝났다는 듯 정훈도 발딱 일어나 따라 나가고.

S#15.　고급 레스토랑 복도 + 엘리베이터 앞, D

복도에서 엘리베이터까지 걸어가면서 이야기 나누는 정훈과 우회장. 그 뒤를 따르는 왕비서.

정훈　이거 진짜 악취미예요. 후원하시려면 조용히 혼자 하시지 불편하게 이런 자린 왜 만들어요. 난 또 왜 끌고 오고.

우회장　직접 보고 밥도 같이 먹어봐야 어떤 놈이 될 만한 싹인지 아닌지 판단하지. 뭐 돈은 꽁으로 줘? 눈에 드는 애 있어?

정훈　뭐 다 하나같이 지루하고 심심하고 똑같드만.

우회장　쯧쯧. 사람 보는 눈도 능력이다. 결국 경영도 사람 장사야. 강대표한테 뭐 배웠어? 그거 키우라고 강대표한테 보냈구만.

정훈　예예. 어련하시겠어요. 하여튼 강대표, 강대표. 누가 자식인지 모르겠어. (하는데)

우회장　아직까진 너보단 강대표가 쓸모 있잖아. 투자를 했으면 얻는 게 있어야지.

정훈　쓸모가 없어지면 버리시겠다는 말로 들려요.

우회장　(정훈의 말이 당연하다는 듯 긍정하며) 선택지는 많을수록 좋다. 선택권을 쥔 사람이 주도권을 잡고 그게 권력이 되는 법이야.

정훈　그럼 선택받지 못한 사람들은요?

우회장　못 견딘 놈은 자격이 없는 거지.

정훈　(표정 굳고)

마침 엘리베이터 도착하고, 왕비서, 우회장 보좌하며 엘리베이터 타는데, 정훈은 엘리베이터 타지 않고 밖에 서 있다.

우회장	안 타고 뭐 해?
정훈	놀다 가게요. 여기 꼭대기에 죽이는 바(bar)가 하나 있거든요.
우회장	(못마땅하게 보면)
정훈	전 회장님 뜻대로 살 생각 없어요. 포기하세요.

정훈, 싱긋 웃고. 친히 안쪽에 있는 닫힘 버튼까지 눌러준다. 엘리베이터 닫히면 닫힌 문에 비치는 정훈의 얼굴. 어느새 표정 다시 굳어 있고.

S#16. 시장_수선 공방, D/N

작업대에 앉아서 가죽 바느질하고 있는 영숙. 집중해서 작업 중인데, "엄마" 하고 들어오는 주희(여, 30대).

영숙	어, 주희 왔어? (하면서 시선 돌리느라 바늘에 손 찔리고, 씁— 인상 구겨지고, 본능적으로 손가락 입으로 가져가는데)
주희	찔렸어? 봐봐. 피 안 나? (영숙의 손, 잡아다가 보며) 아이 진짜 속상하게. 손이 이게 뭐야.. (하는데)
영숙	(손 빼며) 괜찮아. 수선하는 사람 손이 다 그렇지 뭐. 오는데 차 안 막혔어?
주희	괜찮았어요. (공방 보며) 요새도 일이 많아?
영숙	그럼~ 엄마 솜씨가 또 알아주잖아. (살짝 상기돼서) 저기 주희야.. 엄마가 그 헤드헌터 (하는데)
주희	엄마, 일 그만두면 안 돼?
영숙	어?

주희	맨날 여기 좁아터진 데 앉아서 하루 종일 바느질하고. 가죽 만지느라 손 다 부르트고.. 돈 몇 푼이나 번다고..
영숙	(보면)
주희	이제 나도 벌구. 금서방두 있잖아요. 고생 그만하고 가게 정리해. 나 엄마 손 볼 때마다 진짜 속상해.
영숙	아니. 그래도. 이게 나름 보람도 있고.. 찾아오는 단골들도 많고.. 갑자기 정리하면..
주희	널린 게 수선집인데 뭘.. 맨날 하는 바느질 지겹지도 않아? 엄마도 이제 문화센터도 다니고, 못 했던 취미 생활도 좀 하고.. 이제 고생 그만하고 인생 좀 즐겨요.
영숙	그.. 그럴까..?
주희	응. 엄마가 나 고생해서 키웠잖아. 이제 내가 효도할 차례야. 힘든 거 이제 그만해.. (뒤에서 영숙 안고) 근데 엄마 오늘 뭐 할 얘기 있다고 그러지 않았어?
영숙	어? 아니야.. 우리 딸이 이렇게 엄마 생각하는 줄 몰랐네...

영숙, 자기 안고 있는 주희의 손 토닥여주는데... 표정이 씁쓸하다.

(CUT TO)

주희 가고, 혼자 공방에 남은 영숙. 남은 작업하다가 문득 자기 손 본다.

영숙	그렇게 보기 흉한가... (거친 자기 손 매만져보는데)
지윤(E)	그 시간의 가치를 스스로 낮추진 마세요.
은호(E)	사장님 손이 억울하겠어요. 사장님 그 손, 특별해요.

자신의 손때 묻은 작업대 한번 쓸어보는 영숙. 영숙, 작업대 한쪽에 보관해놓았던 지윤의 명함을 본다.

S#17. 피플즈 전경, 다른 날 D

S#18. 피플즈 사무실, D
사무실로 들어오는 누군가.

영숙(E)   저.. 강지윤 대표님 만나러 왔는데요.

하는데 보이는 얼굴, 영숙이다.

광희   (영숙 알아보고 발딱 일어나 달려가며) 사장님! 결정하신 거예요?
영숙   (끄덕이고) 내가 필요한 곳이 있다면.. 해볼게요... 아니, 해보고 싶어요.
광희   사장님!!!! (달려가서 안기고) 사장님이 저 살리신 거예요!!
은호   (그런 광희랑 영숙 보고)

S#19. 피플즈 근처 식당, N
지윤과 미애, 닭갈비가 먹음직스럽게 차려진 테이블에 앉아 식사 중이다.
미애, 구워진 닭갈비 한 점씩 자기 접시와 지윤 접시에 놓는다.

미애	(한 입 맛있게 먹고는) 오, 이거 먹어 봐. 되게 부드러워.
지윤	호들갑은 (하면서 먹는데 오! 진짜 부드럽다, 맛있게 먹으며) 괜찮 네. (말은 그러면서도 맛있는지 또 닭갈비 한 점 집어 가서 먹으면)
미애	(그런 지윤 보며 피식 웃고는) 볶음밥 추가?
지윤	콜.

(CUT TO)

볶음밥까지 야무지게 볶아져 있는 테이블 보이고, 적당히 배부르게 먹은 듯 두 사람 젓가락질 천천히 느려진다.

미애	그나저나 기한 안에 디럭스라인 후보자 찾아서 다행이네. 이 제 한숨 돌렸다.
지윤	사장님이 생각보다 마음을 빨리 정하셨어.
미애	그게 다 이번에 유실장이랑 광희 씨가 애 많이 써서 그런 거 아냐. 칭찬 좀 해줬니?
지윤	애 안 쓰고 일하는 사람 있어?
미애	내가 뭐든지 널 기준으로 생각하지 말라고 했지. 하긴 은호 씨도 만만치 않더라. 너한테 물들었나 봐. 별이 캠핑 가는 날 에도 일을 하겠다고 하질 않나... (하다가 지윤 눈치 보면)
지윤	그날 일은 안 꺼내는 게 유리하지 않을까? 바람 실컷 잡고 약 속 펑크나 내는 이사님.
미애	일정이 꼬인 걸 어째. 못 가서 젤 억울한 게 나거든. 그래도 내 덕에 맛있는 밥 먹었잖아. 은호 씨 요리 실력 장난 아니지.
지윤	그건 뭐 인정. (미애 한번 보고) 그.. 책방에 자주 오는 꼬맹이

가 유실장 딸 맞지?

미애 어, 너랑 자주 본다며. 강석 씨가 얘기하던데. 혼자서도 애 야 무지게 잘 키웠지.

지윤 응. 똑똑하고 귀엽더라. (관심 크게 없다는 듯 슬쩍) 언제부터 혼자 키운 거야?

미애 별이 돌 되기 전에 이혼했다던데?

지윤 이혼?

미애 유명한 캠퍼스 커플이었나 보더라. 졸업하자마자 결혼하고 잘 살 줄 알았는데 금방 이혼해서 강석 씨도 소식 듣고 놀랐 대. 젖먹이를 놔두고 헤어졌으니 얼마나 힘들었겠어.

지윤 ..왜 헤어졌는데..?

미애 정확한 이유는 강석 씨도 모른대. 그런 거 은호 씨가 자세히 얘기할 사람도 아니고. 정말 이 악물고 별이 키운 것 같더라. 혼자 애 키우는 게 어디 쉬웠겠어. 완전 별이한테 올인했다던 데.. 육아휴직도 (하다가 말 멈추면)

지윤 뭔데? 왜 얘기를 하다 말아.

미애 아니. 나 근데 너무 남 얘기를 막 하는 건가 싶어서.. (하는데)

지윤 (밥 먹으면서 무심하게 툭) 남 아니잖아.

미애 어? 남이 아니야..? 그럼? (하다가) 너.. 설마.. (하는데)

지윤 비서잖아. 나도 내 비서한테 무슨 일이 있었는지는 알아야지. 언젠 직원들한테 관심 좀 가지라며.

미애 어. 그치. 직원에 대한 관심! (살짝 의심스럽게 지윤 보다가) 그 래, 그런 순수한 관심은 좋은 거지. 별이가 아팠었대. 그래서 커리어고 뭐고 다 포기하고, 은호 씨가 1년 동안 휴직하고 별이 옆에만 있었나 보더라. 그거 때문에 회사에는 완전 미운털 박혔고. 은호 씨, 진짜 좋은 아빠야.

지윤   (미애 얘기 들으면서 생각에 잠기고)

(INS.)

백반집(2부 66씬), D

지윤   (그런 은호 좀 보다가) ..근데 육아휴직은 왜 했어요? 한참 커리
           어 쌓아갈 때던데.

은호   (조금 생각하다가 그냥 담백하게) 웃는 게 보고 싶어서요. 우리
           딸 웃는 거 진짜 이쁘거든요.

지윤   (보면)

은호   아이가 원했어요. 필요할 때 옆에 있어주겠다고 약속했고, 그
           래서 그 약속을 지킨 겁니다. 아이한텐 내가 전부니까.

지윤   (생각에서 깨며 / 작게 중얼거리듯) 그러게.. 좋은 아빠네..

S#20. 은호 집 거실, N

별   (몸 움찔움찔하며) 간지러워.

은호   어어~ 자꾸 움직이면 삐져나간다니깐.

별   알았어.. 숨 참아볼게. (흡 하고 참으면)

은호   (별이 손톱에 노란색 매니큐어 칠하며) 갑자기 매니큐어는 왜?

한동안 안 바르더니.

별　　멋진 언니한테 보여줄라고.

은호　책방에서 만났다는? 우리 딸 마음에 엄청 들었나 보네.

별　　응! 다음에 아빠도 소개시켜줄게. (하면서 또 손 움직이면)

은호　에이, 움직이면 안 된다니깐.

큰 몸을 구겨서 정성스럽게 매니큐어 바르고 있는 은호를 사랑스럽게 보는 별.

은호　뭐지? 지금 엄청 아빠가 이뻐죽겠다는 얼굴인데..

별　　아빠 지금 집중하느라 엄청 못생겼거든.

은호　아빤 집중하면 더 잘생겼거든. (하고는) 됐다! 어때 맘에 들어?

별　　(열 손가락 쫙 펴보며) 뭐 나쁘지 않네.

은호　그럼 5분만 마르는 거 기다렸다가 들어가서 자자. (하는데)

별　　(은호 손 턱 잡으며) 아빠, 아빠도 해야지.

은호　아니 아빠는.. (하는데)

이미 준비해놓은 분홍색 매니큐어 턱으로 가리키며 씨익 웃고 있는 별. 흐음.. 체념한 듯, 자기 손 보는 은호.

S#21.　은호 집 별이 방, N

삐뚤빼뚤 분홍색 매니큐어가 칠해진 은호 손과 노란색 매니큐어가 칠해진 별이 손 보인다. 보면, 나란히 옆으로 누워서 서로를 보고 잠들어 있는 은호와 별. 잠결에 꼬물거리던 별, 은호 손 찾아서 꼭 잡는다. 그렇게 매니큐어 바른

손을 꼭 잡고 잠든 은호와 별, 보이고.

S#22.   디럭스라인 전경, 다른 날 D

S#23.   디럭스라인 복도 일각, D

영숙과 은호, 대기하고 있다.

영숙   (떨리는지 손 오므렸다 폈다 하며) 어우. 왜 이렇게 떨리지... 은
         호 씨 지금 내 목소리 떨려?

은호   (웃으며 그런 영숙 손 잡아주고) 숨 한번 크게 쉬실래요? (하는데)

S#24.   디럭스라인 대표실, D

진대표   강대표님. 솔직하게 말할게요. 나 이 서류 받고 기분 언짢았
         습니다. 내가 이런 후보자 추천받자고.. 1순위 후보자 놓치고
         지금까지 기다린 거 아닙니다.

지윤   실력 좋은 사람이 아니라, 스펙 좋은 사람 뽑고 싶으신 거였
         어요?

진대표   (보면)

지윤   디럭스라인에 가장 적합한 사람이라고 판단한 후보잡니다.
         스펙 지우고, 다시 보세요. 아직 아무것도 안 보셨잖아요.

진대표	(보면)
지윤	실력 검증해보시죠. 대표님이 원하시는 방식, 어떤 것도 괜찮습니다.
진대표	그만큼 확신한다 이겁니까?
지윤	확신도 없이 후보자를 추천하지는 않죠.
진대표	(지윤 보는데)

급하게 뛰어들어오는 직원.

직원	대표님!
진대표	뭡니까, 예의 없이 (하는데)
직원	죄송합니다. 그런데 이거 좀 보셔야 할 것 같습니다.

들고 온 태블릿 책상에 내밀면, 보이는 기사. "디럭스라인에서 정식으로 구입한 명품가방, 사실은 가짜?!" 진대표와 지윤, 둘 다 눈 커지고!

진대표	이게 뭡니까?
직원	저희 몰에서 구입한 가방, 럭셔리셀러에서 감정받았는데 가품이라고 나왔답니다.
진대표	어디? 럭셔리셀러? 그 후보자 데리고 간?
지윤	(!!)
진대표	(지윤 한번 의미심장하게 보고) 채용 건은 다음에 다시 얘기하죠. 일단 이것부터 해결하고. (나가고)

S#25. 디럭스라인 복도, D

복도에서 대기하고 있던 은호와 영숙. 진대표 나오자 일어서는데, 인사도 받지 않고 빠르게 복도 벗어나는 진대표.

진대표   (바쁘게 복도 걸어가며) 그래서 저쪽 주장은 뭡니까? 가짜라는 이유가 뭐래요?

직원   (쫓아가며) 로고의 간격이 정품하고는 미세하게 다르답니다.

진대표   구매자한테 연락해서 사실 확인부터 먼저 하고, 유통과정에서 문제없었는지 유통라인 처음부터 끝까지 다 확인해요.

심각한 분위기에 영숙, 어리둥절하고. 분위기 감지한 은호, 빠르게 핸드폰 켜서 디럭스라인 기사 검색하는데. 기사 확인한 은호, 표정 굳는다.

영숙   왜 그래요? 무슨 일인데? 뭐 큰일 났어?

은호   (핸드폰 건네 기사 보여주며) 회사 측에 문제가 좀 생겼어요.

영숙   응?? 이게 뭐야..? 가품 논란?

영숙, 스크롤 내리면서 핸드폰 자세히 들여다보는데, 뒤이어 나오는 지윤.

은호   (일어나며) 하필 럭셔리셀러랑 엮였네요. 이거 문제가 커질 수도 있겠는데요.

지윤   상황을 지켜봅시다.

두 사람, 난감한 눈빛으로 영숙 보는데,

영숙   (사진 유심히 보다가 혼잣말하듯) 어..? 이거 진짜 같은데...

?!!, 은호와 지윤, 영숙 보면. 영숙, 내가 괜한 말을 뱉었나 싶어 두 사람 보는데...

은호   사장님, 지금 한 말 확신할 수 있으세요?
영숙   직접 보지 않아서 100프로 맞다고는 할 수 없지만...
지윤   직접 보시면 확실하게 판단하실 수 있겠어요?
영숙   (조심스럽게 끄덕이면)

지윤과 은호, 마주 보고!

S#26. 디럭스라인 검수실, D

진대표와 지윤, 은호, 영숙까지 모두 초조하게 기다리고 있는데, 명품가방 상자 들고 들어오는 직원.

직원   (진대표한테 상자 내밀고) 여기 구매자한테 직접 받아온 가방
        입니다.

(CUT TO)

모두가 긴장한 채, 지켜보고 있는 가운데.. 검수대에서 검수 진행하는 영숙. 장갑 끼고 조심스럽게 가방 여기저기 만져보던 영숙. 장갑 끼고는 영 안 되겠는지 장갑 벗고, 가방 만진다.

진대표   지금 뭐 하는 겁니까. 저러다 상품 오염되면 (하는데)

지윤   (진대표 말리고) 기다려보시죠. 책임은 저희가 지겠습니다.

진대표   (흐음. 미심쩍은 눈으로 영숙이 검수하는 모습 지켜보는데)

신중하게 가방의 손잡이를 잡았다가 놔보고, 냄새도 맡아보고, 박음질의 방향이나 간격, 가죽의 질감, 지퍼의 작동 여부 꼼꼼하게 하나씩 살펴보는 영숙. 마지막으로 맨손으로 가방의 결을 천천히, 신중하게 쓸어내리며 질감을 확인한다. 숨죽여 영숙의 검수 결과만을 기다리는데, 다 됐다는 듯 가방 내려놓고 사람들 보는 영숙.

진대표   어때요? 가짭니까. 진짭니까.

일동   (보면)

영숙   진짜.. 맞아요. 바늘땀의 개수, 땀의 각도, 방향, 굵기 모두 간격도 고르고 정확해요. 박음질이 직선으로 돼야 하는 부분과 곡선으로 돼야 하는 부분이 다른데, 그것도 정확하고.

진대표   그런 건 마음만 먹으면 커스텀급 만들어 파는 사람들도 따라 할 수 있는 거 아닙니까?

영숙   그럴 수도 있죠.

진대표   하, 답답하네. 지금 그럴 수도 있다고 그러면 (하는데)

은호   (진대표 진정시키며 정중하게) 대표님, 한번 끝까지 들어보시죠.

영숙   근데, 가죽의 코팅은 완전히 똑같이는 못 따라 해요.

진대표   (보면)

영숙   브랜드마다 가죽을 코팅하는 자기들만의 기준이 있어요. 미세한 차이로 가죽의 질감이 달라지는데, 그걸 숫자로 표현할

수는 없어요. 만져보면 차이가 나요. 그 코팅인지, 아닌지. 나도 정확한 수치는 몰라요. 그냥 이건.. 손끝으로 아는 거예요.

일동   (!!)

직원   대표님, 반박 기사 내시죠.

진대표   (지윤 보며) 내가.. 정말 이 사람 말만 믿고.. 모험을 걸어도 되는 겁니까?

지윤   믿을지 말지는 대표님이 판단하셔야죠.

진대표   그러니까 애초에 그 후보자만 안 뺏겼어도, 이런 일은 안 생겼을 거 아닙니까!

지윤   아직도 그쪽이 더 신뢰가 가십니까? 그럼 가짜가 맞다고 인정하시죠.

진대표   강대표님, 우리가 가짜를 팔았단 말입니까? 수입부터 통관, 유통까지 투명한 유통라인이 우리 회사 자랑입니다. 이번 건도 유통과정에서 문제없었다고 확인됐고요.

지윤   그럼 됐네요. 대표님도 진짜, 우리 쪽 후보자도 진짜라고 하는데 망설일 이유 없을 것 같은데요.

은호   (진대표 보는데)

직원   (진대표한테 가까이 가서) 대표님, 일단 입장표명부터 하고, 본사에 물건 보내 정확한 감수 결과 받는 게 좋겠습니다.

진대표   (고민하는데)

S#27.   럭셔리셀러 복도, D

복도 걸어가며 핸드폰으로 기사 보고 있는 혜진. "디럭스라인, 럭셔리셀러 의견 정면 반박. 100프로 정품 주장"

혜진   일이 재밌게 돌아가네. (보던 핸드폰 끄고, 대표실 안으로 들어
가면)

S#28.   럭셔리셀러 대표실, D

럭셔리셀러 대표와 민석(관세청 직원), 앉아 있다.

혜진   기사 보셨어요? 어떻게 생각하세요?

대표   민석 씨가 직접 말씀드리죠.

민석   그쪽에서 낸 입장문 다 검토해봤습니다. 확실히 만듦새 부분
은 흠잡을 데가 없습니다. 그런데 데이터를 다 확인해도, 이
제품에 찍힌 로고랑 진품의 로고는 분명한 차이가 존재합니
다. 제가 가진 데이터에 의하면, 이 제품은 아주 잘 만들어진
가짭니다.

혜진   (만족스럽게 끄덕이고) 민석 씨가 이렇게 확신하시는데 힘을
실어드려야죠. 대표님, 제가 아주 재미있는 정보를 입수했는
데 판을 좀 키워보실래요?

혜진, 재미있는 일이 생겼다는 듯.. 빠르게 머리 돌아가는 표정 보이고.

S#29.   하늘 유치원 전경, 다른 날 D

S#30. 하늘 유치원 교실, D

자유놀이 중인 아이들. 한쪽에서 장난감 블록으로 놀고 있는 별과 서준, 그리고 정태(남, 7세). 성경, 교실 밖에서 그런 아이들 흐뭇하게 지켜보다가 고개 돌리는데,

서준(E) 사과해!

성경, 서준의 소리에 고개 돌리면, 블록 자리 벗어난 정태를 쫓아가 그대로 밀치는 서준. 성경, 놀라서 달려가는데 쿵— 엉덩방아 찧은 정태는 으아앙— 그대로 울음 터지고. 서준은 여전히 씩씩거리며 그런 정태 노려보고 있다. 블록 자리에 앉아 있던 별이도 놀라서 그런 서준 보는데.

S#31. 하늘 유치원 원장실, D

정순 죄송합니다. 원장님. 정말 죄송해요. 친구는 좀 어때요? 괜찮아요?

성경 네. 다행히 다친 데는 없어요. 제가 정태 어머님께도 잘 말씀드렸고.

정순 어유.. 다행이네요.. 근데 서준이 저 녀석이 저런 애가 아닌데.. 왜 그랬대요?

성경 정태가 서준이를 놀린 거 같은데 자존심이 상했는지 말을 안 해주네요. 근데 아무리 정태가 먼저 잘못했어도 폭력을 쓰는 건 안 되니깐.

정순   그럼요. 그건 절대 안 되죠. 제가 집에서 한 번 더 주의 주겠습니다. 진짜 죄송합니다.

성경   아니에요. 저도 내일 다시 서준이랑 정태랑 얘기해볼게요.

S#32.   하늘 유치원 앞 거리, D

정순, 서준이와 별 데리고 하원하는데.. 여전히 입 꼭 다물고 있는 서준.

정순   정서준. 너 진짜 왜 그랬는지 할머니한테도 얘기 안 해줄 거야?

서준   (입만 꾹 더 다물고)

정순   그럼 별이가 얘기해봐. 별아, 서준이 친구랑 왜 싸웠니?

별   그게.. (어떻게 말해야 되나 난감한데)

서준   별이한테 물어보지 마요!

정순   (허, 정순 기막혀서 서준 보다가) 그럼 서준이가 얘기할 거야?

서준   (별이 신경 쓰인다는 듯 힐끔 별이 보면)

정순   (그 시선 눈치채고) 별아, 할머니가 서준이랑 둘이 잠깐 얘기하고 싶은데..

별   할머니, 저 삼촌 책방에 가 있을래요. 저기.

하고, 별이 손으로 가리키면 저 멀리 강석의 책방 보이고.

정순   어, 그래. 그럼 되겠다. 저기까지 같이 가자.

S#33. 강석의 책방 앞, D

강석의 책방 앞에 서는 택시. 통화하며 택시에서 내리는 지윤.

지윤 (통화하며) 어, 서이사. 다섯 시? 가능해. 인터뷰가 예정보다
일찍 끝났어. 책방에 있다가 시간 맞춰서 들어갈게. 어. 우이
사한테도 시간 변경된 거 알려주고. 응. 이따 봅시다.

지윤, 전화 끊고 서점으로 들어가려는데, 어? 책방 옆 골목길에 쭈그려 앉아
있는 별 보인다.

지윤 (별이한테 다가가서) 너 여기서 뭐 해?

별 (고개 들어서 지윤 보고) 어? 언니!

지윤 책 보러 온 거 아냐? 왜 안 들어가고? (하는데)

쉿! 하고는 지윤을 자기처럼 끌어당겨 쭈그려 앉게 한다. 보면, 전봇대 뒤쪽에
작게 웅크리고 있는 새끼 고양이 보인다.

별 진짜 귀엽죠.

지윤 (끄덕이며) 완전 아기네.

별 근데 아까부터 혼자 있어요.

지윤 엄마 고양이 찾아주고 싶어?

별 (생각하다가 고개 젓는다) 얘도.. 엄마가 버린 걸 수도 있잖아요.

지윤 !

별 (말없이 고양이만 보는데...)

지윤	그럼 아빠 고양이 찾으면 되지. 꼭 엄마가 있어야 하는 건 아니잖아. 아빠 고양이가 지금 애 엄청 찾고 있을지도 몰라.
별	(보면)
지윤	이건 비밀인데 언니도 엄마 일찍 돌아가셔서 아빠만 있었어.
별	.. 진짜요..? 애들이 안 놀렸어요?
지윤	그런 수준 낮은 애들이랑은 안 놀았어.
별	(치 — 웃고)
지윤	니가 이런 말을 알까 모르겠는데.. 사랑은 양보다 질이다 너.
별	(웅?? 모르겠다는 듯 갸웃하면)
지윤	두 명이라고 두 배 사랑받는 거 아니라고. 온전히 사랑해주는 사람 한 명이면 충분해.
별	(지윤 말에 잠시 생각에 잠기는데)

새끼 고양이, 갑자기 골목 밖으로 튀어나간다. 어? 별이 그대로 고양이 따라서 달려가면, 당황한 지윤, "별아!" 하고 쫓아가는데,

S#34. 분식집, D

서준	(어묵 먹으면서) 정태가 우리 엄마, 아빠 없다고 놀렸단 말이에요.
정순	뭐?
서준	나랑 별이 반쪽 가족이라고.
정순	(충격으로 머리가 어질하고) 아니, 걔는 어디서 그런 나쁜 말을

배워서.. (걱정돼서) 서준아. (하는데)

서준   (정작 아무렇지 않게 어묵 먹으며) 할머니 나 괜찮아요. 우리 가
족이 왜 반쪽이야. 엄마도 있고 할머니도 있고 다 있는데.

정순   그럼~ 반쪽 아니지. 이렇게 서준이 사랑하는 사람이 많은데.
그럼 그냥 무시하지. 친구는 왜 밀쳤어.

서준   (먹던 어묵 내려놓으며) 난 괜찮은데.. 별이가 속상할까 봐..

정순   (!) 별이도 그 얘기 들었어?

서준   (끄덕이고) 별이는 많이 속상해해, 할머니.

정순   (괜히 울컥한데) 잘했어.. 내 새끼가 언제 이렇게 컸노.. (하다
가) 근데 그래도 때리는 건 절대 안 돼! 그건 아주 나쁜 거야!

서준   (끄덕이고) 근데 나 엄마 새낀데...

정순   (울컥했다가 피식 웃음 나고 / 미리 포장해놓은 봉지 들며) 다 먹
었음 가자. 별이 거 다 식겠어. 오늘은 할미가 우리 손주들 저
녁 엄청 맛있는 거 해줘야겠네. (하는데)

S#35. 강석의 책방, D

정순   별이 여기 없어요?

강석   네. 별이 오늘 여기 안 왔는데...

정순   아까 내가 문 앞까지 데려다주고 갔는데..

강석   (표정 심각해지고) 제가 주변 찾아볼게요. (서점 밖으로 나가고)

서준   (덩달아 자기도 불안해지고)

정순   그럼 얘가 어딜 간 거야...

정순, 떨리는 손으로 은호한테 전화하는데.. 신호음만 오래가고, 전화 연결되지 않는다.

S#36. 피플즈 사무실, D

은호 책상에 놓인 핸드폰 보이면서 화면 넓어지면, 광희 자리에서 함께 컴퓨터 보며 이야기 중인 은호, 광희, 영수 보인다.

광희 럭셔리셀러에서 재반박 기사 냈어요. 자기네는 여전히 가품 이랍니다.

영수 보통 이럴 땐 가만히 있지 않나? 일을 일부러 더 키우는 느낌 이다 어째.

은호 두 업체 대결로 끌고 가고 싶은 거겠죠. 결과에 따라 누구 검수 시스템이 더 확실한가 판가름 날 테니깐..

광희 그쪽도 그만큼 자신 있다는 건가? 우리 조사장님 괜찮겠죠?

은호, 영숙에게 연락해보려고 주머니 뒤지는데 핸드폰 없다. 은호, 자기 자리로 핸드폰 가지러 오는데, 정순과 수현이한테 부재중 전화 여러 통 와 있다. 은호, 무슨 일이지? 싶은데 마침 다시 울리는 핸드폰. 수현이다.

은호 (전화받으며) 어, 정작가. 무슨 일 (하다가 표정 굳으며) 뭐? 별 이가?

미애 (이사실에서 나오다가 그런 은호 봤고)

은호 (여전히 통화하며) 어. 알았어.. 내가 지금 갈게.. (다급하게 전화

끊고.. 허둥대는데)

미애   은호 씨, 별이한테 무슨 일 생겼어요?

은호   어, 이사님. 저 지금 좀 가봐야.. (하는데)

미애   알았으니깐 일단 빨리 가봐요. 설명은 나중에 하고.

은호   (정신없이 뛰어나가고)

직원들   (그런 은호 걱정스럽게 본다)

S#37. 은호 차 안, D

운전하는 은호. 별이 걱정에 입술이 바짝바짝 마르는데, 아까 수현과 통화했던
내용이 머릿속에 떠오른다.

수현(E)   오늘 유치원에서 일이 좀 있었대. 친구 하나가 별이랑 서준이
         엄마, 아빠 없다고 놀렸나 봐. 서준이 말로는 별이가 많이 속
         상해했다더라구. 이번이 처음이 아닌가 봐.

생각에서 깬 은호, 속상해 미치겠다. 후우— 어디 한번 세게 내려치지도 못하
고, 애꿎은 핸들만 잡았다 놨다 두드리는데. (E) 울리는 핸드폰. 지윤이다. 은
호, 지윤인 거 확인하고 차 스피커로 전화받는다.

은호   (운전하며) 네, 대표님. 저.. 지금 제가 (하는데)

지윤(E)   별이 나랑 있어요.

은호   네?

지윤(E)   유실장 딸, 지금 나랑 있다고요. 그러니깐 이쪽으로 와요.

은호	별이가 왜.?
지윤(E)	별이가 자전거랑 부딪쳤어요. 크게 다친 건 아니고 살짝 (하는데)
은호	어느 병원입니까?

S#38.   병원 응급실 복도 + 소아 응급실, D

굳은 얼굴로 급하게 복도로 들어서는 은호. 긴장된 표정으로 소아전용 응급실 안으로 들어가 커튼마다 살피는데, "아빠!" 무릎에 드레싱한 채로 해맑게 은호 보고 손 흔드는 별. 그리고 그 옆에 지윤 보인다.

은호	(하아─ 멀쩡한 별이 보고 그제야 긴장 풀리고) 괜찮은 거야?
별	아빠, 미안... 고양이가.. 아기 고양이가 갑자기 뛰어가서.. 근데 나 하나도 안 아파. 진짜야! (하고 무릎 움직여 보이면)
지윤	상처는 치료받았고, 혹시 몰라서 검사 몇 개 추가로 했어요. 결과는 아직이고.
은호	감사합니다. 근데 어떻게 대표님이 별이를..
별	얘기했잖아, 책방 멋진 언니!
은호	(응? 별이 보다가 무슨 말인지 깨닫고, ! 놀라서 지윤 본다)

S#39.   소아 응급실 복도, D

은호	감사합니다, 오늘. 별이가 말한 사람이 대표님인 줄 몰랐어요.

지윤	나도 안 지 얼마 안 됐어요. 들어가봐요. 애 혼자 있는데.
은호	네. 오늘 못 한 업무는 (하는데)
지윤	일단 아이만 생각해요, 오늘은. 갈게요.

은호, 인사하면 지윤, 먼저 가고. 은호, 그런 지윤 조금 보다가 응급실로 다시 들어간다. 지윤, 복도 빠져나가는데 (E) 울리는 핸드폰.

| 지윤 | (전화받으며) 어, 서이사. 맞다. 오늘 회의. 지금 들어가면 한 시간 정도 걸릴 것 같은데.. 어. 그래 내일 오전에 하자. |

S#40. 피플즈 대표실, D

정훈과 미애, 지윤 기다리면서 통화 중이다.

미애	(통화하며) 저기 은호 씨는 오늘, (하다가) 만났어?
정훈	(만났다는 소리에 미애 보고)
미애	어디서? 은호 씨를 어떻게 만나? 어.. 알았어.. 끊어. (전화 끊으면)
정훈	왜? 강대표 유실장 만났대?
미애	어. 아니 별이 없어져서 찾으러 갔다던데 어떻게 강대표가 은호 씨를 만났지?
정훈	요새 둘이 자꾸 엮이는 거 같은 건 내 기분 탓인가. 이건 누굴 원망해야 돼. 유실장 데려온 서이사야, 하늘이야.
미애	뭐라는 거야. (하는데)
정훈	회의는 취소된 거지? 그럼 난 퇴근한다. (인사하고 가는 정훈의

쓸쓸한 얼굴 보이고)

S#41. 수현 집 서준 방, N
잠들어 있는 서준의 얼굴 한참 보다가 밖으로 나가는 수현.

S#42. 수현 집 거실, N

정순 서준이는? 괜찮아?

수현 (방에서 나오며) 응. 잠들었어요. 오늘 고단했나 봐.

정순 지도 놀랐지 뭐. 별이는 많이 안 다친 거지?

수현 지금 병원 가보려고. 가서 보고 연락할게요.

정순 얼른 가봐. 별이 아빠한테 미안해 죽겠네. 괜히 내가 애를 혼자.

수현 무슨 그런 말을 해. 괜한 생각 말고 엄마도 쉬세요. 엄마가 오
     늘 젤 놀랐지.

정순 (끄덕이고) 수현아, 오늘 보니깐 서준이 마냥 애기는 아니더
     라. 언제까지 숨겨. 이제 서준이한테도 얘기하자.

수현 .. 응.. 생각해볼게요..

정순 그래.. 니 새낀데 니가 알아서 하겠지.. 다녀와.

S#43. 소아 응급실, N
별이 어느새 베드에 누워 잠들어 있다. 그런 별이 손 잡고 있는 은호의 손 보이

는데, 아직 은호와 별이 손에 남아 있는 매니큐어 보인다. 자기 손 안에 다 들어와 있는 별이의 작은 손 보는데, 괜히 마음 울컥하고. 은호, 깊게 잠든 별 확인하고, 별이 머리맡에 있던 물통 들고 나간다.

S#44. 소아 응급실 복도, N

정수기에서 물 받고 돌아서는 은호. 심란한 마음 진정시키려는 듯 마른세수하고 고개 드는데, 은호 앞에 서 있는 누군가, 수현이 아닌 지윤이다!

은호	대표님..!
지윤	(손에 들린 간단한 도시락 보이고) 못 챙겨 먹을 거 같아서.
은호	(지윤이 들고 온 도시락 본다. 지윤의 마음이 느껴지는데)

(CUT TO)

지윤과 은호, 복도 의자에 나란히 앉아 이야기 중이다.

지윤	괜찮아요?
은호	(애써 끄덕이며) ..네... (하다가) 아니요. 사실 잘 모르겠어요..
지윤	(말없이 잠시 기다려주는데)
은호	열심히 한다고 하는데.. 한 번씩 벽에 부딪히는 기분이에요.
지윤	(그런 은호 보다가) 유실장 지금 잘하고 있어요. 적어도 은호씨는 별이가 찾을 때 항상 옆에 있잖아요.
은호	(보면)
지윤	별이도 알 거예요, 아빠가 노력하는 거. (은호 보며) 그러니깐

은호 씨는 지금처럼 늘 딸 옆에 있어줘요.

지윤, 은호 보고. 은호도 그런 지윤 본다. 의자에 나란히 앉아 있는 두 사람의
손 닿을 듯 말 듯 가깝게 스치고.

S#45. 응급실 복도 일각, N
응급실 복도로 들어오는 수현, 복도 안쪽에서 나오는 은호 발견한다.

수현   (가까이 다가가며) 은호 씨! 별이는, (하는데)

은호 뒤에 같이 걸어나오고 있는 지윤이 그제야 보인다. ! 수현, 지윤 발견하고
멈칫하는데,

은호   어, 정작가 왔어? 인사해, 우리 대표님.

수현   ..아, 안녕하세요. (하면)

은호   (지윤에게) 여긴 정수현 작가 (하는데)

수현   은호 씨 친구예요. 말씀 많이 들었어요.

지윤   (살짝 어색하게 인사하고) ..네, 안녕하세요. 그럼 난 갈게요.

은호   (수현에게) 잠깐만. (하고 따라가려면)

지윤   괜찮으니깐 들어가봐요.

은호   네, 들어가세요. 오늘 감사합니다.

지윤   (끄덕이고 / 수현에게 간단하게 목례하고 가면)

은호   (지윤 가는 거 확인하고 / 수현에게) 안 와도 되는데, 서준이는?

수현   잠든 거 보고 왔어. 별이는 괜찮은 거야?

은호   응. 들어가자.

은호, 앞서서 병실로 들어가는데, 은호 손에 들린 도시락 보인다. 그런 은호 보다가 돌아보는 수현, 걸어가는 지윤의 뒷모습 한번 보는데...

S#46.   피플즈 전경, D

S#47.   피플즈 1층 로비, D

지윤의 커피 들고 출근하는 은호. 엘리베이터 앞에 서 있는 규림과 경화 보인다.

은호   안녕하세요, 좋은 아침입니다!

규림   (꾸벅 인사하고) 네, 실장님도요! (하고 습관처럼 핸드폰 보는데)

경화   (인사하고) 실장님, 딸은 괜찮은 거죠?

은호   네, 이제 괜찮아요.

경화   다행이다. 다들 걱정 많이 했는데.. (하는데)

규림   (핸드폰 화면 심각한 표정으로 보며) 실장님, 이 기사들 보셔야 할 것 같은데요.

규림, 심각하게 보고 있던 핸드폰 화면 은호에게 내민다. 은호, 화면 보는데, 보이는 기사 제목들. "디럭스라인 VS 럭셔리셀러. 두 회사의 자존심 싸움 시작됐나? 승부의 키는 감정사?!" "명품감정사 스카우트 전쟁의 비밀. 감정사 뺏긴 디럭스라인 이번에는 복수에 성공할 것인가!" "가품 논란에 가려진 진짜 싸움. 과연 본사는 어떤 감정사의 손을 들어줄 것인가!" ! 은호, 기사 하나 클릭해보는데..

S#48.   피플즈 사무실, D

영수   이거 딱 봐도 커리어웨이에서 낸 기사구만. 하.. 정말 야비하네.

규림   완전히 감정사 스펙으로 밀어붙이네.. 이거 완전 엿 먹으라는 거 아니에요?

경화   이러면 누가 봐도 디럭스라인이 불리하잖아요..

규림   여론도 50대 50이었는데 이 기사들 뜨고 나서는 뭐.. (하는데)

광희   (컴퓨터 화면 보다가) 아, 이 사람은 또 뭐야?

경화   왜요? 또 뭐 떴어요?

광희   명품 컨텐츠로 유명한 사람들 어제부터 줄줄이 참전 선언하고 난리 났어요. 지들끼리 이래라저래라 분석하고 아주 온 동네 전문가들 총출동.

경화   그래서요? 그 사람들 뭐라는데요?

광희   모조리.. 가짜!

S#49.   피플즈 대표실, D

은호, 상황 보고 마친 듯 지윤 앞에 서 있고. 지윤, 심각한 표정으로 태블릿 속 기사와 댓글 반응들 보고 있다.

지윤   (기사 보다 고개 들어 은호 보며) 유실장, 공방으로 갑시다.

S#50.   시장_분식 포차, D
양쪽에 잔뜩 수선재료들 사서 분식 포차로 들어오는 영숙.

영숙   떡볶이랑 오뎅 하나씩 줘. 오늘은 먹고 갈 거야.

영숙, 자리 잡고 음식 기다리는데, 옆에서 수다 떨고 있는 학생들 이야기 들린다.

학생1   (핸드폰 기사 보며) 어? 새로운 입장 또 떴네. 대박. 이거 완전
            요새 꿀잼이야.. 누가 이길 거 같냐?

학생2   야. 그래도 디럭스라인이 설마 짭을 팔겠냐? 거기서 진짜라
            잖아.

어? 내 얘긴가? 영숙, 솔깃해져서 떡볶이 먹으면서 은근히 학생들 쪽으로 몸
기울이는데,

학생3   얘가 상황 돌아가는 걸 모르네. 어제까지 참전한 사람들 지금
            다 가짜라잖아.

학생1   원래 럭셔리셀러 감정사가 더 실력 좋다던데? 그 사람 스펙
            쩐대.

학생2   뭐야, 그럼 지금 디럭스라인은 뭐 믿고 진짜라고 나대는 거야?

학생3   몰라. 웬 명품 수선하던 아줌마라던데? 지금 그 아줌마 혼자

만 정품이라고 할걸? 디럭스라인 나락각 쎄게 나온 듯.

영숙 (표정 완전히 심각해져서) 저기.. 학생들... 나도 그것 좀 볼 수 있을까?

학생1 네.. 보세요.. (핸드폰 건네주면)

기사와 댓글들 확인하는 영숙의 표정 점점 굳는데.

S#51. 시장_수선 공방 안, D

은호 (공방 안으로 들어오며) 사장님~

지윤도 따라서 들어오는데, 영숙 보이지 않는다. 은호, 영숙에게 다시 전화 걸어보는데, 작업대에서 울리는 영숙의 핸드폰 진동. 전화도 놓고 가고. 영숙과 연락할 길이 없어서 난감한데.. 그때 들리는 인기척.

은호 (문쪽으로 가며) 사장님! (하는데)

공방 안으로 들어오는 사람, 영숙이 아니라 주희다!

주희 누구세요? 우리 엄마는요?

지윤 (주희 보는데)

(CUT TO)

주희   (핸드폰 내리고 은호 보며) 일이 이렇게 커질 때까지 전 하나도 모르고 있었네요.

지윤   (보면)

주희   엄마 감정이 틀리면 어떻게 되는 거예요? 엄마가 책임지셔야 할 부분이 있나요?

지윤   사장님은 저희가 추천한 후보자로, 감정을 진행하신 것뿐이에요. 감정 결과에 따른 불이익은 없을 겁니다. 아, 채용 절차가 취소될 수는 있겠네요.

주희   엄마가 취업하고 싶지 않다면요? 번복할 수 있나요?

지윤   사장님 선택이에요. 억지로 회사를 다니시게 할 순 없죠. 아직 채용이 확정된 것도 아니고.

주희   .. 두 분은 어떠세요? 그 가방, 우리 엄마 감정이 맞다고 생각하세요?

지윤   따님은요? 따님은 어떠신데요?

주희   ...(대답하지 못하고) 엄마한테 얼마 전에 이 일 그만두라고 했어요. 고생하는 거 보기 싫어서. 근데 이게 대체 무슨 일인지...

은호   혹시 사장님이 왜 이 일 계속하시는지, 물어본 적 있으세요?

주희   (보면)

지윤   (은호 보고)

은호   사장님 37년 동안 딱 2년 쉬셨대요. 주희 씨 태어나고 두 살 될 때까진 주희 씨만 키우셨다고.

주희   들었어요. 그래서 이제 엄마 일 그만두고 편하게 쉬었으면 좋

겠어요. (하는데)

은호   행복하시답니다, 이 일이. 쉬다가 2년 만에 다시 공방에 나와서 가죽냄새 맡는데 그 냄새가 그렇게 좋을 수가 없었대요.

지윤, 주희   !

은호   사장님한테 이 일 단순히 돈벌이 수단 아니에요. 어머님 이 일에 자부심 있으세요. 주희 씨가 주희 씨 일에 자부심 있는 것처럼.

주희   !

주희, 영숙의 공방 천천히 둘러본다. 공방 구석구석 묻어 있는 영숙의 애정과 손님들과의 추억들이.. 그리고 영숙이 이곳에서 보낸 시간들이 보이는데..

은호   사장님 37년 차 베테랑 전문가예요. 제가 어머님이라면 누구보다 따님 응원받고 싶을 겁니다. 딸이 믿어주는 것만큼 힘되는 게 없잖아요.

지윤   (은호 보는데)

그때, 공방으로 들어오는 영숙.

주희   엄마.. (하는데)

영숙   (지윤, 은호와 함께 있는 주희 보고 당황해서) 주희야.. 그게 어떻게 된 거냐면.. (하다가) 신경 쓸 거 없어. 엄마 안 할 거야.

지윤, 은호   !

영숙   대표님. 은호 씨.. 나 안 해요. 못 하겠어요.. 그냥 다 없던 일로 해주세요.

지윤   진짜 그만두고 싶으세요?

영숙   아니 지금 다 내가 틀리다잖아요. 똑똑한 사람들이라며. 난
       이게 이렇게 큰일인지도 몰랐고, 책임질 생각도 없고! 그러니
       깐 대표님도 더 피해 보기 전에 여기서 그만해요!

지윤   그럼 사장님도 저 사람들 말이 맞다고 생각하시는 거예요?

영숙   (선뜻 대답하지 못하고) ...내 말을 누가 믿어주기나 한대요? (하
       는데)

주희   엄마, 내가 엄마 믿어. 엄마가 진짜라면 진짠 거야.

영숙   !

지윤   (! 주희 보는데)

주희   우리 엄마 요령 피울 줄을 몰라요, 사람들 추억 지켜주고 싶
       다고.. 매일 뜯어보고, 공부하고, 재료 개발하고.. 평생을 그러
       고 살았어요. 우리 엄마라서가 아니라, 어떤 분야든 그런 사
       람이 하는 말은 믿어도 돼요. 내가 보증해요.

은호   (주희 보며 고개 끄덕이고)

영숙   주희야..

주희   엄마.. 엄마가 엄마를 못 믿으면 어떡해. 엄마 대단한 사람인
       거 내가 알아. 엄마 하고 싶은 대로 해.

지윤   (그런 주희 보고)

영숙   (울컥한데)

지윤   어떻게 하고 싶으세요? 사장님이 선택하세요.

지윤과 은호, 영숙을 보고. 주희, 영숙의 손 잡아주는데...

S#52. 디럭스라인 대표실, D

진대표   (통화하며) 강대표, 지금 상황 어떻게 돌아가는지 알죠? 아니
다 싶으면 이제라도 의견 철회하고, 다른 대책 세워야 돼요.
우리 끝까지 밀고 가도 되는 겁니까? 조사장님은 뭐래요? 여
전히 정품이 맞답니까?

S#53. 피플즈 대표실, D

지윤과 은호만 있는 대표실. 스피커폰으로 통화하고 있다.

은호   (지윤 보는데)

지윤   입장 번복은 없습니다! 본사 결과 나올 때까지 기다리시죠.

진대표(E)   강대표님, 이러다가 조사장님이 틀린 거면..

은호   (지윤 보는데)

지윤   믿어보시죠. 책임은 제가 지겠습니다.

은호   (! / 지윤 보고)

S#54. 디럭스라인 전경, 다른 날 D

S#55. 디럭스라인 대표실, D

진대표, 지윤, 은호, 영숙까지 의자에 앉아서 초조하게 본사 결정 기다리고 있

는데..

직원   (서류 들고 들어오며) 대표님, 본사 감정 결과 도착했습니다.

일동   (긴장하고)

진대표, 서류봉투 열어서 감정 결과 확인하는데.. 얼굴 환해진다.

진대표   맞답니다, 정품!

은호와 지윤도 그제야 긴장 풀려서 표정 밝아진다. 지윤, 후우— 작게 한숨 쉬
는데,

영숙   (한껏 긴장하고 있다가 그제야 숨 크게 몰아쉬고) 그러게 내가 진
            짜 맞다고 했잖아.

하는데, 그런 영숙의 손 덥석 붙잡는 진대표.

진대표   네. 사장님 말이 다 맞습니다. 사장님.. 앞으로도 잘 부탁드립
            니다..!

영숙   네.. 네... 저도 잘 부탁드려요..

그런 두 사람 보며 은호와 지윤, 기분 좋게 웃는데, 그 모습 위로,

혜진(E)   본사는 이번 논란이 됐던 제품은 생산라인이 바뀌며 로고의

간격이 변경된,

S#56.　커리어웨이 대표실, D

혜진　(기사 읽으며) 것이라고 밝혔습니다. 본사 측은 가품 방지를 위해 몇 년에 한 번씩 불시적으로 생산라인을 변경하고 있다고 (까지 읽다가 정남 노려보면)

정남　죄송합니다, 대표님. 럭셔리셀러 쪽 하고의 위약금 관련 내용은 제가 잘 정리하겠습니다.

혜진　정남 씨가 괜히 강민석 씨 뺏어오는 바람에 피플즈가 더 좋은 후보자를 찾았네요. (최대한 흥분 가라앉히려 하지만 쉽게 참아지지 않는) 덕분에 앞으로 온라인 쇼핑 시장 쪽에서는 우리 커리어웨이가 설 자리는 없어졌고. 마음 같아선 이 바닥에서 고정남 씨 다시는 일 못 하게 만들어 버릴까 싶지만, 일단 지켜볼게요, 한 번만 더. (싸늘하게) 기대 이상의 무언가를 보여줘야 할 거예요. 나가봐요. 정남 나가면,

혜진　강지윤, 운이 좋네. 짜증 나게. (비서 호출 누르고) 오늘 일정을 좀 바꿔야 되겠는데.

S#57.　고급 식당, D

들어오는 우회장. 종업원 안내에 따라서 방문 열면 기다리고 있는 사람 혜진이다.

자리에서 일어나는 혜진.

혜진 (과하게 반기며) 오셨어요, 회장님!

(CUT TO)

식사하고 있는 혜진과 우회장.

혜진 입맛에 맞으세요? 바쁘실 텐데 시간 내주셔서 감사해요.

우회장 김대표, 내 눈치 볼 거 없어요. 돌아가는 프로젝트가 몇 갠데.. 실패할 때마다 일일이 나한테 보고 안 해도 돼요. 그거 감시 하자고 투자한 거 아니에요. 앞으론 피차 바쁜 사람들끼리 이 런 자린 만들지 맙시다. 필요하면 내가 불러요.

혜진 믿어주셔서 감사합니다, 회장님.

우회장 아직 뭘 믿을 만한 걸 보여준 적이 없는데.

혜진 앞으로 보시게 될 겁니다. 오늘 같은 일 두 번 다시 없을 겁니 다. 제가 더 나은 선택이라는 거 증명하겠습니다.

우회장 열심히 해봐요. (남의 일이라는 듯 가볍게 말 뱉고, 여유롭게 식사 하는데)

혜진 (그런 우회장의 기색 살피느라 바쁘고)

S#58. 디럭스라인 복도 일각, D

지윤과 은호, 일 성사시키고 기분 좋게 걸어나가는데, "대표님~" 따라 나오는 영숙.

영숙	고마워요. 나 믿어줘서.
지윤	제가 한 건 하나도 없는데.
영숙	실장님한테 들었어요. 대표님이 다 책임진다고 했다고.
지윤	(은호 보면)
은호	(괜히 시선 다른 데로 돌리고)
영숙	이거.. 받아요. (하면서 지윤에게 작은 명함지갑 내밀고) 명품보다 더 좋은 조사장표 명함지갑. 그리고 이건 실장님 거.
은호	(보면 공연 티켓이다)
영숙	우리 딸이 기획한 공연인데 꼭 오래요. 그리고 고맙다고 꼭 전해달래요.
은호	(표 보면서 괜히 찡하고) 네, 꼭 갈게요.
영숙	나 알아봐줘서 고마워요.. 좋은 일 오래오래 해요.

영숙, 인사하고 다시 안으로 들어가면. 지윤, 자기 손에 들린 명함지갑 보는데..

S#59. 디럭스라인 주차장, D

은호	(같이 걸어가며 티켓 보다가) 같이 가실래요?
지윤	내가 왜요? 유실장이 받은 건데,
은호	뭐 두 장이기도 하고. 조사장님 끝까지 믿어주신 거 감사하기도 하고..
지윤	나 믿은 거 아닌데.
은호	네??

지윤	결과 알고 있었어요.
은호	무슨 결과요..?
지윤	정품으로 나올 줄 알고 있었다고요.
은호	(그게 무슨 말인지 모르겠다는 얼굴로 보면)
지윤	우이사한테 부탁해서 몇 군데 따로 감정 의뢰했어요.
은호	그럼 그거 때문에...! (하면)
지윤	그럼 내가 아무 대책도 없이 책임진다고 했겠어요?
은호	(허, 은호 완전 당했다는 얼굴인데)
지윤	쯧쯧. 객관성 잃지 말라니깐..

지윤, 은호 놀리듯 앞서서 검정색 차로 가는데,

은호	그 차 아닙니다!
지윤	(획— 다른 쪽으로 방향 틀고)

S#60. 피플즈 전경, D

S#61. 피플즈 1층 로비, D

미팅 나갔다가 로비로 들어오는 정훈. 엘리베이터 기다리고 있는 지윤과 은호 발견한다. 정훈, 지윤 부르려는데, 이야기 중인 두 사람의 분위기가 사뭇 다정 해보여 괜히 정훈의 심기 불편해지고. 아는 척하려던 손 내리고 두 사람 뒤에서 지켜보는데,

은호	안 되겠습니다. 차에 스티커 붙여야겠어요.
지윤	아니, 내가 애도 아니고, 무슨 스티커를 붙여요.
은호	매번 못 찾으시는 것보단 낫죠. 어떤 스티커가 좋으세요? 반짝이? 야광? 웬만한 거 다 있습니다. 제가 별이한테 특별히 부탁해서 (하면)
지윤	안 붙인다니까요! (하는데)
은호	아, 아예 글자 스티커는 어떠세요? 초보운전처럼 대.표.님.차. 이렇게 아예 크게 써서.
지윤	(찌릿 째리면)
은호	(자기가 오버한 거 깨닫고) 죄송합니다.

품 — 지윤, 그런 은호 보며 어이없다는 듯 웃는데,

정훈	(두 사람한테 오며) 둘 사이가 왜 이렇게 좋아, 질투 나게?
은호	이사님! (인사하고)
지윤	이게 사이좋은 걸로 보여? 여튼 싫어요! 절대 안 돼요!
정훈	뭐가 싫은데? 형님, 강대표가 괴롭히는 거 아니죠? 도움 필요하면 말하세요. 강대표에 대해서는 제가 아주 잘~ 아니깐.
은호	(웃으며 끄덕이고) 감사합니다.
지윤	아니 내가 괴롭히긴 무슨, (하는데)
정훈	디럭스라인 들어갔다 오는 거지? 기사 봤어. 조사장님이 이겼던데?
은호	네, 대표님이 조사장님 끝까지 믿어주셔서 이겼습니다.
지윤	믿은 거 아니라니깐요. (하는데)

은호   감정 결과 없었어도 믿으셨을 거잖아요.

지윤   (..! 대답하지 못하고)

정훈   (은호 보는데)

(E) 울리는 은호 핸드폰. 마침 엘리베이터 도착하고.

은호   먼저 올라가세요. 통화하고 올라가겠습니다.

은호, 전화받으러 조용한 곳으로 이동하고,

S#62.   엘리베이터 안, D

엘리베이터에 탄 지윤과 정훈. 두 사람 다 말없이 은호 보는데..

정훈   유실장한테 강대표는 좋은 사람인가 보다.

지윤   (보면)

정훈   강지윤한테 유은호는 어떤 사람이야? (지윤 보면)

지윤   유은호?

지윤, 로비에서 통화 중인 은호 본다. 서서히 문 닫히며 은호가 시야에서 완전히 사라질 때까지 은호 보는데...

지윤   (엘리베이터 문 닫히면) 뭘 어떤 사람이야. 유비서가 유비서지.

정훈   (그렇게 대답할 줄 알았다 피식 웃고) 근데.. 감정 결과는 뭐였어? 나한테도 안 알려줬잖아.

S#63.　지윤 오피스텔 거실, N

지윤, 소파에 앉아 서류 보고 있다, 보면, 정훈 통해 기관에 의뢰해 받았던 감정 서류들이다. 지윤이 보고 있는 서류 내용 보이면, 감정 결과 보이는데 "판정 불가"다!!

지윤　　누구 닮아가나.. 이번엔 좀 무모했네.

지윤, 서류 쫙쫙 — 찢어서 버리고, 영숙이 선물해준 명함지갑 본다.

S#64.　지윤 오피스텔 침실, N

캄캄한 방에서 번쩍 눈뜨는 사람, 지윤이다.

지윤　　안 와.. 잠이 또 안 와...

S#65.　지윤 오피스텔 거실, N

거실로 나온 지윤, 습관적으로 주방 구석에 있는 약병 집어드는데, 수면제도 뚝 떨어졌다. 하아.. 지윤, 소파에 누워 어떻게든 잠들어보려고 눈 감는데, 눈만 말똥말똥 하다.

지윤   근데 그때 유실장네서는 왜 잠들었지.. (콩콩 뛰듯이 쿠션감 체크해보며) 소파가 조금 더 편했던 것도 같고.

지윤, 기억에 의존해 핸드폰으로 소파 검색해보는데.. 모르겠다.

지윤   (쭉쭉 스크롤 내리며) 이것도 아닌데. 이건가.. 아닌데. 대체 뭐야..

지윤, 답답해서 자기도 모르게 은호한테 전화 걸었다가 화들짝 놀라서 전화 끊는데,

S#66.   은호 집 은호 방, N

침대에서 책 읽고 있던 은호, 어? 바로 꺼지는 전화기 보고 갸웃하고. 은호, 바로 지윤한테 다시 전화 거는데.

S#67.   지윤 오피스텔 + 은호 집 교차, N

통화하는 두 사람의 모습 교차로 화면에 보이고.

지윤   (전화받으며) 내가 깨웠어요?

은호   안 자고 있었습니다. 무슨 일이세요?

지윤   소파가 뭐예요?

은호   네?

지윤   아니, 내가 원래 예민해서 잠을 진짜 못 자거든요.

은호	아닌 거 같은데.. 그날 아주 잘 주무시던데.
지윤	그러니까요. 그게 아무래도 그 집 소파 때문인 것 같아요.
은호	(황당해서 웃으면)
지윤	나 진지하거든요! 소파 뭐예요. 빨리 말해요.
은호	알아보고 알려드릴게요. 오늘은 어쩌시게요.
지윤	(흐음...) 자긴 글렀죠 뭐.
은호	우유 한잔 데워서 드세요. 몸이 따뜻하면 좀 낫더라구요.
지윤	모든 집에 우유가 당연히 있을 거라고 생각하진 말아요.
은호	아!
지윤	그거 말고 다른 건 없어요?
은호	(자신이 들고 있는 책 보이고) 뭐, 책이라도 읽어드릴까요? 우리 딸은 이게 직빵인데.
지윤	됐어요. 뭐 내가 애예요?
은호	뭐.. 크게 다르지.. (하다가 흠.. 멈추고) 죄송합니다.
지윤	그게 더 약 오르거든요. 알아서 할 테니깐 끊어요. 한 사람이라도 자야죠.
은호	..네.. 그래도 자려고 노력해보세요.
지윤	..그래요, 잘자요.
은호	네. 주무세요..

S#68. 은호 집 은호 방, N

은호, 전화 끊긴 거 확인하고.

은호   나쁜 꿈은 꾸지 말고.

은호, 그날 밤 꿈결에 흐느끼던 지윤의 모습 생각난다. 흐음.. 오늘도 쉽게 잠이 올 것 같지 않다. 은호, 옆으로 몸 돌려서 눕는데.

S#69.   지윤 오피스텔 거실, N

지윤, 역시 괜한 간질거림에 잠시 핸드폰 보다가... 소파에 풀썩 눕는데... 그때.. 은호 집에서 따뜻했던 분위기.. 생각나고... 괜히 이리저리 그때랑 비슷한 자세로 누워보다가... 몸 옆으로 돌리는데.

S#70.   은호 집 + 지윤 오피스텔 분할화면, N

지윤과 은호, 옆으로 누운 자세가 마치 서로를 보고 누운 것 같다. 그렇게 서로를 향해 누운 채로 쉽게 잠들지 못하는 은호와 지윤, 한 화면에 보이고..

S#71.   피플즈 전경, D

S#72.   피플즈 1층 로비, D

출근하는 미애, 엘리베이터 기다리고 있는 지윤 발견한다.

미애   강대표~ 굿모닝!

지윤	(미애 보고 손 들었다가 내리면)
미애	(지윤 살펴며) 뭐야? 오늘 어디 가? 유난히 신경 쓰고 온 거 같다.
지윤	신경은 무슨. (하는데)

S#73. 피플즈 사무실, D

평소보다 더 신경 쓴 듯한 복장의 은호 보인다.

정훈	형님, 오늘 룩 좋네요! 오늘은 저랑 (하다가 킁 냄새 맡으며) 향수 바꿨어요? 오늘 뭔가 좀 다른데..
규림	(스마트폰 하며, 은호 옆으로 지나가다가 무심히 툭) 로맨틱한 향이네. (던지고 가면)
은호	(큼. 두 사람 반응 모른 척하며 / 정훈에게) 이사님 뭐 필요한 거 있으세요?

S#74. 피플즈 복도, D

은호, 급하게 짐 챙겨 정훈한테 끌려 복도로 나오는데, 때마침 열리는 엘리베이터 문. 미애와 지윤, 마주치고.

미애	뭐야, 둘이 어디 가?
정훈	어, 전화하려고 했는데 잘 만났다. 오늘 유실장 내가 좀 빌린다.
지윤	무슨 일인데?
정훈	현조그룹 조직개편 들어간대. 유실장이 인사팀 출신이라 그쪽

으론 경험이 많잖아. 우리 쪽도 전문가를 데려가야 유리하지.

지윤 어, 그게 좋겠네. (은호에게) 다녀와요.

정훈 서둘러 가봅시다. 거리가 좀 돼서 지금 움직여도 퇴근 시간까지 오려면 빠듯하겠네. (은호 낚아채 엘리베이터로 끌고 가면)

은호 네. 다녀오겠습니다. 대표님, 저기 그. (공연 얘기하려다가 말 못하고 끌려간다)

미애 은호 씨 지금 방금 무슨 말 하려고 하지 않았어?

지윤 (못 듣고 으쓱하는데)

S#75. 피플즈 대표실, D

지윤, 대표실 들어오면 (E) 울리는 톡. 지윤, 톡 확인하면.

은호(E) 늦지 않게 오겠습니다. 공연장에서 봬요!

지윤, 톡 찍고 관심 없다는 듯 핸드폰 톡 내려놓는데, 보이는 지윤의 답톡. "쓸데없는 데 신경 쓰지 말고 미팅이나 잘해요." 책상 밑으로 보이는 지윤의 다리 살랑살랑 흔들리고.

S#76. 지윤 기다림 몽타주

/-1. 피플즈 대표실, D

바쁘게 업무 보는 지윤, 슬쩍 한번 시간 확인하고

/-2. 피플즈 회의실, D

1팀원들과 회의하는 지윤, 바쁘게 말 마치고 슬쩍 시계 확인하고.

남직원1 기우화학 PCB 설계자, 남강욱 후보자로 좁혀졌습니다. 실무
자 면접 반응이 좋아, 임원면접도 무난히 통과될 것으로 예상
됩니다.

지윤 오케이. 후보자한테 연락해서 최종면접 일자 확정해요.

/-3. 피플즈 탕비실 + 대표실, D

일하며 마실 거 하나 들고 탕비실에서 대표실로 들어오는 지윤. 자리에 앉아서
일 보려고 하다가 문득 시간 보고 다급히 일어나 나가는 모습에서

S#77. 공연장 전경, D

S#78. 공연장 앞 야외 카페, D

팸플릿이랑 커피 들고 와서 자리에 앉는 지윤. 아직 시간 여유 있는지 팸플릿
보며 은호 기다린다. 하나둘씩 사람들 공연장 안으로 들어가고... 지윤, 은호가
혹시 오나 싶어 멀리 건너편 거리도 내다보고, 핸드폰 보는 손길도 잦아지는
데, 어느새 사람들 공연장으로 다 들어가고 지윤 혼자만 남아 있다.

지윤 못 오나 보네.

시계 보던 지윤, 더는 안 되겠는지 일어선다. 괜한 아쉬움에 눈으로 거리 한번 더 좇다가 공연장 쪽으로 시선 돌리는데,

은호(E)   대표님!

지윤, 소리에 돌아보면, 맞은편 길 건너 횡단보도 앞에서 지윤 향해 손 들고 있는 은호다. 손 크게 흔들며, 지윤 보며 환하게 웃고 있는 은호! 신호 바뀌자마자 지윤을 향해 한달음에 달려오는 은호 뒤로 햇빛 부서지고. 지윤, 그렇게 자신에게 달려오는 은호를 벅차게 보다가.. 표정 굳는다!

정훈(E)   강지윤한테 유은호는 어떤 사람이야?

지윤, 자신을 향해 싱그럽게 웃으며 달려오는 은호를 보는데, 정훈의 질문에 대한 답이 뭔지 알 것 같다.

지윤   ..좋아하네.

그렇게 자신의 마음을 깨달아버린 지윤과 어느새 지윤 앞에 가까이 다가와 선 은호. 두 사람 서로를 보는 데서.. STOP!

우측 정렬: 6부 끝.

극본 지은

연출 함준호, 김재홍

출연 한지민, 이준혁, 김도훈, 김윤혜,
이상희, 박보경, 허동원, 고건한,
서혜원, 윤가이, 윤유선, 조승연,
이재우, 송지인, 기소유, 김태빈

책임프로듀서 이옥규

프로듀서 김준경, 윤건희, 윤기진

제작프로듀서 손정은, 김동란, 장우혁,
하수진

[A팀]

촬영감독 [Shooting Crew]
오재호, 김준희

포커스 이세진, 윤승원

촬영팀 안세영, 강병걸, 김경훈, 김태준,
신동훈, 박명은

조명감독 원종백

조명팀 양준우, 우효주, 고민수, 김상호,
장건

발전차 이인규

그립팀장 김영천

그립팀 서사용, 고진명, 이건희

오디오감독 정인호

동시녹음팀 주우현, 박석원

[B팀]

촬영감독 정하철, 이준범

포커스 김남언, 박영주

촬영팀 주윤태, 모세라, 박상현, 지승수,
권송미, 김준원

조명감독 [L&S] 송재호

조명팀 백승민, 성준희, 이용주, 이병관,
신현, 조남진

발전차 김동환

그립팀장 김진경

그립팀 진태준, 이재석, 문창성

오디오감독 김근호

동시녹음팀 유준상, 박재은

카메라렌탈 [제이포 엔터테인먼트] 이승재,
장판우

렉카 [카해피], [디바인]

항공촬영 [부엉이픽쳐스] 남기혁, 현일,

안우현, 김도원

미술 [SBS A&T]
미술감독 김보영
세트디자인 이가윤, 소우현, 정다원
세트진행 김종성, 서우빈
스튜디오세트 김형관, 홍준호, 진종성,
　　　　　　신종옥, 김창수
야외세트 이민호, 이상목
작화 이승엽, 김형남, 김태균
전기효과 이준희, 오영일, 이재원
미술행정 최연현, 이정준, 강경태, 최소영
조경 [거풍아트센터], [플라워아루카]

소품 [SBS A&T]
소품총괄 윤창묵
소품인테리어 이선희
소품팀장 김선영
소품진행 안세영, 박동주, 김수연
소품세팅 최보아, 권택현, 최정윤
소품그래픽 엄보희
푸드 이유리, 최현빈
소품차 최호중
특수소품 [율아트] 엄세용

스타일디자인 [SBS A&T]
팀장 탁은주
의상디자인 김수안
의상진행 남도경, 김빈, 김유리
의상차량 오윤석

분장 하혜경, 진아리, 안나
미용 김명조, 임지수, 김민서
특수분장 손희승
분장차량 김영기

무술감독 이태호
무술팀장 신동필
무술팀 박지선, 이준

캐스팅디렉터 김추석, 전기창
아역캐스팅 노태민, 이준성
보조출연 김동찬, 강정석
특수효과 [디엔디라인]
특수효과디렉터 도광섭, 도광일
특수효과팀장 한태민
특수효과팀원 김준형, 노민균, 박경은,
　　　　　　이상웅

스틸 한성경
포스터 [㈜꽃피는 봄이오면] 김혜진,
　　　　홍세미, 하주영
로고 [스튜디오펀데이] 한중수
대본 [슈퍼북] 권세나
종편 손종석
종편보조 길소진
편집 구희정, 주인경
편집보조 김정빈, 윤예은

DI [씨네메이트]
Lab Master 윤석일

DI Supervisor 박진호

Senior Colorist 박현진, 오태연, 강민주

Junior Colorist 유선우, 김예원, 백정훈

Lab Technical Supervisor 이병희

Digital Cinema Technician 정원석, 손성주,
　　　　　　　　　　　　　강소연

Lab Manager 김기문, 최문희, 정종길

사운드 [SoundIN Studio]

사운드슈퍼바이저 조계환

사운드편집 김형태, 조은영, 김소연,
　　　　　　허대호, 박자영

사운드효과 전치환, 조남현, 이승희

음악감독 임하영

작편곡 임하영, 유종현, 진명용, 변동욱,
　　　　FIZZ, 마마고릴라, 박지훈, 조유진,
　　　　다니엘리

VFX [MILK imageworks]

Executive VFX Supervisor 문인식, 김대봉,
　　　　　　　　　　　　　이영석

Supervisor 임주호, 최두우, 정다운, 이현우

Art 이선영, 김현지, 김현우, 이태헌,
　　　임재은

3D 최두우, 이현우, 손태민, 박소희,
　　강창희, 최윤정, 김종욱, 박수연

Compositing 정다운, 남숙현, 차진선,
　　　　　　　이윤경, 원희수, 김진영,
　　　　　　　박다연, 조민지, 이재빈,
　　　　　　　황지은, 윤지수, 김민주,

김지우, 금희지, 윤보영,
강계양, 이가현, 이도경,
강도율, 김서영, 이미연,
장윤민

Motion Graphic 조혜빈, 정연우, 곽상빈

모션 그래픽 [Undesigned Museum]
　　　　　　조경훈, 석지나, 조재연,
　　　　　　조연우, 김은진, 김수진,
　　　　　　김다솜, 이은비, 김선아,
　　　　　　김혜령, 육서진

콘텐츠프로모션 [SBS]

홍보마케팅총괄 손영균

홍보마케팅 이두리, 정다솔, 우지선

홍보사진 김연식, 옥정식, 정호성

SNS/홍보영상 김가연, 김효상, 장유빈,
　　　　　　　이지은

외주홍보대행사 [블리스미디어] 김호은,
　　　　　　　　오예은, 권소희

마케팅사업 [스튜디오S]

마케팅사업총괄 이미우

마케팅/OST 정기준

OST기획/제작 서동욱, 홍민희, 오지훈

부가사업 김웅열, 이승재, 박가람

메이킹/홍보영상총괄 유지영

메이킹/홍보영상제작 안정아

메이킹/홍보영상촬영 김예원

스브스캐치운영 이정하

마케팅총괄 [해냄 커뮤니케이션] 진형준,
　　　　　김민선

유통사업 [스튜디오S]
유통총괄 진해동
해외유통 이한수, 임미경, 김영환, 노정현,
　　　　　박영민, 권민경, 김주리, 이종욱,
　　　　　오은정, 노기석, 김나현, 고건,
　　　　　박시원, 조수아, 조영현, 장현지,
　　　　　장보경, 이수진, 전윤지
국내유통 김경수, 권영도, 구자명, 장지희,
　　　　　윤준영, 최승화, 이세진, 곽희경,
　　　　　이화영, 허윤형

플랫폼서비스 [SBSi]
웹총괄 김지혜
웹기획 차화정
웹운영 김수희
웹디자인 김비치
웹콘텐츠 공준수

헤드헌터자문 이지영
요리자문 [Truffle di Alba] 정준
그림책자문 문지나
그림자문 육윤소
심리상담자문 이사랑
인사자문 김동준

A팀스탭버스 조경춘
B팀스탭버스 정우성

연출차량 이광희, 변재룡
A팀 카메라차량 임채평, 김점필
B팀 카메라차량 배상욱, 이재언
진행차량 권철호, 배용호, 김병철
보조출연차량 [초록미디어]
특수소품차량 [카해피], [디바인]

[이오콘텐츠그룹]
기획프로듀서 고경연
보조작가 이수진, 이은경
기획제작팀 백가은

DIT [StuD.O] 박원남, 김호준, 신두섭,
　　　　김형일, 홍지호
웹페이지 [스카이 시스템] 조민규
로케이션 [올로케] 박준수, 양동곤, 김남규,
　　　　　전혜정, 김지용
스토리보드 유현
SCR 장정윤, 추정은
연출부A 박성현, 강순영, 장경엽, 이은진
연출부B 김홍주, 최진호, 진찬, 한효민
야외조연출 윤재필
내부조연출 강채민
미술조연출 강현지
조연출 이수민, 김소연, 윤서현

기획 스튜디오S
제작 홍성창, 오은영